BASTEI
LÜBBE
TASCHENBUCH

Weitere Titel der Autorin:

Dunkle Obsession
Die Geiseln

Titel in der Regel auch als E-Book erhältlich

Fredrica Alleyn

UNDER COVER

Erotischer Roman

Aus dem Englischen von
Sandra Green

BASTEI
LÜBBE
TASCHENBUCH

BASTEI LÜBBE TASCHENBUCH
Band 16 726

1. Auflage: Dezember 2012

Dieser Titel ist auch als E-Book erschienen

MIX
Papier aus verantwortungsvollen Quellen
FSC® C006701

Vollständige Taschenbuchausgabe

Deutsche Erstausgabe

Titel der englischen Originalausgabe: »The Gallery«
Published by Arrangement with Virgin Books LTD.,
London, England
Dieses Werk wurde vermittelt durch die
Literarische Agentur Thomas Schlück GmbH; 30827 Garbsen

Titelillustration: © getty-images/Igor Balasanov
Umschlaggestaltung: Tanja Østlyngen
Satz: Urban SatzKonzept, Düsseldorf
Gesetzt aus der Palatino
Druck und Verarbeitung: CPI – Ebner & Spiegel, Ulm
Printed in Germany
ISBN 978-3-404-16726-5

Erstes Kapitel

Cressida Farleigh lag mit dem Kopf dicht am Brustkorb ihres Geliebten und versuchte, einen Blick auf die Uhr zu werfen, ohne dass er das bemerkte. Es war nicht so, dass es ihr nicht gefallen hatte, nein, nein, es hatte ihr gut gefallen. Wie gewöhnlich war der Sex mit ihm höchst befriedigend gewesen, aber sie musste am nächsten Morgen früh aus den Federn und wollte zurück in ihr eigenes Zuhause, um die Nacht durchzuschlafen.

Tom spürte, dass sie rastlos war, und drückte den rechten Arm gegen ihren Rücken. »Was ist los?«

Cressida seufzte. »Es tut mir leid, Tom, aber ich muss nach Hause.«

»Warum? Ehrlich, Cressida, ich verstehe dich nicht. Wir haben beide eine Wohnung, wir sind Singles und haben nach keinem was zu fragen. Warum rennst du immer sofort nach Hause, wenn wir Liebe gemacht haben?«

»Es ist wegen meines Jobs«, antwortete Cressida, löste sich von seinem Arm und schwang die Beine aus dem Bett. »Wir brauchen unseren Schlaf, und wenn wir zusammen sind, finden wir beide keinen Schlaf.«

»Ich glaube nicht, dass der Job irgendwas damit zu tun hat«, knurrte er und sah zu, wie sie wieder in ihre Polizeiuniform schlüpfte. Er spürte, wie sich bei ihm wieder was regte, als er ihre langen Beine in den schwarzen Strümpfen sah. »Ich glaube, du hast Angst vor einer emotionalen Beziehung.«

Cressida lächelte ihn an. »Ach, bist du jetzt unter die Psychiater gegangen? Als Detective Sergeant bist du mir lieber und nicht so aufdringlich.« Sie beugte sich über ihn und küsste ihn auf seinen Mundwinkel. »Weißt du eigentlich, um was es bei dem Treffen am Morgen geht, Tom? Ich dachte, du müsstest was wissen, schließlich hat das Criminal Investigating Department die Besprechung anberaumt.«

Er stützte sich auf einen Ellenbogen, bemühte sich um ein ausdrucksloses Gesicht und schüttelte den Kopf. »Nein, ehrlich, ich habe keine Ahnung, aber ich bin sicher, dass du dir keine Sorgen machen musst. Wenn du in Schwierigkeiten stecken würdest, hätte mir irgendjemand schon Bescheid gesagt.«

»Ich melde mich, sobald ich was weiß«, versprach Cressida. »Du hast morgen frei, nicht wahr?«

»Ja«, sagte Tom und fühlte sich mehr als schuldbewusst, denn er hatte nicht frei. Er würde auch bei dem Treffen sein, denn sein Department hatte die ganze Woche schon überlegt, ob so eine Aktion sinnvoll war oder nicht.

Aber er konnte nichts sagen, weil man ihm – und den anderen – striktes Schweigen auferlegt hatte, deshalb würde er seinen Job aufs Spiel setzen, wenn er Cressida etwas sagte, bevor sie von seinen Bossen befragt worden war.

»Schlaf gut«, murmelte Cressida, dann war sie weg. Er hörte, wie die Haustür hinter ihr leise ins Schloss schnappte.

Er drehte sich auf die Seite und starrte auf die braun und beige gestreiften Vorhänge vor den Fenstern des Schlafzimmers. Er kannte Cressida jetzt seit drei Jahren, und seit über zwei Jahren gingen sie miteinander aus, aber sie hielt eine emotionale Distanz bei, die ihn verwirrte. Sie sagte, dass sie ihn liebte, und er wusste, dass sie absolut treu war, aber in seinem Hinterkopf blieb die Befürchtung, dass sie nicht wirklich in ihn verliebt war, was sie eines Tages erkennen würde.

Wenn er ganz ehrlich zu sich war, musste er zugeben, dass es auch für ihn nicht die alles verzehrende Leidenschaft war. Sie ging auf ihn ein, und er schien sie zu befriedigen, aber er hatte noch nie erlebt, dass sie auf dem Höhepunkt der sexuellen Erregung die Kontrolle über sich verloren hatte.

Er dachte an die morgige Besprechung und war ein wenig besorgt um sie. Sein einziger Trost war, dass Cressida ihm alles gab, was sie zu geben fähig war. Falls das tatsächlich zutraf, hatte er nichts zu befürchten.

Sie wäre nie auf den Gedanken gekommen, dass Tom sich um sie und ihre Beziehung sorgte. Cressida erreichte ihre kleine Wohnung im Terrassenhaus in Westlondon, füllte den Napf ihrer langhaarigen grauen Katze Muffin und ging direkt nach oben ins Schlafzimmer. Sie schlief sofort ein.

Im Gegensatz zu ihrem Geliebten vergeudete sie keine Zeit mit der Analyse ihrer Beziehung. Sie fand, dass sie gut zueinander passten, und da sie bei derselben Firma arbeiteten, verstanden sie sehr gut, wie gestresst man nach der Schicht sein konnte.

Wenn jemand Cressida an diesem Abend gefragt hätte, ob sie glücklich wäre, hätte sie ja gesagt, vollkommen glücklich. Das war der Grund, warum man sie zu dem Treffen am nächsten Tag eingeladen hatte. Es war einfach verhängnisvoll, dass alle, auch Cressida, sich irrten.

Um halb elf am nächsten Morgen wurde Cressida – sie trug einen glatten dunkelblauen Rock, der bis zum Knie reichte, und ein cremefarbenes, langärmeliges Top, denn man hatte sie angewiesen, keine Uniform zu tragen – ins Büro des Chief Superintendents gerufen.

Es überraschte sie, dass so viele Kollegen um den ovalen Tisch saßen. Die meisten kannte sie nicht, aber als sie Tom sah, weiteten sich ihre Augen in ungläubigem Staunen, und er mied ihren Blick, eindeutig verlegen, weil er ihr gestern Abend nicht die Wahrheit gesagt hatte.

»Setzen Sie sich, WPC Farleigh«, sagte ein hoch aufgeschossener, kahlköpfiger Mann, von dem Cressida annahm, dass er die Besprechung leitete. »Ich bedaure, dass wir Sie alle im Unklaren über dieses Treffen gelassen haben, aber wir haben es mit einer besonders kniffligen verdeckten Ermittlung zu tun und brauchen Ihre Hilfe.«

»Wenn Sie ›wir‹ sagen, sprechen Sie dann vom CID?«, fragte Cressida.

»Ja. Detective Sergeant Penfold hier weiß genau, um was es geht, aber auch er war bis zu dieser Besprechung zu striktem Schweigen verpflichtet.«

»Ich verstehe«, sagte Cressida und starrte den unglücklichen Tom an. »Nun, er hat sich an die Order gehalten.«

Ein Mann, der rechts von der Glatze saß, beugte sich ein wenig vor. »Wie viel verstehen Sie von Kunst, WPC Farleigh?«

Cressida blinzelte überrascht. »Kunst? Nicht sehr viel. Ich kann einen Picasso von einem Monet unterscheiden, aber das ist auch schon alles. Kunst gehört nicht zu meinen Stärken.«

»Schade«, murmelte der Mann und ließ sich zurück auf seinen Stuhl fallen.

»Unsinn«, sagte die Glatze mit fester Stimme. »WPC Farleigh ist eine intelligente junge Frau. Alles, was sie können muss, kann sie in zehn Tagen lernen, glaube ich«, fügte er noch hinzu, als er den verwirrten Blick auf Cressidas Gesicht sah. »Aber ich glaube, wir sollten ganz am Anfang beginnen.«

»Zuerst mal – ich bin Detective Chief Inspector Williams. Ich bin vom Betrugsdezernat. Wir interessieren uns für eine Kunstgalerie, die vor etwa zehn Monaten in Elgin Crescent in Westlondon eröffnet wurde. Sie heißt ›Room with a View‹. Kennen Sie die Galerie?«

Cressida schüttelte den Kopf, völlig verblüfft von dem, was sie hörte.

»Nun, es ist von großer Bedeutung, dass wir jemanden in der Galerie haben, der uns berichtet. Wir haben einen ersten Schritt getan – WPC Hinds arbeitet seit drei Monaten als Assistentin und Empfangsdame dort, aber das hat bisher nicht viel gebracht, deshalb wollen wir sie abziehen, und wir haben Sie ausgesucht, um sie zu ersetzen.«

Cressida schaute hinüber zu Women Police Constable Hinds. Sie war jung und zierlich und hatte lockiges blondes Haar. Jetzt sah sie Cressida mit einem strahlenden Lächeln an. Sie und Cressida hätten unterschiedlicher nicht sein können, deshalb war sie verdutzt, dass nun die Wahl auf sie gefallen war. Eine ziemlich bizarre Entscheidung, fand sie.

»Ich kenne nichts von der Arbeit einer Empfangsdame«, sagte sie. »Und ich sehe auch nicht so aus wie WPC Hinds.«

»Genau«, sagte Detective Chief Inspector Williams mit offensichtlicher Zufriedenheit. »Deshalb ist unsere Wahl auf Sie gefallen. Susan haben wir ausgewählt, weil sie unserer Meinung nach genau richtig für das schien, was sie für uns tun sollte, aber offenbar haben wir uns geirrt. Diesmal wählen wir eine junge Frau aus, die mit Susan nichts gemeinsam hat, und auf der Station sagte uns jeder, dass Sie die geeignete Alternative wären.«

Cressida, jetzt noch mehr verdutzt als zu Beginn des Vortrags, wusste nicht, ob es als Kompliment gemeint war, dass sie ganz anders aussah als Susan Hinds. Susan war sehr attraktiv, sexy und lebhaft, und wenn sie das Gegenteil davon war, musste ihre eigene Bewertung weit darunter liegen, was Sexualität und weiblicher Charme anging.

»Was ist es, was WPC Hinds in der Galerie erreichen sollte?«, fragte sie leise.

Ein oder zwei der höheren Polizeiränge mieden ihren Blick, und Tom wurde hellrot. Aber Detective Chief Inspector Williams hatte keine Skrupel, es ihr genau zu sagen.

»Wir wollten, dass sie dem Besitzer der Galerie sehr nahekommt. Sein Name ist Guy Cronje, und Frauen fallen auf ihre Knie, wenn er sie nur mit einem Blick bedenkt. Natürlich wollen wir nicht, dass sie ihm verfallen, aber uns wäre lieb, wenn er das annimmt.«

»Und wie soll ich vorgehen?«, fragte Cressida und schaute hinüber zu Tom, aber er weigerte sich immer noch, ihren Blicken zu begegnen.

Detective Chief Inspector Williams räusperte sich. »Nun, ich bin sicher, dass ich Ihnen das nicht aufmalen muss. Sie sind eine Frau von Welt, eine gute Polizistin und leben in einer guten Beziehung mit Detective Sergeant Penfold. Sie wissen also, wie es geht.« Er zeigte ein feixendes Gesicht.

»Die Sache ist die, Cressida«, ließ sich ihr eigener Boss, Inspector Cross, vernehmen, »wir, die Sie gut kennen, schätzen an Ihnen, dass Sie nichts Verrücktes tun werden. Einer der Gründe dafür, dass Sie in Ihrem Job so gut sind, ist die Tatsache, dass Sie sich emotional nicht verstricken. Die Leute vertrauen Ihnen, und sie spüren, dass Sie mitfühlen, wenn sie sich in Schwierigkeiten befinden, aber Sie haben einen Schutzwall um sich aufgebaut, und das ist gut so. Sprechen wir es ruhig aus – Tom hier würde es gar nicht gefallen, wenn sie diesem Charme von Guy Cronje verfallen, habe ich Recht?«

»Ja, das ist wohl so«, sagte Cressida trocken und dachte, dass Tom eine Menge zu erklären hatte, wenn sie das nächste Mal zusammen waren. Sie dachte auch, dass die Zusammenfassung Ihres Chefs darauf hinauslief, dass sie kühl wie ein Gefrierfach war, und so etwas hörte man nicht gern. Aber sie wusste, dass sie da sitzen bleiben musste, um sich das anzuhören, was die hohen Tiere zu sagen hatten, und dann würde sie hinausgehen und den Job übernehmen, denn Cressida war ehrgeizig.

»Nun?«, fragte Detective Chief Inspector Williams. »Was sagen Sie?«

»Ich weiß immer noch nicht, was man von mir erwartet, abgesehen davon, dass ich dem Besitzer der Galerie schöne Augen machen soll. Was hat er eigentlich getan?«

»Inspector Cross wird Ihnen das später noch erläutern. Was ich wissen will – übernehmen Sie den Job? WPC Hinds wird Ihnen einen Crashkurs in Kunst verpassen und wird Sie als ihre Nachfolgerin empfehlen, wenn die Bewerbungsgespräche beginnen. Sie müssen sich natürlich bemühen, die Position unbedingt haben zu wollen. Die Leitung der Galerie hat keinen Grund, Susan zu misstrauen; sie ist nicht aufgeflogen, sie hat sich nie verplappert. Wir ziehen sie zurück, weil es einfach nicht so gelaufen ist, wie wir es uns erhofft haben. Sie müssen sich natürlich anders kleiden als heute, aber auch dazu kann Ihnen WPC Hinds einige Tipps geben.«

»Wie freundlich«, zischte Cressida durch zusammengebissene Zähne.

»Inspector Cross ist der Meinung, dass Sie perfekt für den Job sind – haben wir also Ihre Zustimmung?«, fragte der beharrliche Detective Chief Inspector.

»Ja, nehme ich mal an«, sagte Cressida. »Noch bin ich ein wenig verunsichert, weil ich nicht weiß, was ich in der Galerie tun soll, abgesehen davon, dass ich so tun soll, als wäre ich eine Empfangsdame, die was von Kunst versteht.«

»Nein, nun ja. Sobald Sie die Geheimhaltungserklärung unterschrieben haben, werden Sie alle Einzelheiten erfahren«, sagte Williams und stand auf. »Das werde ich Ihrem Chef und WPC Hinds überlassen. Das Betrugsdezernat hat eine Menge zu tun, deshalb muss ich zurück, denn ich habe hier schon mehr Zeit verbracht, als ich gedacht hatte. Viel Glück, WPC Farleigh. Nachdem ich Sie gesehen habe, bin ich sicher, dass Sie auch als Detektivin erfolgreich ermitteln werden. Ich hoffe nur, dass Guy Cronje ...«

Er atmete schwer ein und fuhr dann fort: »Tut mir leid, ich habe nur laut denken wollen. Sobald Sie sich in der Galerie etabliert haben, berichten Sie direkt an mich. Inspector Cross wird Ihnen die entsprechende Telefonnummer geben. Viel Glück. Ich hoffe, bald zu hören, dass Sie als Nachfolgerin von WPC Hinds angenommen worden sind.«

Cressida stand auf, als er das Zimmer verließ, und die meisten Leute, die am Tisch gesessen hatten, gingen mit ihm. Als sich die Tür hinter dem Letzten schloss, verblieben nur noch Inspector Cross, Tom und WPC Susan Hinds zurück.

»Verwirrt?«, fragte Inspector Cross mit seinem vertrauten Lächeln.

»Sehr«, sagte Cressida, die aber auch sehr verärgert war.

»Das überrascht mich nicht, aber wenn Gott zu einem Besuch kommt, muss man in Demut verharren. Unterschreiben Sie jetzt die Geheimhaltungserklärung, dann werden Sie den Rest des Tages mit Susan verbringen, und am Abend werden Sie alles mit Tom besprechen wollen. Morgen können Sie zu mir kommen, falls Sie noch irgendwelche Fragen haben. Aber sobald Sie den Job in der Galerie haben, sind Sie auf sich allein gestellt. Der arme Tom muss eine Weile in die zweite Reihe treten, aber das weiß er, nicht wahr, Tom?«

»Ja, Sir«, antwortete Tom mit gedämpfter Stimme.

Susan Hinds legte eine Hand auf Cressidas Arm. »Komm, verschwinden wir. Wir essen nachher beim Italiener um die Ecke, und ich erkläre dir alles. Keine Sorge, du wirst deinen Spaß an der Aufgabe haben. Ich wünschte, ich hätte Erfolg gehabt, aber du kannst einen Mann nicht dazu bringen, kleine blonde Plappermäuler zu lieben, wenn er eher auf große brünette Frauen steht, die geheimnisvoll wirken, nicht wahr?«

Als Cressida zur Tür gehen wollte, stellte sich Tom neben sie. »Ich rufe dich heute Abend gegen acht an«, sagte er. »Es tut mir wirklich leid, dass ich dir nichts sagen konnte, denn sonst hätte ich meinen Job verloren.«

»Ich verstehe das«, sagte Cressida ruhig, und vom Verstand her stimmte das auch, aber tief in ihr drin war ein Gefühl, dass er sie im Stich gelassen hatte.

Da Cressida und Sue offiziell dienstfrei hatten, konnten sie dem trockenen roten italienischen Hauswein nach Belieben zusprechen, und als sie mit der Pasta durch waren, dachte Cressida sehr entspannt über die ganze Operation.

»Ich will nur noch mal rekapitulieren, was du mir erklärt hast«, sagte sie und grub mit dem langen Löffel ins köstliche Erdbeereis. »Als Lord Michael Summers kürzlich bei einem Zusammenstoß verstarb, mussten die Experten, die den Wert seiner Liegenschaften zu schätzen hatten, feststellen, dass zwei der Bilder aus seiner Gemäldesammlung Fälschungen waren, ein Rembrandt und ein Monet. Richtig?«

Sue nickte. »Als Lord Summers das Haus und die Liegenschaften von seinem Vater erbte, waren diese Gemälde noch echt. Irgendwann in seiner Zeit als Mitglied des Oberhauses müssen sie durch Fälschungen ersetzt worden sein.«

Cressida fügte hinzu: »Und seine Witwe, Lady Alice, hat ausgesagt, dass ihr Mann öfter diese Galerie des Guy Cronje besucht und Arbeiten junger Künstler gekauft hat.«

Susan nickte wieder. »Ja, das hat sie gesagt, und in der Galerie habe ich Quittungen des verstorbenen Lord Summers gesehen.«

»Das Betrugsdezernat glaubt nun, dass Guy Cronje und seine Partnerin ... wie heißt sie auch noch?«

»Marcia Neville.«

»Das muss ich mir merken. Okay, die Kollegen des Betrugsdezernats glauben also, dass Guy und Marcia es irgendwie geschafft haben, die beiden unglaublich wertvollen Gemälde gegen Fälschungen getauscht zu haben. Ich kann mir noch nicht vorstellen, wie das geglückt sein soll.«

Sue hob die Schultern. »Nun, es gibt immer eine Möglichkeit. Guy und Marcia waren mit Lord und Lady Summers befreundet und haben sie mehrmals in ihrem Haus besucht. Es ist möglich, dass Lady Alice, die gerade mal dreißig ist, während ihr Mann neunundsechzig Jahre alt geworden ist, Gefallen an Guy gefunden hat. Vielleicht hat sie ihm bei dem Auswechseln der Bilder geholfen – als Ersatz für sexuelle Dienstleistungen und wohl auch für einen Anteil am Erlös.«

»Das kommt mir alles sehr nebulös vor«, murmelte Cressida. »Ich meine, warum ist es so dringend, dass wir jemanden in die Galerie einschleusen? Zwei Gemälde sind aus einem Privathaushalt verschwunden – Himmel, es gibt größere Verbrechen, oder? Okay, den Schaden hat die Familie

Summers, falls sich herumspricht, dass sie auf Fälschungen hereingefallen ist, aber das ist immer noch keine Welt bewegende Untat.«

Sue grinste. »Du hast mir nicht richtig zugehört. Das muss an diesem potenten Kerl liegen. Solche Tricks haben sich in den letzten Jahren überall in Europa abgespielt, und jedes Mal war Guy Cronje mit dem verblichenen Gemäldebesitzer auf irgendeine Weise liiert. Interpol hat ihn seit drei Jahren im Visier. Jetzt ist es hier bei uns passiert, und wir möchten ihm natürlich gern das Handwerk legen.«

»Du hast gesagt, man hätte dich von dem Job abgezogen, weil Guy nicht auf dich abgefahren ist«, sagte Cressida langsam. »Aber wieso soll er auf mich abfahren?«

»Doch, das wird er ganz bestimmt«, sagte Sue aufgeregt. »Ich musste den hohen Tieren ein Bild seines Frauentyps liefern, und daraufhin haben sie dich ausgegraben. Um ehrlich zu sein, ich glaube nicht, dass der Plan des Chiefs aufgeht, denn Guy und Marcia scheinen sehr eng zu sein, und außerdem könnte er jede Frau haben, die er haben will. Warum also sollte er eine Affäre mit einer Assistentin in seiner eigenen Galerie anfangen?«

»Ja, gute Frage«, stimmte Cressida zu. »Nun, mir soll's recht sein. Je schneller man mich wieder aus der Galerie abzieht, desto besser.«

»Mir hat es da gefallen«, sagte Sue lachend. »Es ist mir nicht gelungen, nahe an Guy heranzukommen, aber dafür gab es andere Kompensationen, kann ich dir sagen. Einige der Künstler sind hervorragende Liebhaber.«

Cressida starrte sie an. »Meinst du damit, dass du mit ihnen geschlafen hast?«

»Nein, aber wir hatten phantastischen Sex! Nun stell dich nicht so an, Cressida. Was glaubst du denn, was Männer und

Frauen tun, wenn sie scharf aufeinander sind? Meinst du, sie halten Händchen in der hintersten Sitzreihe eines Kinos? Fall Guy sich für dich interessiert, wird von dir nicht erwartet, dass du dich wie eine ängstliche Jungfer aufführst – damit kann er nichts anfangen.«

»Aber ich schlafe mit Tom Penfold«, wandte Cressida ein.

Sues Augenbrauen hoben sich. »Ja, irgendeine muss das ja tun. Nein, im Ernst, Cressida, diesen Männern kann Tom nicht das Wasser reichen, und der Witz bei der Sache ist, dass du nur Befehlen folgst.«

»Niemand hat mir befohlen, mit Guy Cronje zu schlafen – oder mit sonst einem Mann«, protestierte Cressida. »Das könnte ich auch nicht. Ich brauche Jahre, um einen Mann richtig kennen zu lernen, und vorher läuft da gar nichts.«

Susan runzelte die Stirn. »Niemand hat es dir befohlen, denn sie können einer Frau natürlich nicht befehlen, mit einem Verdächtigen zu schlafen. Stell dir nur mal vor, das käme bei Gericht heraus. Nein, ich bin davon überzeugt, dass Detective Chief Inspector Williams angenommen hat, du würdest zwischen den Zeilen lesen können. Dein Tom hat das getan. Er weiß, was von dir erwartet wird, deshalb saß er auch mit einem langen Gesicht bei der Besprechung.«

»Nun, ich werde versuchen, alles herauszufinden, was mir möglich ist, aber ich werde mich sexuell auf keinen einlassen«, sagte Cressida fest entschlossen. »Falls ich diesem Guy gefalle, kann er mich ja ein-, zweimal anschauen, aber das muss auch genug sein.«

Sue sah Cressida musternd an. Sie war groß, etwa ein Meter fünfundsiebzig, und ihre dunkelbraunen Haare waren attraktiv zu einem mädchenhaften Bubikopf geschnitten. Sie schien sich der Tatsache nicht bewusst zu sein, dass sie sich mit wenigen Handgriffen zu einer höchst attraktiven Frau verändern könnte. Darüber hinaus war Sue auch der Meinung, dass Cressida sich katastrophal kleidete.

Sie fragte sich, ein wenig amüsiert, wie lange Cressidas Entschluss, Tom nicht untreu zu werden, bestehen blieb, wenn sie einmal das Leben in der Galerie kennen gelernt hatte.

»Du musst dich auf dein Fingerspitzengefühl verlassen«, sagte Susan. Ihr war klar geworden, dass es ein Fehler wäre, mehr Druck auf ihre Nachfolgerin auszuüben. Aber wenn ich dir den Crashkurs und das gefälschte Diplom gegeben habe, musst du lernen, wie man sich in der Galerie kleidet. Sie wollen, dass ihr Team glanzvoll, aber nicht auffällig aussieht. Und die ganze Zeit musst du gut geschminkt sein.«

»Ich kann mir keine glanzvollen, unauffälligen Kleider erlauben«, gab Cressida zurück.

»Das ist einer der Vorzüge in diesem Job; dein Auftraggeber gewährt dir einen großzügigen Spesenbetrag. Ich gehe mit dir in die Geschäfte, dann suchen wir gemeinsam die Kleider aus. Es ist wichtig, dass du sie schon zum Bewerbungsgespräch trägst. Marcia ist durchaus in der Lage, dich wegen einer falschen Strumpfhose oder wegen Schuhen, die nicht zur Kleidung passen, oder wegen irgendeines fadenscheinigen Grundes abzulehnen. Ich werde dich empfehlen und ihnen sagen, dass wir schon seit langem befreundet sind, noch bevor wir zur Uni gegangen sind; das wird dir helfen, aber natürlich liegt es ausschließlich an dir, ob du den Job kriegst oder nicht.«

Cressida begann zu hoffen, dass sie gar nicht erst angenommen wurde – das hörte sich alles sehr kompliziert an, überhaupt nicht ihr Ding. »Wie ist dieser Bursche Guy Cronje eigentlich?«, fragte sie schließlich.

»Ich habe ihn nie eng genug kennen gelernt«, gab Sue zu. »Er muss irgendwas haben, und das muss mehr als der übliche Charme eines Kunsthändlers sein. Er ist recht groß, sehr schlank und blass; er hat dunkle Haare und strömt den Hauch von unterdrückter Gefahr aus. Er kommt einem wie ein schwelender Vulkan vor, der jeden Moment ausbrechen kann. Ich glaube, es ist diese bedrohliche Atmosphäre, die Frauen anzieht.«

»Ich mag keine großen Emotionen«, sagte Cressida und bestellte einen Espresso. »Deshalb passt Tom zu mir; von ihm geht keine Gefahr aus. Ich lege Wert darauf, dass ich bei Menschen weiß, woran ich bin.«

»Ich glaube, dieser Job wird dir guttun«, meinte Sue. »Du hörst dich so an, als bräuchtest du eine neue Perspektive im Leben, besonders auf der sexuellen Ebene.«

»Ich bin sehr zufrieden mit dem, was ich habe, vielen Dank«, sagte Cressida lachend. »Dies ist schließlich nur ein vorübergehender Job, keine lebenslange Verpflichtung. Glaubst du, dass irgendwas Kriminelles in der Galerie vor sich geht?«, fragte sie noch.

»Ich bin sicher, dass da irgendwas läuft, aber ich kann nicht sagen, was«, sagte Susan bedächtig. »Manchmal herrscht da eine sehr seltsame Atmosphäre, aber ich konnte nie herausfinden, ob diese Strömungen etwas mit Gesetzesbrüchen oder mit sexuellen Spannungen zu tun haben.«

»Nach dem, was du erzählst, sollte die Sitte meinen Job übernehmen. Das Betrugsdezernat hat am wenigsten damit zu tun.«

»Was hast du gegen ein bisschen Unmoral und Laster?«, fragte Sue lächelnd. »Wenn ich alt und grau bin, habe ich wenigstens ein paar schöne Erinnerungen, und einige davon stammen aus meiner Zeit in der Galerie. Leider nicht mit Guy Cronje. Er schien mich immer für einen studierten Hohlkopf zu halten, und ich habe mich nicht getraut, ihn vom Gegenteil zu überzeugen, falls er sich meine Bewerbungsunterlagen zu genau ansah. Es ist wichtig, dass du dir das merkst, Cressida: Sei auf der Hut. Cronje ist ein gerissener Typ, und wenn dir ein Fehler unterläuft, wird er darauf stoßen und dich festnageln.«

Sie zahlten ihre Rechnungen und gingen gemeinsam aus dem Restaurant. Morgen würde der Crashkurs in Kunst beginnen. Nach dem Wein brummte Cressida der Schädel, ebenso nach den vielen Informationen, die sie an diesem Tag gelernt hatte, deshalb fuhr sie nach Hause und schlief den ganzen Nachmittag lang. Sie wachte gerade noch früh genug auf, um ein Bad zu nehmen und sich frische Sachen anzuziehen, bevor Tom eintraf.

Vom Moment seines Eintretens stand fest, dass er schlechte Laune hatte. Normalerweise ließ sich Tom nicht aus der Ruhe bringen, deshalb fühlte sich Cressida irritiert. Sorgte der neue Job jetzt schon für Ärger in ihrem bisher so ruhigen, spießigen Privatleben?

»Sollen wir aus essen gehen?«, fragte Tom und ließ sich ins tiefe Sofa sinken.

»Nein, danke. Ich habe mit Sue Hinds beim Italiener bei uns um die Ecke zu Mittag gegessen, deshalb habe ich keinen Hunger«, versicherte sie ihm.

»Ich muss mich wohl bei dir entschuldigen«, sagte er schließlich. »Ich wusste schon Tage vorher, was auf dem Programm stand, aber alles lief unter streng vertraulich. Du bist doch nicht sauer, oder?«

»Zuerst war ich sauer, aber das hat sich gelegt«, antwortete Cressida, und als sie darüber nachdachte, stellte sie zu ihrer Überraschung fest, dass die Aussage stimmte. »Ich nehme an, du bist auch nicht glücklich über das Ergebnis der Besprechung.«

»Nein, bin ich nicht!«, rief er heftig. »Ich habe alles über diesen Guy Cronje gelesen. Er ist der letzte Mann auf der Welt, für den ich arbeiten wollte.«

»Ich glaube nicht, dass ich in körperlicher Gefahr sein werde«, meinte Cressida. »Er ist nicht wegen Gewalttätigkeiten vorbestraft, oder?«

»Nein, das ist nicht bekannt. Aber er scheint eine Gefahr für jede Frau zu sein.«

»Aber nur für verrückte Frauen, und ich bin keine verrückte Frau«, sagte Cressida.

»Richtig, aber trotzdem bist du eine Frau, und mit Sex ist das immer so eine Sache«, murmelte Tom. »Wer hätte schon vorher geglaubt, dass er an Susan Hinds nicht interessiert ist? Jeder Mann in der Station ist heiß auf sie.«

»Tatsächlich?«, fragte Cressida, und ihre Gereiztheit stieg an.

Tom versuchte rasch, seine Bemerkung zurückzunehmen. »Ich gehöre nicht zu denen«, stellte er klar. »Du kennst mich, Cress, du kannst dich auf mich verlassen, aber sie ist sexy.«

»Und ich nicht?«, fragte Cressida leise.

Toms Stirn legte sich in Falten, bevor er antwortete »Ich halte dich für sexy, aber nicht auf eine auffällige Weise. Das weißt du doch selbst, Cressida. Du bist keine Sirene, und du willst auch keine sein, nicht wahr?«

»Vielleicht hätte ich nichts dagegen«, gab sie zurück. »Es ist so, dass ich mich langsam auf den neuen Job freue. Mein Horizont wird erweitert, ich erhalte diesen Crashkurs in Kunst, und mein Gefühl für die richtige Kleidung wird auf einer Einkaufstour durch die besten Londoner Modegeschäfte in Gegenwart der schärfsten Londoner Polizistin verbessert – was Schöneres kann einem Mädchen doch gar nicht passieren.«

Tom sah verdutzt aus. »Worüber bist du so wütend? Ich dachte immer, du wärst mit dir im Reinen, das ist eine große Stärke von dir, habe ich gedacht. Ich hasse Frauen, die die ganze Zeit über Kleider und Make-up diskutieren. Du siehst gut aus, du bist immer nett und adrett gekleidet. Du brauchst keinen neuen Stil. Ich liebe dich so, wie du bist. Ist das nicht das, was Frauen heutzutage haben wollen?«

»Es wäre mir lieber gewesen, wenn du gesagt hättest, dass ich eine begehrenswerte Person auf allen Ebenen bin, ohne den Zusatz, dass ich auf eine unauffällige Weise sexy bin. Ich hatte keine Ahnung, dass Sue so populär ist.«

»Hör mal, wenn dies Schwierigkeiten zwischen uns auslöst, warum sagst du dann Williams nicht, dass du den Auftrag nicht übernehmen kannst?«, fragte Tom. »Ich meine, du könntest sagen, dass Kunst nun wirklich nicht dein Ding ist, was ja auch zutrifft, falls ich da mit meiner Einschätzung richtig liege. Es gibt mehrere Möglichkeiten, dich herauszureden, ohne dass deine Weigerung in der Personalakte vermerkt wird. Hinzu kommt, dass sich Detective Chief Inspector Williams keine zweite Schlappe erlauben darf, nachdem er Sue Hinds zurückziehen muss.«

»Ich werde nicht zur Schlappe«, sagte sie scharf, und plötzlich war sie entschlossen, ihren Auftrag mit Erfolg abzuschließen. »Ich werde mich in eine sehr begehrenswerte und sexuell attraktive Frau verwandeln, dann das Vertrauen von Guy Cronje gewinnen und herausfinden, was in der Galerie vor sich geht. Und wenn ich das heimtückische Unternehmen entlarvt und zerschlagen habe, wird mir die Königin eine Medaille überreichen – wegen Tapferkeit im Kampf gegen den Sexismus.«

Tom stützte den Kopf mit beiden Händen. »Ich wusste, dass es ein Fehler war«, jammerte er. »Warum mussten sie auch ausgerechnet dich aussuchen? Das werde ich nie verstehen.«

Sie widerstand der Versuchung, sich nach einer Vase zu bücken und auf seinem Kopf zu zerschlagen, stattdessen setzte sie sich neben ihn. »Ich werde das nicht als persönliche Beleidigung werten«, sagte sie leise, »aber sage solche Dinge nicht zu oft. Auch für meine Selbstbeherrschung gibt es Grenzen.«

Er wandte sich ihr zu und legte seine Arme um sie. »Du weißt, wie viel du mir bedeutest, Cress. Ich bin verrückt nach dir, aber ich will nicht, dass Leute dich verändern. Ich mag dich so, wie du bist – und am allerwenigsten will ich eine Kopie von jemandem wie Susan Hinds haben.«

»Ich werde keine Kopie von Sue sein. Ich werde eine Turboversion von mir selbst sein«, versprach Cressida ihm.

»Du wirst nicht auf diesen Kerl reinfallen, nicht wahr?«, fragte Tom. »Ich könnte es nicht ertragen, wenn ich im Job höre, wie gut du deinen Auftrag erfüllst, weil du eben mit ihm ... ach, du weißt schon, was ich meine.«

Cressida wusste genau, was er meinte, und sie spürte einen Anflug von Erregung. Natürlich würde in der Galerie nichts passieren. Selbst wenn sie den Job bekommen würde, bestand kaum eine Chance, dass Guy Cronje auf sie flog. Und selbst für diesen Fall stand nicht fest, ob sie diese Gefühle erwiderte. Trotzdem, eine völlig neue Welt würde sich ihr eröffnen, und sie stellte fest, dass sie allmählich so etwas wie Vorfreude empfand.

»Gehen wir ins Bett«, sagte Tom plötzlich und zog sie auf die Füße.

Cressida war schon halb unterwegs zur Treppe, aber dann hatte sie das überwältigende Verlangen – was überhaupt nicht zu ihr passte –, dass sie im Wohnzimmer Liebe machten.

Sie stand am Treppenpfosten und begann, ihren langen Baumwolldress im Knitterlook aufzuknöpfen. »Bleiben wir hier unten«, sagte sie leise.

Tom sah sie staunend an. »Das Sofa ist nicht breit genug«, wandte er ein.

»Dann benutzen wir was anderes. Mein Drehstuhl, der vor meinem Computer steht, genügt schon. Zum Glück hat er keine Rollen, sonst könnte es Probleme geben.«

Verfolgt von den verdutzten Blicken Toms, ging Cressida hinüber zum Drehstuhl und setzte sich darauf. Sie neigte den Kopf zur Seite, und ihre Hände hielten sich an den Lehnen fest. Sie schob den Unterleib vor, Tom entgegen.

»Aber die Leute können uns sehen«, protestierte er.

»Können sie nicht«, widersprach Cressida und wünschte sich, dass er ihr einfach folgte und schnell Liebe mit ihr machte. »Ich habe die Fenster seit langem nicht mehr geputzt, deshalb können wir auch nicht mehr hinausschauen.«

Sie rutschte auf dem Stuhl weiter nach vorn und bewegte die Hüften provozierend hin und her, und schließlich wurde auch Tom von Gier erfasst. Rasch öffnete er die Hose und ließ sie fallen, dann kniete er sich zwischen ihre Beine. Cressida schlang ihre Unterschenkel um seinen unteren Rücken, während er ihren BH nach oben drückte, damit er ihre harten Nippel mit Zeigefinger und Daumen quetschen konnte.

Ein starkes Verlangen fühlte Cressida tief in ihrem Bauch, und wonach sie sich jetzt am meisten sehnte, war, dass er jetzt mit dem Kopf nach unten ginge und die Zunge in die feuchte Röhre wandern ließ, um dann ihre Klitoris mit seinem Speichel von ihrer Kapuze zu befreien, aber dies war etwas, was Tom selten tat, und heute Abend machte er keine Ausnahme.

Stattdessen nahm er den Penis aus seinen Boxershorts, und sie spürte die Spitze, die eine Weile gegen ihr Schamhaar stieß, bis ihre wachsende Erregung dazu führte, dass ihre Schamlippen anschwollen, und sofort stieß seine Erektion gegen das Fleisch ihrer Vulva. Cressida ließ die Hüften rotieren, weil sie wollte, dass die Klitoris stimuliert wurde.

Ihr Atem kam schnell und geräuschvoll; im Zimmer begann es zu dunkeln, und Toms Atem wurde auch lauter, während er versuchte, ihre Brüste zu liebkosen; sein Mund nuckelte noch an ihrem Hals.

Sie konnte fühlen, wie ihre Brüste anschwollen, und die Anspannung in ihren Hüften nahm zu. Sie bäumte sich auf unter ihm und hoffte, dass er jetzt ihre Klitoris reizte. Toms Hüften stießen vor und zurück, und als er endlich mit der Unterseite der Eichel gegen die geschwollene Knospe stieß, stöhnte sie vor Lust und fühlte, wie sich der Bauch zu spannen begann.

»Mach das noch mal, Tom«, flüsterte sie, aber Tom hörte sie nicht oder wusste nicht, was sie meinte, denn gleich danach spürte sie, wie er wieder tief in sie hineinstieß, verloren auf seiner eigenen Reise in die Befriedigung.

Zum Glück konnte Cressida ihren Körper so winden, dass sie wenigstens eine indirekte Stimulierung der Klitoris herbeiführen konnte, aber trotzdem und trotz des herrlichen Beginns, als ihr ganzer Körper sich auf die Erwartung der sexuellen Erleichterung konzentrierte, kam Tom vor ihr. Sie hörte ihn aufstöhnen und dann vor Lust schreien, als der Orgasmus seinen Körper schüttelte.

»Es tut mir leid«, murmelte er, als er gegen sie fiel. »Ich war einfach zu erregt. Aber keine Sorge, ich sehe zu, dass du auch fertig wirst.«

»Geh runter an mir«, bettelte Cressida. »Bitte. Ich will deine

Zunge in mir fühlen, dann explodiere ich Sekunden später, das spüre ich genau.«

»Überlass es mir«, murmelte Tom; er küsste ihren Hals und rieb mit einer Handfläche über ihre Nippel, und die andere Hand stieß zwischen ihre Schenkel. Sie spürte, wie er zwei Finger langsam an der Klitoris vorbeiführte.

Jetzt spannte sich ihr Körper wieder an, und Cressida weinte fast vor Not und Verlangen, als er um den harten Stamm der tobenden Nervenenden rieb, doch dann gab es eine Explosion weißen Lichts hinter ihren geschlossenen Lidern, und ihr ganzer Körper wurde von Zuckungen geschüttelt.

Endlich konnte Cressida entspannen. Ihr Körper fühlte sich schlaff und seltsam leer an, als hätte er kein Gewicht. Tom richtete sich auf und begann, sich anzuziehen. »Das war großartig«, sagte er strahlend. »Gestern ist es dir doch auch wahnsinnig gekommen, nicht wahr?«

»Ja, natürlich«, antwortete Cressida mit einem Lächeln, und das stimmte auch. Sie hatte einen befriedigenden Orgasmus erlebt, aber sie fragte sich, warum Tom die beiden Dinge, um die sie ihn gebeten hatte, einfach ignorierte. Zum ersten Mal, seit sie miteinander schliefen, fragte sie sich, wie es wohl mit einem anderen Mann wäre – mit einem Mann, der mehr verwegen war, wenn er Liebe machte.

»Wir geben ein gutes Paar ab«, sagte Tom, als sie kurze Zeit später Kaffee tranken, und dazu lächelte er auf eine Weise, die Cressida nur als selbstgerecht bezeichnen konnte. »Es tut mir leid, dass ich in mieser Stimmung nach Hause gekommen bin. Das war dumm von mir. Ich hätte wissen müssen, dass du nicht die Sorte Mädchen bist, die sich von einem Typ wie Guy Cronje den Kopf verdrehen lässt, selbst wenn er dir schmeichelt.«

»Ja, das hättest du wissen müssen«, murmelte Cressida und legte den Kopf an seine Schulter.

Zum Glück konnte Tom nicht ihre Gedanken lesen, denn sie nahm sich in diesem Augenblick vor, dass sie diesen Guy Cronje unbedingt haben wollte. Sie wollte ihn dazu bringen, sie anzumachen, und wenn es das Letzte war, was sie in diesem Leben tat. Sie würde alle schockieren, die sie kannten und die glaubten, dass sie keine Chance hatte, bei Cronje zu landen.

Tom blieb die Nacht über bei ihr, und am nächsten Morgen liebten sie sich erneut, auf die gewöhnliche, unaufgeregte Art und Weise. Als er das Haus verließ, wirkte er mehr als zufrieden mit sich, und er wäre nie auf den Gedanken gekommen, dass Cressida sehr bemüht war, den Job als Empfangsdame in Guy Cronjes Galerie, Room With a View, zu erhalten.

»Heute ist also Ihr großer Tag, Cressida«, sagte Inspector Cross und lächelte ihr zu. »Wie fühlen Sie sich?«

»Nervös«, gab sie zu. »Ich glaube, dass ich mit meinem Wissen über Kunst glänzen kann, denn ich habe Tag und Nacht Kunstbücher gelesen, und ich habe mehr Galerien besucht, als ich für möglich gehalten habe. Die meisten Sorgen mache ich mir wegen des Rests des Bewerbungsgesprächs. Was ist, wenn Marcia Neville mich nicht mag?«

»Es ist Ihr Job, dafür zu sorgen, dass sie Sie mag«, gab ihr direkter Vorgesetzter zurück. »Das sollte bei Ihrem Aussehen kein Problem sein.«

Zum ersten Mal überhaupt sah Inspector Cross sie an und nahm zur Kenntnis, dass sie eine attraktive Frau war, nicht nur eine seiner WPCs, und Cressida begriff, wie ihr neuer Kleiderstil besonders auf Männer wirkte. Cross hatte sie oft in lässiger Freizeitkleidung gesehen, aber er hatte sie nie auf diese Weise angeschaut.

»Susan hat meine Kleider ausgesucht«, gab sie zu und blickte hinunter auf ihr schwarzes Jackett, kragenlos und mit einem tiefen V-Ausschnitt und goldenen Knöpfen, das ihr bis über die Hüften ging. Dazu trug sie einen kurzen schwarzen Rock und eine cremefarbene Bluse mit schmückenden Falten um den Ausschnitt, was so aussah, als hätte sie einen Schal um den Hals. »Ich selbst hätte mich nie für solche Sachen entschieden, aber jetzt sehe ich, dass Susan richtig lag.«

»Das trifft genau den Punkt«, sagte er zustimmend. »Nach meinem Blick auf die Spesenrechnung haben Sie noch einige solcher Outfits gekauft.«

»Susan hielt das für wichtig«, verteidigte sich Cressida. »Wenn Sie glauben, dass ich den Etat überzogen habe ...«

»Großer Gott, natürlich nicht!«, rief er schnell. »Chief Inspector Williams würde mir nie verzeihen, wenn ich seine Operation durch meinen Geiz gefährde. Susan hat Recht. Der äußere Eindruck zählt viel in dieser Art Job. Sie sind das Gesicht der Galerie, wie Sie bei uns das Gesicht der weiblichen Polizei sind.«

»Ich glaube, ich werde die aufregenden Stunden unserer Arbeit vermissen«, sagte Cressida. »In der Galerie wird es nicht viele Raubüberfälle, häusliche Streitereien oder Betrunkene geben.«

»Wenn das Betrugsdezernat richtig liegt, geschehen in der Galerie viel ernstere Verbrechen«, erinnerte Inspector Cross sie. »Vergessen Sie das bitte nicht. Menschen, die gefährliche Betrügereien begehen, sind meistens völlig skrupellos, ganz egal, wie charmant sie sich nach außen geben.«

»Ich werde es nicht vergessen«, sagte Cressida.

Inspector Cross nickte zufrieden. »Das weiß ich«, sagte er.

»Zum Glück sind Sie keines der Mädchen, das wegen einer verbotenen Liebelei gleich aus der Bahn geworfen wird. Ich habe Detective Chief Inspector Williams gesagt, dass Sie vom Kopf her eher wie ein Mann denken. Er war sehr erleichtert, als er das hörte, kann ich Ihnen sagen.«

Cressida war alles andere als begeistert, und als sie die Station verließ und ein Taxi anhielt, das sie zu Elgin Crescent fahren sollte, dachte sie, es geschähe ihnen allen recht, wenn sie sich Hals über Kopf in diesen Guy Cronje verlieben und eine wilde, leidenschaftliche Affäre mit ihm haben würde.

Obwohl sie stolz auf ihren gesunden Menschenverstand und auf ihre emotionale Reserve war, gefiel ihr überhaupt nicht, was die Leute die letzte Woche über sie gesagt hatten. Zusammengefasst hatte sich ergeben, dass man sie für leidenschaftslos hielt, und das war sie bei Gott nicht.

Ihre Verärgerung über Inspector Cross' Bemerkungen half ihr, einen Teil ihrer Nervosität zu vertreiben, und als sie aus dem Taxi stieg und zu den schweren Drehtüren schritt und in die glänzende weiße Helligkeit der Galerie trat, fühlte sie sich entspannt, selbstsicher und positiv.

»Kann ich Ihnen helfen?«, fragte ein bleistiftschlankes Mädchen mit rabenschwarzen Haaren hinter einem Empfangstisch gleich an der Tür.

»Mein Name ist Cressida Farleigh. Ich bin wegen der Position der Empfangsdame hier.«

Das Mädchen hob die Augenbrauen. »Wirklich? Ich dachte, die Position wäre schon besetzt. Einen Augenblick, bitte. Ich muss mit Miss Neville sprechen.«

Cressida Selbstvertrauen sackte sofort in den Keller. Wenn der Job schon verloren war, geriet sie in Schwierigkeiten, aber Sue hatte von dieser Möglichkeit nicht gesprochen, und Cressida konnte sich auch nicht vorstellen, wie das geschehen konnte; es sei denn, sie hätten in der Zwischenzeit eine persönliche Freundin eingestellt.

Während sie neben dem Schreibtisch stand, trat eine makellos gekleidete blonde Frau, Anfang dreißig, auf sie zu. Ihr karamellfarbenes Kleid passte wie ein Handschuh, und sie knöpfte im Gehen noch eine passende Jacke mit cremefarbenen Flecken zu. Cressida sah die kleinen goldenen Ohrringe, die winzige Goldkette um den Hals und auch ihre Ringe, drei an jeder Hand. Alles sehr teure Stücke, aber nicht aufdringlich. Die blonden Haare waren streng nach hinten gekämmt, und nur ein paar Strähnen fielen ihr auf die rechte Stirnseite.

Sie war nicht so groß wie Cressida, aber auch sie war schlank, nur die vollen Brüste standen im Widersatz zum Rest der Figur. Cressida fragte sich, ob da ein Schönheitschirurg nachgeholfen hatte.

»Hallo, ich bin Marcia Neville«, sagte sie mit tiefer Stimme. »Ich hoffe, dass Saskia hier Ihnen nicht erzählt hat, dass die Position schon vergeben ist?«

Cressida warf einen Seitenblick auf das dunkelhaarige Mädchen. »Nun ...«

»Zu blöde. Wir haben die Position für Sie offen gehalten, weil Sie Susan Hinds kennen, und sie hat Sie in den höchsten Tönen gelobt. Aber das ist das Problem mit den Aushilfskräften – sie verstehen immer alles falsch. Kommen Sie mit in mein Büro; ich hoffe, dass Saskia es schafft, uns Kaffee zu bringen. Erinnern Sie sich, Saskia? Ich nehme den koffeinfreien.«

Saskia nickte, ihr Gesicht schön, aber ausdruckslos.

»So, da sind wir. Setzen Sie sich, damit ich mir einen Eindruck von Ihnen machen kann. Und erzählen Sie von sich«, sagte Marcia und schenkte ihr wieder ein einstudiertes Lächeln.

Nach einem kurzen Zögern berichtete Cressida von ihren auswendig gelernten Qualifikationen, die sie angeblich erworben hatte, dann zählte sie ihre bisherigen Stationen auf und erzählte von ihrem brennenden Interesse, in einer Galerie zu arbeiten, in der junge Künstler eine Chance erhielten, eine Karriere zu starten. Während sie redete, wandte Marcia nicht einmal den Blick von Cressidas Gesicht.

Nachdem sie mit ihrem Vortrag fertig war, begann Marcia mit einer Reihe von Fragen, und je mehr Zeit verging, desto mehr musste sie Sue für deren Beharrlichkeit danken, ihre Vorbereitung gründlich und ernsthaft zu betreiben. Als Marcia sich schließlich zurücklehnte, fühlte sich Cressida erschöpft von der ganzen Anstrengung.

Doch Marcia schien sehr zufrieden. »Susan hatte Recht, Sie zu empfehlen«, sagte sie lächelnd. »Sie sehen gut aus, Ihre Erfahrung scheint angemessen, und ich glaube, dass Sie mehr über die Impressionisten wissen als Susan. Sie kennt sich dafür in der Kunst der Renaissance aus, nicht wahr?«

»Ich habe immer gedacht, dass die Surrealisten ihre große Stärke sind«, sagte Cressida, und Marcia nickte. Cressida stieß einen unhörbaren Seufzer der Erleichterung aus. Das war ganz gewiss eine Falle gewesen, die Marcia ihr da gestellt hatte, und sie hatte den Braten gerochen.

»Natürlich, die Surrealisten! Ich habe sie mit ihrer Vorgängerin verwechselt«, murmelte Marcia. »Nun, ich habe Ihre Unterlagen schon vor Ihrem Besuch überflogen und bin hochzufrieden. Wenn ich Ihnen die Stelle anbiete, wann könnten Sie anfangen?«

»Von nächster Woche an«, sagte Cressida.

»Dann schlage ich vor, dass Sie am Montagmorgen um zehn bei uns sind«, sagte Marcia und streckte ihre Hand aus. »Ich habe das Gefühl, dass Sie gut zu uns passen, Cressida.«

»Das hoffe ich auch«, gab sie zurück. »Dies ist genau die Galerie, in der ich immer arbeiten wollte.«

»Der Besitzer der Galerie ist momentan nicht im Lande«, sagte Marcia noch. »Ich nehme an, dass Susan Ihnen von Guy erzählt hat?«

»Ja, sie hat von ihm gesprochen.«

»Zum Glück überlässt er mir die Entscheidungen übers Personal. Er arbeitet in erster Linie mit den Künstlern und den Sammlern zusammen.«

»Natürlich«, murmelte Cressida, die sich deshalb zurückhielt, weil sie kein zu großes Interesse an Guy Cronje zeigen wollte.

»Gibt es sonst noch etwas, was Sie mich fragen wollen?«, erkundigte sich Marcia und schaute auf ihre Uhr, um Cressida zu verstehen zu geben, falls sie noch Fragen hätte, sollte sie sich gefälligst beeilen.

»Nein, ich glaube, Sie haben mir alles erklärt«, versicherte Cressida ihr.

»Das ist wunderbar! Es ist nicht sehr befriedigend, immer nur Aushilfen am Empfang sitzen zu haben. Die ersten Eindrücke sind sehr wichtig, und Sie geben einen hervorragenden ersten Eindruck ab, Cressida.«

»Ich danke Ihnen.« Nach einem herzlichen Händedruck und einem Lächeln verabschiedeten die beiden Frauen sich.

Als die Drehtüren sich hinter Cressida schlossen, stand Marcia Neville am Empfangstisch und blickte auf Saskia hinab. »Ich glaube, auf die muss ich aufpassen«, sagte sie leise. »Hinter der steckt mehr, als sich sagen lässt, und Guy liebt Herausforderungen, wie Sie nur zu gut wissen, nicht wahr, Saskia?«

Das dunkelhaarige Mädchen wurde rot. »Ich möchte lieber nicht darüber ...«

»Erinnern Sie sich nicht an die Nacht neulich? Ja, nun, ich kann das gut verstehen, und ich fand Ihre ekstatischen Schreie auch sehr erregend, obwohl die Umgebung, sagen wir mal, ein wenig bizarr war. Wie dem auch sei; Guy hat mich gebeten, sie von ihm zu grüßen. Er wünscht Ihnen für die Zukunft alles Gute. Ich soll auch noch sagen, wie sehr er schätzt, was Sie alles in der kurzen Zeit in der Galerie geschafft haben.«

Saskia hielt die Lider gesenkt, bis Marcia gegangen war, dann schaute sie sich um. Sie hatte immer gewusst, dass es nur ein temporärer Job war, aber sie hätte nie gedacht, dass sie in der kurzen Zeit das alles lernen würde, was sie erfahren hatte. Und in der Erinnerung an die Geschehnisse, die sich erst vor zwei Nächten mit ihr, Marcia und Guy Cronje abgespielt hatten, schüttelte es sie mit schuldbewusstem Vergnügen.

Irgendwie konnte sie sich nicht vorstellen, dass Cressida Farleigh sich vom geheimnisvollen, erregenden Besitzer der Galerie Room With a View vereinnahmen lassen würde, aber wenn sie sich auf ihn einließ, würde sich ihr Leben für immer verändern.

Zweites Kapitel

Als sich Cressida für den ersten Tag in der Kunstgalerie anzog, wurde ihr bewusst, wie nervös sie sich fühlte. Das war eigenartig, denn während der ganzen Zeit im Polizeidienst – und da hatte es im Laufe der Jahre einige aufregende Momente gegeben – hatte sie nie Schmetterlinge gespürt, die in ihrem Bauch flatterten.

Ihre Probleme begannen damit, dass sie keine Uniform tragen konnte. Wenn sie die erst mal anhatte, hörte Cressida auf, als Individualistin zu existieren; sie wurde stattdessen Teil der Polizei. Eine solche Verkleidung gab es jetzt nicht; sie konnte sich hinter nichts verstecken. Sie war auf sich allein gestellt, und diese Erkenntnis beunruhigte sie.

Schließlich war sie zufrieden mit ihrem Aussehen. Die kurze marineblaue Jacke mit den Goldknöpfen schmiegte sich an die Hüften an, und der passende glatte Rock endete fünf Zentimeter oberhalb der Knie und betonte ihre langen Beine. Sie hielt sich an Susans Ratschlag und trug undurchsichtige blaue trägerlose Strümpfe, aber als eigene Note band sie sich einen roten Schal um. Dieser auffällige Farbklecks half, von ihrer natürlichen blassen Gesichtsfarbe abzulenken.

Ja, sie war zufrieden mit sich. Nach einem letzten Blick in den Spiegel warf sie einen leichten Regenmantel über den Arm und ging aus dem Haus.

Zum Glück war es nur ein kurzer Weg zum Elgin Crescent, aber wie gewöhnlich bedeutete der Londoner Verkehr, dass die Fahrt länger dauerte, als sie berechnet hatte, und als sie den Parkplatz gefunden hatte, von dem Marcia ihr gesagt hatte, dass er für Mitarbeiter der Galerie reserviert war, hatte sie sich um fünf Minuten verspätet. Kein guter Start, dachte sie.

Aber auch Marcia hatte sich verspätet, und die Galerie war noch verschlossen. Es dauerte weitere fünf Minuten, ehe die blonde Frau eintraf, und sie hielt es nicht für nötig, sich zu entschuldigen. Cressida fiel auf, dass Marcia überraschend distanziert war; auch ein Lächeln zur Begrüßung fiel aus.

»Machen Sie mir einen Kaffee, wenn Sie Ihren Mantel und Ihre Sachen weggeräumt haben, ja, Darling?«, sagte sie zu Cressida und zündete sich eine Zigarette an. »Alles, was Sie brauchen, finden Sie in dem kleinen Raum hinter dem Schreibtisch. Ich mag meinen Kaffee stark und schwarz.«

»Was mache ich, wenn jemand in die Galerie kommt?«, fragte Cressida nervös. Ihre Chefin ging auf ihr Büro zu.

»Dann kümmern Sie sich zuerst um den Besucher«, antwortete Marcia streng.

Cressida hatte Glück; es kam niemand, deshalb konnte sie Marcia den Kaffee rasch bringen. »Ich hoffe, er ist stark genug«, sagte sie mit einem Lächeln.

Marcia, die ihren Kopf mit beiden Händen stützte, schaute auf, und diesmal brachte sie ein Lächeln fertig. »Ich bin sicher, dass er perfekt ist«, murmelte sie. »Ich habe solche Kopfschmerzen, dass ich selbst das Tageslicht kaum ertragen kann.«

Sie sah tatsächlich angegriffen aus. Unter den Augen hatten sich dunkle Ringe gebildet, die auch das Make-up nicht verbergen konnte, und um die Augen wirkte die Haut gequollen, wahrscheinlich ein Zeichen von zu wenig Schlaf, dachte Cressida.

Sie ging zurück zu ihrem Empfangstisch und überflog die sehr umfassende Liste von Instruktionen, die Sue ihr als Gedankenstütze gegeben hatte. Nach zwanzig Minuten, als sie den Text zweimal gelesen hatte, ging sie zur L-förmigen Galerie, um sich die Bilder anzuschauen.

Die Wände zu beiden Seiten des längeren Teils des L dienten als Ausstellung für ziemlich konventionelle Bilder – Landschaften, Porträts und ein gelegentliches Stillleben, aber am unteren Ende, wo es zum kürzeren Teil des L ging, befand sich ein Alkoven, und als Cressida noch einen Schritt weiter ging, fühlte sie sich in eine andere Welt versetzt.

Beide Wände waren mit kräftigen Schwarzweißzeichnungen von Männern und Frauen bedeckt, aber es waren Männer und Frauen, wie Cressida sie noch nie gesehen hatte. Die Frauen waren fast alle in Ketten gelegt, sie saßen entweder provokant auf Stühlen, waren nackt und an Händen und Füßen gefesselt, oder sie hingen an Türen oder an Wandbalken. Die Brüste waren nach vorn gereckt. Auf jedem Bild war auch ein Mann zu sehen, aber er war immer gesichtslos, eine Gestalt im Schatten, zweitrangig im Vergleich zur Frau, auch wenn er größer war und eindeutig eine Machtposition einnahm.

Sie ging näher auf die Bilder zu, um den Namen des Künstlers herauszufinden, und dabei fiel ihr auf, dass die Gesichter der Frauen nicht so waren, wie Cressida es erwartet hatte. Natürlich konnte sie Angst erkennen, aber da war auch ein seltsames Glitzern von Triumph und Überlegenheit, als besäßen sie ein besonderes Wissen, das ihnen niemand nehmen konnte, auch nicht die Ketten.

Ihr blieb gerade noch Zeit, sich den Namen des Künstlers zu merken, Rick Marks, dann hörte sie die Türglocke, und sie hastete hinter ihren Tisch zurück.

In der anschließenden Stunde hatte sie alle Hände voll zu tun. Leute kamen herein und schauten sich in der Galerie um, oder sie fragten nach dem jüngsten Gemälde ihres Lieblingskünstlers, während andere bekannte Drucke bestellten, gewöhnlich von Picasso und Salvador Dali. Sie suchte den Lieferanten von Dalis ›Persistence of Memory‹, als Marcia schließlich aus ihrem Büro kam und übernahm.

»Machen Sie mal Pause, Cressida«, sagte sie mit einem Lächeln. »Sie haben sie sich verdient. Ich hatte nicht vor, Sie so lange allein zu lassen, aber es ergab sich ein Problem, um das ich mich sofort kümmern musste.«

Cressida zog sich dankbar in das kleine hintere Zimmer zurück und brühte wieder Kaffee auf. In ihre Tasse gab sie Milch und Zucker. Nachdem sie den Kaffee getrunken hatte, ging sie zum Empfang zurück. Marcia schaute von ihrem Bestellblock hoch.

»Gewöhnlich ist montags nicht so ein Betrieb, Cressida. Ich hoffe, Sie hatten nicht zu viele Probleme?«

Cressida schüttelte den Kopf. »Alles ist gut gelaufen.«

»Gut. Ich hatte Guy am Telefon. Er hat einem guten Freund, Sir Peter Thornton, offenbar versprochen, dass seine Tochter in den nächsten Wochen in der Galerie arbeiten kann. Sie braucht Zeit, ›um sich selbst zu finden‹, was immer das auch bedeutet. Es ist eigentlich ein Ärgernis, denn das Mädchen ist erst achtzehn und auch nicht besonders intelligent, aber ein paar zusätzliche Hände können wir immer gebrauchen. Sie heißt Leonora, und sie kann als Ihre Assistentin firmieren. Wenn sie sich selbst findet, indem sie ganz viel Kaffee aufbrüht und vielleicht diese zeitgenössischen Pariser Fotografien verkaufen kann, die wir ins Sortiment genommen haben, was ein Fehler war, dann ist sie intelligenter, als ich dachte.«

»Kennen Sie den Vater auch?«, fragte Cressida.

Marcia nickte. »Guy und ich dinieren mit Sir Peter und seiner Frau etwa ein-, zweimal im Monat, und ich erinnere mich, dass Leonora in diesem Jahr das Internat verlässt. Seine Frau ist nicht Leonoras Mutter, dafür ist sie viel zu jung. Ich glaube, sie ist das Ergebnis seiner zweiten Ehe. Insgesamt hat er dreimal geheiratet, da fällt es manchmal schwer, die Reihenfolge im Kopf zu behalten.«

»Vielleicht will ihre Stiefmutter sie nur aus dem Weg haben, während Leonora sich selbst findet«, meinte Cressida.

»Da bin ich mir sicher. Rose ist selbst erst dreiundzwanzig, deshalb kann man davon ausgehen, dass eine achtzehnjährige Stieftochter Probleme verursacht. Was erwarten diese Männer eigentlich? Sagen Sie, haben Sie eine Chance gehabt, sich die Galerie anzusehen?«

»Ja, ich glaube, ich habe alles gesehen.«

Marcia sah sie nachdenklich an. »Was halten Sie denn von Ricks Arbeiten?«

»Die im Alkoven?«, fragte Cressida.

Marcia nickte.

»Sie sind gewiss sehr eindrucksvoll«, sagte Cressida langsam. »Aber ich fand sie auch sehr beunruhigend. Ich glaube nicht, dass ich eines seiner Bilder über mein Bett hängen würde.«

»Der perfekte Ort, hätte ich gedacht«, sagte Marcia lachend. Dann schien sie zu denken, dass dies nicht die angemessene Antwort war, und hörte auf zu lachen. »Es ist alles nur eine Frage des persönlichen Geschmacks«, sagte sie steif. »Ich finde, dass er unglaublich begabt ist, und Guy ist überzeugt, dass er eines Tages sehr berühmt sein wird. Aber die dunkle Seite seiner Arbeiten sind nicht jedermanns Geschmack.«

»Aber ich habe nicht aufhören können, die Bilder anzustarren«, gab Cressida zu.

»Wirklich?«, fragte Marcia bedächtig. »Interessant. Ich werde es ihm sagen, wenn er das nächste Mal anruft. Wie die meisten Künstler ist er sehr unsicher, sodass jedes Lob ihm hilft, sein Selbstvertrauen zu stärken.«

Cressida konnte sich nur schwer vorstellen, dass ein Mann, der solche beeindruckenden Zeichnungen hervorbringen konnte, sein Selbstvertrauen erst finden musste, aber sie wusste von Sue, dass alle Künstler unsicher waren, unsicher und neurotisch, und offenbar gehörte Rick auch zu denen.

Der Rest des Tages ging schnell vorbei. Am Nachmittag wurde Cressida von einer jungen Frau namens Polly unterstützt. Sie war dafür verantwortlich, dass alle Reproduktionsaufträge schnell ausgeführt wurden, und sie nahm auch Aufträge für ihre eigene kleine Firma entgegen; sie fertigte Bilderrahmen an und arbeitete von zu Hause, das dem Elgin Crescent gleich gegenüber lag. Cressida dachte, Polly könnte ihr ein paar nützliche Informationen liefern, und kurz bevor die Galerie schloss, gelang es ihr, die andere Frau in ein Gespräch zu verwickeln.

»Kennen Sie einige der Künstler, die hier ausstellen?«, begann Cressida.

Polly schüttelte den Kopf. »Nicht persönlich. Von Zeit zu Zeit kommt jemand herein, und dann plaudern wir, aber das ist auch schon alles. Ich gehöre nicht zu den Auserwählten, wenn es das ist, was Sie meinen.«

»Auserwählte?«

»Ja. Marcia und Guy finden ab und zu Geschmack an der einen oder anderen Assistentin und nehmen sie mit zu Partys, wo sie die Künstler und Sammler kennen lernen. Aus dem, was ich gehört habe, müssen das interessante Abende sein, aber mehr als das, was so allgemein geklatscht wird, weiß ich nicht. Ich bin jedenfalls nie eingeladen worden.«

»Ist denn das Mädchen, das vor mir hier war, schon mal eingeladen worden?«

Polly hob die Brauen. »Sie ist doch eine Freundin von Ihnen. Warum fragen Sie sie nicht selbst?«

Cressida fluchte innerlich wegen ihres Faux pas. »Ich kenne ihre Familie«, sagte sie rasch. »Sue würde mir nicht alles erzählen, glaube ich.«

»Dann werde ich mich hüten, etwas über sie zu sagen. Aber ich kann Ihnen sagen, an wem die Besitzer Gefallen gefunden haben. Saskia. Sie war nur eine temporäre Aushilfskraft, ich glaube, sie hat insgesamt nur acht Wochen zeitweise hier gearbeitet, aber sie haben sie vom ersten Tag an überall mitgenommen. Sie ist sehr attraktiv, und das gibt bei Guy Cronje den Ausschlag.«

»Alle Kunstwerke, die ich hier gesehen habe, sind von modernen Künstlern. Handeln sie nicht mit anderen Sujets?«

»Womit denn?«

»Nun, Gemälde im Stil der Renaissance, zum Beispiel«, meinte Cressida.

»Das wäre sinnlos«, antwortete Polly. »Man bekommt Drucke von allen berühmten Malern dieser Zeit. Nein, diese Galerie bietet neuen Künstlern ein Zuhause. Einige davon werden zu den Großen unserer Zeit werden. Die meisten unserer Sammler haben ihre Häuser mit kleinen Holbeins und Rembrandts voll gestopft. Warum sollten sie etwas Ähnliches von einem unbekannten Maler kaufen wollen?«

»So habe ich das noch gar nicht gesehen«, räumte Cressida ein, und sie begann sich zu fragen, wie die Galerie in Betrügereien mit alten Meisterwerken involviert sein sollte, wenn sie sich so sehr um moderne Arbeiten bemühte.

»Ihre Freundin Sue schien auch zu glauben, dass man Geld mit den Reproduktionen machen kann. Ich habe das gegenüber Marcia mal erwähnt. Sie sagte, dass es ein Irrglaube wäre, und Guy wollte auch nicht, dass er die Galerie damit belastete. Das kann ich ihm nicht verübeln. Er hat sich schon einen guten Namen mit seiner Galerie gemacht, nicht nur hier, sondern auch in Frankreich, Italien und Deutschland. Warum sollte er sein gut laufendes Geschäft mit einem Angebot erweitern, das sich nicht verkaufen lässt?«

»Verständlich«, sagte Cressida. Sie fand, es war Zeit, das Thema zu wechseln. »Rick Marks ist ein eigenwilliger Maler mit ziemlich garstigen Motiven. Verkauft sich das gut?«

Polly lächelte. »Ja, aber es sind ganz besondere Leute, die darauf stehen. Es gibt Leute, die sind geradezu besessen von seinen Bildern und kaufen alles von ihm, wenn sie es sich erlauben können. Andere weigern sich, überhaupt einen Blick auf die Zeichnungen zu werfen. Ich kann auch diese Leute verstehen, denn die Bilder sind ziemlich hart, nicht wahr?«

»Ich weiß nicht, was ich von seiner Arbeit halten soll«, gab Cressida zu. »Morgen studiere ich die Zeichnungen noch ein bissen intensiver, wenn ich Zeit habe.«

»Mein Partner liebt seine Zeichnungen«, sagte Polly und stand auf, um nach Hause zu gehen. »Er sagt, dass alle Bilder einen verschiedenen Aspekt wirklicher Sexualität ausdrücken, im Gegensatz zur geschönten Sexualität, wie die Gesellschaft sie sieht. Ich sage, für mich gibt es nur die geschönte Darstellung, denn mit Marks' Wirklichkeit kann ich nichts anfangen. Wir sehen uns morgen.«

Als Cressida zu Haus eintraf, drückte sie die Nummer, die Inspector Cross ihr zu Detective Chief Inspector Williams gegeben hatte. Sie erzählte ihm von ihrem ersten Arbeitstag und konnte heraushören, dass er enttäuscht war. Offenbar hatte er erwartet, dass sie sofort Guy Cronje in die Arme lief.

»Er ist im Ausland gewesen«, erklärte sie. »Marcia hat mir nicht gesagt, wann er zurückkommt, aber um ehrlich zu sein, bisher habe ich nichts gesehen, was darauf schließen lässt, dass in der Galerie irgendwelche Betrügereien über die Bühne gehen. Die Bilder, die ausgestellt sind, haben nichts mit Rembrandt und Co zu tun.«

»Sie sind doch erst einen Tag da«, sagte er scharf. »Ich glaube, Sie können es uns überlassen, ob wir Gründe für unseren Verdacht haben oder nicht. Ich erwarte auch nicht, dass die Leute, von denen wir reden, durch die Galerie schlendern und ein paar Drucke bestellen. Wir haben es mit bedeutenden Leuten zu tun, und sie haben besondere Beziehungen zu Cronje.«

»Wenn das der Fall ist, wie soll ich diese Leute denn kennen lernen?«, fragte sie verwirrt.

»Sie müssen die Initiative ergreifen«, forderte er knapp.

»Es wurde ein Sir Peter Thornton erwähnt«, sagte Cressida, und sie hörte, wie Detective Chief Inspector Williams die Luft scharf einsog. »Seine Tochter wird ein paar Wochen lang in der Galerie arbeiten. Sie hat gerade die Schule hinter sich, und wenn ich es richtig deute, will die Stiefmutter sie aus dem Haus haben. Ist Ihnen der Name bekannt?«

»Aber gewiss. Sir Peter ist einer der wohlhabenden Industriellen des Landes, inzwischen nicht mehr im Amt, denn er muss etwa Mitte sechzig sein. Er ist ein Mäzen der Künste und verfügt über eine bedeutende Sammlung. Sie müssen sich mit seiner Tochter anfreunden, WPC Farleigh, denn über sie kommen Sie vielleicht in das Haus ihrer Eltern, und dort finden Sie möglicherweise heraus, wie gut er Guy Cronje kennt.«

»Von dem, was Marcia erzählt hat, kennen sie sich mehr als gut.«

Am anderen Ende der Leitung gab es ein längeres Schweigen. »Er ist ein guter Freund von mir«, sagte Williams dann. »Ich will nicht, dass er wegen dieses Betrügers in Schwierigkeiten gerät, also behalten Sie einen klaren Kopf und beobachten Sie jede Kleinigkeit, die ihn betrifft, verstehen Sie?«

»Ja, Sir«, sagte Cressida höflich, aber als sie den Hörer auflegte, war sie zutiefst enttäuscht. Sie hatte bisher noch in jedem Fall ihren klaren Kopf behalten, das gehörte einfach dazu. Und nur weil Sir Peter ein Freund des Detective Chief Inspectors war, hieß das nicht, dass er von größerer Bedeutung war als andere Menschen, die von Guy Cronje und Marcia Neville hereingelegt worden waren – wenn es solche Menschen überhaupt gab.

»Sir Peter gehört zum Netzwerk des alten Jungen«, sagte Tom ihr, als sie ihn anrief. »Auf dieselbe Schule gegangen, selbe Universität, vielleicht sogar dieselbe Kinderschwester, als sie klein waren. Damit musst du leben, Cress. So geht es eben zu in unserer Welt.«

»Und warum gibt es keine Frauen in diesem Netzwerk?«, fragte Cressida zornig.

»Ich könnte mir denken, dass du bald auch einer Frau aus diesem Netzwerk begegnest«, meinte Tom. »Pass gut auf dich auf. Morgen Abend komme ich vorbei, um zu sehen, ob es dir noch gut geht. Wir lassen uns Essen kommen und haben Zeit, alles zu besprechen.«

Cressida stimmte zu, obwohl sie nicht sicher war, wie lange Tom sie noch besuchen durfte; schließlich arbeitete sie undercover.

Am folgenden Morgen strahlte die Sonne, und es war ungewöhnlich warm für Anfang Mai. Cressida arbeitete sich durch die neue Garderobe. Sie entschied sich für einen Rock, sonnengelb und weiß gestreift, dazu ein passendes Top, ärmellos und mit rundem Ausschnitt, und schließlich eine Jacke ohne Kragen und mit kurzen Ärmeln. Die Farben passten zu ihr, und nachdem sie Make-up aufgetragen hatte, war sie zufrieden mit ihrem Aussehen.

Auf dem Weg zur Galerie wurde ihr bewusst, wie schnell sie sich verändert hatte. Noch vor ein paar Wochen wäre sie aus dem Bett gekrochen, hätte sich die Uniform angezogen, dann im Spiegel überprüft, ob sie ordentlich aussah, und danach hätte sie den ganzen Tag nicht mehr an ihr Aussehen gedacht.

Aber seit sie eine neue Garderobe hatte und ein anderes Arbeitsumfeld, begann sie schon anders zu denken. Jetzt sorgte sie sich, ob sie die richtige Farbe des Lippenstifts gewählt hatte. Gut, sie redete sich ein, dass alle betont hatten, wie wichtig das richtige Aussehen war für diesen Job, aber sie wusste auch, dass dies nicht die ganze Wahrheit war. Sie genoss das neue Ich, das sie angenommen hatte, und diese Erkenntnis fand sie höchst beunruhigend.

»Du bist immer noch eine Polizistin, Cressida«, murmelte sie, als sie auf den Parkplatz fuhr. »Dies ist die nach außen hin strahlende Welt der Künstler und der Galerien, mehr nicht. Wenn die Party vorbei ist, kehrst du in den normalen Alltag zurück.«

Diesmal hatte Marcia schon geöffnet, als Cressida eintraf, und bald darauf kamen die ersten Kunden und schauten sich in der Galerie um. Marcia schärfte Cressida ein, dass sie immer ein Auge auf die Gucker haben musste.

»Sie dürfen nicht merken, dass sie beobachtet werden«,

erklärte sie, »aber wenn Sie nicht genau hinschauen, haben wir schnell ein Bild verloren, meistens ein kleines Bild, aber es sind auch schon größere verschwunden. Fragen Sie mich nicht, wie, aber es ist geschehen.«

Nun, im unauffälligen Beobachten von Menschen war Cressida geübt; das war eine häufige Praxis bei ihrer Polizeiarbeit. Sie fand heraus, dass sie Telefonanrufe entgegennehmen und gleichzeitig mit Marcia reden und darauf achten konnte, was in der Galerie vor sich ging.

Gegen halb zwölf wurde es ruhiger, und als ein großer älterer Herr, modisch gekleidet und mit einer wunderbaren Aussprache sagte, dass er eine Verabredung mit Marcia hatte, führte sie ihn zum Büro der anderen Frau. Es blieb ruhig, und so nahm sich Cressida Zeit für die Zeichnungen von Rick Marks.

In der Mitte der hinteren Wand wurde ein Bild von Marks mit einem Spotlight angestrahlt, und Cressida fühlte sich beinahe gegen ihren Willen davon angezogen. Die Frau stand da, die Arme auf der Höhe ihrer Schultern, die Handgelenke mit Handschellen versehen, und lange dünne Ketten gingen nach oben ab, als wären sie Strippen einer Marionette.

Ihre Hände hingen schlaff aus den Handschellen, und der obere Torso war leicht nach vorn gebeugt, aber man konnte den Gesichtsausdruck noch sehen. Rechts unten auf dem Bild stand ein Mann; sein nackter Rücken zeigte starke Anspannung in jedem Muskel.

Die ganze Szene ließ Cressida sehr verstört zurück.

Ihr Brustkorb schien sich zusammenzuschnüren, und ihr Atem wurde schneller und schneller, je länger sie das Bild betrachtete. Sie trat näher heran und las den Titel: »Die Puppe«.

Cressida blickte in die Augen der Frau und versuchte herauszufinden, welchen Ausdruck sie dort entdeckte, aber das schien völlig unmöglich zu sein. Die Augen waren dunkel und geheimnisvoll, und aus verschiedenen Blickwinkeln mochte es so aussehen, als mokierte sie sich trotz ihrer Fesseln über den nackten Mann in der Ecke.

Cressida versuchte sich vorzustellen, wie es sich anfühlen würde, in dieser Position zu sein – völlig nackt und hilflos dazustehen, vor einem Mann, der sie offenbar verzweifelt begehrte. Wer so gefesselt war, hatte keine Chance, etwas nach seiner Wahl zu tun; es war immer der Mann, der Regie führte und deinen Körper berührte und mit dir tun konnte, was er wollte.

Ihr Magen flatterte, und sie bemerkte, dass ihr Mund trocken war. Sie wollte wegschauen, zurück in die Helligkeit der Galerie gehen und sich Landschaftsbilder anschauen, die sie beruhigen und nicht verstören würden, aber sie konnte es nicht. Stattdessen blieb sie, wo sie war, gefangen in der Betrachtung dieses einen Bildes.

Sie studierte es so lange, bis sie die gefesselte Frau auf der Zeichnung wurde. Sie konnte die Handschellen fühlen, die Ketten und die gequälten Muskeln, während sie darauf wartete, dass der Mann aktiv wurde.

»Wer ist wirklich die Puppe, was meinen Sie?«, murmelte eine männliche Stimme in ihr Ohr. Und mit einem entsetzten Aufschrei fuhr sie herum und starrte auf den Mann, der dicht neben ihr stand. Ihre Schultern berührten sich fast.

»Ich dachte, er hätte was gesagt«, fuhr es aus ihr heraus.

»Wer?«, fragte der Mann leise.

Cressida hatte sich noch nie so dumm gefühlt. »Der Mann auf dem Bild«, murmelte sie.

»Ah, ja, das kann ich verstehen. Sie wartet eindeutig darauf, dass er sich in Bewegung setzt oder spricht, aber schauen Sie in ihre Augen. Sie ist eine Frau, die die Kontrolle hat. Er glaubt, dass sie die Puppe ist, aber sie weiß es besser. Er ist so sehr Sklave, dass er auch die Ketten tragen könnte. Es ist sein Verlangen, das ihn zum Sklaven macht.«

Cressida fühlte sich plötzlich sehr heiß und hastete zu ihrem Platz in der Galerie zurück. »Entschuldigen Sie«, sagte sie zu dem Mann, »ich habe die Türglocke nicht gehört, sonst wäre ich eher an meinen Platz zurückgekehrt. Kann ich Ihnen mit irgendwas helfen?«

Der Mann sah sie nachdenklich an. »Nicht im Moment, aber vielleicht später. Ich bin Guy Cronje, der Besitzer von Room With a View. Und Sie, nehme ich an, sind Cressida Farleigh?«

Cressida, die immer noch versuchte, ihren Atem unter Kontrolle zu bekommen, nickte. »Ich entschuldige mich gleich noch einmal«, sagte sie und streckte ihre Hand aus. »Tut mir leid, dass ich nicht an meinem Platz war.«

»Das ist nicht so wichtig. Ich bin durch den Hintereingang hereingekommen, deshalb hat die Türglocke nicht angeschlagen. Wissen Sie, Sie sind genau so, wie Marcia Sie beschrieben hat. Marcia hat Sie sehr gut beschrieben.«

Cressida lächelte höflich. Guy Cronje war überhaupt nicht so, wie sie ihn sich vorgestellt hatte. Er passte zu Sues allgemeiner Beschreibung: groß, schlank und blass, dunkle Haare, kurz geschnitten, die Ohren frei, aber hinten fielen ihm die Haare über den Kragen.

Aber nichts von dem, was sie über ihn gehört hatte, konnte sie auf die Ausstrahlung unterdrückter Spannung vorbereiten, die aus ihm strömte. Seine dunklen Augen schienen sich durch sie hindurch zu brennen; seine Blicke waren so intensiv, und wenn er sich bewegte und redete, benutzte er seine Hände und Arme, um entscheidende Punkte zu verstärken.

Er trug einen hellbraunen Anzug mit einem weißen Hemd und einer rehbraunen Krawatte, aber er fummelte ständig an seinem Jackett herum und fasste sich mehrere Male an den Knoten der Krawatte, Zeichen einer Nervosität, die offenbar dazu diente, die Energie aufzusaugen, die ihn zu verzehren schien. Er war charismatisch, faszinierend und der am wenigsten entspannte Mensch, den sie je kennen gelernt hatte.

»Nun?«, fragte er mit einem halben Lächeln.

Cressida runzelte die Stirn. »Wie, bitte?«

»Sie haben mich ausgiebig gemustert. Ich bin neugierig, wie Ihr Urteil lautet.«

»Ich bitte um Entschuldigung, das ist eine schreckliche Angewohnheit von mir. In meiner Freizeit male ich gern Porträts, und ich überlegte, wie ich Sie darstellen würde«, log sie und hoffte, dass er sie nie nach ihren Arbeiten fragte, denn sie konnte gar nicht malen.

»Ich werde Ihnen mal Modell sitzen«, versprach er, dann drehte er sich auf dem Absatz um, durchquerte die Galerie und ging zu Marcias Büro.

Cressida war gerade hinter ihren Schreibtisch zurückgekehrt und dachte immer noch an ›Die Puppe‹, als eine Frau hereinkam und sich nach einem anderen Maler der Galerie erkundigte. Deshalb war sie gezwungen, das beunruhigende Bild aus ihren Gedanken zu verbannen.

Etwa eine halbe Stunde später kam Guy aus Marcias Büro, ging in der Galerie auf und ab, hängte zwei neue Bilder auf und verließ dann das Gebäude, ohne auch nur einen Blick zu Cressida zu werfen.

Als Polly nach dem Essen kam, erwähnte Cressida den Besuch des Chefs. »Er macht mir einen sehr unsteten Eindruck«, sagte sie. »Nicht, dass er schlecht gelaunt war oder so, aber er ist sehr nervös und macht alles zweimal so schnell wie andere. Ich kann mir denken, dass er unangenehm werden kann, wenn es nicht so läuft, wie er will.«

Polly hob die Schultern. »Ich kenne ihn nicht gut genug, um etwas darüber zu sagen. Er und Marcia sind jetzt schon eine Weile zusammen, und sie scheint keine Schwierigkeiten mit ihm zu haben. Oder sie denkt sich, dass er es wert ist. Saskia war ganz vernarrt in ihn.«

»Mein Typ ist er nicht«, sagte Cressida und ignorierte die Tatsache, dass sie ihn nicht aus ihren Gedanken schütteln konnte. »Ich ziehe verlässliche Männer vor.«

»Sie können sich wahrscheinlich darauf verlassen, dass er Ihnen eine aufregende Nacht beschert«, sagte Polly lachend. »Aber ich weiß, was Sie meinen. Er ist auch nicht mein Typ, aber ich hätte nichts dagegen, eine Nacht mit ihm zu verbringen, allein schon, um zu sehen, warum er so angehimmelt wird.«

»Angehimmelt?«

»Ja. In der Zeit, in der ich hier bin, habe ich drei oder vier hysterische Weiber am Telefon gehabt, die wissen wollen, wo er ist und warum er ihre Anrufe nicht beantwortet. Es waren alle verheiratete Frauen, was bedeutet, dass er sie sitzen lassen kann, und sie können nichts dagegen tun.«

»Haben Sie einige der Frauen mal kennen gelernt?«, fragte Cressida und hoffte, dass sie Detective Chief Inspector Williams ein paar Namen nennen konnte.

»Nein, obwohl eine Stimme darunter war, die ich glaube, erkannt zu haben.«

»Und Marcia hat nichts dagegen?«

»Wer weiß schon, was Marcia wirklich denkt«, antwortete Polly. »Sie lässt nie erkennen, dass sie etwas dagegen hat, aber sie zeigt auch nie, dass Guy und sie ein Paar sind. Jedenfalls nicht hier in der Galerie. Natürlich sieht man sie oft zusammen, aber da könnten sie sich auch noch herausreden und sagen, es handelte sich um ein Geschäftsessen. Aber das ist es eben nicht, hat Saskia mir gesagt, doch die ganze Affäre der beiden bleibt ein Geheimnis. Das ist besser für alle beteiligten Menschen, nehme ich an. Sie halten Geschäft und Privatleben streng getrennt.«

»Ist Saskia mit ihm ausgegangen?«

Polly schenkte ihr einen merkwürdigen Blick. »Sie sind genau wie Ihre Freundin Sue, sie hat auch immer Fragen gestellt. Ja, ich glaube, Saskia ist mit ihm ausgegangen, aber ihrer Darstellung nach nur zum Essen und anschließend zu ein paar Drinks.«

»Ich bin immer daran interessiert, die Lebensgeschichte anderer Leute zu hören«, gestand Cressida. »Und Sue ist nicht anders. Wahrscheinlich ist das der Grund, warum wir so gut miteinander auskommen.«

»Ich halte mich lieber zurück, das ist meistens sicherer«, sagte Polly geheimnisvoll, dann ging sie weg, um nach Bilderrahmen zu suchen. Cressida ging noch einmal die Dinge durch, die sie gehört hatte, und überlegte, welche Informationen für ihre Geheimarbeit nützlich waren.

Um halb sechs übergab ihr Marcia einen Schlüsselbund. »Könnten Sie morgen früh aufschließen, Cressida? Ich gehe heute Abend aus, und ich weiß jetzt schon, dass es spät werden wird. Gewöhnlich öffne ich die Galerie mittwochs erst am Mittag, aber wir haben jetzt mehr zu tun, deshalb wäre mir wohler, wenn wir ein paar Stunden früher öffnen, also wie sonst.«

»Natürlich«, sagte Cressida und empfand so etwas wie Triumph. Wenn sie von zehn bis Mittag allein in der Galerie war, würde sie Marcias Büro durchstöbern und die Ablagen nach verdächtigen Dingen durchsuchen können. Sue hatte das nie geschafft.

»Ich bin sehr froh über Ihre Fortschritte«, fuhr Marcia fort. »Guy hat mir gesagt, Sie interessierten sich für Ricks Arbeiten. Wir erwarten ihn morgen Nachmittag in der Galerie, dann werden Sie Gelegenheit haben, ihn kennen zu lernen. Vielleicht bittet er sie ja, ihm Modell zu stehen.« Sie lachte.

Cressida schüttelte den Kopf. »Ich fürchte, ich eigne mich nicht als Aktmodell.«

Marcia hob die Augenbrauen. »Was für ein Unsinn. Sie haben eine wunderschöne Figur und herrliche Beine. Die sind Guy sofort aufgefallen.«

»Wie schmeichelhaft«, sagte Cressida verlegen, aber gleichzeitig auch erleichtert, denn das bedeutete, dass sie vielleicht eine Chance hatte, ihm näher zu kommen, als das Sue gelungen war.

»Nun ja, Guy fallen attraktive Frauen immer auf«, sagte Marcia, und für einen kurzen Moment setzte ihr Lächeln aus. »Das Problem ist nur, sobald er die Jagd abgeschlossen ist, verliert er das Interesse, was zu vielen gebrochenen Herzen führt.« Cressida antwortete nicht, und nach einem kurzen Zögern zog sich Marcia wieder in ihr Büro zurück.

Zehn Minuten später verließ Cressida die Galerie, und als sie in ihr Auto stieg, fiel ihr ein schwarzer Jaguar XJS auf, der neben ihrem Wagen parkte. Guy Cronje saß hinter dem Steuer, aber er hatte den Kopf über ein Buch gebeugt und schien sie nicht zu bemerken. Aber als sie zurücksetzte, beobachtete er sie im Innenspiegel, und er vertiefte sich erst wieder in sein Buch, als sie außer Sichtweite war.

Als Marcia sich dann neben ihn setzte, sah er sie auf eine fragende Art an, als hätte er sie noch nie gesehen. Sie fühlte einen Anflug von Unbehagen. Guy bekam das nicht mit, aber wann immer er sie so ansah, bedeutete das, dass seine Gedanken woanders waren, meistens bei einer anderen Frau. Dass Marcia neben ihm auftauchte, schien ihn zu überraschen.

Inzwischen hatte sich Marcia daran gewöhnt, und meistens gelang es ihr, ihn abzulenken, bevor er sich verplappern konnte, aber manchmal gelang es ihr nicht, dann durchlief sie Qualen der Eifersucht, bis das unersättliche Verlangen ihres Geliebten nach frischen Eroberungen vorübergehend vergessen war. Dann wandte er ihr wieder seine ganze Aufmerksamkeit zu.

»Was hältst du von Cressida?«, fragte sie, denn sie war sicher, dass ihre neue Assistentin es war, mit der sich seine Gedanken so intensiv beschäftigt hatten.

Guy sah sie verwirrt an. »Cressida?«

»Cressida Farleigh, das neue Mädchen in der Galerie«, erklärte Marcia und fragte sich, wer, verdammt, es war, die ihn beschäftigt hatte, wenn es nicht Cressida war.

»Sie scheint zu uns zu passen und eine große Verbesserung gegenüber der letzten zu sein. Wie ich schon sagte, sie hat gute Beine, und wenn du mit ihrer Arbeit zufrieden bist, sollten wir die Daumen drücken, dass sie bleibt.«

»Gehen wir heute Abend aus?«, fragte Marcia. »Ich habe Cressida die Schlüssel der Galerie gegeben, weil ich vielleicht etwas länger im Bett bleiben möchte. Montag war schlimm genug, aber ich musste pünktlich da sein, weil es ihr erster Tag war.«

Guy fädelte den Jaguar in den rasch fließenden Verkehr ein. »Ist das vernünftig? Woher willst du wissen, ob sie vertrauenswürdig ist?«

»Wir haben kein Geld herumliegen. Außerdem sieht sie so aus, als wäre sie bei den Pfadfindermädchen gewesen. Sie scheint eine grundsolide Frau zu sein.«

»Solange sie nicht in deinen privaten Papieren wühlt«,

knurrte Guy und stieß einen Fluch aus, als er von einem Taxi geschnitten wurde.

»Warum sollte sie?«

»Ja, warum? Ich habe eine misstrauische Natur, das ist mein Problem. Gut. Also, was heute Nacht betrifft – ich dachte, da sie uns ihren Rechtsbeistand geschickt hat, der dich am Nachmittag besucht hat, sollten wir mal bei Lady Alice Summers vorbeisehen. Sie erwartet mich, aber ich nehme an, dass es ein doppeltes Vergnügen für sie sein wird, wenn wir beide zu ihr gehen.«

Marcia ließ sich zurück in den Sitz fallen und lächelte vor sich hin. »Das glaube ich auch«, sagte sie leise. Dann schloss sie die Augen und begann sich die möglichen Freuden des kommenden Abends auszumalen.

Drittes Kapitel

Kurz nach acht Uhr traf Tom an diesem Abend bei Cressida ein. Sie hatte schon mit Detective Chief Inspector Williams telefoniert, und wie erwartet, war er begeistert, dass Guy Cronje mit ihr gesprochen und sich bei seiner Partnerin lobend über Cressida geäußert hatte. Er zeigte sich auch erfreut darüber, dass sie am nächsten Morgen die Gelegenheit hatte, die ganze Galerie zu durchsuchen, aber er ermahnte sie, vorsichtig zu sein und alle Dinge wieder dahin zurückzulegen, wo sie sie gefunden hatte. Sie erinnerte sich an Guy Cronjes Nervosität und hielt das deshalb für einen guten Ratschlag.

»Guten Tag gehabt?«, fragte Tom und warf seine schmuddelige Jacke mit den vielen Taschen auf einen Stuhlrücken.

Cressida hob sie auf und hängte sie an einen Haken im Flur. »Ja, es ist ganz gut gelaufen. Ich habe den Boss kennen gelernt, und Marcia hat mir die Schlüssel gegeben, damit ich die Galerie morgen früh aufschließen kann. Nicht schlecht nach zwei Tagen, was?«

»Dann werden sie kaum etwas in ihren Unterlagen haben, was von Belang ist«, sagte Tom. »Kein intelligenter Krimineller würde eine fremde Frau unkontrolliert stöbern lassen, wenn es in der Galerie Geheimnisse geben sollte.«

»Vielleicht ist er kein Krimineller«, sagte Cressida, maßlos verärgert über Toms Bemerkung. »Vielleicht ist er das, was er zu sein vorgibt – ein erfolgreicher Agent in der Welt der Kunst, und ihr Kripo-Leute irrt euch. Hast du schon mal an diese Variante gedacht?«

»He, was ist los? Habe ich etwas gesagt, was ich nicht hätte sagen sollen?« Tom war verdutzt über ihre Reaktion.

»Ich war sehr zufrieden mit mir, bevor du es mir verdorben hast«, sagte Cressida. »Selbst der große Detective Chief Inspector Williams sagt, dass ich gut gearbeitet habe, aber offenbar weiß Detectice Sergeant Tom Penfold es besser.«

»Ich hoffe, dass du etwas findest«, versicherte er ihr. »Man kann sich nur schwer vorstellen, dass er es dir so einfach macht.«

»Vergessen wir die Arbeit, ja?«, schlug sie vor. »Sollen wir unser Essen bestellen?«

Tom lächelte. »Später vielleicht. Ich dachte, uns fällt etwas ein, um uns eine Weile zu beschäftigen.«

Cressida, die noch von der Erinnerung an ›Die Puppe‹ erregt war, fühlte einen Schwall von Hitze, der ihren ganzen Körper erfasste. »Das ist eine sehr gute Idee«, sagte sie. »Komm, gehen wir nach oben.«

Oben im Schlafzimmer zog Tom auf seine gewöhnliche ordentliche Weise seine Kleider aus, aber diesmal wollte Cressida etwas von dem Drang übernehmen, den sie bei Guy Cronje geahnt hatte. Rasch zog sie sich aus und begann dann, Toms Hemdknöpfe zu öffnen.

»Du hast es aber eilig«, rief er und wich einen Schritt zurück.

»Ich will dich ausziehen«, sagte Cressida, aber Tom half ihr dabei, bis er schließlich nackt mitten im Schlafzimmer stand, offenbar verunsichert, wie er fortfahren sollte.

»Was ist denn los?«, fragte Cressida.

»Ich weiß nicht, was du willst. Du scheinst in einer komischen Stimmung zu sein.«

»Ich will dich, Tom«, wisperte sie und begann ihn in Richtung Bett zu drängen, bis er auf dem Rücken lag, sein Kopf von drei Kissen gestützt.

Cressida fühlte sich so erregt wie lange nicht. Bilder der Frau in Ketten und des zuschauenden Mannes mit den gespannten Muskeln flogen wie Blitze durch ihren Kopf, als sie sich zu Tom aufs Bett warf. Langsam kniete sie sich über seinen Körper, das Gesicht seinen Füßen zugewandt, deshalb konnte sie Brüste und Bauch an seinem Bauch reiben, als sie sich langsam über ihn senkte. Sie nahm seinen allmählich wachsenden Penis in die Hand und führte ihn in den Mund.

Da sie die Beine weit über seinem Brustkorb gespreizt hatte, wusste Cressida, dass sie seinen Blicken entblößt ausgeliefert war, und ihre Vulva fühlte sich so an, als wäre sie längst geschwollen vor Verlangen. Sie wippte mit den Hüften hin und her, was Tom ermutigen sollte, sie dort zu berühren, aber da er nicht reagierte, konzentrierte sie sich auf ihn.

Sie hielt die Wurzel seines Penis in der linken Hand und leckte abwechselnd die Seiten hoch, und jedes Mal, wenn sie oben angekommen war, strich sie mit der Zunge über die glitschige Eichel. Bald schon war der Schaft voll erigiert, und die Kuppe war dunkelrot geworden.

Jetzt begann sie mit der Zungenspitze gegen das Bändchen an der Unterseite zu stoßen, und als er ein unterdrücktes Stöhnen der Lust nicht vermeiden konnte, fuhr sie mit der Zunge wieder am harten Stab entlang, bis er erneut stöhnte.

Sie wiederholte dieses Muster noch einige Male, strich immer wieder über das unglaublich empfindliche Bändchen, und gleichzeitig verstärkte sie den Griff um die Peniswurzel und strich mit der Hand zügig auf und ab. Sie fühlte, wie sich seine Hüften hoben, und sein Bauch, auf dem ihre Brüste lagen, wurde härter. Sie hörte auf und hob den Kopf.

»Hör nicht auf!«, rief Tom. »Ich bin kurz davor zu kommen!«

Cressida wandte den Kopf und schaute ihn über die Schulter an. »Und was ist mit mir?«, fragte sie leise.

»Ich kümmere mich später um dich«, versprach er. »Mach weiter wie bisher.«

»Ich will, dass du mir zuerst den Orgasmus besorgst«, sagte Cressida, und Toms Augen weiteten sich im Schock. »Fass meinen Po an«, drängte sie ihn. »Benutz doch mal deine Phantasie! Ich will, dass wir beide zur gleichen Zeit kommen.«

Tom antwortete nicht, und Cressida presste ihre Brüste fester gegen seinen Unterbauch und rieb die harten Nippel über seine Haut, hin und her, sodass wenigstens ihre Büste stimuliert wurden. Sie weigerte sich, den Mund wieder dort einzusetzen, wo Tom ihn am liebsten gehabt hätte, und dann fühlte sie plötzlich seine Finger, die ihre Pobacken packten.

Er streichelte sie zuerst vorsichtig, aber dann wanderten seine Finger unter sie hindurch, und sie hob den Po leicht an, damit er ihre Pussy streicheln und massieren konnte. Sie wand sich über ihm, und ihre Erregung, die in der Galerie begonnen hatte, läutete ihren Orgasmus ein.

Als sie fühlte, wie seine Finger ihre äußeren Schamlippen teilten und am feuchten inneren Kanal entlangstrichen, bis sie die geschwollene Klitoris erreichten, nahm sie seinen Penis wieder in den Mund, und diesmal leckte sie nicht nur bis hinauf zur Eichel, sie nahm auch die Eichel in den Mund und saugte sie, während sie sie mit der Zunge umspielte.

Toms Hüften hoben sich von der Matratze, als er spürte, wie sein Pulsschlag in die Höhe kletterte, und die sexuelle Spannung in der Peniswurzel stieg bis zu dem Punkt, an dem er immer die Kontrolle verlor. Er hatte Cressida noch nie so erlebt, aber in diesem Moment wollte er daran nicht denken – er wollte nur kommen, und er wusste, um dieses Ziel zu erreichen, musste er dafür sorgen, dass es ihr auch kam. Flink fanden seine Finger die kleine harte Knospe der Lust. Er strich seitlich an den Nervenenden entlang, die sich dort sammelten, bevor er sanft über die Klitoris selbst streichelte.

Cressidas Atem kam hohl und flach, und jeden Muskel hatte sie angespannt, als er sie endlich dort berührte, wo sie am liebsten berührt werden wollte. Jetzt ließ die fast unerträgliche Spannung instinktiv ihre Hüften rucken, und für einen kurzen Augenblick verlor Tom den Kontakt zu ihrer Knospe.

Zum Glück hatte er sie rasch wieder eingefangen, und dann massierte er um die Klitoris herum, und Cressida spürte die Wogen der Lust, sie waren so heftig, dass sie fast wie Schmerzen wirkten, die durch ihren Unterleib schossen.

Dies geschah fast immer, bevor sie kam, aber da sie wusste, dass ihre Erlösung kurz bevorstand, fuhr Cressida mit einer Hand an seinem Schaft entlang, während ihre Zunge um die Eichel wirbelte und die Spitze in den kleinen Schlitz eindrang, wo sie das sämige Salz aufleckte.

Als die Zungenspitze immer wieder in den Schlitz tauchte, während ihr Mund ihn immer noch saugte, verlor Tom den letzten Rest seiner Kontrolle, und mit einem Aufschrei stieß er sich vom Bett hoch, wobei sein Brustkorb hart gegen Cressidas sanft gerundeten Bauch rieb.

Das harte Reiben empfand Cressida als zusätzliche Lust, und nun jagte der Höhepunkt mit unerwarteter Geschwindigkeit durch sie hindurch. Sie hörte sich selbst aufschreien, nur wenige Sekunden nach Tom, und dann verbreitete sich das wunderbar warme Gefühl im ganzen Körper, bis sie schlaff und satt auf ihm zusammensackte.

Einige Minuten lang lagen sie schweigend auf dem Bett, und Cressida hob gerade an, ihm zu sagen, wie wunderbar es gewesen war, als Tom sich unter ihr zur Seite rollte. »Was, um alles in der Welt, ist heute Abend in dich gefahren?«, fragte er, und er hörte sich nicht sehr erfreut an.

Cressida drehte sich herum, bis sie mit dem Kopf neben Toms lag. »Mir war danach, heute Abend was anderes zu versuchen. Hat es dir nicht gefallen?«

»Mir blieb keine andere Wahl«, knurrte er.

Cressida hätte nicht mehr entsetzt sein können, wenn er sie geschlagen hätte. »Was sagst du da? Dass es dir nicht gefallen hat? Du hast aber mitgemacht; ich musste dich nur daran erinnern, dass ich auch Aufmerksamkeit brauche, denn du warst nur auf deine Lust aus.«

»Ich sage ja nicht, dass ich keinen großartigen Orgasmus hatte, denn den hatte ich. Es war nur ... nun, du warst eben anders als sonst, und das kam mir komisch vor.«

Cressida fielen Guys Worte über die Frau im Bild ein. »Du meinst, es gefällt dir nicht, wenn die Frau die Kontrolle hat? Ist es das, was dich stört?«

Tom seufzte. »Lass uns nicht streiten. Es war eine schöne Abwechslung, aber mir macht es immer Spaß, dich zu lieben, und gewöhnlich bist du nicht so aggressiv, ich meine, du bist von Natur aus keine aggressive Person, deshalb bin ich der Meinung, wir sollten uns in Zukunft auf das besinnen, was wir sonst immer tun.«

»Vielleicht sollte ich auf dem Rücken liegen und an England denken«, fuhr Cressida ihn an. »Himmel, Tom, manchmal kannst du wirklich verdammt langweilig sein.«

»Wenn du mich fragst, ist es nicht gut für dich, mit den Kunsttypen herumzuhängen«, knurrte er. »Je schneller dieser Undercover-Job vorbei ist, desto besser, finde ich. Du hast dich jetzt schon verändert. Weiß der Himmel, wie du in ein paar Wochen geworden bist.«

»Es tut mir leid, dass es dir nicht gefallen hat, Tom, aber da du darauf nicht stehst, wirst du erleichtert sein, wenn ich dir sage, dass Detective Chief Inspector Williams der Meinung ist, wir sollten uns eine Weile nicht sehen«, sagte Cressida. »Ich wollte ihn eigentlich ignorieren, aber nach dem Geschehen heute Abend glaube ich, dass er Recht hat.«

»Warum?«

»Er will, dass ich den Status einer allein lebenden Frau habe, und wenn wir zusammen gesehen werden, bin ich das eben nicht. Wir können das Risiko nicht eingehen.«

»Aber wir könnten uns doch so wie jetzt treffen.«

»Ich glaube, das wäre eine schlechte Idee«, sagte Cressida, kletterte vom Bett und zog ihren Bademantel an. »Du zeigst mir deutlich, dass dir nicht gefällt, was ich mache, aber ich habe meine Anweisungen, deshalb bleibt mir keine Wahl. Ich will nicht in zwei verschiedene Richtungen gezerrt werden, und mir erleichtert es meinen Job, wenn wir uns nicht mehr sehen, bis mein Auftrag beendet ist.«

Tom streckte eine Hand nach ihr aus. »Ich wollte uns den Abend nicht verderben, Cress. Ich gebe zu, dass ich nicht glücklich bin über das, was du jetzt tun musst, deshalb fühle ich eine unbestimmte Bedrohung. Als du im Bett die Kontrolle übernommen hattest, war das so etwas wie der letzte Strohhalm, aber mir hat gefallen, was wir getan haben und …«

»Ich bestelle unser Essen«, sagte Cressida und ging aus dem Schlafzimmer.

Zur gleichen Zeit, als Cressida den Hörer abhob, fuhren Guy und Marcia vor dem Haus des verstorbenen Lord Summers am Stadtrand von London vor. Guy sagte seinen Namen in das Sicherheitstelefon am Tor, und als die beiden Flügel aufschwangen, lenkte er seinen Wagen zwischen die hohen Steinpfeiler.

Das Haus, umgeben von einem zweitausend Quadratmeter großen Grundstück, machte einen phantastischen Eindruck. Es war mit hellen und dunklen Steinen gebaut, und das obere Drittel der Außenfassade war als Fachwerk ergänzt worden. Ein toller Anblick.

»Ziemlich groß für Alice, um hier allein zu leben, nicht wahr?«, murmelte Marcia.

»Ich glaube nicht, dass sie hier bleiben wird«, gab Guy zurück. »Ohne Zweifel wird sie alles verkaufen, was sie verkaufen darf, um sich ein hübsches Häuschen im sonnigen Spanien zuzulegen, wo sie andere reiche, ältere Männer kennen lernen kann. Aber sie muss wohl warten, bis die rechtlichen Dinge geklärt sind.« Er lächelte still vor sich hin.

»Da ist sie schon«, raunte Marcia, als die schlanke Gestalt von Lady Alice oben auf der Treppe auftauchte. »Kein Twinset-und-Perlen-Tag, scheint mir.«

Guy betrachtete Alice mit großem Interesse. Sie hatte die Fähigkeit, ihn zu überraschen, was er hoch stimulierend fand, und obwohl er verärgert war über den Besuch ihres Rechtsbeistands, blieb er fasziniert von ihrer Sexualität, die überhaupt nicht zu ihrem Äußeren passte.

Alice war dreißig, sah aber keinen Tag älter aus als zweiundzwanzig. Ihr natürliches blondes Haar wurde durch aschblonde Strähnen noch betont.

In letzter Zeit hatte sie die Haare nach einem Bubikopf-Schnitt zu einem kultivierteren Erscheinungsbild wachsen lassen, und obwohl es sich noch im schwierigen Zwischenstadium befand, hatte sie es an diesem Abend mit Gel streng zurückgekämmt, weg von ihrem feinen Gesicht, was sie noch jünger aussehen ließ. Nur die dunkelgrauen Augen mit den schweren Lidern deuteten ihre wirkliche Natur an.

Marcia hatte Recht; es war nicht der Tag für Twinset und Perlen. Alice trug ein dunkelrotes langes Kleid, geschlitzt bis zum Oberschenkel, mit einem roten Seidenmieder, das sich fest um die Brüste schmiegte und mit Gold und Silber üppig bestickt war. Sie trug Sandalen mit hohen Absätzen und schlanken Lederriemchen um die Fesseln.

»Ich habe Marcia gar nicht erwartet«, bemerkte Alice, als Guy sie auf die Wangen küsste.

»Ich hatte auch den Besuch deines Rechtsbeistands nicht so früh erwartet«, gab Guy zurück. »Aber ich wollte mir dadurch den Tag nicht verderben lassen, und ich bin sicher, dass Marcia uns auch nicht den Abend verdirbt. Schließlich haben wir in der Vergangenheit viele genussreiche Abende erlebt, nicht wahr?« Er lachte, aber Alice schien Zweifel zu hegen.

»Das war, als Michael noch lebte. Ich bin nicht sicher, ob es mit uns dreien so sein wird wie vorher mit vier.«

»Das müssen wir einfach herausfinden, oder?«, sagte Guy, legte eine Hand zwischen Alice' Schulterblätter und schob sie zurück die Treppe hoch und ins Haus.

Hinter ihnen konnte sich Marcia ein Lächeln nicht verkneifen. Sie konnte sich gut vorstellen, wie Alice sich fühlte. Sie hatte in der Lust geschwelgt, eine Nacht mit Guy allein zu verbringen, hatte Bilder im Kopf gehabt, wie er sie über Stunden hinweg zur höchsten Leidenschaft führte. Durch ihre Anwesenheit war das ruiniert.

Oh, es würde Lust und Leidenschaft geben, exquisite Freuden, aber sie würden anders verlaufen. Es war beneidenswert clever, was Guy da eingefädelt hatte, und Marcia war sicher, dass es keine weiteren Besuche des Rechtsbeistands von Lady Alice mehr geben würde.

Das Zimmer, in das Alice sie führte, war genau das, bei dessen Anblick es Marcia schauderte. Sie wusste, welche machtvolle Wirkung die klaren Linien eines strengen Möbelstils ausüben konnten, aber dieser Raum sah aus, als wäre er einem Science Fiction Film entliehen.

Er war von einem sehr jungen, populären Innenarchitekten entworfen, und obwohl der verstorbene Lord Summers zu Lebzeiten seinen Unwillen über die Einrichtung geäußert hatte, war es Alice, die ihm eingeredet hatte, das Zimmer wäre perfekt und er benähme sich wie ein rückständiger, verknöcherter alter Mann. Das hatte genügt, ihn zum Schweigen zu bringen, jedenfalls in der Öffentlichkeit.

Der Fußboden bestand aus blanken Pinienbrettern, sie waren hell lackiert und so heftig poliert, dass man sich darin spiegeln konnte. Große Glastische in unterschiedlichen Höhen standen überall herum im riesigen Raum, und ergonomisch korrekte Stühle und Sessel in mehreren Schattierungen von Pink und Grün standen um die Tische herum. Hohe grüne Palmen standen in gewaltigen Kübeln an den Wänden entlang. Guy hatte von der Dschungelvegetation gesprochen. Die hohen Fenster wurden von Läden geschützt, wie sie früher einmal auf dem Kontinent genutzt wurden.

»Ich habe mich oft gefragt, ob Mark dachte, dass dein Mann Zahnarzt wäre«, kommentierte Guy, als er sich in einen der bequemen Sessel am hinteren Ende des länglichen Zimmers niederließ.

»Sein Name ist Marco, und es überrascht mich, dass du sein Design nicht magst«, verteidigte sich Alice. »Du sollst doch ein Auge für neue Talente haben.«

»Wenn er mit einem Bild zu mir käme, das er von diesem

Zimmer gemalt hätte, würde ich ihm raten, sich einen anderen Beruf zu suchen«, sagte Guy schnarrend. »Komm schon, Alice, du vernachlässigst uns. Wie wäre es mit etwas Champagner?«

»Ich werde Mrs. Rogers bitten, uns welchen zu bringen«, sagte Alice schnell. »Soll ich ihr dann sagen, dass ich sie heute Abend nicht mehr brauche?« Sie blickte zögernd zu Guy, offenbar unsicher über den Verlauf des Abends, was auch auf Marcias Anwesenheit zurückzuführen war.

»Ich werde sie ganz sicher nicht brauchen«, sagte Guy lachend. »Was sagst du, Marcia?«

Sie hatte die abstrakten Bilder betrachtet, die man zwischen der Kübelvegetation sehen konnte. Sie schüttelte den Kopf. »Nein, sie ist nicht mein Typ.«

Während Alice ging, um die Drinks zu organisieren, sah sich Guy nachdenklich um. »Ich glaube, der Tisch drüben an der Wand könnte nützlich sein«, murmelte er. »Holen wir ihn näher an diesen Sessel heran, dann stellen wir den anderen bequemen Sessel auf die andere Seite. Alice wird ziemlich viel Zeit auf dem Tisch verbringen, und ich will, dass sie uns sehen kann, wie wir sie auch sehen können.«

Ein paar Minuten später brachte Mrs. Rogers den Champagner, zusammen mit einem Eiskübel und drei Gläsern. »Es ist schön, Sie wieder zu sehen, Mr. Cronje«, sagte sie mit einem Lächeln. »Ich weiß, wie sehr der arme Lord Summers Ihre Gesellschaft geschätzt hat, und Lady Alice ist ziemlich einsam, seit er nicht mehr da ist. Es ist sehr freundlich von Ihnen, dass Sie sich Zeit für einen Besuch nehmen. Viele so genannte Freunde scheinen einfach unterzutauchen, wenn der Ehemann gestorben ist. Stimmt das nicht, Lady Alice?«

Eine Falte zerknitterte eine sonst so gepflegte Braue in Alice' Gesicht. »Ich glaube kaum, dass Guy sich für mein gesellschaftliches Leben interessiert, Mrs. Rogers. Wir brauchen Sie heute Abend nicht mehr, danke.«

»Wie man sein Dienstpersonal bei Laune hält«, sagte Guy sarkastisch. »Wirklich, Alice, du hast immer noch nicht gelernt, wie die eigenen Leute geführt werden müssen. Ich fürchte, wenn du Mrs. Rogers so abkanzelst, wird man auf deine Herkunft schließen.«

»Ich habe keine Ahnung, wovon du redest«, sagte Alice und sah verärgert aus.

»Mir fiel deine Mutter ein, von der es hieß, dass sie eine sehr gesellige junge Frau gewesen ist. Aber ich nehme an, dass das längst vergessen ist. Oder nicht? Warum glaubt Mrs. Rogers, dass deine Freunde dich vernachlässigen?«

»Weil sie nicht blind ist«, gab Alice wütend zurück. Sie war drauf und dran, ihre Fassung zu verlieren. »Niemand ruft mehr an, erst recht nicht, seit es Gerüchte gibt, dass es Probleme mit dem Besitz gibt. Die gefälschten Gemälde zum Beispiel. Ich habe keine Ahnung, warum sie glauben, ich könnte irgendwas damit zu tun haben. Ich weiß doch nichts über Kunst.«

»Und auch nicht über Innenarchitektur«, murmelte Marcia.

»Ich nehme an, deshalb hast du deinen Rechtsberater zu mir geschickt«, sagte Guy langsam. »Weil du weißt, dass ich ein Experte auf dem Gebiet bin, hast du vermutlich geglaubt, ich könnte helfen, die fehlenden echten Gemälde aufzuspüren, habe ich Recht?«

Alice kaute unentschlossen auf der Unterlippe. »Ja, so ungefähr«, sagte sie leise.

Guy lächelte. »So habe ich es mir gedacht. Ich meine, nach allem, was wir uns gegenseitig bedeuten, konnte ich mir nicht vorstellen, dass du mir unterstellst, ich hätte irgendwas mit dem Verschwinden der Gemälde zu tun. Leider hat dein Anwalt da irgendwas falsch verstanden. Nun, da wir das geklärt haben, können wir mit dem Champagner anfangen, was?«

Alice sah ungeheuer erleichtert aus. Sie reichte ihm die Flasche. »Würdest du sie bitte öffnen, Guy?«

»Natürlich. Während ich das tue, könntest du dich vielleicht auf diesen Glastisch legen, das Gesicht nach unten. Marcia und ich haben ihn herangeholt, als du nicht im Zimmer warst.«

Alice starrte ihren Gast an. »Was soll ich tun?«

»Du sollst dich bäuchlings auf den Tisch legen«, wiederholte er leise. »Komm schon, Alice. Ich dachte, du wolltest wieder ein bisschen Spaß am Leben haben. Es ist zu spät, um sich in unserer Beziehung so schüchtern zu geben.«

Langsam gehorchte Alice. Sie glitt über die Breite des Tischs, sodass ihr Torso an einer Seite überhing, und die Beine baumelten auf der anderen Seite.

»Lass deinen Kopf unten«, sagte Guy leise. »Marcia und ich werden dir bald den Champagner bringen. Ich weiß, dass du ihn sehr kalt haben willst.«

Marcia hatte zwei Gläser halb gefüllt und schlenderte hinüber zum Tisch, auf dem die junge Frau ausgestreckt lag. Guy ging in die Hocke und löste langsam das kunstvolle Mieder von den festen weißen Brüsten der Lady Alice. Dann nahm er eines der Gläser aus Marcias Hand, und gemeinsam tunkten sie jeweils eine Brust in den gekühlten Champagner.

Alice sog scharf die Luft ein, als die kalte Flüssigkeit ihre warme Haut berührte. Marcia und Guy drückten ihre Brüste und ließen sie in den Gläsern rotieren, sodass ihre sich schnell verhärtenden Nippel ganz im perlenden Getränk untergingen.

Als Alice vor steigender Erregung zu zittern begann, zogen Marcia und Guy die Gläser zurück, und Guy drückte seine rechte Hand in Alice' Nacken. »Setz dich hin, Alice. Wir möchten jetzt unseren Drink genießen.«

Ohne ein Wort gehorchte Alice. Sie hatte sich den ganzen Tag schon in einer hohen sexuellen Spannung befunden, während sie auf Guys Ankunft wartete, und seit er eingetroffen war, erhöhte sich ihre Erregung noch, und selbst in diesem Moment fühlte sie, wie sich in ihr ein Orgasmus aufbaute.

»Es wäre besser, wenn sie sich hinlegte«, schlug Marcia vor. Guy nickte und presste gegen Alice' nackte Schultern. Er drückte sie nach unten, und sobald ihr Rückgrat den Tisch berührte, beugte sich das Paar über sie und begann, den Champagner von ihren Brüsten zu lecken.

Guy leckte nur ein paar Sekunden lang, dann begann er zu saugen und zog die großen braunen Nippel in seinen Mund. Er ließ die Spitze seiner Zunge über die harten Warzen wirbeln, während er seine Saugkraft aufrechterhielt. Marcia nippte viel länger an der kalten Flüssigkeit; sie ging delikater mit der Brust um. Ihre Zunge strich über die Unterseite von Alice' Brust, und von dort leckte sie sich hoch, bis sie langsam mit der ganzen Breitseite der Zunge über den Nippel strich.

Der Kontrast ihrer Liebkosungen und dem Einsatz ihrer Lippen war ungeheuer erregend, und Alice hörte sich vor Entzücken leise stöhnen. Guy schaute über ihren Körper hinweg zu Marcia und nickte ihr kurz zu. Lady Alice war entspannt, sexuell erregt und erwartete den ersten Orgasmus. Es verlief alles nach Plan.

»Setz dich jetzt auf«, sagte Guy scharf. »Marcia und ich genehmigen uns jetzt einen Schluck aus dem Glas, und wir möchten, dass du zu unserer Unterhaltung beiträgst. Du bist schließlich unsere Gastgeberin.«

»Aber …« Alice brach ab, denn ihr wurde jetzt das erste Mal bewusst, dass ihr Mann nicht dabei war. Sie war völlig allein mit Guy und Marcia, und wenn sie ihre sexuelle Befriedigung haben wollte – und die wollte sie –, dann musste sie das Spiel der beiden mitmachen. Sie hätte protestieren können, aber dann würden sie gehen. Das war das Letzte, was Alice wollte, denn ihr durchtrainierter Körper vibrierte vor Verlangen und forderte die sexuelle Erleichterung.

Sie setzte sich auf, ein leicht benebelter Blick in den Augen. Guys Stimme klang jetzt anders, viel freundlicher als zuvor. »Das ist besser. Was für ein attraktiver Rock«, fügte er hinzu, als der Stoff auseinanderklaffte und fast das ganze Bein entblößte. »Ein Höschen? Ich glaube, wir kommen ohne aus, meinst du nicht auch, Marcia?«

»Es würde stören«, meinte Marcia und griff unter das rote Kleid. Guy hob Alice für einen Moment vom Tisch hoch, und Marcia zog den Hauch von weißer Seide über die Beine der anderen Frau. »So, jetzt ist sie für uns bereit«, sagte sie mit zufriedener Miene.

Guy drehte sich um und öffnete den kleinen Koffer, den er mitgebracht hatte. »Gut. Was wollen wir benutzen? Ich glaube, der hier ist genau richtig. Ich erinnere mich, dass er dein Liebling war, Alice. Das war in den Tagen, die längst vergangen sind.«

Alice, die ihn mit ihren grauen Augen beobachtete, starrte auf den biegsamen Latexvibrator, den Guy aus dem Koffer nahm und nun damit auf sie zuging. »Ich lasse dich damit eine Weile spielen. Spreize deine Schenkel, Alice.«

Marcia schaute zu, als sich die schlanken Schenkel öffneten und einen Blick auf ihr hellbraunes Schamhaar zuließen. Guy rieb das Ende des weichen, geschmeidigen Vibrators mit einem Gel ein und schob ihn behutsam in die zitternde Alice hinein. Während er das Spielzeug in sie steckte, zog Guy sie an den Tischrand, sodass ihre Beine den Boden berührten. Sie saß jetzt auf dem Vibrator. Guy schaltete ihn ein.

Lady Alice fühlte das erste sanfte Beben des weichen Vibrators, und die Pfeile der Lust schossen durch ihren Körper, sie spürte, wie ihre Klitoris erfasst wurde und dann den ganzen Bereich von Becken und Hüften. Sie wurde von ihrem wachsenden Verlangen geschüttelt und fühlte, wie sich ihre Nippel, noch klebrig vom Champagner, unter den Blicken von Guy und Marcia noch mehr verhärteten.

Marcia konnte sich vorstellen, wie Alice sich fühlte. Sie wusste auch, dass die andere Frau weitere Stimulierungen brauchte, denn der Vibrator allein würde nicht ausreichen, sie zum Orgasmus zu bringen. Guy wusste das genau wie sie – das war auch ein Grund, warum er diesen Vibrator ausgesucht hatte.

Alice atmete schneller, und ihr Gesicht und der Hals wurden von einer Röte der Erregung bedeckt. Sie gab ein leises Wimmern von sich, und ihre Hände griffen an den Tischrand, als sie versuchte, sich ein wenig nach vorn zu bewegen, um die Gefühle zu verstärken, die sich jetzt rund um die kleine harte Knospe der Klitoris konzentrierten.

»Bleib still sitzen, Alice«, murmelte Guy.

Alice schaute ihm in die Augen. Sie erkannte die Kontrolle, die sie aussandten, aber sie beschloss, das zu ignorieren. Sie hatte den ganzen Tag auf diesen Augenblick gewartet und wollte keine Sekunde länger warten, als unbedingt nötig war.

Trotzdem traute sie sich nicht, sich weiter nach vorn zu bewegen, deshalb begann sie, eine ihrer Hände näher zum Zentrum ihrer Lust zu bringen. Wenn sie sich nur ein wenig zwischen den Beinen berühren konnte, sanft die Klitoris streicheln, die fortgesetzt von den Vibrationen stimuliert wurde, die aus ihrer Vagina schwangen, denn würde es ihr sofort kommen, das wusste sie.

Guy wusste das auch. Er sah, was sie vorhatte. Als Alice' Hand sich vom Tischrand zu den Beinen bewegte, sprang er aus seinem Sessel und war mit zwei langen Schritten bei ihr. Er hielt ihr Handgelenk fest.

»Noch nicht, Alice. Ich will nur sicherstellen, dass Marcia und ich keine weiteren Besuche deines Rechtsbeistands mehr erwarten müssen. Und ich will auch keine verschleierten Drohungen mehr hören, dass die Polizei sich nach dem Verbleib der Gemälde erkundigen wird. Habe ich dein Wort darauf?«

»Ja«, schrie Alice und versuchte, ihre Hand aus seinem Griff zu befreien. Ihr Unterleib fühlte sich gespannt und geschwollen an, was auf das ständige Winden und Pochen des Vibrators in ihr zurückzuführen war.

»Schließlich«, fuhr Guy fort und streichelte dabei mit der freien Hand ihre Brüste, während sie sich schüttelte und vor sexueller Not zu wimmern begann, »hast du auch Dinge, die du verstecken musst. Dinge, die den Testamentsvollstreckern deines verstorbenen Mannes nicht gleichgültig wären. Stimmt das, oder stimmt das nicht?«

Alice begann laut zu keuchen, und ihr Atem kam noch schneller. Guys Finger streichelten so sanft über ihre Brüste, dass die wunderbaren Empfindungen jetzt von den Nippeln in ihren Unterleib schossen.

»Ja, ja, ich weiß«, brabbelte sie. »Es tut mir leid, Guy. Ich wollte keinen Ärger verursachen. Ich wollte ihn mir nur vom Hals schaffen. Er trieb mich mit seinen stupiden Fragen in den Wahnsinn, Fragen über Michael und die Leute, die mit ihm zu tun hatten. Ich dachte, du könntest eher mit ihm fertig werden als ich.«

»Wie rücksichtsvoll«, sagte Guy, und dann fing er an, ihren Nippel zwischen zwei Fingern zu quetschen; zuerst sehr sanft, aber dann nahm der Druck zu, bis sie nicht mehr wusste, ob das, was sie fühlte, noch von der Lust herrührte. Aber auch wenn es keine Lust mehr war, reagierte ihr Körper auf eine Weise, die sie bisher nicht gekannt hatte; sie hörte sich schluchzen und Guy anflehen, sie kommen zu lassen, denn die Spannung stieg bis zum Unerträglichen an.

Nach einem letzten kräftigen Quetschen des Nippels, der sich rapide dunkelrot färbte, ließ Guy ihre Brüste in Ruhe. Seine Hand strich über das Tal dazwischen und wanderte dann über ihren Bauch, sodass jeder Muskel in ihr vor lauter Erwartungsfreude zu springen schien.

»Dann wirst du ihn mir jetzt nicht mehr auf den Hals hetzen?«, fragte Guy leise.

»Nein!«, schrie Alice. »Wie oft muss ich es dir denn noch sagen? Ich verspreche, dass er dich nicht mehr belästigen wird. Und jetzt lässt du mich kommen, ja?«

»Marcia, komm her«, befahl Guy. Er fühlte, wie Alice sich versteifte, aber er ignorierte ihren Widerstand. Er wollte, dass es Marcia war, die der verzweifelten jüngeren Frau erlaubte, ihre Erlösung zu finden, denn er wusste, dass er und Marcia auch später noch Lady Alice besuchen würden. Sie mussten sie in ihrem Einflussbereich halten.

Lady Alice musste lernen, sie beide als Quelle ihrer Lust zu akzeptieren, nicht nur ihn. Obwohl er sie manchmal auch allein besuchen würde, denn es gefiel ihm, sie in der privaten Atmosphäre ihres Schlafzimmers zu nehmen, weg von den neugierigen Blicken anderer.

Marcia kniete sich auf den Boden und spreizte Alice' zitternde Beine. Dann löste sie mit unbeschreiblicher Zartheit die äußeren Schamlippen. Langsam glitt ihre Zunge in den nassen Kanal. Sie hielt den Vibrator auf einer Seite fest und ließ die Zunge auf der anderen Seite wirbeln.

Guy schob Alice ein wenig zurück, damit es für Marcia leichter wurde. Die Zunge hatte jetzt die dichte Masse der Nervenenden erreicht, die den Schlüssel für Lady Alice' gewaltige Erleichterung enthielt.

Alice fühlte den sanften Druck, der immer weiter nach oben trieb. Sie begann, unkontrollierte Schreie der sexuellen Gier auszustoßen, bis Marcias Zunge endlich ihre Klitoris angriff und den kleinen Fleischknoten von allen Seiten umspielte.

Guy legte die Hände auf Alice' Schultern, und als ihr Körper von einem gewaltigen Orgasmus gerüttelt wurde und sie sich instinktiv vom Tisch aufbäumte, drückte er sie wieder nach unten, sodass sie, selbst als die Muskeln sich in der großen Lust entkrampften und ihre Nervenenden explodierten, die fortgesetzte Stimulierung des Vibrators auskosten konnte. Daher schien der Orgasmus gar nicht enden zu wollen. Guy und Marcia schauten neugierig zu, wie sich der schlanke Körper krümmte und wand und schließlich in einem Tumult sexueller Ekstase zusammenbrach.

Schließlich, als der Körper keine weiteren Zuckungen von sich gab und der Kopf auf ihren Brustkorb fiel, gab Guy seiner Partnerin das Zeichen, den Vibrator abzustellen. Im Zimmer wurde es still.

Ein paar Minuten lang streichelte Guy den Nacken Alice', bis ihr Atem sich normalisiert hatte. Sie hob den Kopf leicht an, und ihre Augen glänzten. Der ganze Körper glühte von der Befriedigung ihres Höhepunkts.

Aber so sehr Guy eben noch gewollt hatte, dass sie zu

ihrem Orgasmus kam, so wollte er jetzt unbedingt erreichen, dass sie mehr haben wollte. Sie sollte wissen, dass sie ihn brauchte, denn nur dann konnte er sicher sein, die Kontrolle über sie – so lange es nötig war – zu behalten.

»Setz dich im Lotussitz auf den Tisch und schaue uns zu«, sagte er leise. »Ich erinnere mich, wie sehr du und Michael es genossen habt, Marcia und mir zuzuschauen.«

»Aber das war anders«, rief Alice protestierend. »Es machte uns beide an, und später haben er und ich ...«

»Ich weiß, welche Wirkung wir auf dich ausgeübt haben«, unterbrach Guy lachend. »Aber jetzt möchte ich es so haben, und wenn ich bekommen habe, was ich haben wollte, kann ich ein sehr aufmerksamer Geliebter sein, wie du doch schon weißt.«

Weil sie nun überzeugt war, dass er wieder Liebe mit ihr machen würde, wenn er mit Marcia fertig war, gab Alice klein bei. Sie setzte sich auf den Tisch, die Beine übereinandergeschlagen, den Rücken gerade.

Guy betrachtete sie einen Augenblick lang, dann beschloss er, ihr Mieder auszuziehen. Er öffnete den Reißverschluss im Rücken und zog es von ihrem Körper weg. Dann arrangierte er ihr Kleid so, dass die Vulva entblößt war. Er war zufrieden.

Er schritt durchs Zimmer zu Marcia, die schon ihr kirschrotes Seidenkleid ausgezogen hatte und ihn stehend erwartete; sie trug nur noch ihre cremefarbenen halterlosen Strümpfe und die Schuhe mit den hohen Absätzen. Auch den weißen BH aus Satin hatte sie anbehalten, weil sie wusste, dass Guy ihn gern selbst auszog.

Er legte eine Hand hinter ihren Kopf und küsste sie fest. Seine Zunge drang voller Kraft in ihren Mund, während seine freie Hand über die festen Backen ihres Hinterns streunte;

die Finger kneteten und massierten sie. Marcia kannte seinen Rhythmus, und bald schon ruckte sie ihm mit den Hüften entgegen. Die zuschauende Alice spürte, wie das Verlangen in ihr wieder anstieg.

Guy ließ von ihr ab und zog rasch seine eigenen Kleider aus, bevor er Marcia nach hinten schob. Sie lehnte den Kopf an die schneeweiße Wand, und Guy langte auf ihren Rücken und öffnete die Haken ihres Büstenhalters. Er beugte den Kopf und begann die Spitzen ihrer Brüste zu lecken und schob die Körbchen weiter nach unten. Der BH fiel achtlos auf den Boden, und ihre großen Brüste mit ihren dunkelroten Nippeln rieben gegen seinen Brustkorb.

Marcia lechzte nun nach ihm. Sie hatte Lady Alice' Orgasmus voller Erregung verfolgt, und das Wissen, dass die andere Frau jetzt zuschaute und sich danach sehnte, Guy in ihren Armen aufzunehmen, damit er sie penetrieren konnte, wie er in den nächsten Augenblicken Marcia penetrieren würde, trug noch zu ihrer Lust bei.

Sie schlang ihr linkes Bein um Guys rechten Oberschenkel, und er legte den rechten Arm um ihre Taille. Mit der linken Hand stützte er sich an der Wand ab, um ihnen beiden Halt zu geben. Marcias Arme wanden sich um seinen Hals und Nacken, und wieder begannen sie sich zu küssen.

Diesmal küsste Guy rund um Marcias Lippen, von einem Mundwinkel zum anderen. Sie hörte sich leise wimmern. Guy hob sein Bein ein wenig an, und Marcia mahlte ihren Unterleib dagegen, sodass ihre Klitoris gereizt wurde. Eine wunderbare heiße Enge erstreckte sich über den ganzen Schambereich.

Alice saß völlig reglos da und schaute dem Paar zu, wie es sich küsste und streichelte, und sie spürte, wie sie zwischen den Schenkeln immer nasser wurde. Der Vibrator war abgeschaltet, aber er steckte noch in ihr. Sie wünschte, dass ihr

Gefühl, so gekonnt gefüllt zu sein, von Guys langem, dicken Penis herrührte, und nicht von einem Stück Latex.

Sie wünschte sich auch, dass der Vibrator wieder eingeschaltet wurde, aber wenn sie das selbst in die Hand nahm, würden die beiden es hören, und das bedeutete, dass sie am Ende, wenn die beiden fertig waren, ohne eine weitere Befriedigung auskommen müsste.

Plötzlich, als Guy gerade begonnen hatte, in die keuchende Marcia kräftig hineinzustoßen, zog er sich zurück, und Alice sah mit einiger Genugtuung den verdutzten Ausdruck auf Marcias Gesicht. Es war beruhigend zu sehen, dass selbst Marcia erfahren musste, wie unberechenbar Guy sein konnte.

»Beuge dich über den Tisch«, sagte er kurz angebunden.

Marcia starrte ihn an. »Das will ich heute Abend nicht haben«, sagte sie leise. Guy hob die Schultern und blieb auf der Stelle stehen, um zu warten, dass Marcia gehorchte.

Ihre Lippen wurden schmal wie ein dünner Strich, aber sie wusste, dass sie den Zauber nicht brechen durfte, und nach einem kurzen Seitenblick in Alice' glänzende Augen und auf ihr gerötetes Gesicht wurde ihr bewusst, dass die erotische Spannung des Abends erhalten bleiben musste.

Mit einem leichten Zittern beugte sie den Kopf über den Tisch. Das war nicht ihre bevorzugte Position, aber sie wusste, dass Guy sie sehr mochte, und als sie die Unterarme auf dem kühlen Glas spreizte und ihre Wange dagegenlehnte, wünschte sie, er hätte die erste Stellung beibehalten. Ihr Orgasmus hätte sich auch schon bald eingestellt.

Guy wusste das. Er und Marcia waren schon seit Jahren ein Paar, und er wusste alles, was es über ihre Vorlieben und ihre Reaktionen zu wissen gab, aber er wollte, dass Alice etwas mehr sah als nur ein kurzes Kopulieren im Stehen an der Wand. Sie sollte etwas Stimulierendes erleben.

Jetzt hatte er die Hände frei, um Marcias Pobacken zu streicheln und um ihren Rücken zu massieren. Seine Finger spielten auf ihrer Wirbelsäule wie ein Pianist auf den Tasten eines Klaviers.

Marcia begann sich in einer Mischung aus Erregung und Furcht zu schütteln. Sie liebte es, wenn er über ihren Rücken streichelte, aber sie war nicht sicher, was er mit ihrem Po vorhatte, und als er sich einen Moment lang von ihr weg bewegte, verkrampfte sie. Sie wusste, dass dies nicht der normale Ablauf eines gewöhnlichen Abends war.

Sie liebte es, Guy dabei zu beobachten, wie er mit seinen Frauen hart umsprang, aber sie selbst konnte gut auf diese Härte verzichten, auch wenn sie zugeben musste, dass sie einige ihrer intensivsten Orgasmen bei diesen Gelegenheiten erlebt hatte.

Es war das Wissen, dass andere Leute zuschauten und Zeugen ihrer Erniedrigung wurden sowie ihre Unfähigkeit, sich selbst zu beherrschen, was die Scham in ihr hochkommen ließ. Für Guy waren es genau diese Scham sowie der unkontrollierbare gewaltige Orgasmus, die ihm den zusätzlichen Kick brachten.

Alice schaute mit geweiteten Augen zu, als Guy eine flache Latexpeitsche aus seinem Koffer nahm und Marcia einen festen Hieb auf die weißen Pobacken versetzte. Marcia hielt geräuschvoll die Luft an, ihr Körper verkrampfte, und ein blassrosa Streifen bildete sich mitten auf ihrem Po. Alice war in Sympathie mit ihr hochgesprungen, aber es überwogen die Ranken der Lust, die sich in ihr wanden.

Als das Brennen der Peitsche am stärksten wurde, nahmen Guys Finger wieder ihren erotischen Tanz auf Marcias Wirbelsäule auf, sodass sie nicht mehr zwischen Schmerz und Lust unterscheiden konnte. Sie wusste nur, dass sie sich wahnsinnig schnell ihrem Orgasmus näherte und dass ihr Körper jede Form der Stimulation willkommen hieß.

Alice schaute wieder zu, als Guy ein zweites Mal auf die festen Backen schlug, und diesmal stieß Marcia ihre Begierde heraus, sie keuchte schwer, als das heiße Brennen immer schlimmer wurde. Als Gegenmittel presste sie ihre Brüste wieder auf den kühlen Glastisch.

Auf einmal gewahrte Marcia, dass Guy kühlende Creme auf die heißen Striemen auftrug, die die Peitsche hinterlassen haben musste. Während eine Hand immer noch über ihr Rückgrat strich, massierte er die Creme in die Unterseiten ihrer Backen ein, bevor die Hand in die Kerbe dazwischen drang. Sie verspannte instinktiv, als er auch ihre hintere Öffnung einzureiben begann.

»Marcia liebt das sehr«, bemerkte Guy und schaute hinüber zu Alice. »Ein Problem ist nur, dass sie sich schämt, wenn andere Leute sehen, wie sehr sie es mag. Ich versuche, ihr diese seltsame Hemmung zu nehmen, aber sie wehrt sich immer noch dagegen, stimmt's nicht, Marcia?«

»Nein«, antwortete sie. Sie hasste es, wenn er über sie redete, als wäre sie eine scheue Novizin.

»Dann sage uns doch, wie sehr es dir Spaß macht«, flüsterte er in ihr Ohr.

Sie fühlte, wie seine Finger die verspannten Muskeln des Rektums zu streicheln begannen, bis schließlich ein Finger hineinrutschte und auch dort die Creme verteilte. Die unglaublich empfindsamen Nerven schlugen Funken.

Guy presste seine Finger tiefer hinein; den Weg bahnte er sich mit der Gleitcreme. Das leichte Unbehagen, das Marcia empfand, ging unter in den scharfen lustvollen Gefühlen, die Guys Finger in ihr auslösten. Hilflos begann sich Marcias Unterleib zu winden, zu heben und zu senken.

Ihr oberer Körper konnte nur durch ihre eigenen Bewegungen stimuliert werden, aber dann strich Guy mit einer Hand unter ihren Bauch; er schob ihre Schenkel weiter auseinander und zog die Hüften näher an sich heran, um die Penetration leichter für ihn zu machen.

Ihre Füße standen fest auf dem Boden, und sie versuchte, den Rücken so flach wie möglich zu halten, damit Guy die maximalen Voraussetzungen für eine tiefe Penetration hatte. Ihr Bauch fühlte sich hart und geschwollen an, und als sie hörte, dass Alice einen gedämpften Laut von Frustration und Begierde von sich gab, wusste Marcia, dass ihr eigener Orgasmus nur wenige Sekunden entfernt war.

Guy stieß heftig und ohne Warnung in sie hinein, gleich nachdem er seine Finger aus dem Rektum zurückgezogen hatte. Die Wände ihrer Vagina spannten sich um ihn, und sie begann ihn zu melken, weil sie wusste, wie sehr er das mochte. Als er fühlte, wie sich die samtweichen Muskeln um seinen pochenden Schaft schlossen, hörte Guy auf, Marcias Rücken zu streicheln. Er brauchte die Hand jetzt, um unter Marcia zu greifen und ihre Klitoris zu lokalisieren.

Marcia zuckte bei seiner ersten Berührung zusammen, und ihr wirbelnder Körper schickte leichte Stromstöße in jeden Nerv, als hätte jemand ein mit ihr verbundenes Kabel in die Steckdose gedrückt. Hinter ihrer Klitoris begann sich der Orgasmus aufzubauen, und Guy, der spürte, dass er die Kontrolle über den eigenen Höhepunkt verlor, hörte plötzlich auf, Marcias Klitoris zu streicheln, und setzte zwei Finger ein, mit der er die kleine harte Knospe zu quetschen begann. Dies war der Moment, in dem Marcias Orgasmus einsetzte.

Sie schrie ihren Triumph hinaus, als die unglaubliche Mischung der Gefühle, für die Guy gesorgt hatte, sich zusammenschloss. Eine gewaltige Welle der sexuellen Ekstase schlug über ihr zusammen. Während ihr Schrei noch nicht verklungen war, hörte sie Guy laut aufstöhnen, und sie spürte seine starken Zuckungen innerhalb der sanft pulsierenden Wände ihrer Vagina.

Sobald Guy gekommen war, zog er sich zurück und trat von Marcia weg, die mit dem Oberkörper immer noch auf dem Glastisch lag. Sie wünschte sich oft, dass er nach seinem Orgasmus länger in ihr verweilte, aber das war nicht sein Ding. Wenn der Sex vorbei war, verlor Guy das Interesse, und heute Abend machte er keine Ausnahme.

Er ging hinüber zu dem Tisch, auf dem Alice noch gehorsam in der Lotusstellung saß, und starrte tief in ihre Augen. »Wie fühlst du dich, Alice?«

»Ich will dich auch in mir spüren.«

»Ich glaube nicht, dass ich das schaffe. Vielleicht an einem anderen Abend?«, meinte er und amüsierte sich über das staunende, ungläubige Gesicht der jungen Frau.

»Du kannst mich doch so nicht zurücklassen«, protestierte Alice, stieg vom Tisch und stellte sich vor Guy auf. Ihre Brustspitzen berührten seinen hageren, muskulösen Oberkörper. »Ich bin jetzt bereit für einen weiteren Orgasmus. Als Michael noch lebte, haben wir zu viert doch viele Stunden zusammen verbracht. Warum geht ihr jetzt so früh?«

»Ich muss meinen Anwalt konsultieren«, sagte Guy trocken, und er sah, wie das Verständnis in Alice' Augen trat.

»Du machst das absichtlich, du willst mich bestrafen«, rief sie aus. »Nun, da hast du dich getäuscht, denn ich kann auch sehr unangenehm werden, Guy Cronje! Und ich weiß mehr, als du glaubst.«

Guy griff nach ihrem Handgelenk. »Ich glaube nicht, dass du so unangenehm werden kannst wie ich, Alice. Aber ich an deiner Stelle würde das nicht herausfinden wollen. Und wenn du sagst, dass du mehr weißt, als ich glaube, dann habe ich keine Ahnung, wovon du redest. Ich will nicht, dass wir streiten«, fügte er im plötzlich versöhnlichen Tonfall hinzu, und sein Daumen streichelte nun über ihr Handgelenk. »Ich will, dass wir mehr schöne Zeit miteinander verbringen, nur wir zwei.«

Er beugte den Kopf und küsste ihre festen Brüste, leckte träge ihre Nippel, bis sie sich an ihm rieb. »Ich rufe dich morgen an«, versprach er ihr mit leiser Stimme. »Dann legen wir fest, wann wir uns das nächste Mal sehen.«

»Aber ich will jetzt noch einen Orgasmus haben«, beharrte Alice. »Ich stehe kurz davor, nachdem ich dich mit Marcia habe beobachten können.«

Guy lächelte sie an, aber es war kein freundliches Lächeln, und Alice erinnerte sich an ihre früheren Zweifel, wie weit man Guy trauen konnte. »Besorge dir selbst einen«, schlug er vor. »Marcia und ich würden dir liebend gern zusehen.«

»Können wir uns denn später mal treffen?«, fragte Alice und hasste sich selbst dafür, diese Frage zu stellen, aber ihr Körper verlangte nach seinen Aufmerksamkeiten. Sie wusste, dass sie es nicht ertragen würde, den Kontakt zu verlieren.

»Natürlich«, versicherte er ihr und strich mit einer Hand über die Innenseite ihres linken Arms, bis sie glaubte, schreien zu müssen, denn die zärtlichen Berührungen trugen nur noch mehr zu ihrer Frustration bei.

»Marcia!«, rief Guy seiner Mätresse zu, die am Fenster stand und sich ankleidete. »Alice besorgt sich selbst einen Orgasmus. Ich dachte, dass du gern zuschauen würdest.«

Marcia schloss die letzten Knöpfe ihres Kleids und wandte sich den beiden zu. Sie fühlte, wie die Kontrolle zurückkehrte, und ihre Stimme klang kühl und spröde. »Was für eine gute Idee. Wo willst du es tun, Alice? Ist der Glastisch nicht ein bisschen kalt?«

»Marco hat offensichtlich nicht daran gedacht, für welche Zwecke der Raum genutzt wird, als er ihn eingerichtet hat«, spottete Guy. »Warum legen wir die Kissen der Sessel nicht auf den Pinienboden? Sie ergeben eine brauchbare Unterlage für das, was Alice vorhat.«

Rasch nahmen er und Marcia die Sitzkissen und die Rückenkissen aus den beiden Sesseln und legten sie auf den Boden, dann griff Guy nach Alice' Hand und führte Alice zu den Kissen. »Lege dich auf den Bauch«, murmelte er, »bring deine Hände unter dich und vergiss nicht, deine Schenkel immer schön zusammenzupressen, das erhöht die Stimulierung.«

Alice fühlte, wie sich die Röte auf ihrem Gesicht ausbreitete. Sie war froh, nicht in die Gesichter der beiden Zuschauer sehen zu müssen. Sie zog ihr Kleid aus und legte sich auf die weichen Kissen.

Ihre Hand glitt durch ihr Schamhaar, und gleich öffneten sich ihre äußeren Lippen. Sie brauchte keine zusätzliche Feuchtigkeit, denn Guy und Marcia zuzusehen hatte sie sehr erregt, und als sich ihre Finger um die steife Klitoris bewegten, begann ihr Körper, sich hin und her zu winden. Köstliche heiße Gefühle überfluteten ihre Genitalien.

»Zieh es hinaus«, sagte Guy leise. »Zeige uns, wie lange du deine Lust anhalten kannst.«

Alice brauchte weitere Anfeuerungen. Es war ein Glücksgefühl, nach der Frustration der letzten zwanzig Minuten ihre eigene Erlösung herbeizuführen. Ihre Finger strichen um die Klitoris, bewegten sich tiefer zum Eingang ihrer Vagina, in die sie zwei Finger schob, die sie rotieren ließ, bis sie den G-Punkt gefunden hatten.

In dem Augenblick, in dem sie ihn berührte, rollte sich ihr

Körper zusammen, während ein scharfer Pfeil der Lust hinter ihr Schambein flog. Jetzt war sie völlig in ihrer Ekstase verloren, und Guy und Marcia schauten zu, wie sie sich auf den Kissen drehte, die Hände zwischen den Schenkeln verborgen.

Nach einer Weile war sie bereit, ihre Finger wieder einzusetzen, und erneut berührten sie das delikate Terrain um die Klitoris herum, ein Terrain, das verzweifelt pulsierte, denn ihr Höhepunkt war nahe.

Guy sah, wie sich der Körper wieder streckte, und wie sich der Po ein wenig anhob. Ihre Zehen wurden starr, und ihr Kopf wand sich von einer Seite auf die andere. Sie befand sich am Rand ihrer Erleichterung, und als sie leise wimmernde Laute einer gewaltigen Erregung von sich gab, nahm er schnell die Latexpeitsche in die Hand, die er bei Marcia benutzt hatte, und in dem Moment, in dem Alice endlich den Orgasmus erlebte, ließ er die Peitsche zweimal auf Oberschenkel und Pobacken klatschen.

Der Schock der beiden Schläge, zusammen mit der glühend heißen Lust, die sie ihr bescherten, ließ den Orgasmus doppelt so intensiv werden, und sie war verblüfft, als sie sich rufen hörte, während ihr Körper von ungeheuren Zuckungen geschüttelt wurde.

»Noch einmal!«, rief sie, und sie hörte sich verzweifelter an als je zuvor in ihrem Leben. »Lass die Peitsche noch einmal knallen! Jetzt sofort!«

Aber Guy tat ihr den Gefallen nicht. Er nickte nur nachdenklich und merkte sich die Erkenntnis, dass dies vielleicht der Schlüssel war, wie er Alice kontrollieren konnte. Als die nackte junge Frau schließlich still auf den Kissen lag, schritt Marcia aus dem Zimmer und ließ Guy und Alice allein. Er kniete neben ihr und strich über ihre verschwitzten Haare.

»Hat dir das gefallen?«, fragte er freundlich und ließ die Latexpeitsche sanft über ihre Schultern gleiten.

»Mehr als ich irgendwas sonst genossen habe«, keuchte Alice, immer noch verstört von dem, was sie erlebt hatte.

»Dann werden wir mal sehen, was wir das nächste Mal tun können, wenn wir uns wieder sehen. Aber sei ein braves Mädchen, sonst habe ich vielleicht keine Zeit für dich.«

Alice wusste, ganz egal, wie sehr die Treuhänder der Vermögensverwaltung sie auch belästigten, sie würde ihnen nie wieder von ihrem Verdacht erzählen, Guy könnte ihren verstorbenen Mann hintergangen haben. Dieser Abend war viel zu lustvoll gewesen, um die Aussicht auf Fortsetzungen und künftige Freuden zu gefährden.

Ihre Haushälterin hatte natürlich Recht; die meisten ihrer Freunde, die sie und Michael gehabt hatten, waren jetzt unabkömmlich; sie hatten sich zurückgezogen. Nicht nur wegen des Streits mit ihren Stiefkindern über das Erbe, sondern auch, weil sie ›keine von ihnen‹ war.

Sie glaubten, dass Michael unter seinem Niveau geheiratet hatte, und jetzt war er nicht mehr da, um sie vor deren Verachtung zu beschützen.

Sie war eine sehr körperliche junge Frau, die Sex brauchte, und bis sie sich von den zahlreichen legalen Verstrickungen befreit hatte und ein neues Leben irgendwo anders beginnen konnte, brauchte sie Guy Cronje, damit er ihr diesen Sex immer wieder geben konnte.

»Ich werde ein braves Mädchen sein«, sagte sie langsam und spürte seine Finger, die ihren Kopf massierten.

»Wir sehen uns bald«, versprach er, dann hörte sie, wie er über den Boden schritt und die Tür hinter sich zuzog. Ein paar Minuten später hörte sie, wie draußen ein Auto gestartet wurde, und sie war wieder einmal allein.

Aber wenigstens war sie jetzt köstlich befriedigt und viel glücklicher. Michaels Kunstsammlung hatte sie sowieso nie interessiert.

»Und?«, fragte Marcia, als sie sich mit eiligen Schritten vom Haus entfernten. »Hat es geklappt?«

Er nickte. »Ich glaube, es hat gut geklappt, sowohl die Warnung wie auch das Versprechen. Das ist die Stock-oder-Möhre-Methode. Es ist schade, dass du dich nicht lockerer bei unseren Sexspielen geben kannst, wenn wir Zuschauer haben«, fügte er noch hinzu. »Wenn wir allein sind, genießt du alles.«

Marcia, die wie Alice eine Warnung erkannte, wenn sie eine hörte, wusste, dass er sie kaltblütig fallenlassen würde, wenn sie ihm kein Vergnügen mehr bereitete, obwohl mehr sie verband als nur eine sexuelle Liaison.

»Der Besuch ihres Rechtsbeistands hat mich beunruhigt«, sagte sie zu ihrer Verteidigung.

»Es gibt keinen Grund, sich von ihm einschüchtern zu lassen«, versicherte Guy ihr. »Wir sind vollkommen sicher. Außerdem ist das kein neues Problem. Kurz bevor Sir Michael starb, hat er mir gegenüber erwähnt, dass du manchmal einen abwesenden Eindruck machst.«

»Deshalb passen wir doch so gut zusammen«, gab Marcia mit einem trockenen Lachen zurück. »Keiner könnte jemals so abwesend sein wie du.«

»Wenn es um Sex geht, bin ich nie abwesend«, behauptete er. »Ich will doch nur, dass du dich aus freien Stücken allem unterwirfst, wenn wir arbeiten. Genau, wie du es machst, wenn wir unter uns sind. Habe ich mich klar ausgedrückt?«

»Perfekt«, antwortete Marcia. »Vielleicht hast du jemanden im Auge, der meine Rolle besser ausfüllt als ich?«, fügte sie sarkastisch hinzu.

»Nein«, sagte Guy. »Aber ich schaue mich um.«

Er lachte, aber Marcia fühlte sich so aufgewühlt, dass sie in der Nacht kaum schlafen konnte. Ihr war bewusst, dass Guy eine skrupellose Natur hatte, und obwohl sie nicht glauben konnte, dass er eine andere Frau finden würde, die ihren Platz einnehmen konnte, bestand immer die Gefahr, dass sich irgendwo da draußen eine Frau befand, die ihm noch mehr gerecht wurde als sie.

Auch Guy lag eine lange Zeit wach; er ging die Erlebnisse des Abends noch einmal durch und ersetzte Marcia in Gedanken durch eine andere Frau. Er war überrascht, als er feststellte, wenn er sie durch Cressida ersetzte, der neuen Galerieassistentin, würde das ganze Szenario eine neue Ebene der Lust erreichen. Er beschloss, sich die junge Frau morgen mal genauer anzusehen, dann fiel er in einen tiefen Schlaf.

Cressida ahnte nichts von diesen Plänen; sie schlief sofort ein, nachdem Tom gegangen war.

Alice, allein in ihrem großen Doppelbett, schlief aus Erschöpfung ein.

Detective Chief Inspector Williams wäre sehr vergnügt gewesen, wenn er wüsste, wie sich die Dinge entwickelten.

Viertes Kapitel

Am anderen Morgen traf Cressida um halb neun bei der Galerie ein. Sie war fest entschlossen, das Beste aus der Zeit zu machen, die ihr allein zur Verfügung stand. Detective Chief Inspector Williams hoffte sehr, dass sie konkrete Beweise finden würde, die Guy Cronje und die Galerie mit den Kunstfälschern in Verbindung brachten.

Sie ging in Marcias Büro und öffnete die obere rechte Schublade von Marcias Schreibtisch. Sie hatte schon befürchtet, sie könnte verschlossen sein, aber zu ihrer Erleichterung war das Schubfach nicht nur offen, es lag auch noch der Schlüssel für die anderen Schubladen da.

Sie öffnete sie flink und ging die einzelnen Akten durch. Die Titel waren reichlich vage; ›Viel versprechend‹ stand da, oder ›Abgelehnt‹, dann ›Kontakte Übersee‹ oder ›Aktiv‹. Cressidas Begeisterung erhielt einen Dämpfer, denn sie begriff, dass es Stunden dauern würde, bis sie alle Akten durchgestöbert hatte. Sie musste sich auf Stichproben beschränken und auf eine spätere Gelegenheit warten.

›Kontakte Übersee‹ klang nützlich, denn schließlich war auch Interpol an Guy Cronjes Aktivitäten interessiert, aber dann musste Cressida feststellen, dass der Ordner nur eine Liste von Sammlern in Frankreich, in der Schweiz, in den Niederlanden und in Deutschland enthielt: alle Sammler waren an viel versprechenden neuen Künstlern interessiert, deren Arbeiten sie jetzt noch für wenig Geld kaufen wollten, wobei Guy Cronje ihnen die Arbeiten unter dem Gesichtspunkt einer guten Vermögensanlage schmackhaft machte.

Cressida war entsetzt über die kühle berechnende Art – sie unterschied sich nicht von der Börse, was ihrer Meinung nach dem künstlerischen Talent nicht gerecht wurde.

»Hör auf damit, Cressida, du hast keine Zeit für moralisierende Ansichten«, schalt sie sich. »Sieh dich nach was Brauchbarem um.« Akte nach Akte nahm sie aus dem Hänger und stellte sie nach einem kurzen Stöbern wieder hinein. Sie wolle gerade zum Aktenschrank in der Ecke des Zimmers gehen, als ihr durch Zufall die Akte ›Renovierungen‹ auffiel, die fälschlicherweise unter dem Buchstaben E einsortiert war.

Die Akte war dick und in mehrere Unterordnungen aufgeteilt. Eine hieß ›Lord Summers‹, und Cressida blätterte sofort zu dieser Stelle. Lord Michaels voller Name und seine Adresse standen da, ebenso der Name seiner Frau und die Namen ihrer Eltern. Es folgte eine lange Liste von Gemälden; die meisten hatte er von der Galerie erworben. Unterhalb der Liste stand ein Vermerk, dass ein Rembrandt und ein Monet Ende des vergangenen Jahres wegen einer gründlichen Reinigung in die Galerie gebracht worden waren.

Cressidas Herz begann zu rasen. Wenn sie Undercover arbeitete, erlebte sie oft eine Mischung aus Aufregung und Angst, und die Tatsache, dass sie diesmal in einer renommierten Galerie statt in einer schäbigen Nachtbar arbeitete, änderte nichts an den Schaudern der Angst, die sie überfielen, wenn sie das Gefühl hatte, etwas entdeckt zu haben.

Es gab keinen Vermerk darüber, wohin man die Gemälde zum Reinigen gebracht hatte oder ob sie schon längst zu Lord Summers zurückgeschickt worden waren. Deshalb ging Cressida die anderen Namen in dieser Akte durch. Dabei stieß sie auf Sir Peter Thornton, ein Name, der ihr irgendwie bekannt vorkam. Dann fiel es ihr ein – seine Tochter Leonora sollte in der Galerie arbeiten. Der Vater war auch ein Freund von Detective Chief Inspector Williams.

Unten auf der Seite stand der Hinweis, dass ein Holbein Ende April wegen ›fachmännischer Reparaturarbeiten‹ in die Galerie gebracht worden war,

Jetzt wusste sie, dass Guy und Marcia die Gelegenheit gehabt hatten, Fälschungen der Gemälde aus dem Haus von Lord Summers anfertigen zu lassen. Es schien sehr wahrscheinlich, dass Sir Peter Thornton diese Erfahrung mit seinem Kunstwerk auch noch machen würde.

In dem kleinen Raum hinter Cressidas Schreibtisch gab es ein Fotokopiergerät, und sie hatte gerade zwei wichtige Seiten kopiert, als sich die Tür zum Büro öffnete und Marcia hereinstürmte.

»Was, um Himmels willen, machen Sie denn da, Cressida?«, fragte sie verdutzt.

Cressida wusste, dass sie nicht erröten und auch nicht schuldbewusst aussehen durfte, während sich ihr Kopf anstrengte, eine halbwegs glaubhafte Erklärung zu finden; schließlich war sie dabei überrascht worden, in Marcias Schreibtisch zu stöbern.

»Gleich nachdem ich aufgeschlossen hatte, kam ein Mann herein«, begann sie. »Er wollte mir seinen Namen nicht nennen. Er sagte, er hätte vor kurzem einen Matisse von seinem Großvater geerbt, aber das Gemälde müsste gründlich gereinigt und vielleicht auch von einem Fachmann restauriert werden. Ich erinnere mich, dass Sue mir erzählt hat, die Galerie könnte solche speziellen Dienste an wertvollen Gemälden ausführen lassen, deshalb wollte ich einige Einzelheiten herausfinden. Der Mann sagte, er würde wieder anrufen.«

Marcia schaute auf die Uhr. »Sie müssen sehr früh geöffnet haben. Jetzt ist es erst zehn, und Sie hatten schon einen namenlosen Besucher, der ein wertvolles Gemälde reinigen lassen will?«

Cressida richtete sich auf und sah Marcia lächelnd an. Sie war dankbar für die vielen Jahre Polizeiarbeit, bei der man lernte, sich auch in schwierigen Lagen ruhig zu verhalten. Trotzdem sah sie Argwohn in Marcias Blick.

»Ja, ich war früh dran«, sagte sie. »Ich wollte ein bisschen Zeit für mich haben, um mir noch einmal die Arbeiten von Rick Marks anzusehen. Ich kann die Zeichnungen nicht aus meinem Kopf verdrängen; es ist fast so, als verfolgten sie mich. Ich schätze, das sagt etwas über meine Sexualität aus, aber ich weiß nicht genau was.«

Marcia lachte nicht. »Wie sah der Mann mit dem geerbten Matisse aus?«, fragte sie abrupt.

»Groß, schwer gebaut, etwa fünfundvierzig Jahre, dichtes graues Haar«, sagte Cressida und improvisierte wild. »Kennen Sie ihn?«

»Ich werde ihn wohl kaum kennen, wenn er herkam, um zu erfahren, ob wir ihm helfen könnten, nicht wahr? Warum haben Sie den Namen nicht erfragt?«

»Das habe ich versucht«, versicherte Cressida ihr. »Er war schwer zu fassen und tat sehr geheimnisvoll. Er wollte mir nicht einmal den Titel seines Gemäldes nennen.«

»Wenn er zurückkommt, führen Sie ihn bitte zu mir«, sagte Marcia.

»Natürlich. Es tut mir leid, dass ich Ihre Schublade geöffnet habe, aber ich dachte, Sie würden nichts dagegen haben, denn Sie haben die Schlüssel so hingelegt, dass jeder sie finden konnte.«

»Nur jemand, der die oberste Schublade öffnet«, sagte

Marcia kalt. »Wenn ich mich richtig erinnere, hat Sue nichts über Restaurierungen gesagt, als sie mit Ihnen über Ihr Arbeitsgebiet in der Galerie gesprochen hat, nicht wahr?«

»Nein, aber sie muss das irgendwann einmal erwähnt haben«, sagte Cressida. »Es ist doch kein Geheimnis, oder? Ich meine, habe ich was Falsches gesagt, als ich die Auskunft gab, dass wir ihm wahrscheinlich helfen können?«

»Warum, in aller Welt, soll irgendwas an unserer Arbeit geheim sein?«, fragte Marcia, ging auf Cressida zu und nahm ihr die Akte aus der Hand. »Wenn wir einen Service anbieten, erwähnen wir das in unseren Anzeigen. Es macht keinen Sinn, anders zu verfahren, das würde finanziell völlig unsinnig sein.«

»Ich habe wohl gedacht, dass Sie diesen Dienst nur für gute Freunde leisten«, sagte Cressida und versuchte, die Spannung, die in der Luft lag, ein wenig zu lockern.

»Wir erwähnen den Service in unserem Katalog«, sagte Marcia. »Vielleicht sollten Sie sich den Katalog mal vornehmen, bevor sie Ricks Zeichnungen wieder anstarren. Guy hat mir gesagt, wie sehr Rick Sie fasziniert«, fügte sie noch hinzu, dann verschloss sie die Schubladen wieder. »Rick kommt am späten Morgen vorbei, dann haben Sie die Gelegenheit, ihm zu sagen, dass Sie ein großer Fan von ihm sind.«

Cressida versuchte, ihre Verwirrung zu überspielen, aber Tatsache war, dass sie beim Schnüffeln in Marcias Akten erwischt worden war. Sie nahm Ricks Besuch zum Anlass, ihre Verwirrung darauf zurückzuführen. »Ich glaube, ich will ihn nicht kennen lernen«, sagte sie und wich von Marcias Schreibtisch zurück, und jetzt errötete sie auch, was sie in den letzten Minuten so gut verdrängt hatte. »Ich weiß doch gar nicht, was ich ihm sagen soll«, murmelte sie scheu.

»Sagen Sie ihm, seine Zeichnungen wären die erotischsten,

die Sie je gesehen haben. Das wird ihn glücklich machen. Und das nächste Mal bitten Sie mich vorher um Erlaubnis, wenn Sie in meine Akten schauen wollen.«

»Das werde ich«, sagte Cressida hastig. »Ist Rick verheiratet?«, fuhr sie fort, weil sie sicher war, Marcia damit ablenken zu können. Sie hatte sich nicht geirrt.

»Seine Arbeiten haben aber wirklich großen Eindruck auf Sie gemacht«, sagte die ältere Frau lachend. »Doch ich kann Sie beruhigen: Nein, er ist nicht verheiratet. Jedenfalls nicht mit einer Frau. Wie die meisten kreativen Künstler ist er wahrscheinlich mit seiner Kunst verheiratet. Das hält ihn aber nicht davon ab, ein fast enthusiastisches Interesse für das andere Geschlecht zu zeigen, deshalb könnten Sie eine Chance haben.«

»An so etwas habe ich doch gar nicht gedacht«, protestierte Cressida. Sie war erleichtert, dass Marcias Blick nicht mehr Argwohn zeigte. »Aber wenn man solche Bilder sieht wie seine, dann will man doch wissen, was für ein Mann er ist.«

»Ganz normal, glaube ich«, sagte Marcia. »Er wird Sie mögen; er fühlt sich immer zu geheimnisvollen Frauen hingezogen.«

»Ich glaube nicht, dass ich eine geheimnisvolle Frau bin«, wandte Cressida ein.

Marcia sah sie nachdenklich an. »Doch, Sie sind eine, und Guy findet das auch.«

Cressida wusste nicht, ob sie sich freuen sollte oder nicht, dass Guy und Marcia über sie gesprochen hatten. Auf der professionellen Ebene war es sicher gut, ihren Vorgesetzten würde das freuen, aber sie persönlich hatte ihre Zweifel; sie fühlte sich unbehaglich.

»Machen Sie sich keine Sorgen«, sagte Marcia, als sie die Beunruhigung im Gesicht ihrer Assistentin sah. »Guy hat es mir nicht gesagt, aber ich weiß immer, wann er sich für eine Frau interessiert. Nicht, dass sein Interesse normalerweise zu irgendwas führt – höchstens zu einem gelegentlichen Treffen, aber nie zu einer echten Beziehung.«

Es war eine Warnung, und Cressida wusste es, aber sie tat so, als wüsste sie nicht, wovon Marcia sprach. »Mir kommt er nicht wie ein Mann vor, der aufs Heiraten aus ist«, sagte sie, »obwohl ich bisher ja noch nicht viel von ihm gesehen habe, aber ich kann mir vorstellen, dass jede Frau es schwer haben wird, auf längere Zeit sein Interesse zu halten.«

Marcia nickte. »Er und ich kennen uns nun schon seit mehr als sechs Jahren, und für Guy ist das vermutlich ein Rekord, auch, was Freundschaften angeht. Er ist in Wirklichkeit ein einsamer Wolf, ein Einzelgänger.«

»Aber ein guter Geschäftspartner«, sagte Cressida fröhlich und ging rückwärts auf die Tür zu. Wenn sie die Tür von der anderen Seite sah, wäre sie frei von Marcias Fragen.

»Oh, ja«, stimmte Marcia zu. »Er ist ganz gewiss ein guter Partner. Auf mehreren Gebieten.«

Sobald Cressida wieder an ihrem Arbeitsplatz hinter dem Empfangstisch saß, überlegte sie, wie sie Kontakt mit Detective Chief Inspector Williams aufnehmen könnte. Ihre Idee war, dass er jemanden auftreiben sollte, der als ihr angeblicher Besucher von heute Morgen auftreten könnte. Sie wusste, dass Marcia immer noch sehr misstrauisch war, was den Besucher und seinen geerbten Matisse anbetraf.

Während sie noch überlegte, wie sie ihm vor Ende der Dienstzeit eine Nachricht zukommen lassen konnte, trat ein junger Mann durch die Tür. Er war groß, fast ein Meter neunzig, schätzte sie, und hatte langes, welliges blondes Haar. Er kam direkt auf den Empfangstisch zu und starrte Cressida an.

»Wer, zum Teufel, bist du denn?«

»Mein Name ist Cressida Farleigh, und ich bin die neue Assistentin«, sagte sie höflich. »Kann ich Ihnen helfen?«

Der blonde Mann grinste und zeigte dabei schöne, ebenmäßige weiße Zähne. »Vermutlich ja, aber nicht bei meiner Arbeit. Ich will mit Guy Cronje sprechen. Ist er da?«

»Nein. Aber Marcia Neville ist da. Möchten Sie sie sehen?«, fragte Cressida.

»Ja, Marcia genügt mir. Sag mal, Cressida, wie lange arbeitest du schon hier?«

»Weniger als eine Woche.«

»Und gefällt es dir?« Seine hellblauen Augen strahlten vor Neugier, und seine gute Laune wirkte ansteckend, deshalb lächelte sie strahlend zurück.

»Ja, es gefällt mir sehr. Ich bin fasziniert von den Arbeiten, die bei uns ausgestellt sind. Und ich hoffe, dass ich heute einen der Künstler kennen lernen kann.«

»Welcher Künstler ist das denn?«

»Rick Marks. Wenn Sie seine Arbeiten sehen wollen, sie hängen hinten am Ende einer abgetrennten Abteilung. Es sind Arbeiten, die einige Menschen vielleicht stören könnten, deshalb haben wir sie separiert.«

»Aber du bist nicht schockiert?«

Cressida schüttelte den Kopf. »Nein, aber ich muss sagen, dass ich von den Zeichnungen seltsam verwirrt bin.«

»Gut verwirrt oder schlecht verwirrt?«, fragte er.

»Das habe ich noch nicht entschieden«, sagte Cressida. »Zuerst dachte ich, dass die Bilder zu männlich dominant waren, um erotisch zu sein, aber je mehr ich mir die Bilder ansehe, desto sicherer bin ich, dass mein erster Eindruck falsch war. Ich glaube, der Künstler will sagen, dass die Frau das Gleichgewicht der Macht in sexuellen Beziehungen hält, während die Männer glauben, dass sie das Sagen haben. Wenn Sie Zeit haben, schauen Sie sich die Zeichnungen an. Ich bin gespannt, was Sie dazu sagen.« In dem Moment kam Marcia aus ihrem Büro.

»Ich brauche sie mir nicht mehr anzusehen«, sagte der junge Mann. »Ich habe sie gezeichnet, und deine zweite Meinung ist die richtige. Dein Outfit gefällt mir«, fügte er noch hinzu, dann winkte er und folgte Marcia zurück ins Büro.

Durch ihre Polizeiarbeit hatte Cressida schon vor vielen Jahren gelernt, dass es ein Fehler war, Menschen nach ihrem Aussehen zu beurteilen, doch trotzdem – den offenen, liebenswürdigen, sanften Bär von einem Mann mit den dunklen, dumpfen, erotischen Zeichnungen in Einklang zu bringen, fiel ihr sehr schwer. Wenn Guy Cronje sie gezeichnet hätte, wäre sie nicht so überrascht gewesen, aber Rick Marks sah nicht einmal wie ein Künstler aus.

Es erstaunte sie, wie sehr sie ihn mochte, und es freute sie, dass sie sich heute Morgen für ihr cremefarbenes Wickelkleid aus Leinen mit einer dazu gehörenden Art Tunika-Jacke aus einer Seersucker-Prägung entschieden hatte, garniert mit rosa und gelben Blumen. Es würde ihr schwerfallen, wenn sie wieder täglich in ihre Uniform steigen musste. Die Designer Kleider, die sie für ihren gegenwärtigen Job trug, trugen zu ihrer Attraktivität bei, und sie wusste, dass sie ihr gut standen.

Die nächste Stunde hatte sie eine Menge zu tun, und als Rick Marks wieder herauskam, hing er eine Weile herum und wartete ihr Gespräch mit einem möglichen Käufer ab.

Dann fragte Rick: »Was hast du denn fürs Mittagessen geplant?«

Cressida hätte wahnsinnig gern mit ihm zu Mittag gegessen, und sie wusste auch, dass ihre Vorgesetzten nichts dagegen gehabt hätten, aber wenn sie nicht telefonierte, um mit dem Detective Chief Inspector über den Doppelgänger des angeblichen Besuchers zu reden, befürchtete sie, dass Marcia ihr Misstrauen an Guy weitergeben könnte. Also war der Anruf wichtiger als das Mittagessen mit Rick Marks.

»Tut mir leid, ich bin schon vergeben«, sagte sie mit einem bedauernden Lächeln.

»Für immer?«

Cressida schüttelte den Kopf. »Um Himmels willen! Ich lege Wert darauf, meine Freiheit noch ein paar Jahre zu genießen, aber ich habe schon eine Verabredung zum Essen.«

»Wie wäre es denn mit einem gemeinsamen Abendessen? Ich könnte dich um acht abholen, dann fahren wir zu meinem Lieblingsbistro in Covent Garden. Sie lassen mich umsonst essen, weil ich ihnen zur Eröffnung ein Wandgemälde geschenkt habe.«

»Ich weiß nicht, ob es klug ist, Ihren Freundinnen zu sagen, dass Sie fürs Essen nichts bezahlen«, sagte Cressida lachend.

»Ich will damit nur unterstreichen, dass ich ein von Armut befallener brotloser Künstler bin«, gab Rick mit einem Grinsen zurück.

»Aber nicht mehr lange, hat Guy gesagt. Er hält viel von Ihrer Arbeit.«

»Ja, aber das sagt er, weil er hofft, viel Geld damit zu verdienen«, sagte Rick. »Deine Meinung ist mir mehr wert.«

»Mit Schmeicheleien erreichen Sie alles«, sagte Cressida lachend. »Also gut, sagen wir heute Abend um acht. Ich schreibe Ihnen meine Adresse auf.«

Während sie die Adresse auf einen Zettel schrieb, kam Marcia herein und stellte sich hinter Rick. »Was soll das denn?«

»Ich habe Cressida heute Abend zum Essen eingeladen. Sie ist eine kritische junge Frau, und sie sieht nicht aus, als würde sie viel essen«, erklärte Rick.

Marcia nickte zustimmend. »Sie ist eine harte Arbeiterin. Sie wird dich bestimmt begeistern können, wenn du ihr von der neuen Serie erzählst, die Guy gern haben möchte. Ach so, Cressida, hat der Mann schon zurückgerufen, der wegen der Restaurierung seines Matisse bei Ihnen war?«

»Noch nicht«, sagte Cressida und hielt den Kopf über ihrem Notizzettel gesenkt.

»Vergessen Sie nicht, mir Bescheid zu sagen, falls er anruft. Und vergessen Sie auch nicht, dass Leonora Thornton heute Nachmittag bei uns anfängt. Sie müssen ihr was zu tun geben, damit sie das Gefühl hat, was Nützliches zu leisten. Aber es soll auch nicht zu kompliziert sein. Ihre Stiefmutter sagt, dass sie die Aufmerksamkeitsspanne einer Zweijährigen hat.«

»Ich hoffe nicht, dass du deshalb dein Date zum Mittagessen vertrösten musst«, sagte Rick im Weggehen.

»Sie sind ein viel beschäftigtes Mädchen«, bemerkte Marcia. »Eine Verabredung zum Mittagessen und ein Abendessen am gleichen Tag. Ich habe ja immer gesagt, dass stille Wasser tief gründen.«

»Meine Verabredung zum Mittagessen ist nicht sehr aufregend«, sagte Cressida. »Er ist mehr Freund als Geliebter. Sie wissen ja, wie das ist.«

»Nicht wirklich«, sagte Marcia. »Wenn ich mich von meinem Geliebten verabschiede, habe ich auch kein Interesse mehr an ihm als Freund. Wenn wir ehrlich sind, suchen wir uns die meisten Männer doch nicht aus, weil sie ›freundliche‹ Qualitäten haben. Ich persönlich liebe Männer, die als Liebhaber gefährlich sind. Und solche Männer haben keine Lust auf Freundschaft, wenn die Affäre vorüber ist. Aber vielleicht interessieren Sie sich für einen anderen Typ Mann?«

»Wahrscheinlich ja«, sagte Cressida und wünschte, sie könnte das Thema ihrer angeblichen Verabredung zum Mittagessen beenden. »Ich suche mir Männer aus, bei denen ich ein Gefühl der Sicherheit habe. Bei denen ich mich gut aufgehoben fühle.«

»Aber dafür sind Sie viel zu jung!«, rief Marcia in gespieltem Entsetzen. »Doch wenn Sie sich von diesem Typ angezogen fühlen, dann sehen Sie zu, dass der Mann reich ist und alt. Dann können Sie sich später noch genug amüsieren. Reiche Frauen jeden Alters haben nie Schwierigkeiten, einen herrlichen jungen Mann zu finden.«

»Aber ich würde nie für Sex zahlen«, sagte Cressida, echt schockiert von dieser Vorstellung.

»Warum nicht? Viele Männer tun das, häufig, wenn sie die dritte oder vierte junge Ehefrau heiraten, während sie auf die sechzig zugehen. Ich nehme an, dass sie vorgeben, aus Liebe zu heiraten, aber wenn sie mal ehrlich zu sich selber sind, kennen sie die Wahrheit. Wir sehen das öfter bei den Leuten, mit denen wir zu tun haben. Männer, die sich teure Kunstsammlungen leisten können, haben ihren Zenit schon überschritten, aber man sieht sie nie ohne eine junge geschmeidige Schönheit an ihrem Arm, das können Sie mir glauben. Also, denken Sie dran, wenn der Matisse-Besitzer anruft, sagen Sie mir sofort Bescheid. Viel Spaß beim Essen. Leonora wird nicht vor zwei hier sein.«

»Fein. Ich werde zu der Zeit auch wieder zurück sein«, versprach Cressida.

Der Rest des Morgens verlief ruhiger, und sie musste immer wieder an Rick Marks denken.

Als ihre Mittagspause begann, nahm sie ihre Handtasche

und eilte zu ihrem Auto. Sie dachte, dass es nicht sicher war, im Umfeld der Galerie zu telefonieren, deshalb benutzte sie eine Telefonzelle, die ein paar Meilen entfernt stand. Sie musste am Telefon warten, weil sie Detective Chief Inspector Williams suchen mussten.

Es dauerte eine kleine Ewigkeit, bis man ihn ausfindig gemacht hatte. Die Minuten der Mittagspause verrannen.

»Was ist denn los?«, fragte er. »Sie befinden sich doch nicht in Schwierigkeiten, oder?«

»Nein, das nicht«, beruhigte Cressida ihn. Dann erklärte sie den Zweck ihres Anrufs.

»Warten Sie mal, ich muss erst begreifen, um was es geht«, murmelte er, nachdem er ihre Geschichte gehört hatte. »Der Mann muss groß sein, stämmig gebaut, Mitte vierzig und dichte graue Haare, richtig?«

»Ja«, rief Cressida ungeduldig.

Der Chief Inspector ignorierte ihre Versuche, ihn zur Eile anzutreiben. »Und er hat einen Monet von seinem Großvater geerbt, nicht wahr?«

»Nein, es ist ein Matisse, der gereinigt werden muss, vielleicht ist auch eine teilweise Restaurierung nötig. Er braucht nicht viel über Kunst zu wissen, denn ich habe ihn als Neuling in der Kunstbranche geschildert, damit Sie es leichter haben.«

»Wie rücksichtsvoll. Und wo finden wir einen billigen Matisse in den nächsten ein, zwei Stunden?«

»Es tut mir leid, Sir, aber ich habe keine Ahnung«, sagte Cressida. »Ich gebe mein Bestes, und ich glaube auch, dass ich Fortschritte mache. Deshalb wäre es schade, wenn sich der Argwohn von Marcia Neville nicht legt, besonders jetzt, da einer der Künstler mich heute zum Abendessen eingeladen hat. Er kennt Guy und Marcia sehr gut.«

»In dem Fall werde ich die Aufgabe einem Mann übergeben, der sofort mit einem speziellen Wissen aufwarten kann«, versprach ihr Boss. »Halten Sie weiter die Ohren steif, Cressida. Das ist gute Arbeit, die Sie da leisten. Ich habe das Gefühl, dass wir sie diesmal knacken können – mit Ihrer Hilfe. Eines ist aber jetzt wichtig, da Sie nun in der Galerie Fuß gefasst haben. Stellen Sie sicher, dass sich Tom von Ihnen fernhält. Gehen Sie jetzt, Sie können alles mir überlassen. Ihr großer grauhaariger Fremder wird Sie während des Nachmittags besuchen.«

Nach dem Anruf blieb Cressida gerade noch so viel Zeit, ein belegtes Brötchen zu kaufen und im Auto zu essen, bevor sie zur Galerie zurückfuhr. Polly schaute hoch, als sie eintrat und wies mit dem Kopf zur rechten Seite. Cressida schaute in die Richtung und sah ein junges Mädchen, das an der Wand stand und auf die Haut ihres Daumens biss.

Sie hatte schulterlanges hellbraunes Haar, haselnussbraune Augen und ein blasses Gesicht, das noch betont wurde durch ihre dunkelblaue Kleidung; ein viel zu großes T-Shirt und ein sackartiger Rock, der bis zu ihren Knöcheln reichte. Die Klamotten zogen die letzten Farbreste, die vielleicht noch da waren, aus ihrem Gesicht.

»Sie müssen Leonora sein«, sagte Cressida freundlich und fragte sich, was Marcia zu der Kleidung des Mädchens sagen würde. »Ich bin Cressida, und Sie sollen mir helfen, solange Sie bei uns sind. Tut mir leid, dass ich nicht da war, als Sie hier ankamen.«

»Das macht nichts«, sagte das Mädchen. »Ich war zu früh. Daddy hat mich mitgenommen und dann hier abgesetzt. Er hat vermutlich geglaubt, dass ich nicht zur Arbeit ginge, wenn er mich nicht bis vor die Tür bringt.«

»Wenn Sie an Kunst interessiert sind, wird es Ihnen hier

gefallen«, versicherte Cressida ihr. »Alle sind sehr freundlich und helfen gern, und die Kunden sind meist auch sehr nett.«

»Ich interessiere mich nicht für Kunst«, sagte Leonora. »Ich bin nur hier, sodass Daddy freie Bahn hat, auch tagsüber meine Stiefmutter zu bumsen. Ich bin ihnen im Weg, und meinetwegen traut sich meine Stiefmutter nicht mehr zu schreien.«

Polly stieß ein schnaufendes Gelächter aus und verschwand rasch im hinteren Zimmer.

Cressida wusste nicht, was sie dazu sagen sollte, deshalb nahm sie einen Katalog und reichte ihn dem uninteressierten Mädchen. »Schauen Sie sich den mal an«, sagte sie. »Er sagt ihnen alles über die Künstler, deren Arbeiten wir hier ausstellen, und listet auch die sonstigen Leistungen auf, die wir erbringen. Wir verkaufen zum Beispiel Drucke und Rahmen dafür. Wir können auch alte Gemälde reinigen und ...«

»Gibt es hier einen Kaffee-Automaten?«, unterbrach Leonora sie mitten im Satz.

»Nein, wir müssen uns den Kaffee selbst aufbrühen, aber Sie müssen die Getränke nach dem Arbeitsanfall richten und nicht umgekehrt.«

»Sie hören sich eher wie eine Lehrerin an«, stellte Leonora fest. Cressida war froh, dass sie nicht Polizistin gesagt hatte.

Während sie und Leonora Thornton dastanden und sich gegenseitig anstarrten, traten Marcia und Guy durch die Tür. Guy trug ein grau-blau kariertes Jackett über einem blassblauen Hemd, das am Hals offen war, und eine dunkelblaue Hose. Seine dunklen Haare wirkten ordentlicher als bei der ersten Begegnung, dachte Cressida. Aber er sah blass und verkrampft aus, und auf seinem Gesicht war nicht mal der Anflug eines Lächelns zu sehen, als er sie begrüßte.

Marcia, die beim Betreten der Galerie noch gelächelt hatte, ließ das Lächeln sterben, als sie Leonora sah. »Woher, um

Himmels willen, haben Sie denn diese Kleider?«, fragte sie mit eiskalter Stimme.

Leonoras Wangen zeigten einen Hauch von Rot, als sie die Kritik hörte. »Das sind meine Lieblingsklamotten«, sagte sie.

Guy warf einen kurzen Blick auf das Mädchen, hob dann die Augenbrauen, als er Cressida ansah, und ging ins Büro. Er überließ es Marcia, sich um das Mädchen zu kümmern.

Marcia begann Leonora aufzuzählen, welchen Kleidungsstandard sie in der Galerie für angemessen hielt, dann klingelte das Telefon. Guy war dran. Cressida sollte ins Büro kommen; Guy erwartete sie.

Er saß hinter dem Schreibtisch, den sie am Morgen durchsucht hatte, und sein Gesicht war immer noch verspannt, obwohl er sich diesmal ein Lächeln abrang, aber es erreichte die Augen nicht. »Marcia hat mir erzählt, dass Sie heute Morgen einen Kunden hier hatten, der sich für den Reinigungsservice interessierte, den wir anbieten«, sagte er abrupt.

Cressida sah ihm in die Augen und lächelte. »Ja, das stimmt. Er sagte, er würde später am Tag anrufen. Ist der Reinigungsservice ein profitables Geschäft?«

Guy runzelte die Stirn. »Geschäft?«

»Ja, ich meine, es ist ja nicht die hauptsächliche Dienstleistung der Galerie«, erklärte Cressida.

»Es ist eine der wichtigsten Funktionen«, sagte Guy. »Es ist eine ganz spezielle Kunst, und wir haben das Glück, Kontakte zu den Berufen zu haben, die so ausgezeichnete Arbeit leisten. Zu der Frage, ob das lukrativ ist – ja, ist es. Wir arbeiten auch mit Kommissionen, falls also dieser Fremde noch einmal kommt und uns seine kostbare Erbschaft anvertraut, erhalten Sie einen kleinen Bonus zu Ihrem Gehalt.«

Cressida fühlte sich schuldbewusst, aber sie zauberte ein höfliches Lächeln auf ihr Gesicht. »Das wäre schön«, sagte sie.

Guy sah sie forschend an. »Das wäre schön!«, ahmte er sie nach. »Ich wusste gar nicht, dass Sie das Glück haben, nicht arbeiten zu müssen und auch nicht über Geld nachzudenken, Cressida.«

»Aber nein! Geld ist für mich so wichtig wie für alle anderen auch, aber es ist nicht alles. Ich arbeite lieber in einem Job, den ich mag und bei dem ich genug verdiene, um leben zu können, als total unglücklich in meiner Arbeit zu sein, auch wenn ich Geld wie Heu verdiente.«

Guys Finger spielten nervös mit ein paar Büroklammern, die er auf dem Schreibtisch gefunden hatte. Cressida spürte wieder seine unterdrückte Energie. »Was ist mit Sex?«, fragte er plötzlich.

»Sex?«

»Sie haben Ihr Sexualleben nicht in Ihrer interessanten kleinen Rede erwähnt. Ich wüsste gern, wo der Sex auf Ihrer Prioritätenliste stehen würde.«

»Irgendwo in der Mitte, glaube ich«, erwiderte sie und wünschte, er würde sie nicht so eindringlich anschauen, denn sie konnte nur an Tom denken und wie wenig er zu Neuem bereit war, als sie das letzte Mal Liebe gemacht hatten.

»Wie langweilig«, sagte Guy. »Dann hoffen wir mal, dass Rick das ändert. Wenn Sie die Inspiration für sein lange erwartetes nächstes Bild sein sollen, dann muss ihm das gelingen. ›Irgendwo in der Mitte‹ führt nicht zu einem erotischen Bild.«

»Wer hat Ihnen gesagt, dass ich mit Rick ausgehe?«, fragte Cressida überrascht.

»Marcia natürlich. Sie und ich haben keine Geheimnisse voreinander. Wenigstens hat Marcia keine Geheimnisse vor mir«, fügte er mit einem kleinen Lächeln hinzu.

»Sonst noch etwas?«, fragte Cressida, weil sie merkte, dass

sie zu intensiv in sein Gesicht starrte. Die scharfe Linie um sein Kinn und die tiefbraunen Augen faszinierten sie, und der mobile Mund deutete Leidenschaften an, die sie noch nie kennen gelernt hatte.

»Nein, sonst nichts. Gehen Sie nur, und versuchen Sie, das schreckliche Mädchen da draußen bis morgen in eine präsentable Kleidung zu stecken.«

»Ich habe sie nicht ausgewählt«, sagte Cressida, irritiert von der Unterstellung, dass sie für Leonora verantwortlich sein sollte. »Sie ist die Tochter Ihres Freundes.«

Guy sah sie überrascht an. »Oh Mann, Sie können ja richtig bissig sein! Sie haben Recht, Sie haben keine Verantwortung für sie. Ich dachte nur, Sie könnten ihr ein paar Tipps geben, die Sie taktvoller anbringen als Marcia. Sie geht immer sofort an die Gurgel. Sie haben diesen Killer-Instinkt nicht, glaube ich jedenfalls«, fügte er leise hinzu.

»Sie tut mir leid«, murmelte Cressida.

»Wieso?«

»Sie will nicht hier sein, und wir wollen sie nicht wirklich haben. Sie wird herumgeschubst, damit ihr Vater und ihre Stiefmutter ihren Spaß haben können, ohne dass die Gefahr besteht, dabei gestört zu werden.«

»So ist das Leben«, meinte Guy lachend. »Ihre Zeit kommt noch. Obwohl ich nicht weiß wann, wenn ich sehe, wie sie sich anzieht. Am liebsten würde ich sie selbst an die Hand nehmen, aber ich glaube, ich ertrüge ihr teenagermäßiges Schmollen nicht.«

»Sie glaubt vielleicht, dass Sie ein wenig zu alt wären für sie«, sagte Cressida.

Guys Augen weiteten sich vor Überraschung. Dann grinste er. »Ich bin sicher, Sie haben Recht. Was für ein schrecklicher Gedanke, dass ich mir die größte Mühe gebe, um ihr die Wunder des Lebens zu zeigen, und sie verweigert sich mir, weil ich es schon hinter mir habe. Zurück an die Arbeit, Cressida. Und denken Sie dran, uns Bescheid zu sagen, wenn Ihr Matisse sich blicken lässt.«

Als Cressida die Tür hinter sich zuzog, wusste sie, dass er ihr nicht traute, trotz des neckischen Plauderns und seiner Liebenswürdigkeit. Er glaubte nicht an ihren Kunden, und die Tatsache, dass er und Marcia den Mann bei jeder Gelegenheit erwähnten, schien der Beweis dafür zu sein, dass sie etwas zu verbergen hatten. Offenbar lag Interpol mit der Vermutung richtig, in der Galerie ginge es nicht mit rechten Dingen zu.

Die nächsten zwei Stunden zogen sich zäh dahin. Man musste Leonora alles mindestens dreimal erklären, bevor sie etwas begriffen hatte, und selbst dann führte sie die Aufgabe mit mürrischem Gesicht aus. Es kamen nur wenige Kunden herein, was bedeutete, dass Cressida sich nicht ablenken konnte. Jedes Mal, wenn sich die Tür öffnete, hoffte sie, den Mann mit den grauen Haaren zu sehen.

Um Viertel nach vier begann Cressidas Herz schneller zu schlagen als sonst bei Stress. Die Glocke über der Tür schlug an, und ein großer Mann, Mitte vierzig, trat ein. Er hatte dichte graue Haare und betrat die Galerie. Er warf einen Blick auf Polly, die einen halben Schritt auf ihn zuging, aber dann bewegte Cressida unauffällig die rechte Hand, und er wandte sich ihr zu und sah sie lächelnd an.

»Ich habe doch gesagt, dass ich zurückkommen würde. Ist das jetzt eine bessere Zeit?«, fragte er.

Cressida fühlte sich erleichtert und lächelte zurück. »Das ist es ganz sicher. Wenn Sie nichts dagegen habe, werde ich den Besitzern der Galerie sagen, dass Sie hier sind. Haben Sie das Bild mitgebracht?«

Er hielt ihr ein braunes Packpapier hin, das mit einer Kordel gesichert war. »Hier ist es.«

»Wunderbar. Einen Augenblick, bitte.«

Als Cressida ein paar Schritte vor der geschlossenen Bürotür stand, blieb sie einen Moment stehen und atmete durch, bevor sie anklopfte. Es war von entscheidender Bedeutung, dass sie ihre Erleichterung über die Ankunft des Mannes nicht zeigte. Für sie war es eine ganz normale Aufgabe, den beiden zu sagen, dass der Mann mit dem Matisse wieder da war.

Nach einem leichten Klopfen gegen die Tür trat sie ein. Marcia stand dicht neben Guy in der hinteren Ecke des Büros. Jetzt trat sie einen Schritt vor. »Ja?«, fragte sie irritiert.

»Ich dachte, Sie würden wissen wollen, dass der Mann mit dem Matisse wieder da ist«, sagte Cressida ruhig. »Soll ich ihn zu Ihnen führen?«

Falten zeigten sich auf Marcias Stirn, aber Guy lächelte Cressida an und nickte. »Bitte, ja. Und sehr gut gemacht«, fügte er hinzu. »Sie beweisen, dass Sie ein Gewinn für die Galerie sind.«

»Wir haben den angeblichen Matisse noch nicht gesehen«, erinnerte Marcia.

»Nein, aber ich glaube, dass Cressida ihre Arbeit gut erledigt hat.«

Als der Mann, den Detective Chief Inspector Williams geschickt hatte, zum Büro geleitet wurde, um mit ihren Arbeitgebern zu reden, wurde Cressida von einem wahren Triumphgefühl erfasst. Es war offensichtlich, dass Marcia davon überzeugt war, der Mann existierte gar nicht, und es war ebenso offensichtlich, dass Guy sich darüber freute, dass es ihn doch gab. Was Cressida als Beweis dafür auslegte, dass Guy sie mochte. Sie hatte das Gefühl, dass ihre Arbeit ausgezeichnet verlief, und sie war als Bonus noch zum Abendessen mit Rick verabredet, worauf sie sich freute.

Als Rick kam, um sie abzuholen, war sie noch dabei, sich anzukleiden. Sie hatte schon einige Kleider als zu festlich oder als völlig unangemessen für den Anlass abgelehnt. Sie warf sich einen Bademantel aus Frottee über die Unterwäsche und führte ihn in ihr Wohnzimmer, dann lief sie wieder hinaus und hoffte, dass nichts herumlag, was ihren wahren Beruf verraten würde. Seit Tagen schon hatte sie alle Fotos entfernt, auf denen sie in Uniform zu sehen war, weil sie immer damit rechnen musste, dass jemand aus der Galerie mal unerwartet bei ihr auftauchte.

Schließlich zog sie ein ärmelloses Minikleid in Eiskremrosa an, dazu eine zweireihige Jacke, und ging zurück zu ihm ins Wohnzimmer. Rick schaute sich ein Kricketspiel im Fernsehen an und warf ihr bewundernde Blicke zu.

»Sehr schön! Diese glänzenden Strumpfhosen sind der Hit in diesem Sommer, nicht wahr? Sehr sexy!«

»Ich bin froh, dass sie Ihnen gefallen«, sagte sie lachend. »Ich war nicht sicher, was ich anziehen sollte, und dachte, mit diesem Outfit könnte ich mich überall sehen lassen.«

»Wir geben kein gutes Paar ab«, sagte er vergnügt, als sie ihn kurz musterte. Er trug einen petrolblauen Pullover über einem zu oft gewaschenen blauen T-Shirt, nicht ganz passend kombiniert mit einer marineblauen Streifenhose. Sie musste einräumen, dass er mit seiner Bemerkung Recht hatte.

»Soll ich mich umziehen?«, fragte sie eifrig.

Rick schüttelte den Kopf. »Du siehst viel zu attraktiv aus; ich bin es, der sich umziehen müsste, aber ich bin zu faul. Es ist egal. Sie sind daran gewöhnt, dass ich so aussehe. Ich werfe mich nur zu Guys Dinnerpartys in Schale. Und was dich angeht – sie werden sich fragen, was du in mir siehst.«

Sie stieg in Ricks verbeulten Ford Fiesta und war sicher, dass niemand sich diese Frage stellte. Rick sah in ihren Augen noch viel besser aus als vor ein paar Stunden in der Galerie. Seine helle Haut war leicht gebräunt, wodurch die graublauen Augen noch mehr zur Geltung kamen. Er hatte einen großen Mund, ausgeprägte Wangenknochen und eine gerade römische Nase. Diese Kombination raubte ihr schier den Atem, was daran lag, dass sie ihn begehrte, dachte sie. Falls das stimmte, hatte sie Tom nie begehrt, schloss sie wehmütig.

Das Restaurant, klein und versteckt am Rand der Covent Garden Piazza, war einem Gewächshaus nachempfunden, und als sie durch die Tür gingen, schien ihr die Hitze ins Gesicht zu schlagen. Sie war dankbar, dass Rick ihr die Jacke abnahm.

Der Besitzer hastete ihnen entgegen, um Rick zu begrüßen. Sie schüttelten sich die Hand, und er führte sie zu einem Tisch in einer Ecke des Raums, wo sie relativ für sich waren. Der Besitzer brachte ihnen eine Flasche Hauswein und ging dann, damit sie sich in Ruhe die Speisenkarte ansehen konnten.

»Wo ist dein Gemälde?«, fragte Cressida und wünschte, sie könnte die Speisenkarte als Fächer benutzen.

»Hinter dir.«

Cressida drehte sich um und sah, dass die Wand hinter ihr mit jungen Männern und Frauen bemalt war. Einige küssten sich, andere fassten sich an den Händen an, während sich viele auch nur anstarrten, aber jedes Paar verströmte das Gefühl unglaublicher Sexualität.

Es war, als würden sie im nächsten Moment ihre spärlichen Kleider abstreifen und sich lieben wollen. Cressida begriff nicht, wie es Rick gelungen war, so ein Gefühl festzuhalten, auch wenn nichts Sexuelles auf dem Bild geschah.

»Gefällt es dir?«

»Es ist sehr beeindruckend«, sagte Cressida, und sie wusste, dass dieses Wort viel zu schwach war, um ihre Gefühle auszudrücken, die sie beim Anblick des Wandgemäldes empfand, aber sie wusste sonst nicht, was sie sagen sollte.

Er nickte. »So wollte ich es auch haben. Es ist eine Erklärung, ein Statement über den Kontrast zwischen dem, was die Gesellschaft den Menschen aufdrängt und dem, was die Menschen selbst wollen – immer von einem erotischen Blickpunkt aus betrachtet.«

Sie übernahm seine lockere Anrede. »Nun, man sieht genau, was diese Leute jetzt am liebsten tun würden«, versicherte sie ihm. »Ich bin nicht sicher, wie du es geschafft hast, ihnen dieses Verlangen ins Gesicht zu legen.«

»Es liegt an den Muskeln und an den Gesichtsausdrücken«, sagte er. Sein Gesicht war ernst, und die Stimme voller Leidenschaft. »Anspannung, das ist der Schlüssel zur Erotisierung. Es muss eine sexuelle Spannung da sein. Schokolade, Blumen und ein Kuss auf dem Sofa sind keine echten Leidenschaften, sie dienen nur der Verschleierung. Meine Arbeiten zeigen uns die Wahrheit.«

Der Kellner trat an den Tisch und wollte ihre Bestellung aufnehmen. Cressida hatte nicht einmal die Karte aufgeschlagen. Sie ließ es geschehen, dass Rick für sie beide *mixed grill* von verschiedenen Fischen bestellte.

»Das ist zurzeit das beste Hauptgericht in ganz London«, versprach er ihr.

Cressida war es egal. Ihr Magen fühlte sich so an, als hätte er für den Tag geschlossen. Essen war keine große Leidenschaft für sie. Je länger sie sich in Ricks Gesellschaft aufhielt, desto attraktiver fand sie ihn, und sein Wandgemälde hatte sie so eigenartig berührt wie auch seine Zeichnungen, die sie in der Galerie gesehen hatte.

»Guy hat mir gesagt, dass du an einem neuen Motiv arbeitest«, sagte sie, als sich der Kellner zurückgezogen hatte.

Rick, der an einem Stück Brot knabberte, nickte. »Ich sollte daran arbeiten. Die Wahrheit ist, dass ich noch nicht einmal damit begonnen habe. Ich habe auf eine Inspiration gewartet. Jetzt, glaube ich, habe ich sie gefunden.«

»Das ist gut«, sagte Cressida leichthin. Sie traute sich nicht zu glauben, dass sie der Auslöser für eine seiner erotischen Zeichnungen sein könnte.

Rick sah sie grinsend an. »Ich spreche von dir«, sagte er. »Als ich dich das erste Mal in der Galerie gesehen habe, war mir das Bild plötzlich klar, und heute Abend, als du in dein Wohnzimmer kamst, in dem Klein-Mädchen-Pink, das so aussieht, als wäre es der Werbung für ein Getränk entstiegen, wusste ich, dass ich Recht hatte.«

»Aber das ist nicht dein Stil«, rief Cressida aus, ziemlich verstimmt über die Beschreibung ihres Outfits.

»Ich spreche nicht vom Äußeren, das du der Welt präsentierst, sondern vom Kontrast zwischen meinem Bild von dir – welche Gefühle du in mir auslöst, die Dinge, die ich mit dir anstellen möchte – und der Art, wie du dich kleidest und redest, das ist mein Stil. Du bist gut im Verstecken, im Verkleiden, nicht wahr, Cressida? Hast du das gewusst?«

Wenn man bedachte, dass sie im Moment *undercover* für das Betrugsdezernat arbeitete, fand Cressida die Bemerkung ironisch. »Nein, das habe ich nicht gewusst«, murmelte sie und war erleichtert, dass der Kellner sich mit dem Essen näherte.

Er stellte große Teller vor die beiden hin, auf denen köstliche Fische zubereitet lagen. Dann stellte er eine Flasche Dom Perignon Rosé auf den Tisch. »Für die Lady in Rosa, mit den besten Empfehlungen des Restaurantbesitzers.«

Rick war entzückt über Cressidas Verlegenheit. »Es ist schon gut, dass Chris de Burgh nicht hier ist, er würde wahrscheinlich ein Lied über dich schreiben«, sagte er lachend. »Es gefällt mir, wie du errötest. Es ist so altmodisch. Die meisten Mädchen erröten heutzutage gar nicht mehr, dabei kann es so sexy sein.«

»Das ist keine Kunst, die man erlernen kann«, gab Cressida zurück. »Es passiert einfach, und es macht mir nicht halb so viel Spaß wie dir.«

»Aber die Leute sehen daran, dass du es ehrlich mit ihnen meinst. Es muss schwierig sein, absichtlich zu lügen und dann zu erröten.«

Wenn er nur wüsste, dachte Cressida, stocherte mit der Gabel in ihrem Essen herum und fühlte sich ob ihrer Irreführung immer mehr schuldig. Guys und Marcias betrügerische Geschäfte – falls es welche waren – hatten nichts mit Rick zu tun, aber sie, Cressida Farleigh, benutzte ihn schamlos, um näher an Chef und Chefin heranzukommen. Schlimmer noch – sie genoss es.

»Kommst du nach dem Essen mit zu mir?«, fragte Rick. »Ich will dir nicht meine Sammlung von Zeichnungen zeigen, sondern die Skizzen für meine neue Idee – die Idee, für die du meine Inspiration bist.«

»Gern«, sagte Cressida und spürte, wie ihre Beine ganz schwach wurden.

»Wie viele Liebhaber hast du schon gehabt?«, fragte Rick so lässig, als hätte er nach dem Wetter gefragt.

Cressida hätte sich beinahe verschluckt. »Das geht nur mich etwas an.«

»Ich wüsste nur gern, ob meine Vermutung zutrifft. Du kommst mir wie ein Sechs-oder-sieben-Mädchen vor. Hat dir nicht die Szene in *Vier Hochzeiten und ein Todesfall* gefallen, als Andie McDowell die Liste ihrer Liebhaber durchgeht und die Liste immer länger wird? Ich finde, das war eine der besten Szenen überhaupt.«

»Mir gefiel die Szene, in der John Hannah *Funeral Blues* von Auden vorträgt«, meinte Cressida.

Rick sah sie überrascht an. »Ja, das war bewegend, aber doch nicht das Glanzlicht in einer entzückenden Komödie über modernes sexuelles Verhalten.«

»Für mich ist es die Lieblingsszene«, beharrte Cressida.

»Vielleicht sind in deinem Kopf Sex und Tod miteinander verknüpft«, mutmaßte Rick nachdenklich. »Weißt du, wie die Franzosen den Orgasmus bezeichnen? Der kleine Tod, und auf eine Weise haben sie Recht damit.«

»Denkst du wirklich so, oder erzählst du das nur so?«, fragte Cressida und nippte am Champagner.

»Ich erzähle nie etwas nur so«, stellte er richtig. »Ich denke wirklich so. Deshalb kommen auch meine Bilder so heraus, wie ich eben die Welt sehe.«

»Das ist schon seltsam, denn man sieht es dir nicht an«, murmelte Cressida. »Du scheinst so normal zu sein, ganz der Mann, der Rugby liebt, Kricket spielt und dem lokalen Squash-Club angehört.«

»Ich mag Kricket.«

»Ja, aber dunkler Sex ist dein Lieblingsthema, und du strahlst nichts Dunkles aus. Im Gegenteil«, fügte sie hinzu, denn mit jedem Schluck Champagner wurde sie immer mutiger, »du kommst mir wie ein konventioneller Typ vor, nicht viel anders als Tom.«

Ricks Augen verengten sich. »Wer ist Tom?«

Cressida zögerte, verfluchte den Alkohol und die entspannte Atmosphäre des Abends, die zu dem dummen Fehler geführt hatten. »Mein letzter Freund.«

»Ein Ex?«

»Ganz sicher ein Ex.«

Ricks Gesicht war wieder glücklich. »Das ist alles, was ich wissen muss. Wie wäre es mit einer Creme brûlée zum Nachtisch?«

Danach achtete Cressida genauer auf das, was sie sagte, und als sie das Restaurant verließen und wieder in den alten Fiesta stiegen, hatte sie die Kontrolle über sich zurückgewonnen.

Rick fuhr zu seiner Wohnung in Bayswater. Sie befand sich über einem Karate Club und hatte ein riesiges Dachfenster, was für seine Arbeit optimal war. Vom Wohnzimmer ging es zum Schlafzimmer, zu einer kleinen Küche und der Toilette, und man sah der Wohnung an, dass sie nicht oft aufgeräumt wurde. Vor lauter Skizzen und Zeichnungen, herumliegenden Kleidungsstücken und schmutzigem Geschirr traute sich Cressida kaum, irgendwo Platz zu nehmen.

»Entschuldige das Durcheinander«, sagte er. »Ich räume einmal im Monat auf, und der Monat ist bald vorbei.«

Mitten im Raum stand eine Staffelei mit einem Bild darauf, aber das Bild war mit einem Tuch verhangen, daher nahm Cressida an, dass es sich um die Skizze seiner neuen Idee handelte. An den Wänden des Zimmers hingen Dutzende von groben Bleistiftskizzen; einige davon waren die Skizzen zu Zeichnungen, die Cressida in der Galerie gesehen hatte, während andere völlig neu für sie waren, aber sie alle hatten dasselbe Thema, die gefesselte Frau, die das Bild dominierte, während gesichtslose Männer zuschauten.

»Hier, das ist mein erster Entwurf. Ich habe damit angefangen, nachdem ich dich heute Morgen in der Galerie gesehen habe«, sagte Rick, nachdem er sich durch einen Stapel von Skizzen gewühlt hatte. Cressida nahm das weiße Blatt Papier in die Hand und starrte darauf.

Eine junge Frau mit sehr langen Beinen und kurzen dunklen Haaren saß an einem Schreibtisch. Sie hatte das linke Knie gegen ihre Brust gedrückt, und das rechte Bein hing über dem Schreibtischrand. Sie hatte die Arme weit ausgestreckt, um sich mit ihnen aufzustützen.

Eine feine dünne Linie lag um ihren Hals; es sah so aus, als wollte Rick ihr einen Strick oder eine Leine um den Hals legen, aber abgesehen davon konnte sie sich offenbar frei bewegen. Der Unterschied zu den anderen Bildern von ihm bestand darin, dass die junge Frau nicht nackt war.

Sie trug ein Outfit, das an den Karrierelook der Achtziger erinnerte. Das Jackett hatte gepolsterte Schultern und breite Revers, aber Risse im Stoff befanden sich an den strategisch wichtigen Stellen, deshalb drückte sich eine Brust kühn heraus. Jeder Muskel im Oberschenkel des linken Beins war zu sehen, und auch die Öffnung im Delta der Schenkel.

Ihre Sexorgane waren übertrieben dargestellt, was an die Werke in der fernöstlichen erotischen Kunst erinnerte. Die Wirkung bezog das Bild aus dem Kontrast zwischen dem geschäftsmäßigen Gesichtsausdruck und dem mit einem Nylonstrumpf bedeckten rechten Bein im Vergleich zur entblößten Brust und der so verletzlich scheinenden Vulva. Es war ein Kontrast, der schockierend und zugleich unwiderstehlich war.

»So hast du mich gesehen?«, fragte Cressida entsetzt.

Rick sah sie prüfend an. »Nicht wahrheitsgetreu, aber du hast mich auf die Idee gebracht. Warum? Gefällt es dir nicht?«

Cressida schüttelte den Kopf. »Ich glaube nicht«, sagte sie leise.

»Warum nicht?«

»Ich verstehe nicht, was die wirkliche Frau bedeutet. Ist es die mit der Kontrolle oder die mit der herausfordernden Sexualität, die der Phantasie der Männer auf die Sprünge hilft?«

»Kann eine Frau nicht beides sein?«, fragte Rick, ebenso leise. Er ging einen Schritt auf sie zu.

Cressida begann zu zittern, als er einen Arm ausstreckte und sie langsam an sich zog. »Ich glaube, du bist beides«, murmelte er, und dann fühlte sie, wie seine Finger die Knöpfe an ihrer rosa Jacke abrissen, während sein Mund auf ihren drückte.

Fünftes Kapitel

Ricks Hunger nach ihr war so groß, dass Cressida beinahe die Hitze spüren konnte, die er ausströmte, und plötzlich, als sein Mund hart gegen ihren mahlte, war sie ebenso wild auf Rick.

Als er an ihren Kleidern zerrte und Cressida auf den Boden legte, war sie sich der Bilder bewusst, die überall verstreut herumlagen, und fühlte, wie durch die erotischen Motive ihr Verlangen noch gesteigert wurde. Sie hörte, wie sie leise wimmernde Laute der sexuellen Not von sich gab, als er mit der Zunge um die obere Linie des BHs leckte, bevor er durch die delikate Spitze ihre Nippel in den Mund saugte.

Die Gefühle waren wunderbar, und Cressida langte an seinem Körper hinab, der jetzt nur noch mit den Boxershorts bekleidet war, und griff mit den Händen an seinen Hintern. Er schob sich näher an sie heran, und sie konnte den Druck seiner Erektion fühlen.

Er saugte und leckte an ihrer Haut, dann schob sich Rick tiefer und begann, die Innenseiten ihrer Schenkel zu lecken. Er nagte an dem Fetzen Seide, der ihre Schamlippen bedeckte. Zu Cressidas Verblüffung schlugen sich kleine Wellen durch ihren Körper, als ein sanfter Orgasmus sie erfasste. Rick rollte sich auf den Rücken und zog sie auf sich, und als sie ihre Schenkel spreizte, grätschte sie über seinen Körper, und sie konnte seinen Penis durch die beiden Stoffe spüren.

Sein Begehren gab ihr ein Gefühl der Macht, die sie nie

zuvor empfunden hatte. Sie begann sich auf ihm zu bewegen, und an seinem Stöhnen und Keuchen erkannte sie, dass sie ihn gefährlich nahe zum Punkt brachte, von dem es keine Umkehr mehr gab.

Plötzlich packte er sie und rollte sich wieder herum, sodass Cressida nun auf dem Boden lag, und als sie mit den Armen wedelte, stieß sie gegen die Staffelei, und das Tuch rutschte weg und legte sich auf ihren nackten Arm.

Sie spürte, wie er an ihrem Höschen zerrte, bis er es ihr abgestreift hatte, und sobald er seine Boxer losgeworden war, schlang sie ihre Beine um seine Taille, während er sich über ihr abstützte und die Penisspitze gegen ihre gestutzten Schamhaare stieß.

»Du musst mich schon darum bitten«, murmelte er heiser. »Sage mir, wie sehr du mich begehrst.«

Cressida zögerte keinen Moment. »Ich will dich in mir spüren«, sagte sie, »jetzt sofort.« Aber das reichte Rick noch nicht, obwohl er ihre Nässe spürte.

»Sage es lauter«, verlangte er. »Schrei es heraus. Rufe jedem in der Straße zu, dass du mich willst.« Er ließ seine Erektion zwischen ihre Labien zielen, und für einen Moment des Glücks stieß die Eichel gegen ihre Klitoris. Ihr ganzer Körper zog sich zusammen und begann zu zucken.

»Ich will dich jetzt!«, schrie sie, total verloren in den Empfindungen des Augenblicks. Nach diesem Schrei stieß Rick hart gegen sie, und sie spürte, wie er in sie hineinglitt und mit den regelmäßigen Stößen begann. Er wurde immer schneller, und sie fühlte, wie der Orgasmus sich aufbaute.

Rick schien völlig außer Kontrolle. Sie hörte, wie er wilde Geräusche von sich gab, als sich auch sein Orgasmus nahte. Dann, kurz bevor sie gekommen wäre, veränderte er seine Position, er lag wieder auf ihr, aber nur für ein paar Sekunden, dann drehte er sich erneut, und Cressida war wieder oben.

»Bewege du dich jetzt«, keuchte er. »Dann kommen wir zusammen.«

Es war Cressida egal, ob sie zusammen kommen würden oder nicht, denn sie wurde verzehrt von der Gier nach dem Orgasmus. Sie schob ihren Körper vor, bis ihr Kopf fast auf seiner Brust ruhte, während ihr Po auf und ab wippte und Rick an ihren Nippeln zog.

Plötzlich zerbarst die glühendrote Hitze ihrer Erlösung; es war fast so, als wäre eine Welle am Strand über ihrem Kopf explodiert, und sie schrie vor Lust auf. Sekunden später schrie auch Rick, und sie fühlte, wie er sich unter ihr aufbäumte und wie er geschüttelt wurde. Sein Kopf rollte von einer Seite auf die andere.

Eine Zeitlang lagen sie schweigend da, ihre feuchten Körper ineinander verschlungen, bis Rick sich schließlich aufrichtete und die Haare aus seiner Stirn strich. »Phantastisch«, sagte er strahlend. »Ich hatte Recht, nicht wahr?«

Cressida, die kaum glauben konnte, was geschehen war, schaffte ein kurzes Nicken und gab sich so, als wäre das eine ganz normale Übung für sie gewesen. Dabei hatte sie vor Tom nur einen Mann gehabt, und das war auch noch eine verklemmte Angelegenheit gewesen.

Sie wusste nicht, auf was sie die Schuld schieben konnte; den Champagner, das Erotische in Ricks Zeichnungen oder sein nicht zu leugnendes sexuelles Charisma. Was immer es war, sie würde sich nicht beklagen.

Sie stützte sich auf einen Ellenbogen und sah sich im Zimmer um, und zu ihrem Erstaunen konnte sie jetzt das Bild auf der Staffelei erkennen, das nichts mit Ricks sonstigen Zeichnungen zu tun hatte. Es sah wie ein halbfertiges Holbein-Porträt aus. Sofort schaltete ihr Gehirn um, und sie wurde wieder die Polizistin, die verdeckt arbeitete.

»Was ist das?«, fragte sie wie nebenbei.

»Was?«, fragte Rick, die Augen noch glasig von ihrem ekstatischen Erlebnis.

»Das Gemälde da. Das hat nichts mit deinem sonstigen Stil zu tun.«

Rick stand auf und verdeckte das Bild wieder mit dem Tuch, das auf den Boden gefallen war. »Das ist ein Experiment. Ich will sehen, ob ich auch andere Dinge malen kann als die Zeichnungen, die ich Guy verkaufe. Aber es wird noch lange dauern, bevor ich so weit bin, das Ergebnis irgendeinem zu zeigen.«

»Ich finde, es sieht gut aus. Kann ich es mir mal genauer anschauen?«

»Niemals. Das ist reine Privatsache, und ich passe auf meine Arbeit auf wie ein Wachhund. Komm jetzt, zieh dich an, ich fahre dich nach Hause, sobald ich angezogen bin.«

Sie spürte, dass sich die Atmosphäre verändert hatte. Er war nicht mehr entspannt, und sie merkte deutlich, dass er sie rasch aus seiner Wohnung haben wollte. Als er den Ausdruck auf ihrem Gesicht sah, lächelte er bedauernd.

»Entschuldige, das klang ein bisschen abrupt nach allem, was zwischen uns geschehen ist, nicht wahr? Ich tauge nichts für den Smalltalk nach dem Sex.«

»Schon gut«, sagte Cressida, aber für sie stand fest, dass es ihr Interesse an dem Bild war, was zu seinem Stimmungsumschwung geführt hatte. »Ich mache mir da auch nichts draus. Ich ziehe mich rasch an, dann können wir fahren.«

Die Fahrt zurück verlief ziemlich still. Sie hing ihren eigenen Gedanken nach und versuchte herauszufinden, ob Rick wusste, dass er von Guy und Marcia wahrscheinlich ausgenutzt wurde. Inzwischen hatte sie das Gefühl, dass Rick sich völlig von ihr zurückgezogen hatte. Erst als er sie abgeladen hatte, verwandelte er sich wieder in den Rick, den sie vorher kannte.

»Tut mir leid wegen des plötzlichen Endes unseres schönen Abends«, sagte er. »Ich fürchte, dass ich oft diese Launen entwickle, und wenn sie über mich hereinbrechen, kann ich nichts dagegen tun.«

»Mach dir keine Sorgen, ich hake das unter der Rubrik ›künstlerische Freiheit‹ ab«, versicherte Cressida ihm.

»Du gehst also noch mal mit mir aus?«

Sie nickte. »Nur zu gern. Mir hat dieser Abend wunderbar gefallen.«

Rick ließ einen leisen Seufzer der Erleichterung hören. »Das freut mich. Ich rufe dich in den nächsten Tagen in der Galerie an, dann vereinbaren wir ein Treffen. Und, Cressida – vielen Dank, dass du so verständnisvoll bist.«

Er ging mit ihr zur Haustür, küsste Cressida leidenschaftlich und ging dann zurück zum Auto, das in der dunklen Straße so rasch verschwand, dass sie beinahe glauben könnte, sie hätte sich alles nur eingebildet, wenn da nicht die schmerzenden Stellen von ihrem wilden Lieben gewesen wären.

Am nächsten Morgen kam Marcia zu ihr in den kleinen Raum mit der Kaffeemaschine.

»Wie war denn Ihre Verabredung?«, fragte sie lächelnd.

»Wir hatten eine großartige Zeit.«

»Sind Sie mit in seine Wohnung gegangen?«

»Ja, bin ich.«

»Sie sind nicht so prüde, wie Sie manchmal wirken«, rief Marcia aus. »Rick hat den Hauptpreis gewonnen!«

»Ich habe mir nur seine Bilder angesehen«, protestierte Cressida, aber sie sagte es absichtlich auf eine Art, die nicht sehr überzeugend war.

»Ich bin immer dafür, dass sich die Menschen amüsieren«, sagte Marcia. »Ich hoffe sehr, dass Sie ihn bei Ihren Besuchen inspirieren. Er braucht einen neuen Kick, denn Guy drängt ihn seit Wochen schon.«

»Ich nehme an, dass Künstler darauf warten müssen, dass ihnen eine Inspiration über den Weg läuft«, erwiderte Cressida und gab einen Schuss Milch in ihren Kaffee.

»Genau, und wenn wir Glück haben, erweisen Sie sich als die Inspiration. Was für ein Spaß! Sie beide müssen mal einen Abend mit Guy und mir verbringen, das müsste sehr amüsant sein. Aber zu einem anderen Thema. Wenn Leonora zur Arbeit kommt, sollte sie etwas tragen, was mehr zum Stil der Galerie passt. Ich habe kurz mit Rose, ihrer Stiefmutter, gesprochen, und wie ich Rose kenne, sollte das genügen. Wenn Sie aber glauben, dass sie nicht angemessen gekleidet ist, würden Sie mir dann Bescheid sagen? Guy sagte, gestern hätte sie wie eine ausgestopfte Vogelscheuche ausgesehen.«

»Ja, richtig«, stimmte Cressida zu und hoffte, dass Leonora den Rat ihrer Stiefmutter angenommen hatte, denn das Letzte, was sie brauchen konnte, wäre eine Szene mit dem Mädchen. »Wie alt ist sie?«, fragte sie.

»Neunzehn! Guy dachte, sie wäre zwölf, hat er mir jedenfalls gesagt. Neunzehn ist für ihn natürlich viel interessanter. Sie sehen, wir müssen alle für unsere Lorbeeren kämpfen.«

Cressida lachte. »Ich kann mir nicht wirklich vorstellen, dass er an Leonora interessiert ist. Sie?«

»Ja«, sagte Marcia. »Sie ist eine Herausforderung. Wie ich schon mal erwähnte – Guy kann keiner Herausforderung widerstehen.«

»Nun, sie hat mir gestern erzählt, dass sie schon einen Freund hat. Er heißt Piers. Selbst wenn Guy also an Leonora interessiert wäre, glaube ich nicht, dass Leonora seinen Enthusiasmus teilt.«

»Sie hat vielleicht keine große Chance«, sagte Marcia geheimnisvoll, dann ging sie hinaus.

Cressida, die keine Ahnung hatte, was Marcia damit meinte, ging zurück an den Empfang und überflog die Morgenpost.

»Noch eine Sache«, rief Marcia von ihrer Tür aus. »Falls jemand nach Guy fragt – er wird heute Morgen ein wenig später kommen. Er hat einen wichtigen Termin.«

Genau in diesem Moment lag Guys wichtiger Morgentermin schräg auf einem riesigen Bett. Die hüftlangen schwarzen Haare lagen über ihren Schultern, während die dunkelbraunen Mandelaugen in seine starrten.

Wie immer war Guy eingenommen von dem Geheimnis, das die neue Lady Thornton war. Sie war die Tochter einer philippinischen Mutter und eines französischen Vaters, und seiner Meinung nach hatte diese Kombination das Beste aus beiden Kulturen ergeben. Ihre hellbraune fernöstliche Schönheit wurde ergänzt durch ihr exquisites französische Auge für Mode, und das heiße Blut der Mutter wurde ein wenig gezügelt durch die entspannte Haltung des Vaters, was alle sexuellen Dinge anging. Mit anderen Worten: Sie war beinahe die ideale Frau, und Guy konnte Sir Peters Vernarrtheit gut verstehen.

»Hör nicht auf«, bettelte sie ihn an, und ihre Hüften hoben sich vom weichen Daunenbett. Guy, der sich zwischen ihren Beinen auf den Boden gehockt hatte, während seine Zunge ihren magischen Zauber bewirkte, hatte nicht die Absicht aufzuhören. Er schob sie ein wenig weiter aufs Bett zurück und kniete sich dann über ihren Körper, und dabei führte er seine Erektion sanft in sie ein.

Rose zog ihre Knie an, bis sie auf ihren Brüsten lagen. Sie seufzte vor Wonne, als sie Guys Hände auf ihrem Po spürte, damit er sie abwechselnd anheben und nach unten drücken konnte. Als er mit dem Penis zustieß – langsam zuerst, dann in einem immer schnelleren Tempo –, hob Rose mit Unterstützung von Guys Händen den Unterleib bei jedem Stoß an, sodass Guy beinahe jedes Mal ihren G-Punkt erreichte. Wenn das geschah, nagten ihre kleinen weißen Zähne an ihrer Unterlippe, und ihre Füße drückten sich gegen Guys Brustkorb.

Sie kannten sich gut, deshalb hatten sie rasch den richtigen Rhythmus gefunden. Rose spürte, wie ihr Körper heiß wurde, was zu dem glückseligen Gefühl der Anspannung führte, von der sie wusste, dass sie dem Orgasmus voranging.

»Wie nahe bist du?«, fragte Guy, als er den eigenen Höhepunkt herannahen spürte.

»Nur noch ein paar Stöße«, keuchte Rose. Auf ihrer Oberlippe hatten sich kleine Schweißperlen gebildet.

Guy lächelte sie an und hörte auf, sich zu bewegen. »Ist das, was wir besprochen haben, endgültig?«

Die Anspannung ließ ein wenig nach, und Rose versuchte, ihn zu seinem alten Rhythmus zu bringen, indem sie den Po hin und her schob. »Bleib still liegen, sonst ziehe ich ihn heraus«, warnte Guy. »Sage mir, ob du einverstanden bist, Rose.«

»Ja, ich habe doch gesagt, dass ich es arrangieren werde«, keuchte sie.

»Aber du hältst nicht immer dein Wort, was für deinen braven Mann zum Nachteil ist. Du bist schön und sexy, Rose, aber man kann dir nicht über den Weg trauen. Ich will deine Zusicherung, dass du einhältst, was wir besprochen haben. Wenn du dein Wort brichst, wirst du darunter leiden.«

»Aber was ist mit Peter?«, rief sie und schwenkte den Po wieder hin und her, obwohl sie versucht hatte, sich zurückzuhalten. »Er würde verrückt, wenn er das wüsste.«

»Aber er wird es nicht wissen«, sagte Guy. »Er und ich sind befreundet, also werde ich es ihm nicht erzählen. Und wenn du deine fünf Sinne noch beisammen hast, wirst du auch nicht mehr darüber reden.«

»Ich kann nicht verstehen, warum du sie haben willst«, rief die junge Frau außer sich. »Sie sieht nach nichts aus, sie ist ein langweiliges englisches Mädchen ohne Sinn und Verstand, und in ihren Adern fließt kaltes blaues Blut.«

»Ich mag den Wechsel«, sagte Guy. »Du willst Piers, und ich will Leonora. Arrangiere einen Abend zu viert für uns, und lass mich nicht zu lange warten.«

»Ich kann nicht sicher sein, weil ich nie weiß, was Peter geplant hat.«

»Du weißt immer, was Peter gerade macht«, stellte Guy fest. Er bewegte sich leicht in ihr, sodass die Hitze für einen Moment wieder in ihre Lenden zurückkehrte. »Komm schon, Rose, versprich es mir, dann können wir fortsetzen, womit wir begonnen haben.«

»Ich …« Rose brach ab, als sie spürte, dass er seine Hände unter ihrem Po wegzog. Er strich damit über ihre Seiten und griff dann mit den Fingern an ihre Nippel. Langsam begann er sie zu drücken und zu ziehen, dann gab er sie frei, bis die sexuelle Lust sich erneut in ihrem Unterleib ausbreitete. »Also gut«, sagte sie voller Verzweiflung, »ich verspreche es.«

»Und du machst bald schon einen Termin?« Er bewegte wieder die Hüften, und sein Schaft drückte noch einmal gegen ihren G-Punkt.

»Ja, ja«, stöhnte sie, und Guy wusste durch ihren Gesichtsausdruck, dass sie ihn nicht enttäuschen würde.

Sofort nahm er den Rhythmus wieder auf, mit dem ihre Session eben abgeschlossen hatte, und plötzlich begann das Pochen des Orgasmus, den sich ihr für eine Weile frustrierter Körper verdient hatte. Der Höhepunkt baute sich rasch auf. Im letzten Moment, als die Lust sie überwältigte, stieß Rose einen kleinen, kurzen Schrei aus. Mehr erlaubte sie sich nicht, aber dann begann ihr Körper zu zucken und zu schütteln.

Guy spürte, wie sich die Füße gegen seine Brust stemmten, und er drückte dagegen und stieß unbeherrschter zu als bisher, sodass er wenige Sekunden nach Rose auch zu seinem Höhepunkt kam, begleitet von einer Serie höchst befriedigender Zuckungen.

Sobald es vorbei war, zog er sich aus Rose zurück. Er ging von ihr weg und hob seine Kleider auf. Sie schaute ihm vom Bett aus zu, die dunklen Augen geheimnisvoll, das Gesicht von einer leichten Röte überzogen.

»Du willst sie wirklich, nicht wahr?«, murmelte sie.

»Leonora? Ja, ich will sie.«

»Engländer sind seltsame Menschen«, stellte sie fest. »Sogar Peter ist seltsam. Manchmal glaube ich, dass er Frauen nicht wirklich liebt, nicht auf eine sexuelle Art, meine ich.«

»Er ist verrückt nach dir«, sagte Guy. »Sein Problem ist nur, dass er zu vertrauensselig ist.«

»Woher willst du das wissen? Vielleicht bin ich nur eine Trophäe für ihn.«

»Glaube mir, ich weiß es. Ich weiß es so gut, dass ich fast

ein schlechtes Gewissen habe und mich schuldig fühle, weil ich Sex mit dir habe.« Sie lachten beide.

»Was fühlst du denn, wenn er und ich dir und Marcia beim Sex zuschauen?«

»Ich denke nicht darüber nach. Ich genieße es jedes Mal, aber gewöhnlich konzentriere ich mich auf das, was wir gerade tun, statt mich auf dich und Peter einzulassen.«

»Aber denkst du nicht später daran? Oder auch an uns?«, wollte Rose wissen.

»Nein«, sagte Guy abrupt. »Ganz bestimmt nicht. Also vergiss nicht – du rufst mich an, sobald du den Termin für das Abendessen hast. Und lass mich nicht länger als eine Woche warten. Ich bin keine geduldige Seele.«

In der Galerie ging es an diesem Morgen ruhig zu, deshalb hatte Cressida Zeit zum Nachdenken.

Am vorigen Abend hatte sie Detective Chief Inspector Williams gleich angerufen, als sie nach Hause kam. Sie berichtete ihm vom halb fertigen Bild, das mit einem Tuch verdeckt auf der Staffelei gestanden hatte, dann war das Tuch zu Boden gefallen, und sie hatte das Bild im Stil von Holbein gesehen. Sie hatte nicht erklärt, wieso das Tuch plötzlich nach unten gerutscht war, aber sie hatte den Eindruck, dass Williams sich das denken konnte.

»Sie arbeiten extrem gut, PC Farleigh«, hatte er mit beträchtlicher Zufriedenheit gesagt. »Jetzt müssen Sie von diesem Künstlertypen herausbekommen, wie der Austausch der Gemälde funktioniert. Offenbar mag er Sie. Zweifellos können Sie alle weiblichen Listen anwenden, um sein volles Vertrauen zu gewinnen.«

»Er hat vielleicht gar nichts mit dem Betrug zu tun, jedenfalls weiß er möglicherweise gar nicht, in was er da verstrickt ist.« Cressida verteidigte ihn, weil sie sich Rick gegenüber schuldig fühlte.

»Falls er nur eine Schachfigur in diesem Spiel ist, hat er von uns nichts zu befürchten«, hatte der Chief Inspecor versichert. »Wir sind nicht hinter den kleinen Fischen her – wir wollen den großen Hai. Mit anderen Worten – wir wollen Guy Cronje, und wir wollen ihn dringend.«

»Ich hoffe, dass ich durch Rick mehr über Guy herausfinde. Ich werde mich bei nächster Gelegenheit wieder mit Rick verabreden. Mit Sicherheit gehe ich zu Ricks nächster Ausstellung. Das ist ein großes Ereignis für Guy und die Galerie.«

»Ausgezeichnet. Und versuchen Sie herauszufinden, wer das arme Schwein ist, das drauf und dran ist, seinen kostbaren Holbein zu verlieren. Ich hoffe, dass es nicht Peter ist.«

»Ich werde mich bemühen.«

»Gut. Wir werden die Warnung für Tom wiederholen, dass er sich Ihnen nicht nähern soll. Ich weiß, dass er mit der Situation nicht gut fertig wird. Er hat Ihnen doch keinen Ärger bereitet?«

»Nein, nein!« Cressida konnte sich nicht vorstellen, dass Tom sie aus Eifersucht in Schwierigkeiten brachte. Auch er war ein sehr professioneller Polizist, und er würde die Situation besser verstehen als jeder andere. In diesem Stadium der verdeckten Ermittlungen durfte niemand misstrauisch werden.

Aber jetzt, da sie Zeit hatte, ihre Gedanken spielen zu lassen, begann sich Cressida zu fragen, was Tom wirklich unternehmen würde, wenn er zu Tode gekränkt war. Sie selbst konnte sich kaum erinnern, was sie vor ihrem Undercover-Auftrag für Tom empfunden hatte, und der gestrige Abend mit Ricks leidenschaftlicher Liebe stellte alles in den Schatten, was sie bisher mit Tom erlebt hatte.

»Cressida«, sagte Leonora mit ihrer gelangweilten Stimme.

Cressida schaute von einer Broschüre auf, die sie zu studieren vorgab. »Ja?«

»Ich habe Sie schon zweimal gefragt. Was soll ich jetzt tun, denn ich habe den Kaffeeraum aufgeräumt.«

Cressida seufzte. Leonora, die wenigstens den Rat ihrer Stiefmutter angenommen hatte, trug ein attraktives Sommerkleid aus einem weichen Stoff, aber sie hatte noch immer kein Interesse an der Galerie, was es erschwerte, ihr nützliche Aufgaben zu übertragen.

»Warum gehen Sie den Katalog nicht noch einmal durch? Es ist wichtig, dass Sie alles über unsere Künstler wissen.«

Leonora verzog das Gesicht. »Ich habe ihn schon zweimal gelesen.«

»Heißt das, Sie kennen jeden Namen und wissen, wie viele Bilder wir von jedem der Künstler liefern können?«

»Natürlich nicht.«

»Dann nehmen Sie sich den Katalog noch einmal vor«, sagte Cressida kurz angebunden.

Leonora stapfte davon und setzte sich ganz hinten in eine Ecke. Sie las mit einem so großen Widerwillen, dass man es ihr ansah. Cressida war erleichtert, als die Glocke über der Tür anschlug und ein Kunde hereinkam, doch ihre Erleichterung verflog sofort, als sie erkannte, dass der Mann, der sich ihrem Tisch näherte, niemand anders als Tom war.

»Kann ich Ihnen helfen, Sir?«, fragte sie mit einem höflichen Lächeln.

Tom beugte sich zu ihr hinunter, damit er leise mit ihr reden konnte. »Warum hast du mich die letzten Abende nicht mehr angerufen?«, zischte er.

»Ich kann nicht«, fauchte Cressida zurück. Sie sah, dass Leonora interessiert zuschaute.

»Warum nicht?«

»Ich kann Ihnen eine Liste von allen van Gogh Drucken geben, die wir liefern«, sagte sie laut. Leonora wandte sich wieder dem Katalog zu.

»Dein van Gogh kann mir gestohlen bleiben«, schimpfte Tom, aber zum Glück blieb er leise. »Ich will wissen, was los ist.«

»Frage den Chief«, flüsterte Cressida. »Er wird dir alles erklären.«

»Ich begreife nicht, warum wir nicht zum Essen ausgehen können«, rief Tom, und seine Stimme wurde lauter.

Wieder hob Leonora den Kopf, und Cressida fühlte, wie sie rot vor Ärger wurde. Sie konnte nicht glauben, dass Tom in einem so vitalen Zeitpunkt der Operation sich so stupide verhielt.

»Ich kann es einfach nicht«, fauchte sie und schob ihm einen Katalog zu, als sie Marcia kommen sah.

»Wenn du das nicht willst, werde ich dich enttarnen«, sagte Tom und wandte sich ab. »Du bist eine Polizistin und meine Freundin und keine Prostituierte.« Er stürzte zur Tür, riss sie auf und rannte aus der Galerie.

»Was war das denn?«, fragte Marcia.

Cressida atmete tief durch. »Ich bin mir nicht sicher. Er ist ein Kunde, der schon einige Male hier war, und er scheint einen Narren an mir gefressen zu haben. Jetzt hat er gesagt, wenn ich nicht mit ihm essen gehe, würfe er sich vor einen Zug.«

»Großer Gott! Sie haben eine tolle Wirkung auf unsere Kunden«, stellte Marcia fest. »Hoffen wir, dass Rick nicht eifersüchtig wird.«

»Ich bin sicher, dass Rick nicht der Typ für Eifersucht ist«, gab Cressida zurück. »Aber ich werde nicht mit ihm zum Essen gehen. Der Mann ist labil.«

»Eine Besessenheit kann gefährlich sein«, mahnte Marcia zur Vorsicht. »Wenn Sie weiteren Ärger mit ihm haben, lassen Sie es mich wissen. Ich sage dann Guy Bescheid. Ich bin sicher, dass er herausfinden kann, wo der Mann wohnt, damit man auf andere Weise mit ihm fertig wird. Aber er ist ziemlich attraktiv, finden Sie nicht auch?«

»Er ist nicht mein Typ«, sagte Cressida und versuchte, so zu klingen, als langweilte sie das Thema.

»Seltsam. Wenn ich auf Bildern Paare bilden sollte, hätte ich Sie mit jemandem wie ihn zusammengebracht, jedenfalls eher als unseren Rick«, sagte Marcia. »Aber das zeigt mal wieder, man kann sich nie sicher sein.«

Marcia kehrte in ihr Büro zurück, und darauf schien Leonora nur gewartet zu haben. Sie legte den Katalog aus der Hand und ging hinüber zu Cressida. »Gehen Sie wirklich aus mit Rick Marks?«, fragte sie, die kleinen hellbraunen Augen vor Überraschung weit aufgerissen.

»Ja, aber es ist noch eine frische Liaison«, gestand Cressida.

»Sie sind sehr mutig«, sagte das Mädchen und zeigte das erste Mal, seit sie zur Galerie gehörte, so etwas wie Lebhaftigkeit. »Ich habe seine Zeichnungen hier in der Galerie gesehen; sie sind schrecklich. Ich wäre viel zu ängstlich, mit einem solchen Mann auszugehen.«

»Leute, die Thriller schreiben, laufen auch nicht herum und morden«, sagte Cressida geduldig. »Künstler, die Frauen in Ketten zeichnen, werden normalerweise ihr Privatleben ganz anders ausrichten.«

»Aber er muss doch ein bisschen durchgeknallt sein«,

beharrte Leonora. »Kein normaler Mann würde Frauen so zeichnen, wie er das tut.«

»Seine Arbeit stellt die Beziehungen der Geschlechter dar«, hielt Cressida dagegen. »Man soll die Bilder nicht wörtlich nehmen. Er ist an einem wirklichen Ausgleich zwischen den Paaren interessiert.«

Leonora verzog das Gesicht. »Ich weiß nicht, was Sie meinen. Ich glaube nur, dass er nicht richtig im Kopf sein kann.«

»Was für ein Glück, dass Sie nicht mit ihm ausgehen müssen«, sagte Cressida.

Leonora lehnte sich an den Tisch. Offenbar war Cressida seit der neuen Information, dass sie mit Rick ausging, interessanter für Leonora geworden. »Piers ist ziemlich langweilig«, gestand sie. »Er ist der Sohn eines Freundes von Daddy. Ich glaube, er weiß mehr über Kricket und Rugby als über Sex.«

»Dann suchen Sie sich doch einen anderen Freund, der nicht so langweilig ist.«

»Ich habe kaum Gelegenheiten, jemanden kennen zu lernen«, klagte Leonora. »Es wird vielleicht besser, wenn ich ein Jahr nach Italien gehe, aber das dauert noch bis Ende September.«

»Nun, dann müssen Sie eben noch ein paar Wochen mit dem Langweiler durchhalten.«

Leonora sah sie an. »Ich wüsste gern, warum so viele Männer auf Sie stehen. In meinen Augen sehen Sie ganz normal aus. Ich meine, meine Stiefmutter, sie ist wirklich eine gut aussehende Frau. Sie ist Ausländerin, was sie vielleicht noch interessanter macht. Aber jeder Mann, der sie sieht, bekommt weiche Knie, und das kann ich auch verstehen, obwohl es nervt. Aber Sie ... ich meine, Sie sehen wie viele andere Frauen auch aus.«

Cressida begann sich zu ärgern, aber sie hob die Stimme nicht, als sie sagte: »Warum lesen Sie nicht weiter im Katalog? Ich muss nämlich noch ein bisschen arbeiten, Leonora.«

»Okay, aber ich finde es trotzdem seltsam.«

Cressida wusste, dass Leonora, gelangweilt von ihrer Arbeit, ein deutliches Interesse am Privatleben von Menschen in ihrer Umgebung zeigte. Sie würde sie wie ein Habicht beobachten, deshalb war Cressida noch wütender über Toms katastrophalen Auftritt.

Als sie an diesem Abend nach Hause kam, rief sie ihn an und sagte, wie sehr er ihre Arbeit erschwert hatte, aber er beharrte auf seiner Ansicht, dass nichts Gefährliches darin lag, wenn sie zusammen aus essen gingen.

»Du kannst doch einen Freund haben, oder nicht?«, rief er durchs Telefon.

»Ja, aber ich soll so tun, als wäre ich verrückt nach Rick Marks. Es würde sehr seltsam sein, wenn ich gleich zu Anfang unserer Beziehung mit einem anderen Mann ausgehe.«

»Du schläfst mit ihm, nicht wahr?«, fragte Tom wütend.

»Es geht dich nichts an, was ich tue. Ich bin nur dem Chief gegenüber verantwortlich, und das weißt du sehr genau«, rief Cressida zurück.

Tom änderte seine Taktik. »Bitte, Cressida, ich vermisse dich so sehr. Lass uns nächsten Montag zu dem Inder bei dir um die Ecke gehen. Niemand von der Galerie wird diesen Laden kennen, und niemand wird uns da sehen.«

Cressida erkannte plötzlich, dass sie kein Verlangen hatte, Tom zu sehen, selbst wenn es kein Risiko wäre. Sie war zu sehr in die Affäre mit Rick verstrickt, und im Unterbewusstsein war sie sich auch klar darüber, dass sie sich immer noch zu Guy Cronje hingezogen fühlte.

Sie hatte kein Interesse mehr an Tom, doch der Instinkt

sagte ihr, dass sie etwas unternehmen musste, um den Auftrag nicht zu gefährden – sie musste ihn noch einmal treffen.

»Also gut«, sagte sie. »Wir treffen uns nächsten Montag um acht, aber versuche nicht, wieder Kontakt mit mir aufzunehmen, sonst ist die Verabredung hinfällig. Noch etwas, Tom.«

»Ja?«

»Hat Detective Chief Inspector Williams nicht gesagt, dass du dich von mir fernhalten sollst?«

»Ja, doch«, murmelte er, »aber er kann mein Privatleben nicht so genau kontrollieren wie meine Dienstzeit.«

»Du solltest auf das hören, was er sagt«, meinte Cressida. »Falls irgendwas wegen unseres Treffens am Montag schiefläuft, stehen wir beide ohne Job da.«

»Es geht nichts schief«, sagte Tom zuversichtlich, und Cressida dachte, dass er vermutlich Recht hatte.

Sobald sie den Hörer aufgelegt hatte, war Tom schon vergessen, und sie freute sich auf das kommende Wochenende. Rick wollte ihr andere Künstler vorstellen.

Der Rest der Woche verlief ohne Zwischenfall, und obwohl Cressida keine neuen Informationen sammeln konnte, war sie nicht besorgt, denn sie ahnte, dass Rick ihr am Wochenende nützliche Dinge erzählen würde. Die Arbeit in der Galerie gefiel ihr immer besser, und manchmal fragte sie sich, wie sie sich wohl wieder als Polizistin eingliedern konnte, wenn ihre Arbeit als verdeckte Ermittlerin beendet war.

Um fünf Uhr am Freitagnachmittag setzte sie sich aufrecht hin und begann ihren Nacken zu massieren. »Damit haben wir die Liste über alle Rahmen abgeschlossen«, sagte sie erleichtert zu Leonora. »Ich hoffe, dass Polly ihren Virus bald auskuriert hat, denn diese Mehrarbeit geht an die Substanz.«

Leonora, die bei der Aufstellung der verschiedenen Rahmen nichts beigetragen hatte, stimmte zu. »Wir sollten eigentlich dafür bezahlt werden, dass wir Pollys Arbeit übernehmen«, quengelte sie. »Denn sie ist für diese Dinge zuständig, oder?«

»Ja, aber es ist ein Service für unsere Kunden, und wenn wir ihnen sagen müssten, sie sollten sich die Rahmen zu ihren Bildern sonst wo suchen, bleiben sie vielleicht ganz weg«, erklärte Cressida.

»Wen juckt das schon?«, knurrte Leonora. »Es ist doch nicht unsere Galerie. Daddy ist heute Abend nicht zu Hause«, sagte sie in einem seltenen Moment der Offenheit. »Piers und ich müssen Rose bei einem langweiligen Essen Gesellschaft leisten. Eigentlich wollten wir zu einer Party gehen ...«

»Mich überrascht, dass Sie zugestimmt haben, im Haus zu bleiben und am Essen teilzunehmen«, sagte Cressida, denn die Spannung zwischen Leonora und ihrer Stiefmutter war längst bekannt.

»Rose weiß Dinge über mich, die Daddy nicht erfahren soll«, erklärte die junge Frau. »Es wird ja auch nichts Schlimmes passieren, es ist halt nur langweilig. Daddys Freunde reden nur über Geld und Besitz.«

»Dann sollten wir hoffen, dass Piers die Ohren weit öffnet – vielleicht lernt er ein paar Tipps für die Zukunft.« Sie lachte, nahm ihre Tasche, rief Marcia ein schönes Wochenende zu und ging nach Hause.

Piers würde ein paar Tipps aufschnappen, aber nicht solche, die Cressida im Sinn gehabt hatte.

»Warum muss ich mich in Schale werfen?«, protestierte Leonora. »Piers trägt nur eine Jeans.«

Ein Bild von Piers, wie ihm die dunklen gewellten Haare in die Stirn fallen und wie seine tiefblauen Augen sie unter den langen Wimpern anschauen, zuckte Rose durch den Kopf. Sie wandte sich von ihrer Stieftochter ab, damit sie ihr Lächeln nicht sehen konnte.

»Mir ist egal, was Piers anzieht; er ist nicht mein Stiefsohn. Ich lasse nicht zu, dass du einen Freund deines Vaters mit deiner schäbigen Kleidung beleidigst. Die schlaffen Leggings und das zerknautschte Top passen an eine Würstchenbude, aber nicht zu einem Abendessen.«

»Du bist so ein Snob«, jammerte Leonora, als sie ihre Kleider auszog und sich lustlos in einen kurzen fliederfarbenen Rock zwängte. Dazu hatte Rose ein bauchfreies Oberteil mit einem Blumenmuster herausgelegt. »Wenn du reich geboren wärst, würdest du nicht so einen Aufstand wegen ein paar Kleidern veranstalten. Damit verrätst du deine Herkunft«, fügte sie noch trotzig hinzu.

Rose ignorierte Leonora. Sie freute sich zu sehr auf den Abend und wollte sich die Stimmung nicht von Leonora verderben lassen. Es war ein Glück, dass Peter angerufen worden war. Seine alte Kinderfrau war ernsthaft erkrankt, deshalb wollte er sie besuchen. Peter hatte ihr zum Abschied gesagt, sie sollte an der Einladung festhalten, denn er wollte, dass Leonora beim Abendessen den Galeriebesitzer Guy Cronje besser kennen lernte.

»Ich will den Abend über nicht allein mit ihm sein«, hatte sie zu ihrem Mann gesagt. »Er macht mir Angst, und wenn du weg bist, fühle ich mich nicht sicher.«

Peter hatte gelacht, aber Rose wusste, dass er sich geschmeichelt fühlte. »Du süßes Ding«, hatte er gesagt. »In dem

Fall nimmst du Leonora und Piers dazu, dann seid ihr wieder zu viert.«

Und so kam es, dass der Abend, den Guy so vehement von ihr gefordert hatte, sich wie von selbst ergab. Sie zog das knöchellange cremefarbige Satinkleid mit den schmalen Schulterträgern an, streifte es über die Hüften und spürte, dass sie vor Vorfreude zu zittern anfing.

Piers, der etwa so groß war wie sie und regelmäßig seine Fitness trainierte, hatte sie gleich bei der ersten Begegnung interessiert, und heute Abend würde sie ihn das erste Mal haben können. Sie würde ihm noch ein paar Dinge beibringen müssen, Dinge, von denen er vielleicht noch nie etwas gehört hatte. Ja, es würde ein erregender Abend werden. Sie konnte es kaum ertragen, noch so lange warten zu müssen.

Als sie sich vorstellte, Leonora zu beobachten, wie sie sich in Ekstase wand, während Guys geschickte Hände sie verwöhnten, war ihr eher zum Lachen zumute. Doch es würde ein Augenschmaus sein, die stets schmollende Leonora zu sehen, wie sie sich hilflos im Griff von Guy Cronje wand und wie sie später ihre erste leidenschaftliche Begegnung erlebte.

»Ich möchte, dass du tust, was ich sage. Und zeige deine gute Laune«, riet Rose ihrer Stieftochter. »Vielleicht wirst du sehen, dass der Abend viel aufregender verläuft, als du dir vorstellen kannst.«

»Weniger, als ich mir vorstelle, kann der Abend gar nicht bringen«, blaffte Leonora, dann öffnete sie die Haustür und war überrascht, dass Guy Cronje vor ihr stand.

Sechstes Kapitel

»Es tut mir leid, aber Daddy ist nicht da«, sagte Leonora. Sie hoffte, dass Guy nicht gekommen war, um sich über ihren Mangel an Interesse für die Galerie zu beklagen. »Er wird nicht vor drei Uhr morgen Nachmittag zurück sein. Wir erwarten einen wichtigen Gast zum Essen, deshalb kann ich leider auch nicht meine Stiefmutter rufen.« Das war ein Umstand, der Leonora freute, denn wenn Guy sich über sie beschweren wollte, würde Rose ihm eher glauben als ihr Daddy.

Guy verzog den Mund zu einem Lächeln. »Ich bin der Gast zum Essen«, sagte er ruhig.

Leonora schluckte schwer und hoffte, dass sie nicht so töricht aussah, wie sie sich fühlte. Sie fragte sich, warum Rose ihr das nicht gesagt hatte, stellte sich aber auf die Seite, damit Guy durch die Tür kommen konnte.

Zum ersten Mal, soweit sie sich erinnerte, war sie Rose dankbar. Wenn sie nicht darauf bestanden hätte, wäre sie in ihrer üblichen Kluft gewesen. Sie wusste, dass Guy großen Wert auf die Kleidung der Frauen legte. Er selbst sah überwältigend gut aus in seinem italienischen braungrauen Anzug. Dazu hatte er ein dunkelblaues Hemd an mit einem breiten Kragen. Die Krawatte mit dem dicken Knoten war rot und blau und mit weißen Vierecken versehen, die man in die Seide gewoben hatte.

Leonora wusste nicht, was sie sagen sollte; sie sah sich verzweifelt um und suchte nach irgendeiner witzigen Bemerkung, aber dann rauschte Rose die Treppe hinab. Ihr schlichtes cremefarbiges Kleid passte ihr wie eine zweite Haut, und Leonora sah voller Neid, wie Guys Augen vor Bewunderung aufleuchteten, genau wie alle Männeraugen glänzten, wo immer Rose sich sehen ließ.

Bevor Leonora sich schmollend zurückziehen konnte, traf Piers ein, und wenig später standen sie alle in Sir Peters Arbeitszimmer, und ihnen wurden Drinks gereicht. Zu Leonoras Erstaunen zeigte Rose ein ungewöhnliches Interesse an Piers, was bedeutete, dass Guy sich mit Leonora unterhalten musste.

Guy, der jede einzelne Emotion durchschaute, die Leonora in den letzten Minuten empfunden hatte, war entzückt darüber, wie sich die Dinge entwickelten. Er sah die Attraktion, die Piers für Rose hegte. Der Junge war vielleicht zwanzig Jahre alt, er war gut gebaut und nach außen hin selbstbewusst, aber wenn Rose ihn sich vornahm, würde sein Selbstbewusstsein untergehen, und sie würde das Vergnügen haben, in ihre Rolle als Sexuallehrerin zu schlüpfen – genau wie Guy es mit Leonora vorhatte.

Er wusste, dass Leonora sich nicht für die Galerie interessierte, darüber hatte Marcia oft genug geklagt, deshalb fragte er die junge Frau nach ihren Zukunftsplänen, und als sie über ihre bevorstehende Reise nach Italien erzählte, beobachtete er ihr Gesicht sehr genau. Er versuchte, sich vorzustellen, wie dieses Gesicht auf dem Höhepunkt sexueller Leidenschaft aussehen würde.

Es war ein ungewöhnlicher Abend für ihn. Normalerweise verbrachte er seine Zeit mit erfahrenen Frauen, entweder mit Marcia oder mit jungen Frauen, die mit älteren Männern verheiratet waren und ihre Befriedigung woanders als zu Hause suchen mussten, ohne ihre Ehe aufs Spiel setzen zu wollen.

Ihm passten diese Situationen, obwohl er in den letzten Tagen häufig an Cressida Farleigh gedacht hatte. Wie würde es sein, wenn er mit ihr Liebe machte?

Es war offensichtlich, dass Leonora so unerfahren war, dass fast alles, was er tat, befriedigende Ergebnisse zeigen würde, aber jetzt fragte er sich, warum er so sehr nach ihr verlangte. Vielleicht hatte er genug von Frauen, die alles wussten und kannten. Aber es musste einen Mittelweg geben – eine junge Frau, die eine Menge wusste und noch viel über ihre Sexualität lernen wollte. Leonora dagegen war wie ein leeres Blatt Papier. Es war unmöglich, sich vorzustellen, dass sie und Piers nichts ausprobiert hatten, nur ein bisschen Sex auf dem Rücksitz von Piers' Auto.

Beim Essen saßen die Frauen jeweils an den Tischenden, und als das Dessert aufgetragen wurde, wusste Guy durch das gerötete Gesicht des Jungen, dass Rose ihm ihre Absichten schon deutlich gemacht hatte. Wahrscheinlich hatte sie unter dem Tischtuch ihre Hand auf seinen Schenkel gelegt, dachte Guy vergnügt. Er selbst hatte Leonora bisher in Ruhe gelassen, und sie hatte unentwegt über Banalitäten geredet.

Sie gingen zum Kaffee vom Esszimmer in den Salon, und dort wurden Rose' Absichten noch deutlicher. Sie lud Piers ein, sich neben sie zu setzen. Guy spürte, wie Leonora verkrampfte und ein entsetztes Gesicht zeigte, als Piers sofort hinüberlief und den Platz neben ihrer Stiefmutter einnahm. Guy hörte, wie Leonora tief Luft holte, als sie sah, dass die Hand ihrer Stiefmutter über Piers' Knie strich. Ihre Finger kratzten leicht über den Baumwollstoff seiner Jeans.

Guy, der hinter Leonoras Stuhl stand, legte seine Hände auf ihre Schultern und strich über ihre überraschend kühle Haut, die makellos glatt war. Es dauerte eine kleine Weile, ehe Leonora begriff, was er unternahm, und als ihr das klar wurde, blieb sie reglos und hoch aufgerichtet auf ihrem Stuhl sitzen. Einmal drehte sie sich um und schaute zu ihm hoch.

Rose lächelte ihre Stieftochter an und begann, langsam die Knöpfe von Piers' Hemd zu öffnen. Ihre Hand schob sich dazwischen und rieb über seinen Brustkorb.

»Oh, du tust viel für deine Fitness, nicht wahr?«, fragte sie mit heiserer Stimme.

Piers, der kaum sprechen konnte, nickte und stieß einen Laut aus, der ihre Annahme wohl bestätigte.

»Ich mag einen muskulösen Körper«, fuhr Rose fort. »Ich selbst trainiere auch ein bisschen, meistens auf dem Fahrrad. Ich schaffe zwar nicht viele Meilen, aber jede Kleinigkeit hilft, findest du nicht auch?«

Piers nickte. »Ja, natürlich«, murmelte er. »Aber du brauchst dir keine Sorgen zu machen. Du hast eine wunderbare Figur.« Rose bedachte ihn mit ihrem geheimnisvollen Lächeln, und Guy musste den Griff auf Leonoras Schultern verstärken, als sie von ihrem Stuhl aufstehen wollte.

»Soll ich dir mein Fahrrad mal zeigen?«, fuhr Rose fort, erhob sich von ihrem Sitz und fasste nach Piers' Hand. Er brauchte keine zweite Einladung, und ohne einen Blick zurück auf Leonora folgte er Rose aus dem Zimmer.

»He, ho«, sagte Guy leise. »Ich glaube, wir sollten ihnen nachgehen, damit wir ein Auge auf sie werfen können, oder was meinst du?« Während er redete, ging er um ihren Stuhl herum, nahm ihre Handgelenke in eine Hand, sodass er sie für einen flüchtigen Moment in seiner Gewalt hatte. Leonora starrte ihn an, die Wangen rosa, und stand dann auf. Sie folgte ihm aus dem Zimmer.

Rose hatte Piers in das zweite Schlafzimmer geführt, eines der wenigen Zimmer, die Guy für geschmackvoll eingerichtet hielt, und als er und Leonora es betraten, blieb er einen

Moment stehen, während er die stille, zurückhaltende Sinnlichkeit des Zimmers auf sich wirken ließ.

Zwei große Sessel aus dem achtzehnten Jahrhundert waren mit rosa und weißen Karos bezogen, während die Wände und Vorhänge in einem sanften Pink gehalten waren. Diese Farben wiederholten sich im dicken, weichen Teppich.

An den Wänden hingen zahlreiche Bilder aus Frankreich; Café- und Restaurantszenen, ein sinnliches Gemälde eines Paares, das vor einem Restaurant steht, ihre Körper halb abgewandt, da sie sich trennen müssen.

Die Traurigkeit auf dem Gesicht der Frau hatte Guy immer wieder angesprochen; er hätte gern gewusst, warum die Beziehung an diesem Abend enden musste. Trotz der Traurigkeit ging eine starke erotische Wirkung von dem Paar aus, man hatte das Gefühl, dass sie in der Zeit bis zur Trennung geradezu Unglaubliches erlebt hatten, etwas, an das sie sich bis an ihr Lebensende erinnern würden. Rick Marks würde das Bild lieben, dachte Guy.

Leonora interessierte sich nicht für die Dekoration des Zimmers, dafür war sie viel zu sehr gebannt von dem, was sich auf dem großen Doppelbett abspielte. Sie hatte die Augen weit vor Erstaunen geöffnet, als sie sah, dass ihre Stiefmutter völlig nackt war, auf der Seite lag und Piers zuschaute, der hastig aus Jeans und Boxershorts stieg. Keine zwei Sekunden später lag auch er auf dem Bett. Mit einem leisen Lachen drückte Rose ihn auf den Rücken, den Kopf auf dem Kissen.

Eine seltsame Enge bildete sich in Leonoras Brust. Sie konnte ihren Blick nicht abwenden, als Rose sich auf Piers schwang. Leonora sah den rasierten Venushügel, während Rose ihre Schamlippen über Piers' Glied senkte. Sie ließ sich noch etwas tiefer sinken, während sie mit den Fingern der rechten Hand seine Hoden streichelte. Im nächsten Moment schloss sich ihr Mund um den bereits erigierten Penis.

Guy führte Leonora tiefer in das Zimmer hinein und schloss die Tür hinter ihnen.

Piers gab unterdrücktes Luststöhnen von sich, während er eifrig an Rose' Vulva saugte. Sie schaute über die Schulter nach hinten und bedachte ihn mit ihrem eigenwilligen Lächeln.

»Mach es langsamer, Piers«, murmelte sie. »Setz deine Zunge mehr ein. Du musst mich lecken wie ein Eis, auf und ab, und dann wirbelst du mit der Zunge über meine Klitoris. So habe ich es am liebsten.«

Guy schaute Leonora an. Ihr Gesicht und ihr Hals waren rot gefärbt, und sie zitterte am ganzen Körper. Als er eine Hand ausstreckte und ihren Nacken streichelte, seufzte sie leise und lehnte sich gegen ihn. Da wusste er, dass alles wie geplant ablaufen würde. Piers und Rose törnten sie an, und in ein paar Minuten würde sie zu allem bereit sein. Alles, was ihre Begierde auflösen würde, die in ihr immer stärker wurde.

Für Leonora war das Geschehen auf dem Bett schockierend und zugleich erregend. Sie wollte eigentlich wegschauen, aber das konnte sie nicht. Sie und Piers hatten nie etwas Ähnliches versucht. Sie hatte es einmal verschämt angeregt, aber er hatte reagiert, als hätte sie etwas Unmoralisches von ihm verlangt. Aber jetzt bei Rose hatte er keine Hemmungen mehr.

Sie gewahrte die ganze Zeit, dass Guy Cronje hinter ihr stand, und als er begann, sanft über ihren Hals und Nacken zu streicheln, begriff sie plötzlich, dass der ganze Abend geplant war, und offenbar hatte Guy vor, ebenso Liebe mit ihr zu machen, wie Rose es mit Piers tat.

Leonora wusste nicht, ob diese Erkenntnis sie vor Angst oder Verlangen zittern ließ. Aber was sie mit absoluter Gewissheit wusste, hatte mit der Szene zu tun, die sie verfolgte: Sie war erregter als je zuvor in ihrem Leben, und als Rose einen Entzückungsschrei ausstieß, weil Piers' Zunge über ihre Klitoris wirbelte, zuckte Leonora zusammen und fühlte, wie sich ihre Nippel unter dem leichten Top verhärteten.

Piers hatte noch nie solch unglaublich wilde Momente erfahren. Rose streichelte und leckte nicht nur seine Hoden, sie hatte auch eine Hand unter seinen Hintern geschoben und einen Finger in sein Rektum gesteckt. Jetzt massierte sie seine Prostata. Als sie damit begann, fühlte Piers seinen Orgasmus nahen, und in seinem Schaft prickelte es, als sich die Hoden zusammenzogen und die Muskeln in seinem Bauch sich spannten.

Rose hatte damit gerechnet, deshalb verstärkte sie den Fingerdruck auf seine Prostata. Zu Piers Überraschung wurde dadurch der Orgasmus zurückgehalten, Sekunden bevor er den Punkt ohne Wiederkehr erreicht hatte.

Jetzt lag er da mit seinem heftig pochenden Penis. Die Empfindungen, die den Moment der direkt bevorstehenden Entladung begleitet hatten, starben ab. Er stieß einen Laut des Protestes aus, aber Rose ignorierte ihn. Sie war längst noch nicht bereit, das Liebesspiel zu beenden, und das Wissen um seine Frustration steigerte nur noch die eigene Lust.

»Wenn ich fertig bin, kannst du kommen, Piers«, murmelte sie, und sofort verdoppelte Piers seine Bemühungen, ihr Lust zu verschaffen, da sein Orgasmus nun in die Ferne gerückt war. Er glitt mit der Zunge in ihre Höhle hinein, strich jedes Mal über ihre Klitoris, bis er spürte, wie Rose erschauerte und die Vulva fester gegen seinen Mund drückte.

Guy und Leonora schauten Rose' erstem Orgasmus zu,

und als sie den Kopf in den Nacken warf und die Augen schloss, wusste Guy, dass er nicht mehr länger warten und Liebe mit Leonora machen wollte. Sie wandte sich ihm zu, und er zog ihr Top über den Kopf, dann zog er seine eigenen Kleider aus, während Leonora ihren Rock ablegte.

Als sie ihr Spitzenhöschen ausziehen wollte, hielt er sie mit einer Hand auf, und bevor sie begriff, was geschah, hatte er ihr Top vom Boden aufgehoben und ihre Hände mit einer raschen Bewegung auf den Rücken gezogen. Er benutzte das Top, um ihre Handgelenke zu fesseln.

Nichts, was Leonora bisher erlebt hatte, hätte sie auf dieses Geschehen vorbereiten können. Sie stieß ein überraschtes Quietschen aus. Guy lächelte sie an, beleckte den Mittelfinger seiner linken Hand und strich mit ihm abwechselnd über ihre starren Nippel, sodass ihre Brüste anschwollen.

»Auf diese Weise wird es dir mehr Spaß bringen«, versicherte er ihr, aber Leonora wusste nicht, ob er damit Recht hatte. Sie hatte nun keine Kontrolle mehr über das, was passieren würde, und das war beängstigend und gleichzeitig auch erregend.

Rose, mit Piers' Zunge tief in ihrer Vagina, wurde von Zuckungen der Lust geschüttelt und erlebte ihren zweiten Höhepunkt. Sie wischte mit ihrer Zunge über die Eichel und um das Bändchen darunter herum. Das sollte Piers' Belohnung für seine Mühen sein. Das Problem mit Piers bestand darin, dass sie immer, wenn sie etwas besonders Köstliches an ihm ausgeführt hatte, befürchten musste, dass er bald kommen würde, deshalb musste sie jedes Mal aufpassen.

Diesmal, als er das wunderbare Prickeln in seinem Schaft spürte, quetschte Rose mit dem Daumen die Stelle ab, an der die Eichel in den Schaft überging, und gleichzeitig presste sie mit dem Zeigefinger auf die gegenüberliegende Stelle. Er konnte ihre Finger spüren, die seinen Schaft umfassten, aber als sie nun zudrückte, bemerkte er zu seinem Entsetzen, dass seine Erektion schwand, und alle Chancen, jetzt seinen Orgasmus zu erleben, gingen vorüber. Er stöhnte vor Enttäuschung, und Rose lachte leise.

»Es liegt noch ein langer Weg vor dir, Piers, aber du wirst sehen, dass sich das Warten lohnt, das verspreche ich dir. Ich wechsle jetzt die Stellung. Du kannst von hinten in mich eindringen, aber gleite langsam hinein und achte darauf, dass du meine Klitoris massierst.«

Piers wünschte, sie würde in ihren Anweisungen nicht so direkt sein, denn ihre Worte erhöhten noch seine Erregung. Er kam sich wie ein sechzehnjähriger Junge vor, dabei war er doch schon zwanzig.

Sein Penis war wieder steinhart geworden. Die konstante Erregung und dann die Verweigerung der sexuellen Erleichterung begannen zu schmerzen, aber trotzdem wollte er nicht, dass es schon zu Ende ging. Während der sanft gebräunte schlanke Körper sich auf dem Bett geschickt drehte und er von hinten in sie eindrang, wusste er, dass er nie die Chance gehabt hätte, mit einer so gut aussehenden, erfahrenen Frau Liebe zu machen. Deshalb musste er das meiste aus diesem Erlebnis herausholen.

Weil Rose sich auf dem Bett so gedreht hatte, dass sie mit dem Gesicht zur Schlafzimmertür schaute, konnte sie sehen, was mit Leonora geschah, wodurch ihre Gier zusätzlich gesteigert wurde. Sie schaute genau hin, als Guy die junge Frau auf den Teppich legte und sich dann über sie hockte. Leonoras Hände waren auf dem Rücken gefesselt, deshalb ragte der Oberkörper automatisch hoch, was bedeutete, dass Guy ohne Mühe ihre Brüste lecken und saugen konnte.

Er begann langsam, aber dann steigerte er den Druck seiner Zunge, und schließlich nagte er mit den Zähnen an dem sanften Gewebe rund um die Nippel. Leonora ächzte und versuchte, sich von ihm weg zu bewegen, aber das war ihr ohne Hilfe der Arme nicht möglich.

Guy lächelte auf sie hinab. »Das hat dir gefallen«, sagte er leise. »Deine Nippel sind so hart und gespannt, dass sie schmerzen müssen. Du bist erregt, nicht wahr? Du willst einen Orgasmus, am liebsten sofort. Stimmt das nicht?«

Noch nie hatte jemand so mit Leonora geredet. Sie und Piers sprachen nicht viel beim Sex, und sie konnte sich auch nicht vorstellen, dass er ihr Fragen dieser Art stellte. Zu ihrer Überraschung stellte sie fest, dass sie nicht antworten konnte; es war unmöglich, so zu reden wie dieser erfahrene Mann, besonders jetzt nicht, da ihre Stiefmutter auf dem Bett leise Schreie ausstieß und Piers zu größeren Anstrengungen aufforderte.

»Du brauchst nicht zu antworten«, flüsterte Guy. »Ich weiß, was du willst, und ich verspreche dir, dass ich dich nicht enttäuschen werde.«

Leonora starrte ihn an und fühlte, dass sie noch stärker zitterte, als er mit den Händen über ihre brennende Haut strich. Dann schrie Piers auf und bettelte Rose an, dass sie ihn kommen lassen sollte, aber wieder wurde ihm die Erleichterung verweigert, und Leonora fragte sich, ob Guy beabsichtigte, auch mit ihr dieses Spiel zu treiben.

Guy spreizte Leonoras Schenkel und rieb mit den Daumen über die Falten der Innenseiten, dabei streifte er ab und zu den engen Stoff ihres Höschens. Leonora begann sich auf dem Teppich zu winden, als das seltsame Kribbeln und Prickeln durch ihren Unterleib schoss. Ihre Hüften hoben und senkten sich, aber Guy presste eine Handfläche fest auf ihren Bauch, bis Leonora still auf dem Boden lag.

»Ich will, dass du still liegen bleibst«, wies er sie an. »Bewege dich nicht mehr, als unbedingt nötig ist. Ich will, dass du jeden Moment heute Abend genießt, und je mehr du die Kontrolle über deine Bewegungen behältst, desto intensiver wird deine Lust wachsen.«

Als sein Mund sich zwischen die Schenkel senkte und sie seinen warmen Atem durch den Stoff des Höschens spürte, dachte Leonora, sie würde auf der Stelle kommen. Der Druck hinter ihrer Klitoris war noch nie so groß gewesen, und sie fragte sich, was passierte, wenn er endlich herausgelassen würde.

Guy hörte, wie Rose einen kleinen Schrei ausstieß, was bedeutete, dass sie wieder einen Höhepunkt erlebte, und dann hörte er Piers' Flehen um seine eigene Befriedigung, aber wieder verweigerte Rose sie ihm. Er begann wilde miauende Laute auszustoßen, die auf Guy und Leonora wie ein Aphrodisiakum wirkten. Leonora fand es sehr erotisierend, dass Piers in ständiger sexueller Frustration gehalten wurde.

Nach ein paar Minuten zog Guy der jungen Frau das Höschen aus, er streifte es von ihren Beinen, denn es hatte Leonoras Geschlecht fest umschlossen. Jetzt öffnete er ihre Schenkel noch weiter, nahm ein Feuchtigkeitsgel von Rose' Frisiertisch, tauchte mit einem Finger hinein und strich über den Eingang zu Leonoras Harnröhre.

Er wusste, dass diese Stelle sehr empfindsam war und berührte sie auch nur ganz sanft, aber trotzdem zeigte Leonora eine fast elektrisierende Wirkung. Ihr Unterkörper bäumte sich auf, und sie begann zu schreien, als der Druck in Becken und Unterbauch zu heftig wurde. Leonora meinte, dass ihr Bauch aufblähte, und dachte, jeden Moment zu explodieren.

Eigenartige glühende Empfindungen kreisten durch ihren Unterleib, und die Intensität der Gefühle zwischen den Schenkeln war kaum noch zu ertragen. Sie dachte, sie müsste bald kommen, aber den Orgasmus hatte sie sich nur eingebildet. Er war da und schuf diese schrecklich heiße Not, aber jedes Mal, wenn Guy sie berührte, stieg ihre Lust, doch sie kam der erlösenden Erleichterung nicht näher.

Ihre Blase fühlte sich voll und seltsam an, und Guy, der wusste, dass dies geschehen würde, verrieb noch etwas vom Gel über das sanfte Gewebe, das ihre empfindsamste Stelle umgab. Sobald er damit begann, schwoll das Gewebe unter seiner Hand an, und Leonora strampelte noch heftiger; sie stieß unverständliche Worte aus, als die dunklen, aufregenden Gefühle sich in ihrem ganzen Körper verbreiteten, bis sie glaubte, das Bewusstsein zu verlieren, wenn sie nicht bald kam.

»Ertrage es noch eine kurze Zeit«, flüsterte Guy. »Bleib still liegen, damit ich deine Klitoris lecken kann. Dabei wirst du kommen.«

Leonora gehorchte, und als sie sich beruhigt hatte, hörte sie wieder ihre Stiefmutter, die einen leisen Schrei der Befriedigung ausstieß, dann rief Piers, dass er nicht mehr länger warten könnte und Rose ihm nun den Orgasmus gewähren müsste.

Leonora fühlte sich nicht anders als ihr Freund Piers, aber sie traute sich nicht, einen Schrei auszustoßen, weil sie ahnte, dass Guy dann aufhören und sie unbefriedigt zurücklassen würde. Stattdessen konzentrierte sie sich auf das, was er ihr gesagt hatte, und als die Spitze der Klitoris wieder aus der Kapuze hervorlugte, stieß Guy mit der Zunge gegen das ungeheuer empfindliche Köpfchen, bevor er seinen Mund darüberstülpte und genussvoll saugte.

Das war der Moment, in dem Leonora einen Schrei ausstieß, den man überall im Haus hätte hören können. Ihr übererregter und stimulierter Körper explodierte im intensivsten Orgasmus ihrer neunzehn Jahre.

Guy wartete, bis sie wieder still dalag, dann schob er seine Erektion in sie hinein und achtete darauf, dass er gegen ihren G-Punkt stieß, als er langsam ein- und ausfuhr.

»Lass deine inneren Muskeln spielen«, sagte er. »Schnell, ich will spüren, wie du mich quetschst.« Sie war eng, enger als Rose oder Marcia, aber Guy wollte spüren, wie ihre weichen samtenen Wände ihn noch fester umspannten.

Als Leonora ihre Muskeln zusammenzog, erhöhte sie auch ihre eigene Lust, und der heiße Druck baute sich erneut zu einem Höhepunkt auf. Sie hörte sich wieder schreien, aber diesmal aus Protest, denn sie wusste nicht, ob sie eine derart intensive Emotion noch einmal ertragen konnte.

Guy ignorierte sie. Er wusste, dass sie noch einmal kommen würde, und das war es auch, was er beabsichtigte. Es würde noch besser sein als beim ersten Mal, und Leonora würde total befriedigt und schlaff auf dem Boden liegen. Seine Hüften bewegten sich schneller, und in dem Moment, in dem er spürte, dass Leonora kurz vor ihrer Erlösung zu zucken begann, hörte er Piers' gutturales Heulen, als er endlich kommen durfte.

Das war der Auslöser für Guy und auch für Leonora, und als Guys Körper vom Orgasmus geschüttelt wurde, ließ Leonora einen weiteren Schrei hören, einen Schrei, in dem Verzweiflung und unerträgliche Lust sich vereinten. Jeder Zentimeter ihres Körpers wurde geschüttelt, jedes Nervenende lag blank. Es dauerte eine Weile, bis sie zurück auf den Teppich sank, die Augen geschlossen.

Guy schaute auf sie hinab und dann zum Bett, auf dem Rose lag, das Kinn auf die gefalteten Hände gestützt. Sie lächelte ihn an. »Das hörte sich aufregend an.«

»Ich glaube, es hat Leonora gefallen«, sagte Guy und nahm zu seinem Bedauern wahr, dass der Zauber des Moments bereits vorüber war. Er hatte getan, was er sich vorgenommen hatte – Leonora in eine neue Art der Liebe einzuführen. Mehr wollte er nicht. Die Lust, die er dabei verspürt hatte, war schon verflogen, aber das war so bei jeder anderen Frau, deshalb fühlte er sich ein wenig enttäuscht. Aus irgendeinem Grund hatte er angenommen, dass es mit Leonora anders sein würde, dass sie mehr aus ihm herausholen würde als eine normale Verführung, aber er hatte sich geirrt.

»Piers war großartig«, sagte Rose. »Er ist eingeschlafen, der arme Junge. Glaubst du, dass er und Leonora den Abend wiederholen wollen?«

»Wenn ja, dann ohne mich«, erwiderte er knapp.

Leonora hatte ihn gehört und schlug die Augen auf. Sie schlang die Arme um seinen Hals. »Das war wunderbar«, rief sie begeistert. »Bitte, sage jetzt nicht, dass wir das nicht wiederholen können. Ich könnte es nicht ertragen, wenn wir nicht wieder Liebe machen würden.«

Guy erhob sich langsam und wandte sich ab. »Ich habe nicht Liebe mit dir gemacht«, sagte er. »Wir hatten guten Sex, das ist was anderes.«

Leonoras Augen verdunkelten sich. Bestürzt sagte sie: »Aber du hast genau gewusst, was ich wollte. Du hast etwas ganz Besonderes mit mir gemacht«, protestierte sie. »Das ist es doch, was man mit Liebe machen beschreibt.«

Rose lachte. »Nicht bei Guy. Er ist ein Experte auf dem Gebiet des Sex, er weiß, wie man eine Frau erregt, aber mit Liebe hat er nichts im Sinn. Stimmt das nicht, Guy?«

»Ja«, sagte Guy, zog sich rasch an und schaute auf den schlafenden Piers. »Ich nehme an, dein Freund leidet nicht an dieser Illusion«, meinte er zu Leonora, die Stimme etwas sanfter, weil er das Mädchen nicht verärgern wollte. »Er weiß, dass es nur Sex war.«

»Ich möchte es gern noch mal mit ihm tun«, sagte Rose leise. »Warum macht ihr beide, du und Leonora, nicht wieder mit? Es muss nicht Liebe sein, das wird sie noch verstehen.«

»Ich weiß, dass es für dich nicht Liebe sein muss«, gab Leonora zurück. Sie stützte sich auf einen Ellenbogen, blieb aber auf dem Teppich liegen. »Du liebst ja nicht einmal Daddy. Du liebst nur sein Geld.«

»Es muss nichts mit Liebe zu tun haben«, beharrte Guy und wünschte, er wäre nie auf den Gedanken mit Leonora verfallen. Er wollte unbedingt weg. »Beim nächsten Mal würde ich mich langweilen. Du warst eine köstliche Neuheit, Leonora, und ich hoffe, dass es für dich eine angenehme Erfahrung war, aber damit ist es auch zu Ende.«

»Was ist, wenn ich es Daddy erzähle?«, fragte Leonora.

Im Zimmer entstand ein schreckliches Schweigen. Rose starrte ihre Stieftochter ungläubig an, dann schaute sie zu Guy, dessen Gesicht sehr blass geworden war. Er heftete seinen Blick auf das Mädchen auf dem Teppich, dann sagte er leise und betonte jedes Wort: »Wenn du es deinem Vater erzählst, Leonora, dann wirst du und deine ganze Familie es bedauern. Habe ich mich klar genug ausgedrückt?«

Ein paar Sekunden lang versuchte Leonora noch, ihre Herausforderung aufrecht zu halten, aber trotz der leisen Stimme hatte etwas Bedrohliches, Bösartiges in seinen Worten gelegen. Sie wandte den Kopf zur Seite und hob die Schultern.

»Das sollte doch nur ein Witz sein«, murmelte sie.

»Du solltest vorsichtiger sein. Solche Witze können dich in Schwierigkeiten bringen«, erwiderte Guy. Dann ging er an ihr vorbei, ohne sie noch eines Blickes zu würdigen.

Rose stieg vom Bett und hastete die Treppe nach unten, Guy nach. »Was ist los mit dir?«, fragte sie verärgert. »Ich habe das arrangiert, weil du es unbedingt gewollt hast, und dann benimmst du dich so, als hätte man dich gezwungen, zu einer Party zu gehen, die dich nicht interessiert.«

»Ich habe einen Fehler begangen«, sagte Guy.

»Aber es war nicht nötig, deinen Ärger an Leonora auszulassen. Du hast sie schäbig behandelt.«

Guy lachte. »Das ist schon eigenwillig, so etwas von dir zu hören. Ich nehme an, du behandelst deinen Mann besser, oder?«

»Meine Beziehung zu meinem Mann ist reine Privatsache«, sagte Rose spröde.

»Aber für mich und Marcia ist deine Beziehung zu ihm keine so private Sache mehr.«

»Guy, kannst du dich nicht einmal wie ein Gentleman benehmen?«, schleuderte ihm Rose entgegen.

»Hör mal, Rose, du hast Sir Peter geheiratet, weil er reich ist, für sein Alter gut aussieht und weil er dich anbetet. Er ist ein Gentleman, und du wolltest durch ihn an Respekt und Ansehen gewinnen. Nun, ich bin kein Gentleman, und deshalb willst du Sex mit mir. Erwarte bloß nicht, dass ich mich wie Sir Peter benehme. Wir sind zwei verschiedene Charaktere.«

»Aber du wolltest mit Leonora Liebe machen. Du konntest es nicht erwarten, ihr guten, richtigen Sex beizubringen«, fauchte Rose ihn an. »Warum bist du in einer so schrecklichen Laune? Du hast mich geradezu erpresst, diesen Abend zu arrangieren, erinnerst du dich?«

Er hob die Schultern. »Ich bin enttäuscht, das ist alles. Ich habe mehr erwartet.«

»Wir hatten alle eine gute Zeit. Ich weiß nicht, worüber du dich beschwerst.«

»Ich habe dich nicht gebeten, mich zu verstehen«, fauchte Guy zurück. Ein Muskel zuckte am Rand des rechten Auges, ein sicheres Zeichen, dass er schlecht gelaunt war.

»Dann also gut«, sagte Rose. »Du gehst jetzt besser. Ich bin sicher, dass Leonora jemanden findet, der genauso gut ist wie du. Ich kenne ein paar Männer, die ihr mit Sicherheit eine gute Zeit besorgen, falls Piers nach dieser aufregenden Nacht wieder in die Langeweile zurückfällt.«

»Ich bin davon überzeugt, dass du jemanden findest. Ich rufe morgen an, wenn Peter zurück ist. Ich muss mit ihm über den Holbein sprechen, den wir für ihn reinigen. Die Arbeit erweist sich als schwieriger, als unser Mann gedacht hat, deshalb wird es noch einige Wochen dauern, bevor er ihn zurückbekommt.«

Rose, die absolut kein Interesse an der Sammlung alter Gemälde ihres Mannes hatte, machte keinen Hehl aus ihrer Langeweile. »Macht das etwas aus?«

»Peter könnte verärgert sein, deshalb will ich morgen mit ihm sprechen.«

»Er will das Bild wahrscheinlich bis Ende des Monats zurück«, sagte Rose. »Sein Bruder kommt zu Besuch, und er sieht sich immer die Sammlung an und stiert auf die einzelnen Gemälde, als wären es nackte Frauen.«

»Vielleicht bedeuten sie ihm mehr als nackte Frauen«, sagte Guy. »Jetzt im Moment würde ich ihm beipflichten. Sag mal, war es wirklich gut mit Piers?«, fragte er neugierig.

Rose befeuchtete ihre Lippen mit der Zungenspitze und seufzte leise. »Es war unglaublich. Ich hatte ein geiles Gefühl von Macht. Du weißt, wie Peter so drauf ist; ich muss aufpassen, damit ich seine Konzentration nicht störe, und manchmal kriegt er keinen hoch. Einen kräftigen jungen Mann zu haben, der Mühe hat, irgendwann aufzuhören, ist für eine

Frau das reinste Glück. Vielleicht halte ich ihn mir für eine Weile. Er schien sehr enthusiastisch zu sein.«

»Sei vorsichtig, Rose«, mahnte Guy. »Gut, wir sind mit unserer Affäre davongekommen, aber das bedeutet nicht, dass du machen kannst, was du willst. Peter würde dir nie verzeihen, wenn du dir einen Spieljungen hältst.«

Rose zog einen Schmollmund. »Ich weiß nicht, warum ich darauf verzichten sollte. Ältere Männer haben immer eine junge Frau im Arm und im Bett.«

Guy lächelte dünn. »Ja, nun, das ist eben so. Das Leben ist nicht fair, und du musst die Situation akzeptieren. Sei dankbar, dass du Peters Spielmädchen bist.«

Bevor Rose noch etwas sagen konnte, war Guy schon aus der Haustür und hastete die Außentreppe hinab.

Rose stand in der Haustür und blickte ihm nach. Leonora stand oben im Schlafzimmer am Fenster und sah, wie er wegfuhr. Ihr ganzer Körper prickelte noch von den sexuellen Exzessen, die sie mit dem älteren Mann erlebt hatte. Sie war entschlossen, ihn auf die eine oder andere Weise zu überreden, noch einmal mit ihr Liebe zu machen.

Beide Frauen wären überrascht gewesen, dass Guy auf dem Weg durch das nächtliche London gar nicht an Sex dachte. Er dachte nur an Sir Peter Thorntons Holbein.

Am Samstagabend stand Cressida am Fenster ihres Wohnzimmers und wartete auf Rick. Am Morgen war sie zum Einkaufen gegangen und hatte sich einen Hosenanzug in Marineblau und Elfenbein mit kurzen Ärmeln gekauft, dazu knallrote Riemchensandalen. Rick hatte ihr erklärt, dass seine Freunde es leger liebten, und der Abend würde bestimmt nicht förmlich sein. Weil Cressida Wert darauf legte, dass sie nicht negativ auffiel, hatte sie sich für den Abend was Neues gegönnt.

Ihre Undercover Garderobe, die sie zu Beginn des Einsatzes zusammen mit Sue ausgewählt hatte, war mehr für förmliche Ereignisse gedacht, und die Sachen, die sie täglich in der Galerie trug, waren zu konventionell für Künstler. Jetzt hoffte sie, dass Detective Chief Inspector Williams nicht mit der Lupe ihre Spesenabrechnung prüfte.

Während sie wartete, wurde sie immer nervöser. Sie hatte sich an die Galerie gewöhnt und an die Menschen, die sie dort kennen lernte oder mit ihr arbeiteten. Aber Rick führte ein total anderes Leben, und sie wollte sich bemühen, in seine Kreise zu passen. Wenn sie das nicht schaffte, würde sie auch keine Chance mehr haben, Informationen von ihm zu erhalten. So argumentierte sie jedenfalls, um ihr Verhalten (und ihre Ausgaben) zu rechtfertigen. Die Wahrheit aber war, dass sie ihn weiterhin treffen und mit ihm schlafen wollte.

Er traf fast eine Stunde später als vereinbart ein, aber das schien er nicht zu realisieren, und Cressida wies ihn nicht darauf hin. Er brauchte nicht zu wissen, wie viel ihr dieser Abend bedeutete. Er fuhr sie nach Clapham, und als sie auf einen Häuserblock zugingen, wandte er sich ihr zu und fragte: »Warum der Hosenanzug? Willst du es mir nachher schwer machen?« Dann grinste er, und Cressida fühlte sich erleichtert: Er hatte ihr spätere Intimitäten versprochen.

»Ich will nur sehen, wie du mit den ganzen Knöpfen zurechtkommst«, antwortete sie.

»Ich reiße die Knöpfe einfach ab. Hör zu, diese Wohnung ist nicht besonders fein«, sagte er, als sie die Treppe hinaufgingen, weil alle Aufzüge außer Betrieb waren. »Die Freunde von mir ringen um Anerkennung ihrer Arbeiten. Ich bin der Einzige, der Glück gehabt hat.«

»Man hat mir erzählt, dass die meisten Künstler jahrelang am Hungertuch nagen«, sagte Cressida.

»Das trifft zu. Das bedeutet nicht, dass sie weniger Talent haben als ich. Im Gegenteil, ich glaube, dass wenigstens zwei von ihnen besser sind als ich, aber sie haben noch niemanden gefunden, der sich um sie kümmert. Ich habe versucht, Guy für sie zu interessieren, aber ohne Erfolg.«

»Warum erzählst du mir das?«, fragte Cressida.

Rick sah ein wenig unbehaglich drein. »Mir wäre lieber, wenn du nicht erwähnst, dass du in Guys Galerie arbeitest. Manchmal weht mir auch Neid entgegen. Man kann es ihnen nicht verübeln. Wenn sie glauben, dass ich jetzt sogar eine umwerfend schöne neue Freundin durch die Galerie gefunden habe, dann werden sie alle ein bisschen am Rad drehen.«

Cressida fragte sich, warum er dann noch den Kontakt zu ihnen hielt, wenn sie ihm den Erfolg neideten, aber bevor sie ihm diese Frage stellen konnte, war die Wohnungstür geöffnet worden, und sie gingen hinein und wurden rasch von der wogenden Menge junger Männer und Frauen verschlungen.

Rick ging weg, um was Trinkbares zu organisieren, und Cressida fühlte sich sehr verlegen. Niemand zeigte irgendein Interesse an ihr, und ihr neues Outfit war auch fehl am Platz. Alle anderen trugen Jeans und lässige Tops, und einige Männer zeigten blanke Oberkörper.

Ein hoch aufgeschossener grauhaariger Mann, der wahrscheinlich nicht weit über dreißig war, kam schließlich auf sie zu. »Hi. Ich bin Kevin, der beste Freund des berühmten Rick. Ich nehme an, dass er dir von mir erzählt hat.«

»Vermutlich hat er das, aber ich verwechsle die vielen Namen«, sagte Cressida diplomatisch.

Kevins Augen veränderten sich; ein Teil der Wärme war davongeflogen. »Willst du mir sagen, dass er mich nicht erwähnt hat?«

»Nein, ich habe nur gesagt, dass ich mich nicht erinnern kann.«

»Malst du auch?«

Cressida schüttelte den Kopf. »Nein, das schaffe ich nicht. Ich schreibe gern Gedichte, aber ich habe sie noch keinem Verleger angeboten. Es ist nur ein Hobby.«

»Wo hast du Rick getroffen?«, wollte Kevin wissen. Ein zierliches Mädchen mit rotbraunen Haaren kam auf ihn zu und hakte sich bei ihm ein.

»Er hat mich in einem Café im Covent Garden angesprochen«, antwortete Cressida und hoffte, dass Kevin später nicht diese Frage auch Rick stellen würde. Zum Glück war Rick mit den Drinks schon dicht hinter ihr und hatte gehört, was sie gesagt hatte.

»Bin ich nicht ein Glückspilz?«, fragte er grinsend und legte einen Arm um Cressidas Taille.

»Das bist du doch immer«, gab Kevin zurück. »Ich will mit dir reden«, fügte er hinzu und zog Rick mit auf seine Seite.

Das Mädchen mit den rotbraunen Haaren begann mit Cressida über die Anwendung von Ölfarben zu reden. Ihr kreatives Talent würde sich auflösen, wenn sie ein anderes Medium als Ölfarben benutzen müsste. Cressida hörte nur mit einem Ohr zu, sie nickte und gab ab und zu einen knappen Kommentar ab, denn sie versuchte, auch das zu hören, was Kevin mit Rick zu besprechen hatte. Aber sie schnappte nur ein paar Fragmente auf, die sie nicht in Zusammenhang bringen konnte, die aber ihre Neugier noch erhöhten.

»Ich habe dir doch gesagt, dass es schwierig ist«, sagte Kevin. »Du hättest mich das machen lassen sollen.«

Rick murmelte etwas, das Cressida nicht hören konnte, und Kevin gab ein harsches Lachen von sich, das aber kein Lachen war. »Du meinst, du wolltest das Geld selbst verdienen.«

Wieder war Ricks Stimme zu leise für Cressidas Ohren, aber sie hörte heraus, dass Kevin wütend wurde. »Vertraut er keinem anderen?«, rief er laut. »Was ist an dir so besonders, abgesehen davon, dass du gern Frauen in Ketten malst? Jeder kann doch einen alten Künstler kopieren.«

»Was meinst du?«, fragte das Mädchen mit den rotbraunen Haaren.

Cressida atmete tief ein. »Entschuldige?«

»Glaubst du, ich sollteweitermachen wie bisher, oder sollte ich es mal mit Wasserfarben versuchen?«

»Wasserfarben gehen in der Galerie sehr gut«, sagte Cressida, ohne nachzudenken.

In dem Moment, in dem die Worte heraus waren, wusste sie, dass sie einen schlimmen Fehler begangen hatte. Rick fuhr herum und sah sie an, und Kevins Kopf drehte sich in ihre Richtung. »Bist du auch ein Protegé dieses Guy Cronje?«, fragte er mit einem höhnischen Grinsen.

»Guy wer?«, fragte Cressida, um Zeit zu gewinnen.

»Cronje. Das ist der Knabe, der glaubt, dass die Sonne aus Ricks Arsch aufgegangen ist.«

»Ich weiß leider nichts über Guy Cronje«, sagte Cressida.

»Aber ich habe gehört, wie du gesagt hast, dass Wasserfarben sich in der Galerie gut verkaufen. Ich dachte, du wärst eine Lyrikerin.«

Cressida begann zu schwitzen. Im Zimmer war es heiß, und sie hatte sich zu diesem Fehler hinreißen lassen, was besonders für Rick unangenehm war. In ihrem Kopf drehten sich die Rädchen, um sich irgendwie herauszureden.

»Ich habe nicht gesagt, dass ich eine Lyrikerin bin, sondern nur, dass ich gern Gedichte schreibe«, sagte sie zu dem wütend dreinschauenden Kevin. »Ich arbeite in einem Markt für Kunstgewerbe. Wir verkaufen alle möglichen Sachen, von Bastelarbeiten bis zu Aquarellen von einheimischen Künstlern. Wir verkaufen auch Kopien der Mitglieder unserer Schreibgruppe, also haben wir nichts mit hochgestochenen Dingen zu tun. Warum? Was interessiert es euch, welcher Arbeit ich nachgehe und womit ich mein Geld verdiene?!«

Sie zwang sich, aggressiv zu sein, und Kevin gab klein bei. »Entschuldige, du hast Recht, es soll uns nicht interessieren. Die Wahrheit ist, dass ich versuche, Kontakt mit Guy Cronje aufzunehmen. Ich glaube, ich könnte ihm helfen, viel Geld zu verdienen. Rick weiß, wie ich mich fühle. Wenn ihm nun sogar eine Freundin von der Galerie in den Arm gelegt wird, also, dann ...«

»Was dann?«, hakte Cressida nach. »Würdest du uns dann rausschmeißen?«

Das Mädchen mit den rotbraunen Haaren lachte. »Gib es ihm! Er trägt eine schwere Last mit sich herum, denn als er die Chance hatte, diesem Cronje seine Arbeiten zu zeigen, hat er ihm gesagt, dass sie nicht gut genug wären.«

»Aber das waren meine eigenen Arbeiten«, sagte Kevin. »Ich bin auch gut in Reproduktionen.«

Cressida fühlte, wie sich ihre Nackenhaare aufstellten. Offenbar wusste Kevin eine Menge über Guy Cronje und über das, was in der Galerie ablief, und es war auch klar, dass er das nicht für sich behalten wollte.

»In unserem Markt für Kunst und Handwerk verkaufen wir Reproduktionen berühmter Gemälde«, sagte sie. »Zahlt dieser Cronje die Künstler auch für solche Aufträge? Ich dachte immer, das wäre zu teuer. Die Drucke werden billig verkauft, aber wir verdienen trotzdem gut daran.«

Kevin lachte. »Wir reden hier nicht über eine Reproduktion einer Landschaft von Monet oder so. Nein, was Guy sucht, sind Leute, die ...«

»Cressida interessiert sich nicht für das, was Guy sucht«, unterbrach Rick, nahm Cressidas Arm und führte sie von Kevin weg. »Das soll doch eine Party sein. Ich habe keine Lust, die ganze Zeit über die Arbeit zu schwätzen.«

»Gewöhnlich bist du es, der von der Arbeit redet«, wies ihn das Mädchen mit den rotbraunen Haaren zurecht. »Wir müssen immer zuhören, wenn du uns von deiner Angst eines Ideenstaus erzählst, oder wenn du darüber klagst, dass du kein Mädchen findest, das sich von den anderen unterscheidet und dich zu einer neuen erotischen Arbeit inspiriert. Warum sollte Kevin zur Abwechslung nicht auch mal sein Herz ausschütten?«

»Ich bin daran interessiert, Rick«, sagte Cressida. »Es ist immer vorteilhaft, neue Ideen von neuen Leuten zu hören, und da unser Markt nicht so gut läuft, kann Kevin mir vielleicht die eine oder andere Idee geben.«

»Mich überrascht, dass Rick dich noch nicht seinem Mentor vorgestellt hat«, sagte Kevin. »Er ist nicht nur ein guter Geschäftsmann, der es auf jeden Cent abgesehen hat, er ist auch so was wie ein Frauenheld. Stimmt das nicht, Rick?«

Rick war sichtlich verärgert. Er legte seine Hand auf Cressidas Arm und zog sie zur Tür. »Mir gefällt deine Stimmung heute Abend nicht, Kevin«, sagte er knapp und ohne seine sonstige Liebenswürdigkeit. »Ich glaube, Cressida und ich können mehr Spaß haben, wenn wir allein sind. Komm, Cressida, gehen wir zurück zu mir.«

Cressida konnte sich nicht weigern, aber sie wünschte, sie hätte wenigstens eine Minute allein mit Kevin reden können, damit sie erfuhr, was Guy Cronje von seinen Künstlern erwartete. Aber sie konnte es sich nicht erlauben, Rick zu diesem Zeitpunkt noch mehr zu verärgern, deshalb gab sie Kevin und seiner Freundin ein bedauerliches Lächeln und ging mit Rick.

Sobald sie draußen waren, knöpfte er sich Cressida vor. »Du hast wirklich eine Art, Dinge besonders schwierig zu gestalten. Ich habe dir gesagt, du solltest nichts davon sagen, dass du in der Galerie arbeitest, und trotzdem erzählst du, was du dort alles machst.«

»Es tut mir leid«, sagte Cressida und hoffte, den richtigen Grad von Demut in die Stimme zu legen. »Es ist mir einfach so rausgerutscht. »Ich bin es nicht gewohnt, Leuten etwas vorzumachen, und ich konnte auch nicht wissen, dass meine versehentliche Äußerung solche Wellen schlug.«

Ricks Gesicht entspannte sich. »Nein, eigentlich sollte ich es sein, der sich entschuldigt. Du bist eine der ehrlichsten Personen, die ich je kennen gelernt habe, und ich hätte dich nicht in diese Situation bringen dürfen. Ich kann es nicht erklären, aber Guy hält sich sehr zurück, wenn es um seine Galerie geht, und Kevin ist wirklich ein schwieriger Typ. Er belästigt ihn unentwegt, seine Sachen zu verkaufen.«

»Er ist auf der falschen Spur, wenn er Reproduktionen für verkaufswürdig hält. Das sollte ich beurteilen können, denn ich verkaufe sie schließlich. Aber es könnte sein, dass es einen Markt für Bilder gibt, die den alten Gemälden ähneln«, sagte Cressida. »Ich kann mir vorstellen, dass die Neureichen sich eine Sammlung mit ›alten‹ Meisterwerken zulegen wollen, die natürlich allesamt Fälschungen sind.«

»Guy wäre daran nicht interessiert. Er liebt die Kunst. Er würde es als eine Art Prostitution ansehen, wenn er Leute ermutigte, auf diesem Gebiet tätig zu sein«, sagte Rick mit glühendem Eifer.

»Da hast du sicher Recht«, stimmte Cressida ihm zu, während sie zu Ricks Haus fuhren. Im Stillen aber dachte sie, dass Rick von Menschenkenntnis keine Ahnung hatte.

Viel später an diesem Abend, nachdem Rick sie nach Hause gefahren hatte – nach einem Abend mit leidenschaftlicher Liebe in seinem Mansardenatelier –, rief sie Detective Chief Inspector Williams an und berichtete ihm, was sie alles von Rick und Kevin erfahren hatte.

»Das ergibt Sinn«, sagte der Chief voller Zufriedenheit. »Jetzt müssen wir ihn nur noch bei seinen Betrügereien erwischen. Seien Sie vorsichtig, Cressida. Falls er jemals erfährt, dass es eine Spionin in seiner Galerie gibt, könnte er sehr hässlich reagieren. Sie wären in größerer Sicherheit, wenn Sie sein Interesse auf andere Weise wecken, wenn Sie verstehen, was ich meine.«

»Ja, ich weiß, was Sie meinen, Sir. Mal sehen, was sich machen lässt«, versprach Cressida.

Als sie im Bett lag, fiel ihr wieder die Warnung ihres Chiefs ein, und sie schüttelte sich unter der Bettdecke. Sie hatte das Gefühl, wenn sie sich auf Guy Cronje sexuell einließ, würde ihr Leben nie wieder so sein wie früher.

Siebtes Kapitel

Der Montag darauf war ein seltsamer Tag in der Galerie. Cressida, der noch im Kopf herumschwirrte, was Kevin auf der Party am Samstagabend gesagt hatte, brannte darauf, noch einmal eine Gelegenheit zu erhalten, Marcias Akten zu durchstöbern, aber ihr fiel nicht ein, wie sie selbst eine Situation herbeiführen konnte, die ihr diese Chance bringen würde.

Leonora, die zur Arbeit mit Palazzohose und einem weißen Top erschien, rückenfrei mit Nackenband, das kaum etwas der Phantasie überließ, begann den Tag endlich mal in guter Stimmung. Als Guy mit Marcia eintraf, sprühte Leonora vor Eifer, und Cressida war vom Umschwung des Mädchens fasziniert.

Guy hingegen sah alles andere als in blendender Laune aus, und als Leonora keinen Gruß und keinen Blick von ihm erhielt, zog sie sich rasch in ihre vertrautere Stimmung des apathischen Schweigens zurück.

Cressida sah Guy zu, wie er wie ein Tiger im Käfig rastlos durch die Räume ging, hier ein Bild anfasste und dort ein Gemälde, das anscheinend schief hing; er stellte Bilder neu zusammen und schäumte vor nervöser Energie. Er zuckte zusammen, wann immer das Telefon klingelte oder wenn die Glocke über der Tür anschlug. Cressida fragte sich, auf wen oder was er wartete.

Nach dem Essen versuchte sie, Leonora abzulenken, denn die Atmosphäre nagte auch an ihren Nerven, und an diesem

Tag fielen keine Arbeiten an, die Leonora hätte übernehmen können.

»Wie ist denn Ihre Dinnerparty verlaufen – mit Ihrer Stiefmutter und dem Freund Ihres Vaters?«, fragte sie. »War es schlimm für Sie?«

Zu ihrer Überraschung wandte Leonora den Kopf und sah sie an. »Nein, es war überhaupt nicht schlimm. Wie kommen Sie auf diese Idee?«

»Nun, am Freitagabend schienen Sie sich nicht auf die Party zu freuen«, erinnerte Cressida sie. »Sie sagten, dass Sie und Piers eine Party sausen lassen mussten, nur um Ihrer Stiefmutter einen Gefallen zu erweisen.«

»Habe ich das gesagt?« Leonora schien es vergessen zu haben. »Also, es war ein großartiger Abend. Einer der besten Abende meines Lebens.«

Cressida lachte. »Der Freund Ihres Vaters muss eine gewaltige Wirkung auf Sie gehabt haben.«

»Ja, das hat er«, sagte Leonora leise. Sie schaute sich in der Galerie um, und dann blieb ihr Blick auf Guy haften, der vor einer Wand stand, ein gerahmtes Bild in der Hand. Er sah so grimmig aus, als wollte er das Bild ins Feuer werfen.

»Es war doch nicht Guy, oder?«, fragte Cressida.

»Natürlich nicht«, protestierte Leonora heftig. »Was für eine dumme Frage.«

»Tut mir leid«, sagte Cressida. »Aber ich weiß, dass er mit Ihrem Vater befreundet ist und ...«

»Woher wollen Sie das denn wissen?«, fragte Leonora, deren Wangen rot geworden waren.

»Marcia hat es mir gesagt«, antwortete Cressida gelassen. Sie erinnerte sich auch daran, dass Chief Inspector Williams davon gesprochen hatte. »Das ist doch auch der Grund, dass Sie hier arbeiten«, fügte sie noch hinzu.

»Ja, ja, sie sind wohl befreundet«, gab Leonora jetzt zu, aber es wurde deutlich, dass sie nicht länger das Thema behandeln wollte, und zum ersten Mal, seit sie in der Galerie arbeitete, nahm sie sich einen Katalog und studierte ihn, ohne dass Cressida es ihr gesagt hatte.

Cressidas Intuition sagte ihr, dass Leonora log. Sie war sicher, dass Guy der Gast am Freitagabend gewesen war, aber warum Leonora das bestritt, obwohl sie sich so köstlich amüsiert hatte, blieb ein Geheimnis. Sie dachte noch darüber nach, als das Telefon klingelte.

»Ist Guy da?«, fragte eine Frau mit makelloser Aussprache.

»Ich weiß es nicht genau«, hielt Cressida die Anruferin hin, weil sie wusste, dass Guy keine unerwarteten Anrufe mochte. »Ich muss nachsehen, ob er schon weg ist. Darf ich fragen, wer anruft?«

»Lady Alice Summers«, antwortete die Frau.

Cressida wusste, dass sie die Witwe des Mannes war, dessen gefälschte Gemälde die Ermittlungen ausgelöst hatten. Sie legte den Hörer auf den Tisch und ging hinüber zu Guy.

»Da ist eine Lady Alice Summers am Telefon«, sagte sie leise. »Möchten Sie mit ihr sprechen?«

Guys Augen blitzten vor Vergnügen. »Wie taktvoll Sie das sagen, Cressida! Ja, ich glaube, ich will mit ihr reden. Stellen Sie das Gespräch ins Büro durch, bitte.«

Cressida ging an ihren Platz zurück und stellte das Gespräch durch. Sie wäre gern in der Leitung geblieben, um dem Gespräch zu lauschen, aber weil Leonora in der Nähe war, schien ihr das zu riskant zu sein. Außerdem wusste sie nicht, ob nicht ein Licht auf der Konsole im Büro sie verraten hätte. Es war frustrierend für sie, dass sie die nächsten zwanzig Minuten auf die besetzte Leitung schauen musste, ohne zu wissen, was die beiden zu besprechen hatten. Sie nahm sich vor, den Chief später nach einer Telefonwanze zu fragen.

Kurz nachdem das Gespräch beendet war, verließ Guy die Galerie. Er würdigte Leonora keines Blickes, aber für Cressida hatte er ein herzliches Lächeln übrig. »Marcia und ich planen irgendwann in der Woche eine kleine Party. Sie und Rick müssen dazu kommen«, sagte er.

»Sehr gern«, sagte Cressida. »Aber Sie sollten das mit Rick besprechen. Er möchte vielleicht eine andere Frau mitbringen.«

»Nein, das möchte er nicht, weil ich will, dass Sie mit ihm kommen«, stellte Guy klar, dann war er aus der Tür.

Leonora schaute ihm nach und brach prompt in Tränen aus. Cressida starrte sie an. »Was ist denn los?«

»Nichts!«, schrie Leonora. »Ich gehe nach Hause, und wenn Marcia wissen will warum, sagen Sie ihr, dass ich an einer Depression wegen Langeweile leide.« Sie griff nach ihren Sachen und stampfte hinaus. Cressida blieb allein und total verwirrt zurück.

Zum Glück ließ sich Marcia erst um halb sechs sehen. Sie schien zu glauben, dass Leonora gerade erst gegangen war. »Es tut mir leid, dass es Polly noch nicht besser geht«, sagte Marcia. »Kommen Sie mit der zusätzlichen Arbeit zurecht?«

»Ja. Heute war ein ruhiger Tag, deshalb konnten wir einen Teil der Arbeit erledigen, die liegen geblieben war.«

Marcia lächelte. »Das ist gut. Wissen Sie, Cressida, Sie sind wahrscheinlich die beste Assistentin, die wir je gehabt haben. Sie schaffen eine Menge Arbeit, Sie treffen den richtigen Ton, und Sie stehen nie im Weg herum. Manchmal vergesse ich sogar, dass Sie überhaupt da sind. Mit Ihrem Geschick, sich im Hintergrund zu halten, könnten Sie glatt eine gute Spionin abgeben.«

»Oh, das glaube ich nicht«, gab Cressida zurück. »Ich bin nicht durchtrieben genug.«

»Haben Sie was Interessantes heute Abend vor?«, erkundigte sich Marcia, während sie Cressida zuschaute, wie sie ihren Tisch aufräumte.

Cressida erinnerte sich, dass sie mit Tom verabredet war, und ihre Bauchmuskulatur spannte sich an. Wenn man sie zusammen sah, konnte es das Ende von allem bedeuten. »Nein«, sagte sie lächelnd. »Ich werde früh zu Bett gehen. Ich bin noch müde von der Party, die Rick und ich am Samstag besucht haben.«

»Das kann ich mir denken«, sagte Marcia mit einem wissenden Blick im Auge.

Sobald Cressida die Galerie verlassen hatte, nahm Marcia den Telefonhörer in die Hand. Sie wusste nicht warum, aber Cressida war ihr unheimlich geworden. Je schneller Guy das erfuhr, umso besser. Sie konnten es sich nicht erlauben, dass jemand bei ihnen arbeitete, dem sie nicht vertrauten, und sie war der Meinung, dass Cressida einfach zu perfekt war.

Ahnungslos von den Zweifeln ihrer Chefin, eilte Cressida nach Hause, stieg rasch in die Badewanne und zog ein hellblaues Top aus Jersey an, das sie über engen marineblauen Leggings trug. Sie war es nun gewöhnt, immer gut auszusehen, sodass sie auch ihr Make-up erneuerte, und schließlich besprühte sie sich mit einem exklusiven Parfum.

Es war ihr nicht bewusst, welchen Unterschied diese kleinen Veränderungen bewirkten – bis sie Toms Gesicht sah, als sie das indische Restaurant betrat. Er sprang auf mit mehr als seiner sonstigen Begeisterung und zog ihren Stuhl heran.

»Du siehst großartig aus«, sagte er bewundernd.

»Danke, aber ...« Sie brach ab. Es wäre wohl nicht sehr taktvoll gewesen, wenn sie gesagt hätte, dass sie sich die Mühe nicht für ihn gemacht hatte.

Sie bestellten, und Tom erzählte ihr von seiner Arbeit, bis ihr Essen gebracht wurde. Während des Essens versuchte er, ihr Einzelheiten ihres Jobs zu entlocken und Dinge über die Galerie zu erfahren. »Machst du irgendwelche Fortschritte?«

»Ich glaube ja. Ich bin jetzt ziemlich sicher, dass Williams' Vermutungen zutreffen. Da läuft etwas Krummes, irgendeine Betrügerei, aber ich bin noch nicht nah genug vorgedrungen. Es geht um ein Bild oder mehrere Bilder, die zur Reinigung in die Galerie gebracht wurden.«

Toms Gesicht verdunkelte sich. »Aber bei diesem Kunst-Typen bist du nah genug vorgedrungen, was?«

»Ich gehe mit Rick Marks aus, ja«, antwortete Cressida vorsichtig. »Es ist meine beste Chance, von Guy und Marcia akzeptiert zu werden. Erst wenn sie mir total vertrauen, kann ich weitere Fortschritte machen.«

»Wie ist er denn im Bett?«, fragte Tom.

Cressida schaute auf ihren Teller. »Tom, ich glaube nicht, dass wir das diskutieren sollten. Wir sollten uns nicht einmal treffen, das ist höchst unprofessionell.«

»Gehört es zu deinem Berufsbild, dass du mit Künstlern schläfst?«, fragte Tom, und seine Stimme wurde lauter.

»Sprich leiser«, murmelte Cressida. »Ich schlafe mich nicht durch die Künstlerwelt. Ich habe nur eine Affäre mit einem von ihnen.«

»Und jetzt soll ich mich besser fühlen?«

»Du sollst das gar nicht wissen«, sagte Cressida. »Dieses Treffen war nicht meine Idee. Dies ist meine Arbeit, Tom. Ich mache sie nicht zum Spaß. Wir haben dieses Thema doch schon mal abgehandelt.«

»Dir bringt es also gar nichts, wenn du mit ihm schläfst? Du hast keinen Orgasmus? Willst du mir das sagen?«

Cressida wollte aufstehen und aus dem Restaurant laufen. Sie war sicher, dass die Leute an den Nachbartischen hören konnten, was er sagte, und die ganze Situation hatte sie nicht mehr unter Kontrolle. »Wenn du nicht damit aufhörst, Tom, dann gehe ich sofort«, sagte sie leise.

»Und was ist mit Guy Cronje?«, insistierte Tom. »Schläfst du auch mit ihm, wenn du glaubst, dadurch Dinge zu erfahren, die du sonst nicht erfahren würdest?«

Cressida warf ihm einen Blick zu, und zu ihrem Entsetzen sah sie zwei vertraute Gesichter im hinteren Teil des Restaurants. Sie saßen dicht beieinander. Jeder Irrtum war ausgeschlossen; Guy und Marcia saßen auch im indischen Restaurant, und sie mussten sie und Tom zusammen gesehen haben.

»Halt deinen Mund, Tom«, sagte sie scharf. »Wir sind schon gesehen worden.« Tom wollte den Kopf drehen. »Dreh dich bloß nicht um«, fauchte sie. »Das macht alles nur noch schlimmer. Rufe den Kellner und lass dir die Rechnung bringen, dann gehst du. Ich gehe jetzt schon. Dann sieht es so aus, als hätten wir Streit gehabt.«

»Das wird nicht schwierig sein«, sagte er. »Wir haben Streit. Ich will dich von diesem Auftrag weghaben, sonst überlebt unsere Beziehung nicht.«

»In diesem Moment«, sagte Cressida, während sie aufstand, »bin ich mir nicht sicher, ob das so schlimm wäre. Ich finde dein Verhalten unglaublich und beleidigend.« Dann floh sie, mit den Armen und der Handtasche in der Luft fuchtelnd, aus dem Restaurant. Sie war sicher, dass ihr Abgang nicht unbemerkt geblieben war.

Er war nicht unbemerkt geblieben. Guy schaute Marcia an und hob seine Augenbrauen. »Nun?«

»Nun was?«

»Nun, warum sind wir hier? Cressida hat Anspruch auf mehr Freunde als einen, oder?«

»Aber erkennst du den Mann nicht wieder?«, fragte Marcia.

Guy betrachtete Tom, während der die Rechnung zahlte. Toms Gesicht war weiß, sein Ausdruck drückte Entsetzen aus. »Nein, ich kann mich nicht erinnern. Aber sie hat ihm ordentlich die Meinung gegeigt. Wer ist er denn?«

»Ich kenne seinen Namen nicht, aber er ist Polizist. Ich erinnere mich, dass er in die Galerie gekommen ist, als wir sie gerade gekauft hatten. Er wollte mir einen Vortrag über Sicherheitssysteme halten – ziemlich amüsant unter den Umständen, fand ich.«

»Polizist? Das, muss ich zugeben, ist spannender, als ich gedacht habe. Aber ich nehme an, dass Polizisten auch Freundinnen haben dürfen.«

»Ich traue Cressida Farleigh nicht über den Weg«, sagte Marcia. »Sie ist zu gut, um wahr zu sein.«

»Zu attraktiv ist wohl die treffendere Bezeichnung«, sagte Guy.

»Ich habe sie dabei erwischt, wie sie in den Akten stöberte«, erinnerte Marcia ihn.

»Ja, aber sie hatte einen vernünftigen Grund dafür. Sie hatte einen Kunden, der sein Gemälde gereinigt haben wollte; er ist zurückgekommen, und wir haben den Auftrag erhalten.«

Marcia stieß ihren Atem aus. »Ich bin sicher, dass etwas nicht stimmt, Guy. Eifersucht erklärt nicht das schlechte Gefühl, das ich ihretwegen habe.«

»Nach der Party werden wir mit ihr darüber reden«, sagte Guy.

Am anderen Morgen ging Cressida mit einem unguten Gefühl in die Galerie. Sie fragte sich, wie lange es dauern würde, bis entweder Marcia oder Guy sie ins Büro bestellte. Sie würden sie über ihre Begleitung zum Essen ausfragen, aber die Zeit verrann, und nichts geschah, und Cressida dachte, dass sie und Tom noch einmal davongekommen waren.

Ihr gesunder Menschenverstand sagte ihr, dass ihre Arbeitgeber kaum wissen konnten, dass Tom Polizist war, und es würde ihnen völlig egal sein, ob sie Rick mit diesem Unbekannten betrog. Sie hatte auch die vage Hoffnung, dass Marcia sich daran erinnerte, Tom in der Galerie gesehen zu haben. Sie hatte ihn später als besessenen Kunden ausgegeben.

Marcia war den ganzen Morgen über recht freundlich, derart freundlich, dass Cressida sich fragte, ob sie ihr eine Falle stellen wollte. Aber dann schalt sie sich wegen ihres Verfolgungswahns und versuchte zu entkrampfen. Am Nachmittag hatte sie ihren normalen Gemütszustand wiedererlangt.

Um zwei Uhr kam Rick hereingeschneit, und sie war sehr erleichtert, als sie das vertraute Lächeln auf seinem Gesicht sah. Er kam zu ihr. »Ich würde am liebsten gleich hier auf dem Tisch Liebe mit dir machen«, flüsterte er ihr zu, den Kopf dicht an ihrem.

Cressida grinste. »Warum machst du es denn nicht?«

»Ich darf Leonora nicht schockieren. Sir Peter würde mir niemals vergeben.«

Cressida spürte, wie in ihrem Kopf die Rädchen drehten.

Das war immer so, wenn sie verdeckt ermittelte und plötzlich eine Information erhielt, die sich mit anderen Mosaikstückchen verband. »Ich wusste gar nicht, dass du auch Sir Peter kennst«, sagte sie.

Rick zögerte kurz. »Nun, ich kenne ihn nicht so gut, wie Guy ihn kennt; ich meine, ich bin kein persönlicher Freund, aber ich habe ihn bei Ausstellungen und gelegentlich auch bei Dinnerpartys getroffen.«

»Sammelt er deine Arbeiten?«

Rick lachte. »Nein, ich male nicht seinen Stil; er ist viel konventioneller – nur nicht in der Auswahl seiner Frauen. Kennst du Lady Thornton? Sie haut dich um.«

»Nein, ich kenne sie nicht«, gab Cressida zu. »Ich weiß nur, dass Leonora sie nicht mag.«

»Keine Frau mag sie«, sagte Rick lachend. »Sie ist Konkurrenz mit einem ganz großen K. Sag mal, bevor ich zu Guy gehe, hast du morgen Abend Zeit? Guy und Marcia geben eine Party in Chelsea, da liegt Marcias Wohnung. Wir sind eingeladen.«

»Was für eine Party?«, fragte Cressida.

Rick seufzte. »Zu Marcias Partys muss man sich immer fein anziehen. Aber es wird keine große Angelegenheit werden. Gewöhnlich sind zehn oder zwölf Gäste da. Wir setzen uns zum Essen hin, dann dreht man die Runden zu den anderen und trinkt und redet.«

»Die Gäste sind meist Künstler?«

Rick schüttelte den Kopf. »Nein, gewöhnlich sind mehr Sammler da als Künstler. Ich bin der einzige Künstler, mit dem Guy sich in der Öffentlichkeit sehen lässt. Ich bin sein Vorzeige-Bohemien.«

»Hört sich gut an«, sagte Cressida.

»Gut. Ich hole dich morgen Abend kurz vor acht ab. Du

wirst mich kaum wiedererkennen – ich werde ein Dinnerjackett tragen.«

»Gut, dass du es mir sagst. In dem Fall werde ich auf das Dinnerjackett verzichten.«

Die ganze Zeit, in der Rick im Büro mit Guy sprach, war Cressida nervös. Sie befürchtete, dass Guy ihm von ihrem Essen mit Tom erzählte, aber als Rick herauskam, zwinkerte er ihr zu, bevor er die Galerie verließ. Jetzt wusste sie, dass alles in Ordnung war. Später kam Polly, um ein paar Stunden zu arbeiten, und Cressida freute sich, dass sie wieder da war, um mit jemandem reden zu können, und so verging der Nachmittag wie im Flug.

Am Mittwoch kam Guy nicht in die Galerie, und Marcia lief hin und her, was bedeutete, dass Cressida und Leonora eine Menge zu tun hatten. Lady Alice Summers rief wieder an, und sie hörte sich entsetzt an, als sie erfuhr, dass Guy nicht im Haus war. Sie bat um die Nummer seines Handys, aber die kannte Cressida nicht. Sie war erstaunt über den Wortschatz der Beschimpfungen, der sich wie ein Sturzbach über Cressida ergoss, als sie erfuhr, dass sie Guy nicht erreichen konnte.

Cressida nahm an, dass die Probleme wegen der gefälschten Gemälde allmählich größer wurden, und sie begann sich zu fragen, ob Lady Alice Summers tatsächlich in den Betrug verstrickt war. Mit etwas Glück, dachte sie, würde sie Lady Alice am Abend auf der Party kennen lernen.

Sie zog sich sorgsam für das Ereignis an und entschied sich für eine maßgeschneiderte Jacke aus cremefarbener Spitze auf einem kaffeefarbenen Untergrund. Auch der lange Rock aus Georgette mit einem Rüschchensaum hatte die kaffeebraune Farbe. Die Jacke hatte kurze Ärmel und wurde mit großen Perlmuttknöpfen geschlossen. Dazu trug sie Riemchensandalen in Beige und Creme, ein Armband aus seladonfarbenen Glasperlen sowie große Perlenohrringe.

Cressida betrachtete sich im Spiegel und war zufrieden mit sich selbst. Sue hatte das Outfit für sie ausgesucht, und als sie in der Wohnung stand und auf Rick wartete, fand sie, dass Sue gut gewählt hatte.

Rick hatte Recht gehabt: Es war ein Schock, ihn im Dinnerjackett zu sehen, und nachdem sie sich geküsst hatten, zog sie seine Fliege gerade. »Hast du nicht in den Spiegel geschaut, bevor du das Haus verlassen hast?«, neckte sie ihn.

»Ich habe so lange gebraucht, um das verdammte Ding zu binden, dass ich mich nicht traute, es gerade zu ziehen, weil es auseinander fallen könnte«, gab er zu. Er schaute Cressida an und seufzte. »Du siehst viel zu verlockend aus, um dich auszuführen«, sagte er. »Gehen wir stattdessen nach oben.«

Cressida nahm ihre Handtasche und schüttelte den Kopf. Obwohl ihr Körper nichts dagegen gehabt hätte, wusste sie, dass sie die Dinnerparty nicht versäumen durfte, sonst lief sie Gefahr, ihren Job im Polizeidienst zu verlieren. »Wenn wir warten, wird es noch viel besser«, versicherte sie Rick.

»Das war auch nicht ernst gemeint«, sagte Rick, als sie Richtung Chelsea fuhren. »Guy würde mich umbringen, wenn wir nicht an seiner Party teilnähmen.«

»Du bist der Ehrengast, nicht wahr?«

»Kaum. Aber er war sehr darauf erpicht, dass du auf der Party bist.«

Eine Alarmglocke schlug in Cressida an. »Hast du eine Vorstellung warum?«

»Keine Ahnung«, antwortete Rick und bog in eine kleine Seitenstraße ein. Er parkte vor einem Haus im georgianischen Stil, dessen Vorderseite völlig von Glyzinen bedeckt war. »Das Haus wird dich überraschen; von außen sieht es nach nichts aus, aber Marcia hat anbauen lassen, und drinnen gibt es eine Menge Platz.«

»Wie viele Etagen?«, fragte Cressida und schaute hinauf zu einem Gaubenfenster im Dach.

»Vier, glaube ich, wenn ich das Untergeschoss mitzähle.«

»Du warst schon mal bei ihr im Keller?«, fragte Cressida und erinnerte sich an seine Zeichnungen.

Rick griff ihr an den Ellenbogen. »Cressida, ich möchte lieber nicht über Guy, Marcia oder irgendwas reden, was ich mit ihnen da getan haben könnte oder auch nicht getan haben könnte, okay?«

Sie war von seiner Reaktion überrascht. »Natürlich. Ich wollte nicht vorwitzig sein, es interessierte mich nur.«

»Du bist was Besonderes für mich«, fuhr Rick fort. »Uns verbindet etwas anderes als das Übliche. Ich fühle mich dir näher als jeder anderen Frau bisher, und das will ich mir nicht verderben.«

Verdutzt von seiner Intensität, konnte Cressida nur nicken, aber seine Worte hatten ein Schuldbewusstsein bei ihr ausgelöst. Sie mochte Rick, und sie liebte den Sex mit ihm, aber sie wusste, dass sie nicht so stark fühlte wie er. Wieder einmal wünschte sie, dass sie ihn nicht missbrauchen musste, erst recht, wenn er unschuldig an den Betrügereien war.

»Ihr seid die Letzten«, sagte Marcia, als sie ihnen die Haustür öffnete. Sie hatte ihre blonden Haare geöffnet, sie reichten ihr bis auf die Schulter. Sie trug ein Kleid in Grau und Pink. Es saß sehr eng, was Cressida wegen des großen Busens für unvorteilhaft hielt, aber die Wirkung war nicht zu übersehen.

»Tut mir leid«, sagte Rick mit seinem charmantesten Lächeln, »aber du weißt ja, welche Mühe ich mit der Zeit habe.«

»Und du weißt, wie genau es Guy mit der Zeit nimmt«, konterte Marcia spitz. »Seit einer halben Stunde schaut er immer wieder auf die Uhr. Kommt, wir gehen gleich durch ins Esszimmer. Wenn wir nicht bald essen, ist das Gericht verdorben.«

»Nicht die entspannteste Gastgeberin«, murmelte Cressida.

»Sie ist nur aufgeregt, weil Guy sie nervös macht«, flüsterte Rick. »An solchen Abenden ist er besonders nervtötend.«

Cressida wusste, dass Rick Recht hatte, als sie den ersten Blick auf Guy warf. Sein Gesicht war verspannt, und seine Augen blickten fast wirr, und als er den Kopf hob und Rick anschaute, sah er kalt aus. »Konntest dich wohl nicht von deinem jüngsten Kunstwerk wegreißen, was?«, fragte er, dann musterte er Cressida ausgiebig, sodass man nicht genau wusste, ob er mit ›dem jüngsten Kunstwerk‹ Ricks Arbeit oder Cressida meinte.

»Tut mir leid, Guy, der Verkehr war entsetzlich«, erklärte Rick, als sich ein verlegenes Schweigen im Zimmer ausbreitete.

»Schon gut, ihr seid jetzt da«, sagte Marcia, um gute Laune bemüht. »Cressida, Sie nehmen zwischen Sir Peter Thornton und Marcus Lloyd Platz. Rick, du sitzt hier, zwischen Lady Bradley und Fliss.«

Nach einem raschen Blick auf Cressida nahm Rick am glänzend polierten Eichentisch Platz. Er hatte gehofft, neben Cressida sitzen zu können, aber Fliss, die ständige Begleiterin von Marcus Lloyd – Friseur der Stars – war eine akzeptable Alternative. Jung, kokett und voller Skandalgeschichten, hatte sie oft schon einen langweiligen Abend belebt.

Während ein Gang dem anderen folgte, lernte Cressida mit der Hilfe von Sir Peter die Namen der anderen Gäste kennen.

Sie nahm erstaunt zur Kenntnis, dass nicht nur Sir Peter eine junge exotische Frau hatte, sondern auch ein anderes Paar schien keine Schwierigkeiten mit dem großen Altersunterschied zu haben: Lord George Bradley war etwa Mitte sechzig, und seine Frau Emily hatte vielleicht gerade die dreißig überschritten.

Cressida war enttäuscht, dass sie nichts von Lady Alice Summers sah, und überrascht, einen unbeweibten Mann zu sehen, Sir Nicholas Rodgers, um die sechzig alt, und Marcus Lloyd wusste zu berichten, dass Sir Nicholas frisch geschieden und höchst begehrt war.

»Der heutige Abend muss ziemlich enttäuschend für ihn sein«, sagte Cressida, »denn ich kann nirgendwo eine allein stehende Frau sehen.«

»Abgesehen von Ihnen«, sagte Marcus, dessen Haare noch mehr gestylt waren als die von Fliss.

»Aber ich stehe nicht zur Verfügung«, widersprach Cressida. »Ich bin mit Rick hier.«

»Seid ihr ein Paar?«

»Ja, ich glaube, so kann man es nennen.«

Er lächelte ein seltsames, geheimnisvolles Lächeln. »Dann kennen Sie die Köstlichkeiten, die uns später noch erwarten. Ich muss sagen, er kann offenbar zwischen ganz verschiedenen Begleiterinnen auswählen. Das letzte Mal, als wir auf einer Dinnerparty waren, hatte er eine außerordentlich große und üppig gebaute Rothaarige dabei. Aber sie war die Unterhaltung des Abends. Das sind Sie nicht, nicht wahr?«

Cressida runzelte die Stirn. »Was meinen Sie?«

Marcus öffnete den Mund, um zu reden, aber Sir Peter unterbrach ihn von ihrer rechten Seite. »Guy erzählte uns, dass Sie vor kurzem Ihre Arbeit in der Galerie aufgenommen haben, dann sind Sie wohl auch die junge Dame, die den ganzen Tag mit meiner Tochter arbeiten muss?«

Cressida musste darauf antworten, und Marcus Lloyd wandte sich Rose Thornton zu, die in einem königsblauen Kreppkleid mit weiten Schlitzen und einem tiefen Ausschnitt die Aufmerksamkeit aller Männer im Zimmer auf sich zog, ohne sich darum bemühen zu müssen.

Nach Kaffee und Schoko-Minzestangen zogen die Gäste in den Salon um, der im ersten Stock lag. Dort gab es Liköre und Schnäpse zu trinken, und es wurde viel geplaudert. Cressida fiel auf, dass sich die Atmosphäre verändert hatte. Bisher war alles recht konventionell und zivilisiert abgelaufen, aber jetzt entstand eine Strömung, die sich aus Erregung und Spannung zusammensetzte. Guys Stimmungslage hatte sich schon während des Essens verbessert, und inzwischen war er so entspannt, wie er sein konnte.

Cressida hatte ihn während des Essens häufig beobachtet. Was sie an ihm so faszinierend fand, war die Tatsache, dass er zwar an den einzelnen Gesprächen teilnahm, dass er aber die meiste Zeit seine Gäste betrachtete, und das erinnerte sie daran, wie ein Anthropologe seine Spezies nicht aus den Augen ließ. Die Gäste faszinierten ihn, aber neben der Faszination schien er sie auch zu verachten. Aber die Verachtung wich sofort aus seinem Blick, wenn er spürte, dass er beobachtet wurde.

Sobald sie ihr Brandyglas geleert hatte, fühlte Cressida Ricks Hand auf ihrem Arm. »Wir gehen jetzt nach unten«, sagte er leise.

»Nach unten? Wohin?«

Guy kam auf ihre andere Seite, und sie fühlte, wie er einen Arm um ihre Taille legte. »Marcia ist stolz auf ihr renoviertes Basement. Sie zeigt es gern ihren Gästen, damit sie es bewundern können. Ziemlich langweilig, wenn man für solche Dinge nichts übrig hat, aber ich habe gelernt, ihr den einen oder anderen Gefallen zu erweisen. Sie werden das Kellergeschoss vielleicht interessanter finden, als Sie sich vorstellen können.«

»Das ganze Haus ist renoviert worden, nicht wahr?«, fragte Cressida, während die Gäste zur Tür gingen.

»Ja, und zwar für viel Geld, aber Marcia hat einen tadellosen Geschmack.«

»Es ist schade, dass sie nicht malen kann, dann bräuchten Sie Ihren Künstlern nicht all das Geld zu zahlen«, sagte Cressida lachend.

Guy schüttelte den Kopf. »Das würde kein idealer Zustand sein. Marcia und ich werden nicht ewig zusammen sein, aber ich werde immer Künstler brauchen. Es ist viel besser, Geschäft und Vergnügen nicht zu vermischen.«

»Aber Marcia ist Ihre Partnerin in der Galerie«, wandte Cressida ein.

»Stimmt, aber ich besitze noch andere Galerien, mit denen Marcia nichts zu tun hat. Ich bin nicht der Mann, der seine Eier nur in einen Korb legt.«

Nein, dachte Cressida, so ein Mann bist du gewiss nicht. Sie erinnerte sich an die Interpol-Ermittlung, die nichts erbracht hatte. Er sah sie ein paar Sekunden starr an, dann ging er weiter und überließ es Rick, sie hinunter ins Basement zu führen.

»Entnervend, was?«, fragte Rick. »Bei ihm weiß man nie, woran man ist.«

»Ich nehme an, dass er genau das genießt«, meinte Cressida. »Es macht ihm Spaß, wenn sich die Menschen in seiner Umgebung unbehaglich fühlen. Das stärkt sein Ego.«

»Das ist es auch, was Frauen anzieht«, sagte Rick. »Deine

Vorgängerin hat alles Mögliche angestellt, um an ihn heranzukommen, aber sie war nicht sein Typ.«

Die arme Sue, dachte Cressida. Aber sie war auch nicht viel besser dran. Sie mochte zwar Guys Typ sein, aber sie war nicht sicher, wie sie reagieren würde, wenn er sie haben wollte. Sie fühlte sich zu ihm hingezogen, ja, aber sie hatte auch eine undefinierbare Angst vor ihm.

Am Ende der Treppe warteten die Gäste darauf, dass Marcia die Tür öffnete. Sie wandte sich um und zeigte ihren Freunden ein strahlendes Lächeln. »Hier seid ihr am Ziel. Ich hoffe, ihr habt Spaß heute Abend, besonders mit der Unterhaltung des Abends. Wir haben sie festgelegt und dabei an Rick gedacht, weil er behauptet, dass ihm die Inspiration fehlt.«

»Das war vielleicht so, bevor er Sie kennen gelernt hat«, flüsterte Guy in Cressidas Ohr. Sie ignorierte ihn, hielt Händchen mit Rick und betrat das Basement.

Sie hatte einen dunklen Raum erwartet, aber stattdessen war es so gleißend hell, dass sie fast einen Schritt zurückgewichen wäre. Alle Mauern, ursprünglich mit alten roten Ziegelsteinen versehen, waren verputzt und dann mit einer glänzenden weißen Lackfarbe und einem Hauch von Blau angestrichen worden. Große Scheinwerfer hingen an den Wänden, und nur die hintere Wand war mit seltsamen afrikanischen Fruchtbarkeitsmotiven bemalt; Motive, die in ihrer üppigen, aufdringlichen Sexualität beinahe bedrohlich wirkten.

Es war ein großer Raum, der mit einem dicken Teppich ausgelegt war, im Gegensatz zum Haus, in dem Marcia sich auf einzelne Läufer beschränkt hatte, damit die herrlichen Holzfußböden besser zur Wirkung kamen.

Weil Rick und Cressida die letzten Gäste waren, die den

großen Raum betraten, brauchte Cressida eine Weile, bevor sie begriffen hatte, warum sich alle an der hinteren Wand versammelt hatten. Aber als sich die Gruppe teilte, um Guy durchzulassen, konnte sie einen ersten Blick auf das werfen, was sie für die Unterhaltung des Abends hielt, von der Marcus Lloyd gesprochen hatte.

Der Mittelteil der gegenüber liegenden Wand war mit einem schwarzweißen Seidenstoff verhangen, der unter einem Spotlight schimmerte. Im Hintergrund wand sich ein feingliedriger Körper, der an dünnen Metalldrähten angeschlossen war, die hinter dem Seidenstoff verschwanden.

Die Frau war blond und groß, sie hatte graue Augen und sehr helles Haar, das streng nach hinten gebürstet war, sodass die hohen Wangenknochen und der große Mund besonders betont wurden.

Die Frau, die nicht älter als zwei- oder dreiundzwanzig war, trug ein seltsames schwarzes Seidenkleid. Es fiel ihr bis auf die Knöchel, aber die rechte Seite des Körpers war völlig entblößt, denn der Kleiderschlitz reichte bis zur Brust und gab den Blick auf die seidige Haut vom Knöchel bis zur Hüfte frei.

Der Stoff war so drapiert, dass ihre Schamregion bedeckt war, aber es war klar, dass die geringste Bewegung sie schon total entblößen würde. Das Kleid war rückenfrei und zeigte einen tiefen Ausschnitt, der gerade mal die untere Hälfte ihrer Brüste verhüllte.

Weil der linke Arm und das linke Bein mit den Metalldrähten versehen waren, wobei das linke Bein nach oben gezogen wurde, hatte man auch einen Blick auf den nackten linken Oberschenkel. Das rechte Handgelenk steckte in Schulterhöhe in einer Handschelle. Um den Hals trug sie ein dünnes Lederband, das dem Kopf nur eine Bewegungsfreiheit von ein paar Zentimetern ließ.

Rick, der neben Cressida stand, atmete tief ein, und als sie ihn anschaute, bemerkte sie, dass er die junge Frau mit einem Blick verzweifelten Hungers anstarrte. »Ist sie eines deiner Modelle?«, fragte sie.

Rick schüttelte den Kopf. »Nein«, flüsterte er zurück. »Ich habe sie nie genutzt, aber ich kenne sie. Sie ist ...«

In diesem Moment ging Guy zu der gefesselten Frau und strich mit der Hand absichtlich langsam über die empfindsame Haut. Es war Cressida fast so, als könnte sie das Streicheln auch spüren; ihre Haut spannte sich und begann zu prickeln, als Guys Finger weiter über den Körper der Frau strichen. Cressida wusste, dass ihr Bauch geschwollen war. Ihr war heiß.

»Ich bin sicher, dass die meisten von euch sich an Lady Alice Summers erinnern«, sagte er höflich. »Die arme Alice erzählte mir vor ein paar Tagen, dass alle ihre Freunde sie verlassen hätten, nachdem ihr Mann Michael gestorben wäre. Ich wusste, dass das nicht wahr sein konnte, und dachte, es wäre ein feiner Zug von uns, wenn wir eine kleine Party für sie geben, auf der ihr alle zeigen könnt, dass sie nicht vergessen ist.«

Cressida hatte sich noch nie in einer so erotisch aufgeladenen Atmosphäre befunden, und sie war über ihr eigenes Verlangen beschämt und erregt zugleich. Sie konnte, wie jeder im Raum, den Blick nicht von Lady Alice wenden, aber als Guy aufhörte zu reden, sah sie ihn an, und zum ersten Mal sah sie seine Augen mit einer fiebrigen Erregung brennen, und Cressida begann, unkontrolliert zu zittern.

»Ich glaube, die Höflichkeit gebietet es, dass wir eine Dame bitten, mit dem Geschehen zu beginnen«, fuhr Guy fort. »Cressida, da dies Ihr erster Besuch bei uns ist, möchten Sie vielleicht kommen und Lady Alice begrüßen? Ich bin fast sicher, dass eine neue Freundin noch mehr willkommen ist als eine alte, da sie das Gefühl hat, dass die alten sie im Stich gelassen haben. Was sagst du, Alice? Möchtest du gern Cressida Farleigh kennen lernen, Rick Marks' neue Freundin?«

Cressida konnte nicht glauben, dass sie die Frau war, deren glasharte Vokale so barsch bei ihrer Beschimpfung von Guy am Telefon geklungen hatten. Sie fragte sich, was für ein Gefühl es sein musste, so zur Schau gestellt zu werden; schließlich war sie die Frau einer bekannten Person in der Öffentlichkeit gewesen. Und jetzt musste sie den höhnischen Bemerkungen von Guy zuhören. Die Erniedrigung musste schier unerträglich sein, aber Cressida empfand eine entsetzliche Faszination, die sie mit einem fürchterlichen Tempo erregte.

»Nicholas«, fuhr Guy fort und sah den kürzlich geschiedenen Mann mit einem dünnen Lächeln auf dem Gesicht an. »Ich weiß, du warst Lord Michael und seiner Frau immer sehr nahe. Vielleicht kommst du zu uns, um ihr Kleid ein wenig mehr zur Seite zu ziehen. Ich finde, nachdem ihr sie so lange ignoriert habt, wollt ihr jetzt mehr von ihr sehen.«

Sir Nicholas Rodgers brauchte keine zweite Einladung. Er hastete auf die gefesselte Frau zu und griff mit beiden Händen nach dem Kleid. Er zog es von ihrem Körper weg und befestigte es unter dem linken Knie, sodass noch etwas mehr nackte Haut den Blicken der Gäste ausgesetzt war.

Cressida hatte erwartet, dass Lady Summers unter dem Kleid nackt sein würde, aber sie trug einen schwarzen G-String darunter. Das Höschen war sehr eng, und die Labien zeichneten sich darunter ab, und bevor Sir Nicholas wieder zurücktrat, konnte er es sich nicht verkneifen, mit einer Hand über das Gebiet zwischen den Schenkeln zu streichen.

Cressida beobachtete, wie sich Lady Alice' Gesicht verspannte, als sie den Kopf zur Seite neigte – soweit das Lederband das zuließ –, um dem Anblick der zuschauenden Menge auszuweichen, aber sie konnte das verräterische Erröten auf den blassen Wangen nicht verhindern.

»Weil die arme Alice so vernachlässigt wurde, ist sie nun begierig, die verlorene Zeit einzuholen«, fuhr Guy fort. Er schaute in die Gesichter der Gäste, deren sexuelle Erregung unübersehbar war; sie zeigte sich dadurch, dass sie ihre Partner berührten oder sich an die gefangene Lady Alice drückten.

»Jetzt aber zu unserer neuen Freundin Cressida Farleigh«, sagte Guy und starrte auf seine Assistentin. Die Augen waren von einer hypnotischen Kraft, die sie ganz vorn zur Gruppe gehen ließ. »Cressida, bitte, fangen Sie das Spiel für alle an.«

Rick gab Cressidas Hand frei und stieß sie mit einem sanften Schubs in den Rücken weiter nach vorn, auf Guy und die Frau zu, die so provozierend gefesselt war. »Du solltest besser tun, was er sagt«, raunte Rick ihr noch zu.

Cressida hätte Ricks Aufforderung gar nicht gebraucht. »Was habe ich zu tun?«, fragte sie leise und traute sich kaum, Guy oder Alice anzuschauen, aber sie wusste, dass sie ihre Rolle zu spielen hatte, falls sie Guys Vertrauen erhalten wollte.

Er lächelte, und diesmal lag kein Sarkasmus in seinem Lächeln. »Schauen Sie nicht so begierig drein, Cressida. Sie können machen, was Sie wollen. Es gibt keine Regeln bei diesem Spiel, vorausgesetzt, dass die Lust von allen geteilt wird. Vielleicht beginnen Sie mit einer leichten Berührung, jene Art der Berührung, die Sie gern von jemandem spüren möchten, den Sie sehr mögen.«

Cressida hatte immer noch keine Idee, was sie zu tun hatte. Sie hatte noch nie eine andere Frau auf eine sexuelle Art angefasst, und nun überlegte sie, welche Art Berührung sie am liebsten hätte, wenn ihr das passierte. Sie schaute zu Lady Alice, als wollte sie von ihr eine Ermutigung erhalten, aber die junge Frau hatte den Kopf zur Seite gelegt.

Als sie schließlich dicht vor Alice stand, fand Cressida, dass der schwarze Lederstring, der ihre Vulva bedeckte, sie am meisten erregte. Der Stoff lag eng um den leicht eingeölten Körper, und als hätte Cressidas Hand einen eigenen Willen, strich sie über die drei Streifen auf dem rechten Hüftknochen. Sie fuhr mit einem Fingernagel den Streifen entlang und dann wieder hoch. Auf der blassen Haut hinterließ der Fingernagel eine leichte Rötung, und Cressida sah, wie die Muskeln im flachen Bauch reagierten. Alice zog den Bauch ein.

Cressida war von der sofortigen Reaktion fasziniert, und ihre Hand bewegte sich von der Hüfte zum äußeren Schenkel, bis sie zwischen die langen Beine greifen konnte. Sie ließ die Finger über den engen, mit Leder bekleideten Schoß gleiten. Wieder bewegten sich die Bauchmuskeln, und sie hörte, wie Alice schneller atmete.

Ohne es zu bemerken, hatte Cressida ihre Umgebung vergessen; sie hatte vergessen, dass viele Menschen ihr gebannt zuschauten, als sie die junge blonde Frau auf diese bizarre Art begrüßte. Ihr war nur die Macht bewusst, über die sie im Moment verfügte, und eine große Not einer wie auch immer gearteten Befriedigung, ganz egal, ob es sich um die eigene Befriedigung handelte, oder um die Befriedigung der gefesselten Frau, die sie gerade berührte.

Während Guy die Szene beobachtete, begann sein Puls vor Erregung zu rasen. Er hatte damit gerechnet, dass Cressida sich weigern würde, Alice zu berühren oder bestenfalls ein paar halbherzige Gesten ausführen würde. Stattdessen sah er den Blick absoluter Begierde auf ihrem Gesicht, für sie gab es in diesem Augenblick nichts als die Erotik. Er wusste, dass er sie unbedingt haben wollte.

Er hatte geahnt, dass sie sinnlicher sein musste, als sie zu erkennen gab, besonders, nachdem Rick ganz berauscht von ihr war. Aber heute Abend gab sie zu erkennen, dass ihre Sinnlichkeit noch vielschichtiger war, als er geglaubt hatte. Er ignorierte, dass Rick dabei war. Cressida musste bald schon ihm gehören.

»Das genügt für den Moment«, sagte er leise. »Die anderen wollen Lady Alice auch begrüßen.«

Cressida wurde zurück in die Wirklichkeit gebracht, und vor Verlegenheit trat sie rasch von der blonden Frau mit den langen Beinen zurück. Sie schmiegte sich an Rick, als wollte sie sich vor den anderen Gästen verstecken.

Rick lächelte sie an. »Es hat so ausgesehen, als hättest du deinen Spaß dabei gehabt.«

»Ja, hatte ich«, murmelte Cressida, aber sie wollte ihre Gefühle nicht analysieren.

»Ich kann nicht erwarten, dass wir gehen und unter uns sind«, raunte er ihr zu, aber Cressida hörte ihn kaum. Sie beobachtete Guy, der näher auf Alice zuging und eine Hand zwischen ihre Schenkel schob. Langsam massierte er die gespannten Muskeln, die allmählich zu schmerzen begannen, weil die Frau immer noch von den Metalldrähten gehalten wurde.

»Das war eine neue Freundin, Alice«, flüsterte er ihr zu. Alice fühlte, wie Guys Hand nach oben gegen ihre Vulva drückte, und unter dem Ledertanga begann ihr Gewebe anzuschwellen. Die äußeren Lippen öffneten sich langsam, wodurch das Leder direkt gegen ihre harte, erigierte Klitoris rieb.

Marcus Lloyd war die nächste Person, die sich Alice näherte. Nachdem er ihr über die Haare gestrichen hatte, saugte und leckte er an den Spitzen von Alice' Brüsten, die rasch anschwollen. »Er war früher ihr Friseur«, flüsterte Rick. »Ich glaube, nachdem ihr Mann gestorben war, hat er ihr keine Termine mehr gegeben. Es scheint irgendeinen Skandal über das Vermögen des Lords zu geben, und da sie nie zu den Kreisen ihres Mannes gehörte, stand sie bald allein da. So behandeln diese Leute einen, der nicht zu ihnen passt«, fügte er hinzu.

Cressida bemerkte, dass Alice' Augen verfolgten, was Marcus mit ihr anstellte, und als er ins Kleid griff und beide Nippel drückte, lief ein leichtes Zittern durch den Körper der blonden Frau. Es war wohl ihr erster Orgasmus des Abends.

Cressida wünschte, dass sie auch kommen könnte. Es war unerträglich erregend, die halb nackte blonde Frau zu beobachten, wie ihr Lust bereitet wurde, ohne dass sie die Kontrolle über die Situation hatte, und wenn nicht so viele Menschen im Basement des Hauses gewesen wären, wäre sie auf Rick gesprungen, obwohl die Person, die sie am intensivsten beobachtete, Guy Cronje war, der Mann, der Lady Alice' Lust inszenierte.

Jetzt war Marcia an der Reihe. Sie nahm eine Haarbürste aus ihrer Handtasche und bewegte sie in kleinen Kreisen über Alice' entblößten Unterleib, wobei sie die Stelle zwischen ihren Beinen aussparte. Überrascht nahm Cressida zur Kenntnis, dass Alice bald laut stöhnte. Ihr Kopf wandte sich von einer Seite auf die andere, und alle Männer drückten sich näher an sie heran. Alice keuchte nun, und dann wurde sie von einem Orgasmus geschüttelt, der stärker war als der erste.

Marcia trat zurück, und Cressida konnte sehen, dass Alice'

Haut an den Stellen, die Marcia mit der Bürste berührt hatte, glühend rot leuchtete. Als Sir Peter sich Alice näherte, rieb er eine Substanz, von der Cressida annahm, dass es sich um ein kühlendes Gel handelte, genau auf diese Stellen, die er nicht nur kühlte, sondern auch neu stimulierte.

Rose trat an die Seite ihres Mannes, aber dann rief Alice plötzlich, Sir Peter sollte aufhören. Rose hockte sich vor Alice hin und nagte am zarten Fleisch der Innenseite von Alice' rechtem Schenkel.

Mit einem Aufschrei, in dem Verzweiflung und Ekstase herauszuhören waren, kam Lady Alice Summers erneut zu einem Orgasmus, und diesmal wurde ihr ganzer Körper geschüttelt, und Cressida schaute fasziniert hin, denn alle Muskeln spannten sich unter der Oberfläche der blassen Haut an.

Sie versuchte sich vorzustellen, wie es sich wohl anfühlte, so unbequem festgebunden zu sein, aber diese lustvollen Emotionen zu spüren, und zu ihrem eigenen Erstaunen musste Cressida feststellen, dass ihre Phantasie sie atemlos vor unterdrücktem Verlangen werden ließ.

Es war ein wenig seltsam, dass niemand Rick aufforderte, vor Alice zu treten. Stattdessen wurde das Finale der ersten Unterhaltung des Abends von Sir Nicholas Rodgers und Guy selbst eingeläutet. Guy wartete, bis Alice' Körper sich wieder beruhigt hatte, dann hockte er sich vor sie und strich mit sanften Bewegungen über den rechten Knöchel der blonden Frau. Die Finger stahlen sich die Waden hoch und strichen auch über den hohen Bogen des schlanken Fußes.

Cressida beobachtete sein Gesicht, das sie im Profil sehen konnte, und ihre eigenen Beine begannen ebenso zu zittern wie die Beine von Lady Alice, und sie fühlte auch die grausam sanften Berührungen seiner schlanken, kundigen Finger.

Als seine Hände höher wanderten und die schmerzenden Muskeln in Alice' rechtem Bein massierten, trat Cressida unruhig von einem Bein auf das andere. Sie fühlte, wie sie feucht wurde zwischen den Beinen.

Die Atmosphäre im Raum war elektrisierend. Marcus Lloyd und seine Partnerin Fliss beobachteten nicht mehr Lady Summers, dafür waren sie schon zu sehr verstrickt in ihren Armen. Marcus hatte seine Hände fest um Fliss' feste Backen gekrallt, während er ihren Unterleib gegen seine Erektion drückte.

Cressida schmiegte sich noch mehr an Rick und wartete darauf, dass er einen Arm um sie legte, aber das tat er nicht. Seine ganze Aufmerksamkeit war auf die Frau am Ende des Raums gerichtet, und Cressida fragte sich, ob er die Szene schon für eine Zeichnung im Kopf hatte oder ob er einfach fasziniert war, wie ihr Körper auf die verschiedenen Berührungen reagiert hatte.

Als Guy schließlich den schwarzen Ledertanga nach unten zog, an Lady Alice' Beinen entlang, schienen die Gäste ihren Atem anzuhalten, und einen Moment lang herrschte absolute Stille. Sogar Marcus gewahrte die veränderte Stimmung und hob den Kopf, um zu sehen, was passierte.

Weil die blonde Frau an den Metalldrähten hing, ließ sich ihr Kleid nicht abstreifen. So blieb das Kleidungsstück unterhalb der Knie zusammen geschoben, und jeder konnte das hellbraune krause Schamhaar von Lady Alice sehen.

Ihre Vulva war ebenfalls zu sehen, angeschwollen nach den vielfältigen Stimulierungen.

»Ich übergebe an dich, Nicholas«, sagte Guy mit einem erzwungenen Lächeln. Sir Nicholas Rodgers kniete sich hin und begann zwischen den gespreizten Beinen der blonden Frau die leicht geöffneten Labien zu lecken.

Cressida bewegte sich zu einer Seite des Raums, damit sie sehen konnte, was er machte. Seine Hände spreizten die Labien weiter, während seine Zunge fleißig auf und ab leckte.

Zuerst ignorierte Alice die Stimulation. Bis zu diesem Moment war es ihr gelungen, sich von allem loszulösen, was mit ihr und um sie herum geschehen war, und auch ihre Orgasmen waren ihre Privatlust gewesen, denn sie hatte die Augen geschlossen und damit die angeblichen Freunde ausgeblendet.

Sie wusste, dass Guy die Gäste bewusst ausgewählt hatte. Dies war ihre Bestrafung für den zweiten Besuch ihres Rechtsbeistands. Es war ein Besuch gewesen, den Alice nicht hatte verhindern können, doch für Guy war das nur eine Ausrede.

Aber jetzt, als Sir Nicholas' Zunge den Eingang zu ihrer schmerzenden Vagina umkreiste und dann in den Kanal eindrang, war sie nicht mehr in der Lage, die Zuschauer einfach abzuschalten.

Sie wurde immer erregter, als seine Zunge die vaginalen Wände leckte, und als sie gegen ihren G-Punkt stieß, stöhnte sie vor Lust auf und spürte, dass auch ihre Brüste vor Verlangen zu schmerzen begannen.

Er wusste genau, wie er die Zunge mit größtmöglicher Wirkung einzusetzen hatte, und innerhalb weniger Minuten wand sie sich in ihren Fesseln. Sie zerrte an der Handschelle, sie ruckte mit dem Kopf hin und her, und sie prüfte wieder die stabilen Metalldrähte. Trotz dieser Einschränkungen und trotz ihrer wunden, schmerzenden Muskeln brannte ihr ganzer Körper vor unerfüllter Lust. Die Lust musste gestillt werden, ganz egal, wie groß die Erniedrigungen sein mochten, denen sie dann wieder ausgesetzt sein würde.

Sie schloss die Augen und versuchte, die Hüften zu bewegen, damit er exakt die Stellen bearbeiten konnte, die sie am liebsten hatte, aber schon im nächsten Moment spürte sie Guys kühle Hände auf ihren Hüften, und dann wurde ein Kissen zwischen ihren Unterleib und das Seidentuch, mit dem die Wand zur Hälfte verhangen war, geschoben.

Das Kissen diente dazu, ihren entblößten Schambereich noch prägnanter zur Geltung zu bringen. Guys Hände hielten sie immer noch bewegungslos, wodurch Sir Nicholas in der Lage war, sein eigenes Tempo zu gehen und die Reaktionen von Lady Alice zu kontrollieren.

Immer und immer wieder begann Alice' Körper die Spitze zu erklimmen. Die Anspannung überzog den gesamten Unterleib mit einer höllischen Hitze, ihr Puls schlug schneller, und das Blut rauschte in ihren Ohren, aber in dem Moment, in dem sie den Punkt ohne Rückkehr erreicht hatte, lieferte Sir Nicholas nicht den letzten Impuls, den letzten Druck, der ihr die Erleichterung gebracht hätte.

Cressida, die all das mit heißen Wangen und trockenem Mund verfolgte, begriff, was da vor ihren Augen geschah; sie erkannte es an Alice' Stöhnen und an ihren Versuchen, das Becken vorzustoßen.

Ihr eigener Erregungsgrad war inzwischen ungeheuer hoch geklettert, und sie verstand nur zu gut die Begierde der anderen Frau nach Befriedigung, aber es schien, dass Sir Nicholas die Klimax verwehrte, nach der Lady Alice so sehr lechzte.

Plötzlich nahm Alice den Vorgang in die eigenen Hände. Sie stieß einen fürchterlichen Schrei der Frustration aus, ignorierte die Schmerzen in Arm und Bein sowie Guys Hände, die ihre Hüften zurückhalten sollten, und ließ sich tiefer nach unten sinken, damit sie Nicholas' schlängelnde Zunge in sich spüren konnte. Tatsächlich wurden seine Stöße ungestümer wie bei einem rasiermesserscharfen Rapier.

Zu ihrem Entsetzen musste Lady Alice feststellen, dass ihre schmerzvollen Bemühungen auch noch nicht den erhofften Erfolg brachten, und dann fühlte sie zu ihrem Erschrecken, wie sich hinter den geschlossenen Lidern die ersten Tränen bildeten. Dabei hatte sie das unbedingt vermeiden wollen.

Guy sah, wie sich die Tränen unter den Wimpern durchdrückten, und fand, dass es genug war. Wenn Sir Nicholas die verzweifelte junge Witwe nicht befriedigen konnte, dann musste er seinen Platz räumen für jemanden, der es schaffte.

Guy klopfte ihm auf die Schulter und ließ ihn wissen, dass er sich zurückziehen sollte.

Alice spürte, dass sich die Zunge nun ganz zurückgezogen hatte, und stieß wieder einen Schrei aus, aber Sekunden später hatte Guy den Platz von Sir Nicholas eingenommen. Er öffnete sie mit einer Hand, dann schob er die Erektion mit der anderen Hand in sie hinein.

Diese Hand massierte nun das Gewebe um die Stelle, an der die Labien sich trafen, sodass auch ihre schmerzende Klitoris endlich stimuliert wurde. Sofort wurde Alice' Körper von heftigen Zuckungen erfasst, sie krümmte sich von der Wand weg und erlebte einen neuen Höhepunkt, den besten und intensivsten, den sie bisher empfunden hatte.

Er hielt viele Sekunden lang an, und Cressida schaute schweigend zu und wünschte, dass sie diese ebenmäßigen Stöße und die Hand zwischen den Schenkeln genießen dürfte, wenigstens ein paar Minuten lang.

Als Lady Alice dann kraftlos und matt gegen ihre Fesseln stieß, zog sich Guy aus ihr zurück und ging weg von ihr. Er überließ es Sir Nicholas, Lady Alice auf den Boden der Wirklichkeit zurückzuholen.

Die anderen Gäste wussten, dass die Unterhaltung des Abends vorüber war, und verteilten sich rasch. Sie nahmen ihre Mäntel und Taschen in Empfang, wünschten sich gegenseitig eine gute Nacht und verschwanden in der Dunkelheit.

Alle würden auf schnellstem Weg nach Hause fahren, verzehrt vom sexuellen Verlangen und bereit für das nächste Spiel, nachdem sie die Szene verfolgt hatten.

Rick reichte Cressida ihre Tasche. Ihr fiel auf, dass sie die einzigen noch verbliebenen Gäste waren. Sie wollte sich gerade bei Marcia für den Abend bedanken, aber bevor sie etwas sagen konnte, warf sich Guy in einen Sessel.

»Mir wäre lieber, wenn Sie noch nicht gehen, Cressida. Marcia und ich möchten mit Ihnen über den Mann sprechen, mit dem wir Sie am Montagabend gesehen haben.«

Achtes Kapitel

»Warum setzen Sie sich nicht?«, meinte Guy und beobachtete interessiert den Ausdruck auf Cressidas Gesicht. »Das könnte ein paar Minuten dauern.«

»Welcher Mann?«, wollte Rick wissen, der bei Guys Worten schockierter war als Cressida.

»Er war niemand, der was mit uns zu tun hat«, versicherte sie ihm. Dann sagte sie zu Guy: »Ich wusste gar nicht, dass Sie indisches Essen mögen.« Sie setzte sich ihm gegenüber.

»Es gibt noch vieles, was Sie nicht über mich wissen«, sagte er.

»Wir mögen beide indisches Essen«, warf Marcia ein, legte ein Bein übers andere und strich sich wie geistesabwesend über ihr Knie. »Ich habe Sie auch gesehen. Sie und der Mann schienen sehr intim miteinander.«

Als Cressida den Mund öffnete, um ihre Rede zu halten, die sie schon geprobt hatte für den Fall, dass ihre Begegnung mit Tom zur Sprache kam, ging die Tür auf, und Sir Nicholas Rogers lugte ins Zimmer.

»Ich fahre Lady Alice jetzt nach Hause«, sagte er und lächelte breit. »Sie hat jetzt begriffen, dass ich nie vorhatte, sie nach dem Tod ihres Mannes zu schneiden. Ich hatte genug zu tun mit meiner Scheidung, und irgendwie hat es nie geklappt, sie mal anzurufen.«

»Ich bin sicher, dass Lady Alice entzückt ist«, sagte Guy kühl.

»Ja, sie scheint bester Dinge zu sein«, stimmte Sir Nicholas zu.

Cressida schaute über ihre Schulter nach hinten und sah, dass Lady Alice Summers jetzt vollständig bekleidet war. Sie trug ein geschmackvolles leichtes Sommerkostüm und eine doppelreihige Perlenkette, und ihre hellen Haare sahen weich und ums Gesicht etwas kraus aus. Keine Spur von der lüsternen Darstellung, die sie eben alle erlebt hatten, nur ein Glänzen in den Augen verriet ihr Abenteuer des Abends.

»Ich dachte, sie passten gut zueinander«, bemerkte Guy zu Marcia, als die beiden sich verabschiedet hatten. »Das sollte sie eine Weile bei Laune halten.«

»Solange er sie uns vom Hals hält«, sagte Marcia verärgert, aber als Guy ihr einen warnenden Blick zuwarf, versuchte sie, fröhlicher zu klingen. »Ich meinte, dass er sie *dir* vom Hals hält«, fügte sie schnell hinzu. »Wie sie dich seit Wochen verfolgt, das ist doch höchst peinlich.«

Cressida wusste, dass dies nicht die Wahrheit war. Marcia hatte einen Fehler begangen, als sie eine professionelle Beziehung zu Lady Summers erwähnte, aber sie starrte in die Luft, als hätte sie Marcia gar nicht zugehört. Stattdessen warf sie Rick einen intimen Blick zu.

»Da nun alle gegangen sind«, sagte Guy, »wollen Sie uns vielleicht die Antwort auf unsere erste Frage geben.«

»Ich sehe nicht wirklich ein, was das mit Ihnen zu tun hat«, gab Cressida zurück. »Ich gehe davon aus, dass mein Privatleben meine Privatsache ist. Sie zahlen mir nicht genug, um mich als Ihren Besitz zu betrachten, der ganz Ihnen gehört, mit Leib und Seele, Tag und Nacht.«

Guy lächelte anerkennend. »Das ist sehr wahr. Ja, wir bezahlen Sie nicht gut genug, aber in der Welt der Kunst sammelt man keine Reichtümer. Das Gefühl der Befriedigung, gute Kunst verbreitet zu haben, soll die schlechte Bezahlung kompensieren.«

»Wenn jemand berechtigt ist, über den Montagabend etwas zu erfahren, dann ist es Rick«, fuhr Cressida fort. Sie war sicher, dass Angriff die beste Verteidigung war.

»Auch das ist wahr, aber wir haben einen speziellen Grund für unsere Nachfragen. Ich wäre dankbar, wenn Sie das ertragen könnten und uns wissen lassen«, sagte Guy leise.

Cressida ließ ein sehr lautes Seufzen hören. »Marcia kennt ihn schon«, sagte sie.

Guy wandte den Kopf zu seiner Partnerin, die mehr als ein wenig erstaunt schien. »Ich glaube nicht«, widersprach sie.

»Aber Sie haben mich schon einmal nach ihm befragt«, erklärte Cressida. »Er ist der Kunde, der immer wieder in die Galerie kommt und mich fragt, ob ich mit ihm ausgehen will. Sie haben ihn das letzte Mal gesehen und mich zu ihm befragt.«

Guys Finger bewegten sich ungeduldig zur Sessellehne, und Marcia legte die Stirn in Falten, um sich besser erinnern zu können. »Oh, ja, ich erinnere mich doch. Ja, da war was«, gab sie dann zu. »Ich wusste nicht, dass es sich am Montagabend um diesen Mann handelte.«

»Nun, das war er«, sagte Cressida. »Er war ein solches Ärgernis, dass ich mich schließlich dazu bereiterklärte, mit ihm essen zu gehen. Aber das war eine Katastrophe. Ich habe ihn dann einfach sitzen lassen und bin gegangen, denn er hatte eine rüde Bemerkung gemacht über das, was er mit mir anstellen wollte, und das gehört sich nicht beim ersten Treffen.«

Guy lachte. »Sie hören sich wie eine prüde Grundschullehrerin an. Wenn man bedenkt, wie Sie den heutigen Abend verbracht haben ... Und ich habe gesehen, wie sehr es Ihnen gefallen hat. Was, um alles in der Welt, kann er vorgeschlagen haben, dass Sie so schroff reagiert haben?«

»Es gibt einen Unterschied zwischen dem, was ich heute Abend hier in Anwesenheit meines Geliebten erlebt habe, und einem bizarren Antrag bei einem indischen Essen während des ersten Dates«, beharrte Cressida.

»Wie hieß denn der bizarre Antrag?« wollte Guy wissen.

Die Frage behagte Cressida nicht, denn sie hatte sich vorher keine Antwort überlegt. Es musste etwas sein, was auch die anderen zumindest ein wenig als bizarr einstuften. »Er wollte Frauensachen tragen, wenn wir ins Bett gingen«, rief sie hitzig.

»Er muss sich sehr sicher gefühlt haben, dass er Ihnen sein Geheimnis anvertrauen konnte«, sagte Guy nachdenklich. »Wissen Sie, was er von Beruf ist?«

Cressida zögerte keinen Augenblick mit ihrer Antwort. Sie war sicher, dass Guy und Marcia es längst wussten; aber sie konnten nicht wissen, dass der arme Tom eine Schwäche für Travestie hatte.

»Ja, natürlich«, sagte sie mit einem leisen Lachen. »Wenigstens glaube ich es zu wissen, denn er hätte mir natürlich auch eine Lüge auftischen können. Er hat mir gesagt, dass er Detective Sergeant bei der Polizei ist.«

»Finden Sie es nicht merkwürdig, dass ein Polizist sich der Gefahr aussetzt, dass Sie ihn irgendwann einmal wegen seiner Neigung erpressen könnten?«, fragte Guy. »Ein Polizist in Frauenkleidern – das würde bei seinen Kameraden nicht gut ankommen, schätze ich.«

»Ich hatte ihm vorher schon über eine Phantasie von mir erzählt«, sagte Cressida langsam.

Guy hob eine Augenbraue. »Es scheint, dass indische Restaurants der ideale Ort sind, wenn man sich rasch intim näherkommen will.«

»Da habe ich ihm das nicht erzählt«, wandte Cressida ein. »Das war ein Thema bei einer früheren Begegnung, als wir in der Galerie darüber gesprochen haben. Ich nehme an, deshalb hat er auch das Selbstvertrauen gehabt, mir von seiner Neigung zu erzählen. Wenn mir seine Vorliebe nicht so gegen den Strich gegangen wäre, hätte ich mich nicht so verhalten.«

»Viele Männer haben eine Schwäche, sich Frauenkleider anzuziehen«, murmelte Marcia. »Ich habe das nie als unangenehm empfunden – ganz im Gegenteil. Und sie standen auch ihren Mann.« Sie lächelte geheimnisvoll.

»Ich fürchte, ich kann dazu nichts beitragen«, sagte Cressida.

»Um was ging es denn bei Ihrer Phantasie, Cressida?«, fragte Guy. »Ohne Zweifel ist Rick schon damit vertraut, aber aus schierer Neugier heraus möchte ich es gern wissen.«

»Das ist keine große Sache«, murmelte Cressida verlegen, während sie sich den Kopf nach einer ausgefallenen Sexphantasie zermarterte.

»Nun, die Phantasie muss unseren Sergeant zu kühnen Höhenflügen verleitet haben«, erinnerte Guy sie, und sie wusste nach einem Blick in ihre Augen, dass er ihre Geschichte noch nicht gekauft hatte.

»Ich phantasiere oft davon, in der Öffentlichkeit Liebe zu machen, an einem Ort, an dem man Gefahr läuft, erwischt zu werden«, brachte sie schließlich hervor.

»Und hat Rick diese ein wenig banale Phantasie schon mit Ihnen ausgelebt?«, fragte Marcia.

»Das ist meine Sache«, wehrte Rick ab, seine Stimme voller Ärger.

Guy seufzte. »Wie enttäuschend. Ich bin sicher, Sie könnten nach ein wenig Ermutigung mit einer besseren Phantasie herausrücken, Cressida. Nun ja, wie auch immer; Phantasien sind eine sehr private Angelegenheit, und vielleicht können Sie nur innerhalb der Grenzen Ihres sexuellen Wissens phantasieren. Vielleicht hat der heutige Abend Ihnen Anregungen gegeben. Wären Sie gern an Alice' Stelle gewesen?«

»Nein!«, rief Cressida betont.

»Wie schade«, sagte Guy, als sich ihre Blicke trafen. »Ich glaube, mir hätte es gut gefallen, wenn Sie an Alice' Stelle gewesen wären. Aber das ist meine Phantasie, nicht Ihre. Nun, es ist Zeit für Sie beide, zu gehen. Ich nehme an, Sie haben noch über vieles zu reden.«

Cressida stand auf. »Ich hoffe, es hat Sie glücklich gemacht, die Einzelheiten über mein Privatleben zu hören«, sagte sie verärgert. »Sie sagten, Sie hätten Gründe, danach zu fragen, aber ich glaube Ihnen nicht. Ich glaube, es macht Sie an, die Geheimnisse anderer Menschen zu hören.«

Guy nickte. »Vielleicht haben Sie damit Recht, aber wenn das so wäre, dann müsste Ihr Geheimnis eine Enttäuschung für uns gewesen sein, finden Sie nicht auch?«

»Ich hoffe es«, blaffte Cressida. Sie fühlte sich viel kühner, da die unmittelbare Gefahr der Entlarvung wahrscheinlich vorüber war. »Ich bin nicht hier, um Ihren reizlos gewordenen Vergnügungen neue hinzuzufügen. Lass uns gehen, Rick.«

»Ich bringe Sie noch zum Wagen«, sagte Guy.

Draußen hatte Rick Mühe, die Beifahrertür aufzuschließen, und Cressida spürte, wie ihr Arbeitgeber von hinten immer näher kam. Dann, während Rick mit dem Schlüssel fummelte, presste Guy sich an sie und blies sanft gegen ihren Nacken.

Er sprach nicht, aber Cressida zitterte mit einer Mischung von Verlangen und nervöser Spannung. Sie wusste, dass er der Mann war, mit dem sie schlafen sollte, der Mann, den

Interpol suchte. Ihr echter Widerpart. Sie war sich nicht mehr sicher, ob sie den Mut besaß, ihren Auftrag auszuführen.

Heute Abend hatte sie erfahren können, was für ein Mann er war. Sie hatte aus erster Hand seine befremdliche, dunkle Erotik, die er bevorzugte, kennen gelernt, und sie hatte sich von seinem scharfen, intelligenten Geist überzeugen können. Zum ersten Mal kamen ihr Zweifel, ob sie mithalten konnte, wenn er beschloss, dass sie seine Geliebte werden sollte.

»Geschafft!«, rief Rick und öffnete die Tür mit einer tiefen Verneigung. Cressida stieg ein, und Guy half ihr galant, indem er sich bückte und ihr Kleid um ihre Beine zusammenraffte.

»Das Kleid gefällt mir«, sagte er leise. »So subtil und zugleich so erotisch. Der Designer muss Sie im Kopf gehabt haben, als er es entwarf.«

»Was hat er gesagt?«, fragte Rick, als sie davonfuhren.

»Er sagte, dass ihm mein Kleid gefallen hat«, antwortete Cressida, die immer noch zitterte, ohne zu wissen warum.

Sie fuhren schnell und schwiegen eine Zeitlang. Cressida wusste nicht, was sie sagen sollte, deshalb wartete sie auf Rick.

»Schläfst du mit diesem Polizisten?«, fragte er zornig.

»Nein, natürlich nicht. Hast du nicht zugehört? Er ist scharf auf mich, und ich habe den Fehler begangen und war einverstanden, dass wir aus essen gehen. Ich dachte, unter lauter fremden Menschen wird er sich benehmen. Er hat mir nie etwas bedeutet. Ich wollte nur, dass er mir nicht mehr nachstellt.«

»Warum hast du mir nichts davon gesagt? Ich hätte ihn schon vertrieben.«

»Ich hielt die ganze Sache für nicht so wichtig«, sagte Cressida matt.

»Es hat mir keinen Spaß gemacht, vor Guy und Marcia

dich von deinen Phantasien reden zu hören.« Rick hörte sich an, als schmollte er.

»Und warum hast du mir nicht geholfen und ihnen gesagt, dass sie das alles gar nichts angeht?«, fragte Cressida. »Mir hat es noch weniger Spaß gemacht, das kannst du mir glauben, aber ich habe kein Wort der Unterstützung von dir gehört. Was für ein Geliebter bist du eigentlich?«

»Es ist schwierig«, sagte Rick. »Guy ist sehr gut zu mir gewesen, durch ihn verdiene ich viel Geld und ...«

»Gut, er bezahlt dich, und mich bezahlt er auch, und deshalb waren wir heute Abend da und mussten anschließend diese seltsame, aufdringliche Befragung über uns ergehen lassen. Wenn das einen Sinn ergibt, dann lass uns das Thema vergessen.«

»Ergibt es denn einen Sinn für dich?«, fragte Rick lahm.

»Nein, nicht wirklich. Warum sollte es sie interessieren, was ich in meiner Freizeit mache?«

»Sie wollen nicht, dass ich verletzt werde«, sagte Rick.

Cressida lachte. »Ihnen sind deine Gefühle völlig egal. Sie sind nur an ihrem eigenen Vergnügen interessiert.«

»Er war Polizist«, sagte Rick. »Natürlich waren sie interessiert.«

»Warum? Mögen sie keine Polizisten? Läuft in der Galerie irgendwas Illegales ab, von dem ich nichts weiß?«, fragte Cressida und versuchte, nicht neugierig zu klingen.

»Nein, aber die Polizei macht einem das Leben schwer, schon in kleinen Sachen. Marcia hatte viel Ärger mit ihnen wegen der Alarmanlage in der Galerie, und dann hat man zwei der reichsten Sammler, die vor der Galerie parkten, einfach abgeschleppt. Danach hat sich Marcia um einen Privatparkplatz in der Nähe bemüht, aber die Polizei war in keiner Weise behilflich.«

»Man sollte sagen, sie hätten Besseres zu tun, die Polizisten. Sie sollten Verbrecher schnappen«, sagte Cressida.

»Genau! Wenn dein Auto gestohlen oder in dein Haus eingebrochen wird, zeigen sie kein Interesse, aber wenn du nur fünf Minuten an einer gelben Linie parkst oder wenn deine Alarmanlage, die mit dem Revier verbunden ist, einige Male fälschlich ausgelöst wird, dann behandeln sie dich, als wärst du ein Mörder«, sagte Rick wütend.

Cressida hörte interessiert zu, als Rick sich über ihren Beruf ausließ. Sie fand, dass er nicht ganz Unrecht hatte mit seiner Kritik, aber nicht, was Guy und Marcia betraf, denn deren Haltung beruhte auf Dingen, von denen Rick offenbar nichts wusste.

»Ja, ich muss gestehen, dass mir dieser Kerl ein bisschen Angst gemacht hat«, sagte Cressida. »Ich glaube, man kann keinem Polizisten über den Weg trauen.«

»Genau richtig«, stimmte Rick zu. »Die Hälfte von ihnen lässt sich sowieso bestechen.«

»Ach? Wie kommst du denn darauf?«

»Ich selbst kann dir nicht viel darüber sagen, aber Guy meint, das sei die übliche Praxis.«

»Aber dann hat er nicht genug bezahlt, wenn die Autos seiner wichtigsten Kunden abgeschleppt wurden.«

Plötzlich fuhr Rick langsamer und hielt auf dem Seitenstreifen an, direkt vor einem zweiflügeligen Tor aus Gusseisen. Er stellte den Motor ab und wandte sich Cressida zu. »Was hältst du davon, deine Phantasie heute Abend auszuleben?«

»Hier?«, fragte Cressida verblüfft.

»Nein, nicht gerade hier am Straßenrand. Ich dachte, wir könnten über das Tor klettern und drinnen Liebe auf dem Rasen machen.«

»Wessen Haus ist das?«

Rick lachte. »Es gehört einem hohen Polizisten.«

Cressida konnte nicht glauben, was sie zu hören bekam. »Bist du sicher?«

»Natürlich bin ich sicher. Guy hat es mir mal gezeigt. Er wollte mir demonstrieren, wie gut die Bosse der Bullen leben, aber um fair zu sein – ich glaube, seine Frau hat das Geld mit in die Ehe gebracht.«

»Wessen Frau?«, fragte sie und war entsetzt, denn sie glaubte, die Antwort schon zu kennen.

»Detective Chief Inspector Williams. Er ist Chef des Betrugsdezernats.«

Cressida war dankbar, dass die Dunkelheit ihr Gesicht vor Rick verbarg. Sie fragte sich, wie sie das über sich bringen sollte, was ihr Geliebter vorgeschlagen hatte, denn sie wusste, falls man sie erwischte, würde sie sich direkt ihrem obersten Vorgesetzten gegenüber sehen. Ein paar Sekunden saß sie wie gelähmt auf ihrem Sitz, aber dann spürte sie, wie der Gedanke sie erregte.

Williams war der Mann, der sie in diese Lage gebracht hatte. Immer und immer wieder hatte er betont, wie wichtig es war, dass sie alles tat, was erforderlich war, um das Vertrauen eines jeden zu gewinnen, der mit der Galerie in Verbindung stand. Wenn er sie also mit Rick erwischte, konnte er sich davon überzeugen, dass sie seine Anweisungen strikt befolgte.

»Nun?«, fragte Rick. »Macht dich der Gedanke nicht an? Du hast gesagt, du würdest es gern draußen treiben, wo die Gefahr der Entdeckung besteht.«

»Ich habe an Wälder oder Parks gedacht, nicht an einen privaten Garten«, wandte Cressida ein, aber ihrer Stimme fehlte die Überzeugung, und außerdem lag ihre Hand schon auf dem Türgriff. »Hat er keine Hunde auf seinem Grundstück?«, fragte sie.

»Nein, so dumm bin ich nun wirklich nicht. Es gibt einen Sicherheitsmann, der manchmal das Grundstück umrundet, aber ich glaube, das geschieht nur am Tag und am frühen Abend. Wie ich schon sagte, seine Frau hat das Geld, und die Familie hat einen Horror davor, dass sie in die Hände von Kriminellen fällt.«

»Ich nehme an, dass er es mit ein paar großkalibrigen Verbrechern zu tun hatte«, mutmaßte Cressida, dann begann sie schon, das Tor am linken Flügel hochzusteigen.

»Ganz bestimmt kümmert er sich nicht um die kleinen Fische«, murmelte Rick. »Du bist ganz schön in Form«, fügte er hinzu, als er sah, wie sie auf der anderen Seite des Tors auf dem Boden landete.

»Ich war schon an der Kletterwand in der Schule die Beste aus unserer Klasse«, sagte sie lachend und fühlte, wie ihre Erregung wuchs. »Wohin gehen wir von hier?«

»Sprich leiser«, flüsterte Rick. »Sonst könnte jemand glauben, du hättest es darauf angelegt, entdeckt zu werden.«

Ein Teil von ihr wollte das tatsächlich, aber sie gehorchte und folgte ihm, als er sich in geduckter Haltung an der hohen Mauer entlangschlich. Zwei kleine Treppenstufen führten in einen Kräutergarten, und in dessen Mitte war ein ovaler Rasen angelegt.

»Das ist die ideale Stelle«, murmelte er. Dann fummelten seine Hände an dem Perlenverschluss ihres mit Spitze besetzten Tops, und während er sie auszog, zerrte Cressida an den verdeckten Knöpfen seines Hemds. Dann, als sie seine Hose abgestreift hatte, glitt sie mit der Hand in die Shorts hinein und umfasste seine rasch anschwellende Erektion.

Sie atmeten beide laut und heftig, und als er ihren Mund

mit einer quetschenden Intensität malträtierte, stieß sie ihre Zunge zwischen seine Lippen und koste die Innenseiten seiner Wangen, bevor sie die Zungenspitze in Richtung Gaumen schlängelte. Darauf reagierte Rick, indem er seine Zunge in ihren Mund bohrte; dabei nahm er einen Rhythmus ein, der an eine sexuelle Penetration erinnerte. Ihr Atem kam jetzt so laut, dass Cressida in der Stille der Nacht nichts anderes hören konnte.

Dann waren sie beide nackt, und sie spürte Ricks Hände, die sie hinunter auf den Boden zogen. Vom Tau war der Rasen ein bisschen nass geworden. Sie lag auf dem Rücken, und er rutschte über sie und bewegte sich auf und ab. Nach den ersten Bewegungen fing er an, das Becken kreisen zu lassen, sodass auch der Penis kleine Kreise auf ihrem Unterbauch beschrieb. Sein Mund war nun auf ihren Brüsten, er nuckelte und leckte, während die Hände zwischen ihre Schenkel glitten und die ganze Region zu massieren begannen. Verzweifelt wartete sie darauf, ihn endlich in sich zu spüren.

Sie hatte sich noch nie so frei und hemmungslos gefühlt. Über ihr leuchteten die Sterne am nächtlichen Himmel, und unter ihr schmiegte sich das feuchte Gras an ihren Rücken. Es waren herrliche Momente, die sie erlebte, und am liebsten hätte sie vor Glück laut aufgeschrien.

»Ich will dich in mir spüren. Ich will von dir gefüllt werden«, stöhnte sie.

»Noch nicht«, sagte Rick, und zu ihrer Überraschung drehte er sie herum, sodass sie auf dem Bauch lag, und nun waren es Brüste und Bauch, die das weiche, feuchte Gras zu spüren bekamen. Die Kühle linderte die Stellen, an denen Ricks Bart ihre Nippel und das umliegende Fleisch geschrammt hatte.

Cressida drückte ihren Bauch in den Boden, sie genoss die aufregenden Gefühle, und dann spürte sie Ricks Brustkorb auf ihrem Rücken. Seine Hüften klatschten gegen ihre Pobacken, als seine lange Erektion langsam zwischen ihre Schenkel glitt, bis sie ihn am Eingang der Vagina spürte.

»Beeil dich«, rief sie und vergaß völlig, dass sie ihre Stimme senken sollte, aber Rick rutschte an ihrem Körper entlang, sodass die kurze quälende Berührung seiner Eichel zur Vergangenheit gehörte. Sie musste noch einige Sekunden warten, bevor er sich vorsichtig nach oben begab und langsam in sie eindrang. Jetzt lastete das Gewicht von Torso und Hüften wieder auf ihr, und sie spürte die neckende Berührung seines Penis, der aber nach dem ersten Eindringen nur am Eingang verharrte, wo die empfindlichen Nervenenden ihre Erregung weiterleiteten.

»Stoß ganz tief in mich hinein«, kreischte sie und rieb ihre Brüste ins Gras. »Warte nicht noch länger! Ich will dich endlich in mir spüren.«

»Hast du es mit dem Polizisten getrieben?«, wollte Rick wissen und rotierte mit den Hüften, und winzige Funken der Lust durchliefen ihre Vulva.

»Nein! Tu es endlich, Rick! Jetzt sofort!«

»Schwöre mir, dass ich dein einziger Geliebter bin. Schwöre es«, zischte Rick, und sie fühlte, wie er dabei war, sich ganz aus ihr zurückzuziehen.

»Ich schwöre!«, rief sie, fast irre geworden vor überwältigender Erregung.

Sie beide sahen nicht, dass in der oberen Etage des Hauses ein Sicherheitslicht anging, das die Einfahrt beleuchtete.

»Gut«, sagte Rick zufrieden. Eine Hand glitt unter ihren Bauch und stieß gegen ihre Hüfte. Während er kraftvoll zustieß, konnte er seine Erektion durch ihren Körper spüren. Das war ein unglaubliches Gefühl, und mit jedem Stoß spürte er seinen Schaft, der sie ausfüllte. Unwillkürlich gab er ein tiefes Knurren von sich, Ausdruck seiner animalischen Lust.

Für Cressida war die Kombination seiner Geräusche und der Gefühle, die sie durch den Druck seiner Hand spürte, ein Erlebnis, das alles in den Schatten stellte, was sie bisher empfunden hatte. Dann, als der Druck in ihr anschwoll, spürte sie die ersten Pfeile der Lust, die sich in ihrem Körper verteilten. Ihre Brüste schwollen an, und die Nippel wurden vom Gras gekitzelt. Dann spürte sie winzige Regentropfen, die auf die Stellen fielen, die nicht von Ricks Körper bedeckt wurden.

Ihr Unterleib brannte durch den unmittelbar bevorstehenden Orgasmus; jede einzelne Sehne spannte sich im Moment des Höhepunkts, und plötzlich wurde die Hitze, die durch ihre Poren strömte, noch mehr angestachelt von den unerwartet kühlen Regentropfen.

Rick fuhr mit seinen kräftigen Stößen fort. Er ignorierte den Regen und konzentrierte sich darauf, sie beide zum Orgasmus zu bringen, aber die prickelnden Regentropfen ließen Cressida in einen Tumult geraten. Sie ruckte und zuckte unter ihrem Geliebten. Ohne es zu bemerken, griff sie mit den Händen in den Boden und hob den Kopf himmelwärts. Sie labte sich im Gefühl der unbändigen Freiheit, als das heiße, beständige Pochen, das sie schon so lange gespürt hatte, plötzlich in ihr explodierte. Ihr war, als wälzte sich heiße Lava durch ihren Körper.

Sie hatte keine Ahnung, wie laut ihr Schrei des Entzückens war, aber Rick, der selbst dicht davor war, zu kommen, stieß ihren Kopf hinunter ins Gras und versuchte mit einer Hand, ihre Schreie zu dämpfen. Ihre Erregung trug noch zu seiner bei, und innerhalb von Sekunden ruckte auch sein Körper, und stöhnend erlebte er einen wahnsinnig intensiven Orgasmus, der den ganzen Körper erfasste, und sein Zucken und Zittern dauerte viel länger als sonst.

Als er schließlich fertig war, brach er auf Cressida zusammen, dann rollte er sie beide jeweils auf die Seite. Mit den Armen blieben sie miteinander verbunden.

Cressida lachte. »Das war wunderbar«, rief sie begeistert.

»So gut, wie du es dir vorgestellt hast?«, fragte er und schob ihre nassen Haare aus der Stirn.

»Ja, sogar noch besser als in meiner Phantasie«, versicherte sie ihm und vergaß beinahe, dass sie in Wirklichkeit nie eine derartige Phantasie gehabt hatte.

Rick zog sie an sich heran und begann einige Regentropfen von ihren Schultern und den Brüsten zu lecken. Cressida wand sich vor Wonne, und zu ihrer Überraschung bemerkte sie, dass sie wieder scharf wurde. Sie strich mit einer Hand über Ricks Bauch und hoch zu seinem Brustkorb. Sie zwickte in seine Brustwarzen, bis sie so hart waren wie ihre eigenen.

»Du bist unersättlich«, sagte er mit einem Grinsen, aber als er mit seiner Hand zwischen ihre Schenkel glitt, hörten sie beide, wie eine Tür in der Ferne zuschlug.

»Wir gehen besser«, sagte Cressida. Ihre Erregung war nun verschwunden, denn sie musste damit rechnen, von ihrem Chef Detective Chief Inspector Williams erwischt zu werden. Ihr wurde es zu gefährlich.

Rick schnappte sich seine Kleider und flüsterte Cressida zu, ihm zu folgen. »Wir ziehen uns im Auto an«, raunte er.

Es regnete jetzt noch stärker, und jeder Tropfen auf ihrer empfindsamen Haut ließ Cressida zucken. Eine schmerzende Not erfasste sie, die sie nicht verstand. Es war, als käme die Erregung über sie, gerade weil ihr die Gefahr der Entdeckung bewusst geworden war.

Als sie die Einfahrt erreichten, mussten sie feststellen, dass er von einem Sicherheitsscheinwerfer gleißend hell aus der Dunkelheit geholt worden war, aber sie hatten sonst keine Chance, wieder zu ihrem Auto zu finden. Wenig kavaliersmäßig kletterte Rick zuerst das Tor hoch, aber weil er mit seinen und ihren Kleidern beladen war, brauchte er länger als Cressida, die beide Hände frei hatte.

Aber ihr war klar, wenn jemand vom Haus zum Tor schaute, würde man sie gesehen haben, wie sie nackt geschickt über das Tor gestiegen war und sich auf der anderen Seite auf den grünen Grasstreifen fallen gelassen hatte.

Niemand ließ sich sehen, und vielleicht hatte auch niemand sie bemerkt. Schließlich saßen sie und Rick in der Sicherheit seines Autos, sie lachten und neckten sich gegenseitig, während sie in ihre Kleider stiegen.

In den hohen Rhododendronbüschen neben der Einfahrt richtete sich Detective Chief Inspector Williams auf und lächelte still vor sich hin. Er hatte immer geahnt, dass WPC Cressida Farleigh über verborgene Tiefen verfügte, und an diesem Abend hatte er sich davon überzeugen können.

Sie hatte auch verborgene Körperattribute, und deshalb beneidete er den jungen Mann, der an diesem Abend ihr Begleiter war. Er war sicher, dass Guy Cronje nicht lange brauchen würde, um zu versuchen, den jungen Mann zu ersetzen, und dann würde ihm die Polizei so nahe auf den Leib rücken, wie es nur ging.

Er kehrte zurück ins Haus und weckte seine Frau, die erstaunt, aber glücklich war und dann erneut staunen musste, wie erfinderisch der Chief bei der Liebe sein konnte.

Weil sie beide klatschnass waren, fuhr Rick sofort zu seiner Wohnung, die näher lag als Cressidas. Als sie drinnen waren, liefen sie in sein Schlafzimmer, schälten sich die nassen Kleider von den Leibern und rubbelten sich gegenseitig mit dicken Badetüchern trocken.

Schon bald hatte das warme, belebende Rubbeln in beiden wieder die Begierde geweckt, und Cressida griff hungrig nach seiner prächtigen Erektion. Sie ließen sich auf den Boden sinken, und Cressida freute sich über Ricks Geilheit, als er sie auf allen vieren haben wollte und sich tief in ihr versenkte. Er packte sie an den Hüften und zog sie fest gegen seinen Schoß.

Cressidas Körper glühte, und jedes Nervenende war stimuliert und bereit für ihn, als er tief in sie hineinstieß. Dann, als ihr Orgasmus sich durch das Prickeln in ihrem Bauch ankündigte, schob Rick sie hoch, sodass sie nun beide auf dem Boden knieten, aber jetzt rieb sich ihr Rücken an seiner Brust.

Sie wimmerte vor Not, als seine Hand zwischen ihre Schenkel griff und zwei Finger ihre Schamlippen teilten, bis er ihre Klitoris gefunden hatte, vor Lüsternheit geschwollen. In dem Moment, in dem er gegen die Basis der kleinen Knospe stieß, erhöhte sich der Druck in ihrem Bauch, und ihre Brüste waren hart und schmerzten.

Mit seiner freien Hand begann Rick ihre linke Brust zu massieren. Drücken, loslassen, drücken, loslassen. Das empfindsame, knospende Fleisch ließ alles mit sich geschehen, und Cressida stöhnte vor Entzücken. Sie wandte den Kopf und schaute Rick an. Er drückte sofort seinen Mund auf ihren, und seine Zunge nahm den Rhythmus seiner zustoßenden Hüften an.

Cressida war, als müsste sie jeden Moment explodieren, als

sie auf dem Rand zum Orgasmus balancierte. Jede Faser ihres Körpers wartete auf die Erlösung. Sie wusste, dass Rick kurz vor dem Höhepunkt stand, und plötzlich drückte er ihre Brust kräftiger, und statt der bloßen Lust empfand sie nun eine schmerzende Gier, die sie fast verrückt machte und zur Ekstase trieb.

Rick ahnte, dass sie beide gleichzeitig kommen würden, wenn er seine Stöße genauer dosierte. Er löste seinen Mund von ihrem und begann, am zarten Fleisch ihres Ohrläppchens zu nagen, während er zugleich die Klitoris zwischen zwei Fingern quetschte, sodass Cressida nun auch im Unterleib ihres Körpers den seltsamen dunklen Schmerz fühlte wie in den Brüsten.

Alle Sinne waren gereizt und erregt, und der Orgasmus fegte ohne weitere Warnung durch ihren Körper, es war ein Orgasmus, der sich von allen bisherigen unterschied, denn ihr ganzer Körper wurde von einem bittersüßen Schmerz durchflutet, der erst im allerletzten Moment in ihr explodierte.

Zu ihrem Erstaunen fühlte sie sich seltsam unbefriedigt. Als Rick zu stöhnen begann und sich in ihr verströmte, fragte sich Cressida, was es war, wonach ihr Körper sich sehnte, und warum dieser herrliche Moment der Erleichterung nicht genug für sie gewesen war.

Später, als sie zusammen auf dem Boden lagen und Rick ihre Haare streichelte und Worte der Liebe in ihr Ohr flüsterte, musste Cressida an sich halten, damit ihr Körper ruhig und entspannt blieb. Irgendwie hatte Rick einen Hunger in ihr ausgelöst, von dessen Existenz sie bisher nicht gewusst hatte, sie hatte ja nicht einmal gewusst, dass sie ihn überhaupt in sich hatte, diesen Hunger, von dem auch Rick nichts wusste – und wahrscheinlich würde er ihn auch nie verstehen.

»Ich will dir was zeigen«, sagte Rick schließlich.

Cressida, die in seinen Armen lag und mit großem Schuldbewusstsein an Guy Cronje dachte, lächelte. »Was willst du mir denn zeigen?«

Rick grinste. »Es handelt sich nicht um was Sexuelles. Es geht um meine Arbeit, aber um eine Linie meiner Arbeit, die ich Leuten gewöhnlich nicht zeige. Interessiert?«

Cressida war natürlich interessiert, aber sie wünschte sich, dass ihre Arbeit als geheime Ermittlerin nicht ständig in private Momente ihres ganz persönlichen Glücks drängte. Dabei war ihr schon bewusst, dass sie diese Momente nur wegen ihrer Arbeit genießen durfte.

»Natürlich bin ich interessiert«, sagte sie wahrheitsgemäß.

»Dann komm mit ins Atelier«, sagte er, und sie folgte ihm eine schmale Holztreppe hoch. »Erinnerst du dich an das Holbein-Porträt, das du bei mir gesehen hast, als wir das erste Mal Liebe gemacht haben?«

Cressida fühlte, wie ihr Puls schneller ging. »Ja, ich glaube, ich habe einen Blick darauf geworfen, weil das Tuch hinuntergefallen war, aber das Porträt ist nicht das Wichtigste, was ich an diesem Abend erlebt habe.«

»Das will ich auch schwer hoffen«, gab Rick zurück. »Ich weiß, dass ich dir damals gesagt habe, ich würde es nur zum Spaß nachahmen, quasi als Experiment, erinnerst du dich?« Cressida nickte. »Das war nicht ganz die Wahrheit«, fuhr er fort. »Schau mal, was hältst du von diesen?«

Er ging zur gegenüberliegenden Wand und entfernte ein großes Tuch. Darunter stand ein halbes Dutzend Bilder. Cressida glaubte, einen Canaletto, zwei Tizians, einen Holbein und zwei Rembrandts zu erkennen.

»Nun, was sagst du dazu?«

»Woher hast du sie?«, fragte Cressida leise.

Rick grinste wie ein Schuljunge, der ein Lob der Lehrerin einheimst. »Ich habe sie gemalt.«

Cressida trat näher heran und betrachtete sie intensiv. Sie war keine Expertin, aber sie zweifelte daran, ob irgendeiner die Unterschiede zwischen diesen Gemälden und den Originalen erkennen würde. Um sie als Fälschungen zu entlarven, müsste man schon einige wissenschaftliche Tests ausführen.

»Sie sind unglaublich«, sagte sie ehrlich. »Hast du sie für Guy gemalt?«

Rick sah sie erstaunt an. »Kaum, denn mit solchen Dingen handelt er nicht. Nein, ich male sie für Leute, die ihren Freunden vormachen wollen, dass sie wertvolle Gemälde besitzen. Sie brüsten sich mit ihnen und wollen in einer Liga mit ihren reichen Bekannten spielen. Das hast du selbst einmal gesagt, aber du glaubtest, dass Guy dahinter steckte, nicht ich.«

»Wie kommst du denn an die Originale heran?«, fragte Cressida und streichelte sanft über Ricks Arm und Schulter, um ihn ein wenig abzulenken.

»Die brauche ich nicht«, sagte er stolz. »Ich kopiere sie aus den Museumsführern.«

»Ich dachte, du hättest mir mal gesagt, dass du in solchen Dingen nicht gut genug bist«, sagte Cressida. »Aber das stimmt nicht. Du bist unglaublich gut, und offenbar hast du auch schon eine Menge Übung gehabt.«

Rick runzelte die Stirn, aber Cressida war so sehr mit der Pinseltechnik auf den einzelnen Bildern beschäftigt, dass sie seinen skeptischen Blick nicht wahrnahm.

»Ich habe dir zuerst nicht die Wahrheit gesagt, weil diese Arbeiten fast das Gegenteil von meinen Zeichnungen sind«, erklärte er bedächtig. »Ich schätze, dass ich stolz auf meine Kreativität bin, aber dies hier hat nichts mit Kreativität zu tun. Ich mache trotzdem damit weiter, denn es bringt mir eine schöne Stange Geld ein, während ich meine Zeichnungen nicht regelmäßig verkaufe, also daher kein bestimmtes Einkommen sicher ist. Ich weiß nicht, ob ich stolz auf meine Kopien sein soll oder ob ich mich schämen muss. Ich sage dir das alles, weil ich nicht will, dass es zwischen uns Geheimnisse gibt.«

»Das ist lieb von dir«, murmelte Cressida, und jeder professionelle Instinkt sagte ihr, dass Rick log. Ganz offensichtlich zeigte er ihr seine Kopien, weil er stolz auf sie war. Er wollte ihr die Bandbreite seines Schaffens zeigen. Trotzdem war sie auch jetzt noch davon überzeugt, dass Guy in dieser Sache steckte; er tauschte die Bilder aus, wenn sie ihm zur Renovierung oder Reinigung gegeben wurden.

»Wie kommst du denn an deine Kontakte? Ich meine, wo würde ich Leute kennen lernen, die sich unbedingt Kopien von Meisterwerken ins Wohnzimmer hängen wollen?«

»Die meisten habe ich auf den Partys kennen gelernt, zu denen Guy und Marcia mich einladen. Sie haben mich auch einigen Neureichen vorgestellt. Sie sind besonders wild auf solche Kopien, mit denen sie protzen können.«

»Und warum steigt Guy nicht in diesen Markt ein, wenn er schon die richtigen Leute kennt und hört, wie lukrativ dieses Geschäft ist?«, hakte Cressida nach.

Rick löste sich von ihr und bedeckte die Gemälde wieder mit dem großen Tuch. »Was hast du die ganze Zeit mit Guy?«, fragte er gereizt. »Glaubst du, ich wäre unfähig, etwas auf eigene Rechnung zu unternehmen? Oder liegt es daran, dass du ihn für interessanter hältst als mich?«

»Natürlich nicht«, protestierte Cressida schnell. »Aber es kann schon sein, dass ich Künstler immer nur für kreativ gehalten habe, die bei Alltagsfragen scheitern. Du bist offenbar die Ausnahme von der Regel; clever, talentiert, sexy und mit einem klaren Kopf für Geschäfte.«

»Ich habe noch nie so sehr für eine Frau empfunden«, murmelte Rick, beugte sich vor und küsste sie leicht auf die Lippen. »Du liebst mich doch, nicht wahr?«

»Du bist der beste Liebhaber, den ich bis heute gehabt habe«, antwortete Cressida ehrlich.

»Das ist nicht das, was ich gemeint habe«, sagte Rick, und seine Mundwinkel senkten sich.

Cressida schob einen Finger in seinen Mund und ließ ihn daran knabbern, während seine Hände ihren Nacken kraulten. »Ich weiß«, sagte sie, »aber es ist die einzige Antwort, die ich dir im Moment geben kann. Es ist noch sehr frisch mit uns, Rick. Bedränge mich nicht.«

Rick begann sie jetzt ernsthaft zu küssen und zu kosen, aber plötzlich wollte Cressida zurück in ihr Haus, um in Ruhe das zu analysieren, was sie heute Abend erfahren hatte. Daraus würde sich ihr Bericht für den folgenden Morgen zusammensetzen. Sie wich von Rick zurück und ging auf die Tür zu.

»Nicht schon wieder«, sagte sie lachend. »Ich brauche meinen Schönheitsschlaf. Soll ich ein Taxi rufen?«

Sie erwartete nicht, dass er zustimmte, aber offenbar hatten ihre Weigerung, sich emotional an ihn zu binden, sowie ihr Rückzug jetzt seine Stimmung beeinflusst.

»Ja, das ist eine gute Idee«, knurrte er. »Jetzt ärgere ich mich, dir die Bilder gezeigt zu haben.«

»Warum?«, fragte Cressida, als sie ihm die Treppe hinunter zum Eingang des Karate Clubs folgte. Da gab es nämlich ein Telefon. »Sie haben mich sehr beeindruckt.«

»Es war ein Fehler«, beharrte er, aber er erläuterte seine Einsicht nicht. Sobald Cressida in das Taxi gestiegen war, griff auch er zum Telefon.

Neuntes Kapitel

Nachdem Rick und Cressida das Haus verlassen hatten, schaute Guy seiner Geliebten zu, wie sie Kissen richtete und einige Gläser aus dem Weg räumte. »Hör doch auf damit«, sagte er. »Deine Putzfrau kann das morgen erledigen. Sage mir lieber, was du von Cressidas Erklärung über ihr Abendessen mit dem Polizisten hältst.«

»Ich habe ihr nicht geglaubt«, sagte Marcia. »Vielleicht war er der Mann, den ich bei ihr in der Galerie gesehen habe, aber das ist noch kein Beweis, dass er sie dort das erste Mal getroffen hat. Und was den Unsinn über die Diskussion ihrer sexuellen Phantasien angeht, nun, sie ist einfach nicht die Frau, die so etwas vorbringen würde. Ich habe sie zusammen mit Rick gesehen, und obwohl sie ein Paar sind, scheint sie sich immer noch ein Stück zurückzuhalten. Warum sollte sie plötzlich sexuelle Phantasien mit einem Mann austauschen, der so gut wie ein Fremder für sie ist?«

»Mehr noch – warum sollte er seine sexuelle Phantasie mit ihr diskutieren?«, murmelte Guy. »Nein. Ich muss zugeben, dass sie mich nicht überzeugt hat. Es mag sein, dass sie lügt, weil wir in einem Bereich herumschnüffeln, von dem sie glaubt, dass er uns nichts angeht, was nur zu verständlich wäre. Aber für den Fall, dass es einen anderen Grund für ihre nicht glaubhafte Geschichte gibt, muss ich sie mal überprüfen.«

»Wie willst du das anstellen?«, fragte Marcia. »Ich könnte

auch Sue anrufen. Schließlich war sie es, die uns Cressida für den Job empfohlen hat.«

Guy schüttelte den Kopf. »Nein, ich will Sue nicht in die Sache verwickeln. Es kann sein, dass sie mit der Freundin unter einer Decke steckt. Ich glaube, ich werde auf einer mehr persönlichen Ebene operieren.«

Marcias Gesicht verspannte sich. »Und damit meinst du was?«

»Ich glaube, es ist an der Zeit, dass ich unserer Cressida ein bisschen näherkomme«, sagte Guy mit einem Lächeln. »Mach dir keine Sorgen, ich versuche, mich nicht allzu sehr zu vergnügen. Und ich nehme an, du kennst mich gut genug, um sicher zu sein, dass ich mich um das kümmern werde, was meine Aufmerksamkeit verlangt.«

»Ja«, stimmte Marcia zu. »Aber hoffentlich brauchst du nicht zu lange, um herauszufinden, was du wissen musst.«

»Du hörst dich so an, als könntest du mir nicht vertrauen«, warf Guy ihr vor.

»Du hast mir nie einen Grund gegeben, dir zu trauen«, gab Marcia verbittert zurück. »Ich erwähne nur Lady Alice und Rose Thornton. Ich weiß genau, dass du sie auch besuchst, wenn ich nicht bei dir bin. Manchmal sind die Ehemänner dabei, manchmal nicht.«

»Nun, auf Lord Summers kann ich nicht warten«, räsonierte Guy. »Schließlich ist er tot.«

»Ich glaube, es ist Zeit, dass du gehst«, fuhr Marcia ihn an. »Ich bin müde nach den Aufregungen des Abends.«

Guy stand aus dem Sessel auf und ging hinüber zu ihr. Er legte eine Hand auf ihre Schulter, und der Griff war alles andere als freundlich. »Du machst heute Abend einen sehr verspannten Eindruck, Marcia. Ich glaube, du brauchst ein wenig Entspannung.«

Die blonde Frau schüttelte den Kopf. »Ich brauche nur meinen Schlaf.«

»Aber du würdest vielleicht stundenlang wach liegen, weil du diese Verspanntheit nicht loswirst. Soll ich dich nicht massieren?«

»Nein, ich will nur ins Bett.«

Wie gewöhnlich fuhr Guy später in seine eigene Wohnung zurück, und als er den Schlüssel ins Schloss steckte, hörte er sein Telefon klingeln.

»Hallo?«, sagte er leise.

»Guy, hier ist Rick. Ich finde, du solltest wissen, dass Cressida ein auffälliges Interesse an meinen Reproduktionsgemälden gezeigt hat, als wir heute Abend bei mir in der Wohnung waren«, sagte Rick nervös.

Guys Finger krampften sich um das schnurlose Telefon. »Woher weiß sie von den Gemälden?«

»Es war mein Fehler«, gestand Rick. »Wir hatten einen phantastischen Abend. Du weißt ja, wie das so geht. Ich wollte alles mit ihr teilen, keine Geheimnisse vor ihr haben. Und ich wollte ihr all meine Arbeiten zeigen. Sie sollte sehen, wozu ich in der Lage bin.«

»Das hört sich alles nicht gut an«, sagte Guy gepresst. »Aber erzähle weiter.«

»Nun, ich dachte, sie würde sich über meine Arbeiten freuen, würde sagen, wie brillant ich bin, wie breit meine Fähigkeiten gefächert sind, solche Dinge eben.« Rick lachte nervös. »Was mich genervt hat, war die Tatsache, dass sie von mir hören wollte, dass ich die Arbeiten in deinem Auftrag ausführe.«

»Was hast du ihr gesagt?«, erkundigte sich Guy ruhig.

»Dass ich mir selbst eine Möglichkeit geschaffen habe, auch mit solchen Bildern einen neuen Absatzmarkt zu finden. Dass ich die Gemälde an die Neureichen verkaufe, die damit ihre Freunde beeindrucken wollen.«

»Warum musstest du ihr sagen, dass du die Bilder verkaufst?«, fragte Guy zornig. »Hat es dir nicht genügt, ihr dein einmaliges Talent zu zeigen? Es gibt genug Menschen, die nur zum Hobby die alten Meister kopieren.«

»Ja, ja, ich weiß. Ich dachte, wenn sie versteht, dass ich mit anderen Arbeiten Geld verdiene, würde sie erkennen, dass ich nicht ganz so blank bin, wie es den Anschein hat. Sie ist nicht so verliebt in mich wie ich in sie, das weiß ich, und ich glaube, das liegt unter anderem daran, dass ich immer knapp bei Kasse bin. Deshalb habe ich ihr die Gemälde gezeigt. Sie sollte wissen, dass ich gutes Geld verdiene, abgesehen von den Dingen, die ich für die Galerie mache.«

»Du bist ein Dummkopf«, stieß Guy hervor. »Wenn es stimmt, dass Cressida nicht so sehr in dich verliebt ist, wie du es gerne hättest, muss das nichts mit Geld zu tun haben. Jedenfalls kommt sie mir nicht so vor. Du könntest Millionär sein und trotzdem nicht die vitale sexuelle Energie haben, die sie offenbar sucht. Das ist ein trauriger Fakt im Leben. Ich wünschte, du hättest mich gefragt, bevor du ihr die Bilder gezeigt hast. Jetzt hast du viele Menschen in Gefahr gebracht, und vermutlich hast du nichts erreicht.«

»Du weißt doch gar nichts über die sexuelle Chemie zwischen uns«, wehrte sich Rick. »Ich habe dir das nur erzählt, weil ich dachte, du solltest das wissen. Ich hätte es auch für mich behalten können.«

»Ja, und damit hättest du dein eigenes Einkommen noch mehr gefährdet«, rief ihm Guy in Erinnerung, überhaupt nicht beeindruckt von Ricks Ehrlichkeit. »Wenn sie eine Spionin ist und herausfindet, was da läuft, wirst du genau wie wir alle der große Verlierer sein, oder begreifst du das nicht?«

»Ich weiß nicht, was ich tun soll«, gestand Rick. »Ich wusste, dass ich einen Fehler begangen hatte, als sie mich auszufragen begann. Ich glaube, sie hat das gespürt.«

Guy ließ sich in einen Sessel sinken und dachte einen Moment nach. »Überlass es mir«, sagte er schließlich. »Marcia und ich haben schon beschlossen, dass ich mehr über sie herausfinden muss. Verabrede dich für nächsten Dienstag mit ihr – sage ihr, dass du sie zu einem Essen einladen willst. In letzter Minute hat dich ein hässlicher Virus erwischt, und ich übernehme deine Vertretung.«

»Ich will aber nicht, dass du ihr weh tust«, sagte Rick scharf.

Guy lachte. »Ihr weh zu tun, das fiele mir wirklich nicht ein. Es tut mir leid, Rick, aber du hast es dir bei ihr verdorben. Von nun an gehört sie mir, und für den Fall, dass dich irgendwann ein Anfall von Eifersucht heimsucht, möchte ich dich gern daran erinnern, dass du finanziell nicht mehr über die Runden kommst, wenn ich deine Arbeiten nicht mehr weiterempfehle. Ich bin der Mann mit den Kontakten, und solltest du mich verärgern, gibt es genug andere Künstler wie zum Beispiel deinen Freund Kevin, die nicht weniger talentiert sind auf diesem Gebiet.«

»Kevin bringt doch nichts fertig!«, rief Rick.

»Seine eigenen Arbeiten taugen nichts, aber seine Reproduktionen sind ausgezeichnet. Lege jetzt auf. Ich brauche meinen Schlaf, und du vermutlich auch. Ich hoffe, deine letzte Nacht mit Cressida war eine, an die du gern zurückdenkst«, sagte er mit einem Glucksen.

Sobald er aufgelegt hatte, brach sein Glucksen abrupt ab. Es sah so aus, als wäre Cressida absolut nicht die Frau, die sie zu sein schien, und das war beunruhigend. Auf der anderen Seite versprach die Aussicht, sie intimer kennen zu lernen, mehr als nur einen Hoffnungsschimmer.

Mit diesem angenehmen Gedanken ging er ins Bett.

Am Dienstagmorgen hatte Cressida alle Hände voll zu tun. Gestern war Leonora noch störrischer gewesen als sonst, und heute war sie überhaupt nicht gekommen. Weil sie sich nicht abgemeldet hatte, erkundigte sich Cressida bei Marcia, ob sie bei Leonora anrufen sollte, um herauszufinden, welches Problem es gab.

»Ich glaube nicht«, sagte Marcia. »Guy ist nicht erpicht darauf, sie weiter zu beschäftigen. Er sagt, sie sei eine zu große Last geworden, die auch seine Freundschaft mit dem Vater nicht ausgleichen könnte. Mit anderen Worten: Sie schwärmt für ihn wie ein Schulmädchen für den Lehrer. Er will sie aus seinem Gesichtsfeld haben.«

Cressida bedauerte nicht, Leonora zu verlieren, als Kollegin taugte sie nicht viel, aber sie hätte gerade an diesem Morgen ein Paar helfende Hände brauchen können. Im Sommer gab es in der Galerie immer mehr zu tun. Cressida tröstete sich damit, dass sie Rick am Abend sehen würde.

Detective Chief Inspector Williams hatte ihr gesagt, sie sollte ein wachsames Auge auf Ricks Reproduktionen halten. Auch ohne diese Anweisung hätte sie das getan, aber sie war auch in der Stimmung für einen Abend mit lustvollem Sex.

Um die Mittagszeit verpackte sie ein Gemälde für einen Kunden und sammelte dann ihre Sachen ein, um in die Mittagspause zu gehen. Als das Telefon klingelte, war sie drauf und dran, den Anruf zu ignorieren, aber da sie sah, dass Marcia noch beschäftigt war, nahm sie seufzend den Hörer ab.

»Ja?«

»Cressida, bist du das?«, fragte eine vertraute Stimme.

»Rick! Entschuldige, ich wollte gerade in die Mittagspause gehen und hörte mich vielleicht ein bisschen brüsk an. Wann holst du mich heute Abend ab?«

Rick hustete ins Telefon, dann musste sie warten, bis er sich die Nase geschnäuzt hatte. »Es tut mir schrecklich leid, aber ich schaffe es nicht. Ich habe mir eine Sommergrippe eingefangen, und ich fühle mich lausig.«

»Oh, nein!«, rief Cressida entsetzt. »Ich meine, es tut mir leid, aber ich habe mich wirklich darauf gefreut, dich heute Abend zu sehen.«

»Ich habe mich auch auf dich gefreut«, sagte Rick, und die Ernsthaftigkeit in seiner Stimme ließ keinen Zweifel zu. »Ich weiß, es ist schlimm, dich in letzter Minute versetzen zu müssen, deshalb habe ich gedacht ...«

»Soll ich vorbeikommen und dir den Schweiß von der Stirn wischen?«, fragte Cressida. »Ich bin gut als Krankenschwester, und ich bin sicher, dass du nicht zu krank für meinen Besuch bist. Ich weiß, wie ihr Männer seid. Du hast wahrscheinlich nur eine kleine Erkältung.«

Aus der Leitung drang ein weiterer Hustenanfall. »Ehrlich, Cressida, es geht mir verdammt schlecht. Du würdest nur Gefahr laufen, dir auch diesen Virus einzufangen, wenn du zu mir kämst. Aber ich habe eben mit Guy am Telefon gesprochen, und als ich ihm von unserer Verabredung erzählte, meinte er, du würdest vielleicht Marcias Platz einnehmen, denn er geht heute Abend zu einem Essen. Marcia musste ihm nämlich auch absagen; sie besucht ihre Mutter, der es nicht gut geht, und so braucht er eine Partnerin.«

Cressida schaute sich in der Galerie um und sah, wie Marcia sich fröhlich mit einem Kunden unterhielt. »Sie hat mir gar nicht gesagt, dass ihre Mutter krank ist«, murmelte sie zweifelnd.

»Ich glaube kaum, dass Guy sich die Geschichte ausgedacht hat«, hielt Rick dagegen, bevor er einen neuen Hustenanfall erlitt. »Hör zu, ich muss jetzt auflegen. Guy hat mir gesagt, er würde dich im Laufe des Nachmittags anrufen, um zu hören, ob du einverstanden bist.«

»Ich rufe dich morgen an«, versprach Cressida, aber Rick hatte schon aufgelegt.

Aus welchem Grund auch immer – Cressidas Appetit auf ein Abendessen war verloren gegangen. Sie wusste, dass dies ein wichtiger Moment war. Obwohl die Verabredungen mit Rick schon sehr erkenntnisreich für ihre Polizeiarbeit gewesen waren, würde ein Abend mit Guy – er war ein Mann, der von Interpol gesucht wurde – sehr viel mehr Erkenntnisse bringen. Aber sie hatte auch Angst davor.

Zum einen sagte ihr Polizeiinstinkt, dass an der ganzen Geschichte etwas faul war. Ricks Hustenanfälle waren zu häufig gekommen, und obwohl er sich überzeugend die Nase geschnäuzt hatte, klang die Stimme nicht nach Grippe oder Erkältung. Dann war da auch noch die Erkrankung von Marcias Mutter, die genau zur rechten Zeit aufgetreten war.

Der gesunde Menschenverstand sagte ihr, dass Guy das alles geplant hatte, aber ob er es geplant hatte, weil er gegen über Cressida Misstrauen empfand, oder nur deshalb, weil er scharf auf sie war, das konnte sie nicht wissen. Der Verdacht schien nahe liegender zu sein, obwohl er am Samstagabend keinen Zweifel daran gelassen hatte, dass er sie attraktiv fand.

»Ist etwas nicht in Ordnung?«, fragte Marcia, nachdem ihr Kunde gegangen war.

Cressida schüttelte den Kopf. »Nicht wirklich. Das war

Rick, eben am Telefon. Er hat sich irgendeinen Virus eingefangen, deshalb können wir heute Abend nicht ausgehen.«

»Da haben wir etwas gemeinsam«, sagte Marcia. »Ich sollte heute Abend mit Guy zu einer Party bei Lord und Lady Truscott gehen, aber ich erhielt einen Anruf vom Heim. Sie sagten, dass es meiner Mutter nicht gut geht, deshalb musste ich die Party absagen.«

Cressida studierte die andere Frau genau. Sie klang aufrichtig besorgt, aber sie sagte nichts darüber, dass Cressida ihre Stelle einnehmen sollte. »Das tut mir leid für Ihre Mutter«, sagte sie höflich.

Marcia lächelte versonnen. »Das ist nicht nötig; sie hat immer schon ihre Auszeiten genommen, wenn es ihr nicht gut geht, aber ich wette, sie wird mich noch überleben. Haben Sie nicht Ihre Mittagspause?«

»Ja«, murmelte Cressida, griff endlich nach ihrer Handtasche und erhob sich hinter dem Empfangstisch. »Ich bleibe nur eine halbe Stunde weg, dann können Sie anschließend auch eine Pause machen. Werden Sie einen Ersatz für Leonora suchen?«

»Das hängt von mehreren Dingen ab«, sagte Marcia langsam. »Die letzte Entscheidung trifft Guy. Ihm ist es am liebsten, wenn wir die Zahl der Angestellten so niedrig wie möglich halten. Er will eine kleine, wirkungsvolle Mannschaft haben, aber manchmal ist es schwierig, Leute zu finden, denen man vertrauen kann. Mit Ihnen haben wir Glück gehabt.«

Cressida errötete vor Verlegenheit, dann ging sie eilig aus der Tür, und Marcia lächelte vor sich hin. Sie war erpicht darauf zu hören, was Guy in den folgenden ein, zwei Wochen über Cressida herausgefunden hatte.

Als Guy sich am Nachmittag in der Galerie sehen ließ und Cressida für den Abend einlud, sagte sie mit so viel Enthusiasmus zu, wie sie aufbringen konnte. Ihr blieb keine Wahl. Sie hatte ihren Chief in der Mittagspause angerufen, und er hatte sich wie ein Schneekönig gefreut, deshalb hatte sie all ihre persönlichen Bedenken aus dem Weg geräumt. Selbst wenn Guy sie im Verdacht hatte, und Detective Chief Inspector Williams hielt das durchaus für möglich, sollte sie seine Einladung annehmen, damit sie herausfinden konnte, was sich hinter den Kulissen in der Galerie abspielte.

»Ich hole Sie um halb acht zu Hause ab«, sagte er ihr, bevor er wieder ging. »Es ist eine recht förmliche Angelegenheit, aber es sind ein paar nette Paare da. Hugo, das ist Lord Truscott, ist fünfundsechzig Jahre alt, aber seine Frau Venetia ist gerade mal in den Dreißigern, deshalb geht es bei ihnen nie langweilig zu.«

»Sie kennen viele Männer mit viel jüngeren Ehefrauen«, bemerkte Cressida beiläufig.

Guys Augen verengten sich. »Ach?«

»Ja«, beharrte Cressida. »Auch bei Marcia waren am Samstagabend einige jüngere Ehefrauen dabei.«

»Ich nehme an, dass man das in erster Linie auf den Wohlstand dieser Männer zurückführen kann. Sie können ihre alternden Frauen ablegen und sich junge Dinger anlachen. Wahrscheinlich glauben sie, dass die Frauen in sie verliebt sind.«

»Ohne Zweifel glauben die Frauen das auch«, sagte Cressida. »Man sagt, dass Geld ein starkes Aphrodisiakum ist.«

»Daraus schließe ich, dass Sie persönlich diese Erfahrung noch nicht gemacht haben?«, fragte Guy.

Cressida schüttelte den Kopf. »Die wenigen wirklich reichen Männer, die ich kennen gelernt habe, hatten für mich absolut keinen Sex-Appeal, aber vielleicht habe ich sie auch nur auf dem falschen Fuß erwischt.«

»Vielleicht suchen Sie etwas anderes«, meinte Guy und beugte sich über den Empfangstisch. »Ich habe den Eindruck, dass Sie sich eher von Gefahr anziehen lassen als von Geld.«

»Gefahr?«

»Ja, ich glaube, dass Sie unter der gelassenen Oberfläche eine Schwäche für ein gefährliches, heimliches Leben haben«, mutmaßte Guy.

Cressida zwang sich, direkt in seine dunkelbraunen Augen zu schauen. Wenn er sie im Verdacht hatte, dass sie aus anderen als den normalen Gründen für die Galerie arbeitete, war dies der Moment, sein Misstrauen zu beschwichtigen. »Sie sehen mich in einem falschen Licht«, sagte sie mit fester Stimme. »Ich bin wirklich eine scheue Frau, fürchte ich.«

»Nun, dann werde ich versuchen, Ihnen ein bisschen Courage beizubringen«, flüsterte er.

Cressida spürte, wie sich auf ihren Armen eine Gänsehaut bildete, als säße sie in einem Durchzug, und für einen Augenblick war sie fast hypnotisiert vom Blick seiner Augen, als er ihr Gesicht nach verräterischen Zeichen absuchte.

»Ich hoffe, ich brauche diese Courage nicht für die Dinnerparty heute Abend«, sagte sie, aber sie und Guy hörten die Unruhe in ihrer Stimme, als sie um Kontrolle rang, denn wie immer fühlte sie diese seltsame Anspannung in seiner Nähe.

»Überhaupt nicht. Tragen Sie Ihr bezauberndstes Kleid heute Abend, und überlassen Sie alles andere mir. Es wird ein guter Abend werden, das verspreche ich Ihnen.«

Sie erinnerte sich an diese Worte, als sie sich anzog. Das erste Mal entschied sie sich für das kleine Schwarze, bei dem sie das Gefühl hatte, das Richtige ausgewählt zu haben, aber es sah nicht nur elegant, sondern auch sehr sexy aus. Es war kurz und aus fließendem Krepp gemacht und hatte mit Pailletten besetzte Spaghettiträger.

Sie erhöhte die Wirkung des Kleids mit großen Silberohrringen und einem Paillettenhalsband, dann zog sie die Schuhe mit den höchsten Absätzen an, über die sie verfügte. Sie betonten ihre langen Beine und die wohl geformten Waden. Sie besprühte sich üppig mit Diors Dune, überprüfte ihr Make-up und die Frisur, dann war sie der Meinung dass sie als Partnerin von Guy Cronje durchgehen konnte.

Einen kurzen Augenblick lang fragte sie sich, was Tom wohl sagen würde, wenn er sie jetzt sehen könnte, aber sie verwarf den Gedanken schnell. Er wäre entsetzt über den Wandel, den sie vollzogen hatte, und da es ein Wandel war, der ihr gefiel, musste sie sich fragen, was auf sie zukam, wenn die Zeit als verdeckte Ermittlerin vorbei war und Guy im Gefängnis saß.

Es überraschte sie, wie sehr sie diese Vorstellung beunruhigte. Ihre Stirn lag noch in Falten, als er auf die Türklingel drückte. »Ich bin doch nicht zu spät?«, fragte er und schaute nervös auf seine Uhr.

Cressida schüttelte den Kopf. »Nein, nein, ich musste nur an etwas denken.«

»Aber an nichts Schönes, wenn ich den Ausdruck auf Ihrem Gesicht sehe.« Seine Augen musterten sie, dann lächelte er kurz. »Hübsch. Nicht Ihr üblicher Stil, aber sehr hübsch. Rick hat Ihnen gutgetan.«

»Er hat das Kleid nicht gemacht«, wandte Cressida ein. Sie wünschte, sie hätte nicht darüber nachgedacht, was mit Guy geschehen würde, wenn sie es geschafft hatte, ihm eine Falle zu stellen.

»Vielleicht nicht, aber er hat Sie gelehrt, wie man weibliche Reize diskret präsentiert. Sie haben sich sehr verändert, seit Sie in der Galerie arbeiten. Ist Ihnen das auch aufgefallen?«

Cressida stieg in seinen XJS und dachte, wie viel besser er in einem Dinnerjackett aussah als Rick. »Ich hoffe, ich habe mich zum Positiven verändert«, sagte sie neckend. Sie fand, dass sie ruhig ein bisschen flirten sollte mit ihm, schließlich wollte sie sein Interesse wach halten.

»Es ist immer gut, wenn Frauen die Wahrheit über sich erkennen«, sagte Guy leise. »Aber ich muss auch sagen, dass Sie noch einen langen Weg vor sich haben, bis Sie das wahre Ich entdeckt haben.«

»Was lässt Sie glauben, dass Sie mein wahres Ich besser kennen als ich selbst?«, fragte Cressida mit einem leisen Lachen.

»Weil ich Sie in den letzten Wochen sehr genau beobachtet habe, und weil Frauen mein Hobby sind.«

»Dann muss ich Ihnen wohl glauben«, sagte Cressida in spöttischer Kapitulation.

Guy wandte sich ihr zu und lächelte sie an. »Sie müssen mir nicht glauben. Ich hoffe, ich habe die Gelegenheit, Ihnen genau zu zeigen, was ich meine.«

Plötzlich schnürten sich Cressidas Atemwege zusammen, als sie begriff, dass sie nun verpflichtet war, diesen Abend und die weiteren Abende mit Guy Cronje durchzustehen. Sie musste den Weg gehen, den Guy Cronje ihr zeigen würde, denn nur dann konnten ihre Chiefs das Netz eng um ihn ziehen, aber diese Reise würde aufregend und Furcht erregend sein, viel mehr, als sie sich wünschte.

Furcht erregend und auch voller Lustgewinn, denn er hatte gesagt, dass Frauen sein Hobby waren. Wahrscheinlich wusste er mehr über Frauen und ihre Körper als jeder andere Mann, den sie kennen gelernt hatte.

»Sie frieren doch nicht?«, fragte er sie, als er von der Straße abbog und in die Einfahrt eines Hauses in der Nähe von Hampstead Heath fuhr.

»Nein, nein, ich habe nur eine Gänsehaut bekommen.«

Guy parkte den Wagen hinter einigen anderen vor der Doppelgarage, dann stieg er aus und ging herum auf ihre Seite. »Keine Sorge, Cressida«, murmelte er. »Bevor die Nacht vorbei ist, werden Sie sich viel wärmer fühlen, das verspreche ich Ihnen.«

Zehntes Kapitel

Cressida betrat das vierstöckige Haus, und Guy hatte seine Hand um ihren Ellenbogen gelegt. Sie schaute sich in der geschmackvoll eingerichteten Halle mit einer breiten Treppe aus Rotholz um, und sie dachte, wie glücklich sie sich schätzen konnte, wenigstens für eine Weile diesen Luxus kennen zu lernen.

Ihr Gastgeber, Lord Hugo Truscott, war ein großer, kräftig gebauter Mann. Er hatte lockige hellbraune Haare und ein freundliches, aber auch sinnliches Gesicht mit braunen Augen, die weit auseinander lagen, und einem vollen Mund.

Seine Ehefrau Venetia war eine weitere Blondine mit langen Beinen. Sie trug ein knöchellanges, figurbetontes limonengrünes Kleid mit einem tiefen Ausschnitt und Seitenschlitzen, die nur wenig der Phantasie überließen. Sie hatte sich bei ihrem Mann eingehakt, als wollte sie die Besitzverhältnisse von Anfang an geklärt haben, und alle paar Sekunden schaute sie bewundernd zu ihm hoch.

Cressida fragte sich, warum fast alle Männer in diesem Stadium ihres Lebens blonde Frauen nahmen.

»Marcia möchte sich entschuldigen«, erklärte Guy knapp. »Dies ist Cressida, eine Freundin von mir, die sich freundlicherweise bereiterklärt hat, Marcia zu vertreten. Es geht wieder um Marcias Mutter«, fügte er noch hinzu.«

Hugo nickte. »Marcias Pech ist unser Glück, meine Liebe«, sagte er zu Cressida. »Kommen Sie doch bitte mit. Ich glaube, jetzt sind alle da. Es sind die üblichen Verdächtigen, Guy. Venetia, Darling, besorge Cressida einen Drink und führe sie dann in den Empfangsraum, bitte. Ich muss ein paar Worte mit Guy wechseln, bevor wir zu euch kommen.«

Venetia bedachte ihren Mann mit einem strahlenden Lächeln, das sofort verschwand, als sie und Cressida unter sich waren. »Was möchten Sie trinken?«

»Einen trockenen Martini, bitte«, sagte Cressida. »Ich hoffe, wir sind nicht zu spät«, fügte sie hinzu.

Venetia hob die Schultern. »Nicht später, als Guy sonst auch ist; wir wissen alle, dass er sich nicht nach der Uhr richtet, aber wir vergeben ihm natürlich, weil er so wunderbar ist. Es überrascht mich, dass Marcia heute ihrer Mutter den Vorzug gegeben hat. Sonst ist sie sehr darauf bedacht, stets an Guys Seite zu sein.«

»Sie kennt mich auch, deshalb weiß sie wohl, dass sie in Sicherheit ist«, gab Cressida zurück.

Venetia warf einen Blick auf Cressidas Beine. »Wenn Marcia Sie kennt, kann ich nicht glauben, dass Guy bei Ihnen in Sicherheit ist. Ganz im Gegenteil. Bleiben Sie und Guy die Nacht über hier?«, fragte sie.

Cressida schüttelte den Kopf. »Großer Gott, nein. Unsere Beziehung ist nicht von dieser Art.«

Venetia seufzte. »Wie langweilig. Ich habe mich so sehr auf diese Nacht gefreut. Ich hoffe, dass es Marcias Mutter bald wieder besser geht.«

Völlig verdutzt von der Unterhaltung, folgte Cressida der Gastgeberin in den Empfangsraum, der trotz seiner Größe mit Menschen gefüllt war. Innerhalb weniger Sekunden hatten mehrere Männer sich ihr vorgestellt, und als Guy nach einer Weile zurück ins Zimmer kam, unterhielt sie sich gerade mit einigen dieser Männer.

»Freut mich zu sehen, dass Sie kein Mauerblümchen sind«, murmelte Guy, legte einen Arm um ihre Taille und lächelte die Männer an, mit denen sie geredet hatte. Sie zogen sich zu ihren Partnerinnen zurück.

»Alle sind so freundlich«, sagte Cressida zurückhaltend.

»Ja, so kann man es auch nennen.«

»Unsere Gastgeberin hat wohl geglaubt, dass wir die Nacht über bleiben. Sie schien sehr verblüfft zu sein, als ich ihr sagte, dass wir nicht so eine Beziehung haben. Warum interessiert sie sich so sehr dafür?«

Guy runzelte die Stirn. »Venetia ist hübsch anzusehen, aber sie quatscht zu viel. Machen Sie sich nichts draus, es hat nichts mit Ihnen zu tun. Gut, ich sehe, dass es zum Essen geht. Ich habe einen mächtigen Hunger.«

Das Essen war ausgezeichnet, und die Qualität des Essens wurde auch von den Schätzen aus Sir Hugos Weinkeller erreicht. Nach dem Dinner verteilten sich die Gäste in mehreren Räumen. Cressida fühlte sich leicht benommen.

»Haben Sie dem Typen, der links von Ihnen saß, Ihre Telefonnummer gegeben?«, fragte Guy.

»Das kann sein, ich kann mich nicht genau erinnern«, gab Cressida zu. »Ich glaube, ich brauche einen starken Kaffee.«

»Sie haben Glück, dass ich nicht zu den eifersüchtigen Männern gehöre«, sagte Guy. »Hören Sie, ich muss mal nach oben, um mir Sir Hugos Gemäldesammlung anzusehen. Sind Sie interessiert? Oder wollen Sie lieber hier bleiben, um mit Ihrem neuen Bewunderer zu plaudern?«

Cressidas Kopf klarte sofort auf, und ihr professioneller Instinkt übernahm die Kontrolle. Aber sie gab vor, immer noch ein wenig benommen zu sein. »Ich glaube, ich möchte mir gern die Gemälde ansehen«, sagte sie und lehnte den Kopf an seine Schulter. »Sind sie wie Ricks Bilder?«

»Dummes Mädchen«, kommentierte Guy lässig, aber obwohl er auf ihr Spiel hereinfiel, war es gut möglich, dass er ebenfalls schauspielerte und ihre Reaktionen ganz genau beobachtete. Sie wünschte, sie wäre von seiner körperlichen Nähe und dem Aftershave, das er benutzte, nicht so angezogen.

Sie folgten Sir Hugo eine Treppe hoch, dann schloss ihr Gastgeber eine schwere Holztür auf und führte sie durch einen langen Raum, in dem Gemälde an allen Wänden hingen. »Meine Familie gehört schon seit vielen Jahren zu den Kunstsammlern«, sagte er zu Cressida, als sie erstaunt um sich schaute. »In diesem Raum finden Sie alles von italienischen Malern aus dem vierzehnten Jahrhundert bis zu Guys sehr originellen Rick Marks, aber ihn haben wir im Moment noch im Schlafzimmer. Er erweist sich als Ansporn für uns beide.«

»Welches Bild wolltest du mir zeigen?«, fragte Guy.

»Das ist dieser Correggio, ›Madonna mit Kind‹. Man sieht sofort, dass es schrecklich schmutzig ist, und ich fühle eine bestimmte Verantwortung für das Bild, denn als ich das zweite Mal geheiratet habe – du weißt schon, die Frau vor Venetia – landete der Correggio durch ein Versehen auf dem Speicher. Glaubst du, daraus etwas machen zu können, oder ist das zu gefährlich?«

Guy trat an das Gemälde heran und betrachtete es eingehend, während Cressida ein paar Schritte hinter ihm stand und zuschaute. Sie traute sich kaum zu atmen, als er das Kunstwerk Zentimeter für Zentimeter unter die Lupe nahm, denn wenn sie hörte, dass er sagte, ja, er könnte das Bild restaurieren, hätte die Polizei die Möglichkeit, einen Gutachter einzubeziehen, der das von der Galerie zurückgegebene Gemälde auf seine Echtheit überprüfen konnte. Falls der Gutachter feststellte, dass der Correggio eine Fälschung war, hätte Guy Cronje in der Falle gesessen.

»Ja«, sagte er schließlich, »ich glaube, wir können das für dich erledigen.«

Während er sprach, drehte er sich um und sah Cressida direkt in die Augen. Sie hatte ihn die ganze Zeit schon beobachtet, aber als sein Blick sie traf, wandte sie sich ab und hoffte, dass es so aussah, als bedeutete ihr die Szene nicht so viel, wie sie ihr in Wirklichkeit bedeutete.

»Ich nehme an, Sie interessieren sich für Kunst, meine Liebe«, sagte Hugo Truscott, als er den Correggio von der Wand holte. Er begann mit dem Verpacken, hatte Noppenfolie in einer Ecke liegen und schützte das Bild auch noch durch starken Karton und braunes Packpapier. »Wer ist denn Ihr Lieblingsmaler?«

Einen schrecklichen Moment lang hatte ihr Gehirn auf Sparflamme geschaltet. Ihr war bewusst, dass Guy gespannt auf ihre Antwort wartete. »Francis Bacon«, sagte sie abrupt.

Guy lächelte. »Warum gerade er? Sind Sie fasziniert von den schreienden Päpsten? Ich habe mal ein Fernsehprogramm gesehen, in dem ein Psychologe mit der Theorie auftrat, dass sie nicht wirklich schrien, sondern nur Luft holten. Francis Bacons Bruder ist sehr jung ertrunken, und dieses Bild muss Bacon bei seiner Arbeit verfolgt haben.«

Cressida wusste jetzt, dass Guy in der Tat misstrauisch war. Er hatte ihr geschickt eine Falle gestellt, aber zum Glück hatte sie den Crashkurs in Kunst absolviert.

»Sein Bruder ist nicht ertrunken«, verbesserte sie Guy. »Er starb an einem Asthmaanfall, und Francis Bacon selbst litt auch an Asthma, deshalb kann es sein, dass die Papstszenen tatsächlich Männer darstellen, die um Luft ringen, aber ich persönlich glaube das nicht. Aber es sind auch nicht diese Bilder von Francis Bacon, die ich mag.«

»Ach? Welche denn?«, fragte Guy interessiert.

»›Drei Studien zu Figuren am Fuß einer Kreuzigung‹. Sie strahlen einen verzweifelten Schmerz aus, eine Ohnmacht, die den Betrachter erschüttert.«

Lord Truscott hüstelte. »Geht mir über die Hutschnur, fürchte ich. Aber ich lasse nichts auf die alten Meister kommen. Da hast du dir eine kenntnisreiche junge Lady geholt, Guy.«

Guy lächelte dünn. »Ja, das ist sie, nicht wahr?«

»Wie lange wirst du brauchen, bis du den Correggio wieder ansehbar gemacht hast?«, fuhr Sir Hugo fort und reichte Guy das Paket.

»Das wird dauern, schätze ich; das Bild befindet sich in einem schlechten Zustand. Ich rufe dich an und lasse es dich genau wissen, nachdem ich mit dem Restaurateur gesprochen habe.«

Es war ein Uhr vorbei, als Guy und Cressida schließlich Lord und Lady Truscott verließen, und selbst dann gab sich Venetia übelgelaunt und wollte Guy nicht gehen lassen.

»Bring sie demnächst noch mal mit«, flüsterte sie, zu leise, dass es der Ehemann hören konnte, aber noch in Hörweite Cressidas. »Es wäre göttlich gewesen, wenn ihr beide die Nacht hier verbracht hättet.«

»Viel zu früh dafür«, gab Guy zurück, aber er lächelte, als er und Cressida zum Auto gingen.

»Warum will sie, dass ihre Gäste die Nacht über bleiben?«, fragte Cressida. »Stolziert sie zum Frühstück am anderen Morgen kaum bekleidet herum? Holt sie sich ihre Kicks auf diese Weise?«

»Nicht genau«, murmelte Guy. »Zerbrechen Sie sich nicht

den Kopf, es ist nicht wichtig genug. Hören Sie, bevor ich Sie nach Hause bringe, muss ich das Bild bei mir in den Safe legen. Macht es Ihnen etwas aus, wenn ich die Fahrt für einen Moment unterbreche?«

Cressidas Mund wurde trocken. »Was immer für Sie am besten ist«, sagte sie leise und fühlte, wie ihr Herz zu rasen begann. Falls Guy jetzt etwas mit ihr anfangen wollte, würde sie es geschehen lassen. Ihr Körper war mehr als bereit, aber er hatte etwas an sich, was ihr Unbehagen bereitete, und sie wusste jetzt, dass sie Ricks umsichtige, lockere Begleitung vermisste. Aber Tom vermisste sie nicht; in diesen Tagen dachte sie nicht oft an Detective Sergeant Tom Penfold.

Guys Haus befand sich in einer Reihe mit anderen Flachdachhäusern mit einem niedrigen weißen Zaun um den Vorgarten herum. Als er den Wagen vor dem Haus anhielt, wandte er sich an Cressida. »Wollen Sie hier warten, oder möchten Sie auf einen Sprung ins Haus kommen?«

»Ich möchte lieber ins Haus gehen«, sagte Cressida, weil sie auch wusste, dass Detective Chief Inspector Williams das von ihr erwartete, auch wenn ihre Instinkte ihr sagten, dass sie draußen in Sicherheit gewesen wäre.

»Ich hatte gehofft, dass Sie das sagen«, raunte Guy.

Er führte sie durch eine kleine Halle in einen überraschend gemütlich aussehenden Salon mit einem glänzend gewachsten Holzfußboden und einem offenen Kamin, der original aus der viktorianischen Zeit zu stammen schien. Es gab ein langes Sofa und dazu passende Sessel in einem kräftigen herbstlichen Rotbraun, während die vorgezogenen Vorhänge flaschengrün waren.

»Nehmen Sie Platz, ich brauche nur ein paar Minuten«, sagte Guy mit einem kurzen Lächeln. »Möchten Sie während des Wartens etwas trinken?«

Cressida schüttelte den Kopf. »Ich glaube, ich habe während des Abendessens mehr als genug getrunken.«

Während er weg war, sah sie sich sorgfältig im Zimmer um. Es überraschte sie, dass die Einrichtung nicht modern war. Dieser Salon mutete wie in einem gemütlichen Familienhaus an und nicht wie der Salon, in dem sich ein Guy Cronje heimisch fühlte. Sie stand auf und bewunderte ein glänzend poliertes Sideboard, als er zurückkam.

»Ich habe das auf einer Auktion erworben«, erklärte er und legte einen Arm um ihre Schultern. »Das war ein richtiges Schnäppchen.«

»Dieses Zimmer ist überhaupt nicht so, wie ich es erwartet habe«, sagte Cressida, die seine Hand auf ihrer bloßen Haut deutlich spürte.

»Wirklich?« Guys Finger schoben sich unter die schmalen Schulterträger ihres Kleids und streichelten das Fleisch darunter. »Was haben Sie denn erwartet?«

Cressida schluckte schwer und versuchte, das beinahe hypnotische Streicheln seiner Hand zu ignorieren. »Eine moderne Einrichtung.«

»Ich fürchte, ich bin nicht wie Sie, ich bin kein Mann wie Francis Bacon. Setzen wir uns doch für ein paar Minuten. Ich habe uns einen Kaffee aufgesetzt, da Sie glauben, dass Sie zu viel Alkohol getrunken haben.«

Cressida nahm kaum wahr, was er tat, bis sie sich auf dem großen Sofa niederließ und in den weichen Kissen nach hinten sackte. Guy beobachtete sie durch halb geschlossene Lider und studierte ihr Gesicht, als sie langsam ihre Wachsamkeit aufgab. Ihre Lippen öffneten sich zu einem lustvollen Seufzer.

»Wie ist das mit dem Kaffee?«, murmelte sie.

»Noch einen Moment«, sagte Guy. »Vorher will ich, dass

Sie sich wirklich wohl fühlen.« Er bückte sich, zog ihre Sandalen aus und hob ihre Beine aufs Sofa, sodass sie mit ihrer ganzen Länge das Möbelstück einnahm. Ihr Kopf ruhte etwas erhöht auf der gepolsterten Armlehne.

»Das ist doch schon viel besser«, flüsterte er, und sie fühlte, wie er den Rist ihres schmerzenden Fußes zu massieren begann, erst den einen, dann den anderen Fuß.

Es fühlte sich wunderbar an, und allmählich entspannte sich der ganze Körper, und als er ihr Kleid nach oben schob, protestierte sie erst gar nicht, denn sie wollte das angenehme Streicheln noch eine Weile spüren.

»Schließen Sie die Augen«, flüsterte Guy. »Konzentrieren Sie sich auf Ihre Gefühle.« Sie gehorchte, aber sie nahm wahr, dass er jetzt auch auf dem Sofa saß. Er hob ihre Beine an und legte sie über seine Oberschenkel. »Vertrauen Sie mir, Cressida?«, fragte er leise, während seine Hände auf den Innenseiten weiter nach oben wanderten.

Sie wusste, dass sie ihm nicht vertrauen sollte, dass er der letzte Mann auf der Erde war, dem sie vertrauen konnte, aber die Gefühle waren so erotisch, ihr Körper war derart erregt, dass sie keine Sekunde zögerte.

»Ja, natürlich vertraue ich Ihnen«, murmelte sie. Weil sie die Augen geschlossen hatte, sah sie nicht das zufriedene Lächeln.

»Das ist gut«, versicherte er ihr. »Wirklich sehr gut.«

Alle Gedanken, dass sie dies für ihren Chief tat, waren längst verflogen. Dies war für sie, und sie genoss es mit großem Behagen. Als Guy sehr umsichtig ihr Höschen auszog, empfand sie nichts als Dankbarkeit, dass er sie nun dort berühren konnte, wo sie am dringendsten berührt werden wollte.

Guy ließ ein paar Tropfen des Massageöls, das er aus dem

Schlafzimmer mitgebracht hatte, auf die Finger träufeln und begann dann mit sanften Berührungen, Cressidas Schambereich, einschließlich des empfindsamen Damms, mit dem Öl zu massieren. Als seine Finger über die dünne Haut strichen, wand sich Cressida erregt auf dem Sofa und hob ihre Hüften an, um ihm leichteren Zugang zu verschaffen.

Als sie gründlich eingeölt war, umkreisten Guys Finger den Bereich um die Vagina, sie strichen um die äußeren Schamlippen herum und zupften unwahrscheinlich leicht an ihren Härchen, wodurch sich die Labien hoben, sodass er sehen konnte, dass die inneren Lippen bereits geschwollen waren.

Für Cressida waren die heißen Empfindungen, die er in u ihr auslöste, kaum zu ertragen, denn nun wollte sie viel mehr. Sie lechzte nach der durchdringenden Schärfe eines bevorstehenden Höhepunkts, aber Guy fuhr mit den langsamen, erbarmungslos neckenden Berührungen fort, während sie sich immer verzweifelter auf den weichen Kissen wand.

Endlich bewegten sich seine Finger zwischen ihre Schamlippen und kreisten näher um die Klitoris herum. Als er die Spitze seines Mittelfingers um die geschwollene Knospe einsetzte, keuchte sie vor Entzücken. Guy bemerkte ihre Reaktion und begann mit kreisenden Bewegungen, bis er die pochenden Wallungen hinter dem Bündel der Nervenenden spürte; es war ein Pochen, das ihr die Erleichterung eines Orgasmus versprach.

Guy beobachtete sie genau und schob ihr Kleid höher, damit er das Anspannen ihrer Hüftmuskeln sehen konnte. Er fühlte, wie sie den unteren Torso anhob, seinen Fingern entgegen, denn sie brauchte dringend stärkere Stimulierungen. Genau in diesem Augenblick hörte er mit dem Kreisen um ihre Klitoris auf und ging zurück; er streichelte wieder die

Innenseiten ihrer Schenkel und zupfte an den Schamhärchen.

Cressida riss die Augen weit auf, und zum ersten Mal, seit er mit der Verführung begonnen hatte, schaute sie ihn direkt an. »Warum hast du aufgehört?«

»Weil ich möchte, dass es länger dauert«, antwortete er mit einem Lächeln. Mit der rechten Hand schob er die Haare von ihrer Stirn. »Rick mag ja die Dinge beschleunigen, aber ich ziehe es vor, jeden Moment zu genießen. Du wirst noch erfahren, dass es auch für dich besser sein wird.«

Cressida krümmte ihren Körper und stieß ihn nach oben. »Nein«, rief sie protestierend. »Ich war kurz vor meinem Orgasmus. Ich will nicht, dass du aufhörst.«

»Ich habe dich gefragt, ob du mir vertraust, und das hast du bejaht«, erinnerte er sie. »Lass es uns diese Nacht auf meine Weise versuchen. Schließe jetzt deine Augen wieder und überlasse alles mir.«

Inzwischen war die unglaubliche Anspannung, die dem Höhepunkt vorausging, abgeschwächt, und Cressidas Körper, zwar immer noch erregt, befand sich nicht mehr am Rand eines Orgasmus. Mit unendlicher Geduld und Lust begann Guy, die Ebene der Erregung wieder anzuheben. Cressida spürte seine Finger, die zwischen der vorderen und hinteren Passage hin und her glitten und die empfindsamen Nervenenden dort reizten, bis es sich so anfühlte, als wären alle inneren Organe verknotet, während sich glitschige Schlangen der Lust in ihr wanden.

Diesmal wartete Guy, bis sie vor geiler Not zu stöhnen begann, dann nahm er ihre Klitoris zwischen Finger und Daumen der linken Hand, glitt mit unvorstellbarer Behutsamkeit mit der eingeölten Kuppe über die steife Knospe, und erneut stieg das verzweifelte Verlangen in ihr an, während er einen steten Rhythmus beibehielt, mit dem er ihren Körper immer höher trieb, dem Ziel entgegen.

Jetzt drohten die sexuelle Spannung und die Enge sie zu verzehren, und Cressida verlor die Beherrschung, als ihr Körper sich auf dem Sofa hin und her wand. Ihr Mund war geschwollen, und ihre Brüste fühlten sich so gepresst an, dass sie sich erhoben, wodurch sie tiefere Blicke in den Ausschnitt gewährte als zu Beginn des Abends. Die Nippel drückten sich gegen den dünnen schwarzen Stoff, und durch die Berührung wurde die Stimulierung ihres Körpers nur noch heftiger.

Bei ihrem Anblick spürte Guy, dass sich auch sein Atem beschleunigt hatte, aber sie konnte sich so sehr herumwerfen, wie sie wollte, er würde sie warten lassen, und als sie leise miauende Töne ausstieß und sich auf dem Sofa aufbäumte, stellte er alle Berührungen ein.

Er beugte sich über sie. »Warte noch ein kleines bisschen länger«, wisperte er. »Das nächste Mal wirst du kommen, versprochen.«

Cressidas Unterleib und die Hüften schmerzten vor Frustration, und sie stöhnte bestürzt über seine Worte, aber ohne die wunderbaren geschickten Bewegungen seiner Finger schwand der Orgasmus wieder, der doch so nahe gewesen zu sein schien. Sie legte den Kopf zur Seite, damit Guy die Enttäuschung nicht sehen konnte, die sich bestimmt auf ihrem Gesicht abmalte.

Es war nicht nötig, dass sie ihr Gesicht abwandte; ihre angespannten Muskeln, die verräterische sexuelle Fieberhitze auf Hals und Brüsten und das unwillkürliche Zucken ihrer Muskeln sagten mehr als jeder Gesichtsausdruck, so frustriert und verzweifelt er auch sein mochte. Aber so wollte Guy mit ihr spielen, und seine Lust, sie dabei zu beobachten, war fast so groß wie ihre, wenn sie endlich kommen konnte.

Er wartete, bis ihr Körper wieder das hohe Niveau der Erregung verlassen hatte, dann begann er mit grausam gezielter Umsicht den ganzen Prozess von vorn; er massierte die Falten im Delta von Cressidas Schenkeln, er ließ die Hände auf ihren Bauchmuskeln kreisen, und seine Finger drückten leicht gegen ihr Schambein, bis sie wieder rastlos unter seinen Berührungen wurde und winzige kleine Schreie ausstieß, die das wilde Verlangen in ihm anstachelten, sie zu besitzen, ein Verlangen, das er an diesem Abend nicht stillen wollte.

Für Cressida war diese dritte Erregungsphase schmerzvoll in ihrer Intensität. Alle ihre Sinne waren fein geschärft, sodass jede Berührung eine härtere Kante bekam, und das seltsame Knäuel von Gefühlen tief in ihr brachte ihr eine Lust, die sie mehr mitnahm als alles andere, was bisher geschehen war.

Guy wusste, dass Cressida bald ihren Orgasmus haben musste, sonst würden er und sie den Moment verpassen. Behutsam streichelte er den kleinen Stamm ihrer Klitoris, und ihr ganzer Körper ruckte vor Lust. Zur Unterstützung ihrer Bewegungen schlüpfte ein Finger der anderen Hand in ihre Vagina, die jetzt so fest und geschwollen war wie der Kitzler nach dem in die Länge gezogenen Vorspiel.

Im nächsten Moment stimulierte er Klitoris und G-Punkt gemeinsam und im gleichen Rhythmus, und Cressida glaubte, jeden Augenblick zu explodieren.

Sie bäumte sich gegen seine Hände auf, stieß ihm die Klitoris entgegen und bewegte die Hüften auf und ab. Alle ihre Bemühungen sollten sie von der kaum erträglichen Anspannung befreien.

Guy murmelte: »Jetzt«, und während er das sagte, veränderte er den Rhythmus seines Fingers auf ihrer Klitoris. Er stieß jetzt mit der weichen Kuppe gegen den festen Stamm. In dem Moment brach Cressidas Klimax aus, und sie hörte sich in einer Ekstase der Lust und der Dankbarkeit schreien, als ihre inneren Muskeln sich zusammenzogen, um sich gleich darauf in einem unglaublich bittersüßen Orgasmus zu entspannen.

Als es vorbei war, schlug sie die Augen auf und starrte auf Guy, der mit einem nicht zu deutenden Gesichtsausdruck auf sie hinunterschaute. Er streckte eine Hand aus und berührte kurz ihren Mundwinkel; eine Geste, die fast liebevoll war. Dann stand er auf und schaute auf die Uhr.

»Ich muss dich nach Hause bringen«, sagte er. »Morgen müssen wir beide arbeiten.«

Cressida wusste, dass sie eigentlich dankbar sein musste wegen seiner Reserviertheit. Schließlich war sie nicht in ihn verliebt, und so erfahren er als Liebhaber auch war, was er überzeugend bewiesen hatte, musste sie sich in Erinnerung rufen, dass sie nicht wirklich in seiner Galerie arbeitete.

Sie war eine Polizistin, die einen Auftrag als verdeckte Ermittlerin hatte, und es drehte sich um einen Fall von internationaler Bedeutung. Aber sie fühlte sich nicht dankbar für seine Zurückhaltung, sie war verwirrt und fühlte sich alleingelassen nach der Zärtlichkeit und der unglaublichen Lust, die er ihr beschert hatte.

Zum Glück hatten die vielen Jahre bei der Polizei sie in die Lage versetzt, ihre Gefühle gut zu verbergen. »Du hast Recht«, sagte sie träge, zog ihr Kleid nach unten und schwang die Beine vom Sofa. »Und diese Tasse Kaffee habe ich auch nicht bekommen«, sagte sie noch, als sie aus dem Haus traten.

»Das nächste Mal«, versprach Guy, und ein Gefühl der

Erleichterung überflutete sie – es war eine professionelle Erleichterung, denn Detective Chief Inspector Williams würde gewiss erwarten, dass sie ihre Vertrautheit mit Guy Cronje fortsetzte, bis die Operation erfolgreich abgeschlossen werden konnte.

»Hilft Rick dir bei den Restaurierungen solcher Gemälde, wie du heute Abend eines erhalten hast?«, fragte sie, bevor er sie vor ihrer Wohnung absetzte.

»Rick? Himmel, nein! Er ist kreativ, aber das Restaurieren und Reinigen alter Gemälde ist eine sehr spezielle Arbeit, an der die kreativen Leute gewöhnlich kein Interesse haben. Was bringt dich auf die Idee, dass er damit zu tun haben könnte?«

Cressida erkannte, dass sie wegen ihre Entspanntheit und Müdigkeit einen Fehler begangen hatte. Sie war sicher, dass Rick den Auftrag erhalten würde, den Correggio zu kopieren, und sie hatte völlig vergessen, dass Guy nicht wusste, was sie bisher über Ricks Reproduktionen herausgefunden hatte.

»Ich dachte nur, die darbenden Künstler könnten sich mit den Restaurierungen eine weitere Einkommensquelle erschließen«, erklärte sie.

»Rick ist kein darbender Künstler, er ist sehr erfolgreich, und in ein paar Jahren wird er mich und die Galerie nicht mehr brauchen«, sagte Rick. »So, wir sind da. Ich nehme an, ich sehe dich morgen. Ich muss zur Galerie kommen, damit ein Experte sich Hugos Bild ansieht. Gute Nacht, und ich bin sehr froh, dass du Marcias Platz einnehmen konntest.«

»Ja, ich bin auch froh«, sagte Cressida, und das stimmte.

Sobald sie die Wohnungstür hinter sich geschlossen und die Anrufe auf dem Beantworter abgehört hatte, fand sie einen von Chief Inspector Williams vor, der sie bat, ihn sofort nach ihrer Rückkehr anzurufen. Zögernd, weil sie befürchtete, dass sie preisgab, wie intim der Abend gewesen war, wählte sie die Nummer ihres Chefs.

»Cressida, danke für den Rückruf. Nun, wie ist der Abend gelaufen?«

Sie erzählte ihm alles, ausgenommen die Szene auf dem Sofa in Guys Haus.

»Was war denn in seinem Haus?«, fragte er dann, als sie ihren Bericht beendet hatte.

Cressida zögerte. »In seinem Haus?«

»Wir sind Ihnen gefolgt – zu Ihrer eigenen Sicherheit, ich weiß, Sie verstehen das –, und unser Mann hat berichtet, Sie hätten sich über eine Stunde in dem Haus aufgehalten, das Guy Cronje gemietet hat. Was ist in dieser Stunde geschehen?«

»Er hat es gemietet? Das erklärt auch, warum es nicht so eingerichtet war, wie ich es erwartet hatte«, rief sie aus.

»Zweifellos will er frei sein, das Land von einem Moment auf den anderen zu verlassen. Das Haus gehört einem seiner Freunde. Also, was ist im Haus geschehen, WPC Farleigh?«

Es war klar, dass ihr Vorgesetzter eine Antwort hören wollte, und Cressida wusste, dass sie zugeben musste, dass sie mehr als nur gute Freunde geworden waren.

»Wir haben uns unterhalten und haben uns jetzt besser kennen gelernt. Auf einer mehr persönlichen Ebene«, sagte sie.

»Haben Sie mit ihm geschlafen?«, fragte der Chief lauernd.

»Nein«, antwortete Cressida.

»Zum Teufel, ich hoffe, Sie spielen jetzt nicht die spröde Jungfrau«, schrie er ins Telefon. »Sie haben ihn doch weich gekocht, also schlagen Sie zu!«

»Er hat mich nicht gefragt, ob ich mit ihm schlafen will, und es ist nicht mein Ding, bei Männern den ersten Schritt zu tun«, sagte Cressida. »Aber keine Sorge, Sir. Ich bin sicher, dass es nicht mehr lange dauert, bevor Sie und er das bekommen, was Sie haben wollen.«

»Was ich will? Ich will ihn hinter Gittern sehen«, blaffte Detective Chief Inspector Williams. »Peter Thornton ist einer meiner engsten Freunde, und wenn ich erfahre, dass er von diesem Betrüger hereingelegt wurde, und wir ihn entkommen lassen, werde ich mir das nie verzeihen. Die entscheidende Aufgabe liegt bei Ihnen. Habe ich mich verständlich ausgedrückt?«

»Sehr verständlich, Sir«, sagte Cressida, plötzlich hundemüde, als das Adrenalin der nächtlichen Aufregungen schwand. »Machen Sie sich keine Sorgen, Sir. Morgen werde ich überprüfen, ob das Bild von Lord Truscott im Buch der Restaurierungen eingetragen ist, und wenn es zurückgegeben wird, können wir den Lord bitten, einen Experten hinzuzuziehen, der das Bild bewertet. Wenn es eine Fälschung ist, haben Sie Guy erwischt.«

»Nur wenn wir eine Verbindung zwischen ihm und den Leuten etablieren können, die seine Gemälde reinigen und restaurieren«, betonte ihr Chief.

»Ich glaube, die Verbindung zwischen ihm und dem Künstler, der die Reproduktionen fertigt, ist genauso gut«, sagte Cressida und wünschte, sie könnte Rick aus ihrem Kopf verbannen.

»Stimmt, ja, genau. Nun, es ist Zeit für Ihren Schönheitsschlaf, und von morgen an sollten Sie sich darauf konzentrieren, für den Mann unwiderstehlich zu sein. Es ist immer wieder erstaunlich, wie leichtsinnig Männer werden, wenn sie dem Bettgeflüster verfallen.«

»Ich habe das Gefühl, dass er sich nicht auf Gespräche danach einlässt«, wandte Cressida ein, aber ihr Chef hatte schon den Telefonhörer aufgelegt.

Am nächsten Tag war sie überrascht, dass Guy schon vor ihr in der Galerie war, und Marcia war nicht weniger verblüfft als sie. Er lächelte Cressida an, und als er an ihr vorbeiging, fuhr er mit einer Hand durch ihre Haare.

»Du siehst müde aus«, sagte er lachend.

Cressida errötete, und Marcia bedachte sie mit einem verstörten Blick, bevor sie Guy ins Büro folgte.

Später an diesem Morgen kaufte eine Kundin ein Gemälde von einem ihrer neuen Künstler. Sie wollte es sofort rahmen lassen, damit sie es als Geschenk zu einem Geburtstagsdinner mitnehmen konnte.

»Gehen Sie mal in den Raum mit den Rahmen«, sagte Marcia zu Cressida. »Ich weiß nicht, ob wir noch diese schlichten schwarzen Rahmen vorrätig haben. Ich wünschte, Polly könnte auch ab und an schon morgens kommen. Oder dass sie uns mehr über ihr Geschäft erzählt.«

»Ich weiß ein bisschen Bescheid«, sagte Cressida, »und ich weiß auch, wonach ich suchen muss.«

Der Raum mit den Rahmen befand sich am Ende der Galerie. Man musste drei Stufen hinaufgehen, und wie gewöhnlich lagen überall alte und neue Rahmen herum, einige gestapelt, andere nicht. Von Ordnung hielt Polly nicht viel.

Cressida schaltete das Licht ein, weil es in dem Raum immer dunkel war, und dann zuckte sie zusammen, als sie sah, dass Guy schon im Raum war. Er sah sie nachdenklich an. »Du siehst schuldbewusst aus, Cressida. Was ist los? Wolltest du etwas anstellen, was sich nicht gehört?«

»Nein, natürlich nicht«, antwortete sie lachend und hoffte, dass er seinen Verdacht nur auf diesen Moment bezog und nicht auf ihre ganze Arbeit. »Ich habe mich erschreckt, weil ich dich hier nicht vermutet hatte, das ist alles.«

»Du hast mich gestern Abend ganz schön überrascht«, sagte er plötzlich. »Ich hatte schon geahnt, dass du eine sehr sinnliche junge Frau bist, aber deine Reaktionen waren noch besser, als ich mir erhofft hatte. Was sagst du zu einem Abendessen morgen Abend?«

»Das wäre sehr schön«, murmelte sie.

»Gut. Ich hole dich um sieben Uhr ab, da es eine längere Fahrt ist. Ich esse gern außerhalb Londons, besonders, wenn das Wetter so heiß ist wie im Augenblick. Du kannst dich ganz leger kleiden – ich möchte, dass es für uns beide ein entspannter Abend wird.«

»Das klingt wunderbar«, sagte sie ehrlich, aber dann kam Marcia herein, und Guy ging rasch hinaus und ließ die beiden Frauen zurück. Cressida erwartete irgendeinen Ärger, den ihre Chefin ihr machen würde, aber Marcia sagte kein Wort. Sie nahm nur den schwarzen Rahmen aus Cressidas Hand und ging zu ihrem Kunden zurück.

Sie behielt ihre eisige Höflichkeit den ganzen Tag über bei, und als Cressida sich in den Feierabend verabschiedete, war sie sicher, dass Marcia zugestimmt haben musste – wie zögerlich auch immer –, dass Guy sich Cressida vorknöpfte, was nur bedeuten konnte, dass sie beide misstrauisch waren.

Es gab aber ein Problem: Cressida war mehr erregt von der Aussicht auf ein Abendessen mit Guy und über das, was nach dem Essen geschehen könnte, als über die Gelegenheit, beim möglichen ›Bettgeflüster‹ herauszufinden, was mit Sir Hugos Bild passieren würde. Ihr ungewöhnlicher Mangel an Professionalität schockierte sie.

Weil sie sich schuldig fühlte, entschied sich Cressida, dass sie auf dem Nachhauseweg bei Rick vorbeifahren könnte, um zu sehen, wie es ihm ging. Wenn sie ihn auf den Beinen und topfit vorfand, würde sie ihre Vermutung bestätigt finden, dass die Vertretung Guys für Rick ein abgekartetes Spiel war. Das würde ihr helfen, morgen Abend noch vorsichtiger zu sein.

Zuerst reagierte Rick nicht auf ihr Klingeln, was sie zu der Annahme brachte, dass sie ihm doch Unrecht getan hatte und es ihm tatsächlich schlecht ging. Aber nach dem zweiten Klingeln hörte sie Schritte auf der Treppe, und als er die Tür öffnete, steckte ein Pinsel hinter seinem rechten Ohr. Er wurde blass, als er sie sah.

»Cressida!«, rief er.

Sie nickte. »Ja, die bin ich. Du hast Glück gehabt, dass ich keine Suppe in einem Thermoskessel und ein paar Trauben für den todkranken Rick mitgebracht habe, sonst hättest du noch alberner ausgesehen als jetzt.«

»Ich weiß nicht, was du meinst«, stammelte Rick. An den Pinsel hinter dem Ohr hatte er offenbar nicht gedacht.

»Nun, du hast eine wundersame Heilung erlebt, denn gestern hast du noch geklungen, als wärst du ein Todeskandidat«, erinnerte sie ihn.

»Ich habe mich vierundzwanzig Stunden ganz erbärmlich gefühlt«, wehrte er sich. »Ich habe mich heute Abend erst angezogen, bis dahin habe ich im Bett gelegen. Ich fühlte mich lausig.«

»Aber du malst«, sagte Cressida.

»Natürlich nicht«, blaffte er sie an.

»Wirklich nicht? Ist denn der Pinsel hinter deinem Ohr eine neue Art Schmuck, so ähnlich wie ein Ring, den man sich durch die Nase zieht?«, fragte Cressida.

Rick griff verdutzt nach dem Pinsel, aber man sah dem Maler an, dass ihm keine Ausrede einfiel.

»Was malst du denn?«, fragte Cressida. Sie dachte, sie könnte die Situation nutzen, denn er fühlte sich in die Enge getrieben. »Wieder ein Bild mit der Marionettenfrau, die diese zerrissene Jacke trägt?«

»Natürlich nicht. Wenn du es genau wissen willst, ich finde, Malen hat eine therapeutische Wirkung auf mich, deshalb habe ich heute Abend ein paar Striche geübt. Warum bist du so schlecht gelaunt? Du solltest dich freuen, dass ich nicht an die Himmelstür klopfen musste.«

»Sollte ich das?«, fragte Cressida leise. »Ich glaube, du irrst dich, denn ich habe das Gefühl, dass ich einfach fallen gelassen worden bin. Du warst niemals erkrankt, du hast nicht einmal den Hauch eines Schnupfens gehabt, du hast dich nur gewissen Befehlen gefügt und mich ihm wie auf einem Silbertablett angeboten. Das hat mir nicht gefallen. Ich dachte, wir hätten eine besondere Beziehung. Nun weiß ich, dass ich mich geirrt habe.«

Schmerz trat in Ricks Augen. »Komm herein«, sagte er plötzlich. »Wir reden ausführlich über dieses Thema. Du bedeutest was Besonderes für mich, das verspreche ich dir, aber ich kann mir nicht erlauben, eine echte Bindung einzugehen. Meine Arbeit kommt zuerst, und Guy hatte den Eindruck, dass du mich von der Arbeit abgelenkt hast.«

»Wirklich? Ich erinnere mich, dass er gesagt hat, ich wäre deine Muse, deine Inspiration.«

»Cressida, bitte, komm herein. Ich muss mit dir reden«, bat er, aber sie wusste, dass sie nicht dem zustimmen konnte, um was er sie bitten würde. Es wäre nicht fair, so zu tun, als wäre sie wirklich verliebt in ihn. Außerdem wollte sie nicht riskieren, in diesem vitalen Moment den Kontakt zu Guy zu verlieren.

»Lieber nicht, Rick«, sagte sie ruhig. »Weißt du, ganz egal, was die Wahrheit hinter der abgesagten Einladung von gestern Abend ist – für mich spielt das keine Rolle mehr. Guy und ich hatten einen wunderschönen Abend, und morgen werde ich auch wieder mit ihm ausgehen. Ich bin vorbeigekommen, um dir zu sagen, dass es aus ist zwischen uns.«

Ricks Kinn klappte nach unten. »Ich verstehe«, sagte er leise.

»Keine Proteste? Kein Streit?«

Rick schüttelte den Kopf. »Ich erwarte nicht, dass du es verstehst, denn es ist alles sehr kompliziert. Ich will nicht mit dir streiten, weil ich weiß, dass ich mit Guy nicht mithalten kann. Ich hoffe nur, dass er dir nicht allzu weh tut. Ich weiß, dass du mich nicht geliebt hast, aber ich bitte dich, Cressida, verliebe dich nicht in Guy. Er versteht gar nicht, was Liebe bedeutet, und ich will nicht, dass du ein weiteres seiner Opfer wirst.«

»Pass gut auf dich auf«, sagte Cressida leise, denn sie musste daran denken, wenn sie Guy und Marcia überführt hatte, würde auch Rick angeklagt werden, wenn auch nur als Mitwisser, aber er würde trotzdem hart bestraft werden.

»Das werde ich«, versprach Rick, aber Cressida wusste, dass er sie nicht verstanden hatte. Ihr Gewissen meldete sich, aber sie konnte nichts für ihn tun.

Später, nachdem sie von zu Hause aus mit Detective Chief Inspector Williams am Telefon gesprochen hatte, fühlte sie sich weniger schuldig. Unschuldige, ahnungslose Menschen zu betrügen und ihr Vertrauen zu missbrauchen war verwerflich, wie ihr Chef eindringlich schilderte.

Trotzdem, als sie sich an diesem Abend ins Bett legte, freute sie sich viel zu sehr auf den morgigen Abend und auf das, was dann auf sie zukam. Ihre Sexualität, die sich früher ihrer Karriere unterwerfen musste, schien nun Priorität über alles andere in ihrem Leben zu gewinnen. Sie konnte es kaum erwarten, bis sie wieder Guys Hände auf ihrem Körper spüren würde.

Am nächsten Tag schaffte sie es, während Marcias Mittagspause in ihr Büro einzudringen, und dort fand sie unter der Akte ›Restaurierungen‹, abgelegt unter E, einen neuen Eintrag, der für den Fall so wichtig war. Lord Truscotts Correggio war registriert worden.

Cressida gelang es, den Eintrag abzufotografieren. Gleich zu Beginn ihrer Arbeit als verdeckte Ermittlerin hatte man ihr eine winzige Kamera gegeben. Als sie zurück an ihren Empfangstisch trat, war sie überrascht, dass sie kein größeres Glücksgefühl empfand.

Cressida trug ein weißes Sommerkleid mit einem auffälligen Design aus blauen und gelben Muscheln und vielen Fischen. Sie fand das wadenlange Kleid angemessen für ihren zweiten Abend mit Guy. Das Kleid hatte vorn eine lange Knopfleiste, und als sie es anzog, dachte sie lächelnd, dass sich die Knöpfe noch nützlich erweisen würden, wenn der Abend so verlief, wie sie hoffte. In ihrem V-Ausschnitt trug sie eine winzige Perle an einer dünnen Goldkette, ein Geschenk ihrer Patentante zu ihrem einundzwanzigsten Geburtstag.

Sie wusste, dass ihre Wahl genau richtig gewesen war, als sie Guy aus dem Wagen aussteigen sah. Er trug einen Blazer als Einreiher über einem weißblauen Hemd, eine dunkelgraue Hose und eine dunkelrote Krawatte mit weißen und blauen Streifen. Er sah leger gekleidet aus, aber trotzdem sehr modisch, und sie sah ein bewunderndes Lächeln auf seinem Gesicht, als sie ihn begrüßte. Aber das Lächeln wich bald einem konzentrierten Blick, als sie sich durch den Verkehr quälten.

»Wohin fahren wir?«, fragte Cressida.

»Das wird eine Überraschung«, sagte er ihr. »Das ist typisch für mich – immer für eine Überraschung gut.«

»Das glaube ich gern.«

Guy sah sie von der Seite an. »Ja, ich gehe davon aus, dass du Verständnis dafür hast. Schließlich bist du das Mädchen, das es liebt, andere Menschen zu überraschen, nicht wahr? Ich meine, da stellen wir ein kluges, zurückhaltendes Mädchen ein, und bevor wir uns umsehen, hat sie eine leidenschaftliche Affäre mit Rick Marks, dem anerkanntesten Künstler erotischer Bilder unserer Tage. Ich glaube fast, du hast uns bei deinem Bewerbungsgespräch hinters Licht geführt.«

Ein Anflug von Kälte breitete sich in Cressidas Nacken aus. »Hinters Licht geführt?«

»Ja, du hast dich für eine Frau ausgegeben, die du in Wirklichkeit nicht bist«, sagte Guy.

»Nein. Ihr habt mich für eine Frau gehalten, die ich nicht war. Das ist ein großer Unterschied.«

»Tatsächlich? Ich sehe den Unterschied nicht so groß. Wie zum Beispiel ›Ich sage, was ich meine‹ oder ›Ich meine, was ich sage‹. Wir haben dich falsch eingeschätzt, aber wohl nur, weil du uns in die Irre geführt hast.«

»Überhaupt nicht«, widersprach Cressida. »Vielleicht seid ihr nicht so gut, die Leute richtig einzuschätzen. Versuche doch, einen Psychologen einzuschalten, wenn du das nächste Mal eine Stelle besetzen willst. Viele große Firmen bedienen sich eines Psychologen.«

»Keine schlechte Idee.« Guy lachte. »Aber ich betreibe gern meine eigene amateurhafte Psychologie, und wenn ich Fehler mache, dann sind sie hoffentlich alle so lohnend, wie du dich erwiesen hast.«

»Wenn ich denn ein Fehler war, dann wäre ich Marcias Fehler, nicht deiner«, erinnerte Cressida ihn. Sie fand die Auseinandersetzung mit Worten sehr spannend.

»Und Sues«, sagte Guy.

»Sues?«

Er lachte wieder. »Ja, Sue! Deine Vorgängerin und langjährige beste Freundin! Sage mir bloß nicht, dass du sie schon vergessen hast. Wie geht es ihr eigentlich? Wo arbeitet sie jetzt und in welcher Branche?«

Cressida saß da, als könnte sie nicht bis drei zählen. Sie war völlig unvorbereitet auf diese Frage, und da es unmöglich war, die Wahrheit zu sagen – »Sie ist zurück im alten Trott und läuft wieder Streife« – überlegte sie sich eine andere Erklärung.

Sie sah nicht, wie sich Guys Lippen zu einem Lächeln verzogen. »Ich schätze mal, dass ihr nicht mehr so gut befreundet seid wie noch vor ein paar Wochen.«

»Wir haben kleine Meinungsverschiedenheiten«, sagte Cressida. Seine Bemerkung inspirierte sie. »Sue ist plötzlich ein bisschen eifersüchtig auf mich. Sie hat gern in der Galerie gearbeitet und scheint es mir zu verübeln, dass ich ihre Stelle eingenommen habe.«

»Warum ist sie dann gegangen?«, fragte Guy.

Cressida gefror. Sie konnte sich nicht erinnern, welchen Grund Sue für den Wechsel des Arbeitsplatzes angegeben hatte, und sie begann sich wie eine Maus zu fühlen, die von einer sadistischen Katze gequält wird. »Weil sie scharf auf dich war, aber nicht bei dir landen konnte«, platzte es aus ihr heraus. Sie dachte, es wäre der beste Ausweg, wenigstens die halbe Wahrheit zu sagen.

»Ja, ich glaube, ich habe das bemerkt«, murmelte Guy. »Weiß sie über dich und Rick Bescheid?«

»Ja, und danach haben wir den Kontakt verloren. Sie muss auch eine Schwäche für Rick gehabt haben, und sie konnte nicht verstehen, warum ich bei ihm punkten konnte, während sie auch bei ihm ins Leere gelaufen ist. Normalerweise ist sie nämlich gewöhnt, jeden Mann zu bekommen, den sie haben will«, fügte sie wahrheitsgemäß hinzu. »Ich schätze, das geht allen Frauen so, die so aussehen wie sie.«

»Sie war nichts als eine weitere Blondine, die den Kopf ein bisschen zu hoch trug«, sagte Guy und machte eine wegwerfende Handbewegung. »Was du siehst, ist das, was du bekommst. Ich ziehe interessantere Verpackungen vor. Das Packpapier mag nicht so sehr ins Auge fallen, aber der Inhalt gibt meistens eine Menge mehr her.«

»Ich weiß nicht, ob es mir gefällt zu hören, dass meine Verpackung nicht so attraktiv ist wie Sues«, antwortete Cressida lachend.

»Ich kann mir nicht vorstellen, dass es dich auch nur ein bisschen interessiert«, gab Guy zurück. »Weißt du übrigens, wo wir sind?«

Cressida schüttelte den Kopf.

»Wir fahren Richtung Maidenhead. Die Schleuse liegt links von uns. Und nach einer Meile haben wir mein Lieblingsrestaurant erreicht. Ich hoffe, dass du das Essen dort genauso genießen kannst wie ich.«

Cressida starrte aus dem Fenster auf die Menschen, die den Fluss entlang spazierten; sie trugen leichte, legere Sommerkleidung. Sie versuchte zu entspannen, aber Guys Fragen hatten sie aus dem Gleichgewicht gebracht, und als er nach links in einen Waldweg abbog, auf dem keine Spaziergänger mehr zu sehen waren, wuchs ihr Unbehagen.

Ohne Adresse, die sie ihrem Chief hatte geben können, war auch ausgeschlossen, dass jemand sie verfolgt hatte, dabei sah es so aus, als wäre dies die erste Nacht, in der sie Hilfe hätte gebrauchen können.

Guy fuhr den Wagen von der Straße auf einen breiten Pfad, der tiefer in den Wald führte.

»Wir sind bald da«, sagte er fröhlich.

»Willst du mir sagen, dass es mitten im Wald ein Restaurant gibt?«, fragte Cressida.

»Nein, nicht genau. Ich habe ein bisschen geschwindelt«, murmelte Guy, und Cressida spürte einen Anflug von Angst. Der Wald schien völlig verlassen zu sein, und als das Auto endlich anhielt, waren sie von hohen Bäumen und dichten Sträuchern umgeben, und ab und zu war ein Vogelzwitschern zu hören.

»Steig aus«, sagte Guy leise.

Cressida wehrte sich nicht. Sie öffnete die Beifahrertür und stand neben dem Auto. Ihre Blicke suchten das Gelände nach einer möglichen Fluchtroute ab.

»Du siehst besorgt aus«, fuhr Guy fort, ging zum Kofferraum und ließ den Deckel nach oben schnellen. »Du bist auch still geworden, was überhaupt nicht zu dir passt. Was ist denn los mit dir, Cressida?«

»Ich bin ein wenig verwirrt. Schließlich hast du mich in ein Restaurant eingeladen«, antwortete sie und war erleichtert, dass ihre Stimme nicht so nervös klang, wie sie sich fühlte.

»Zum Essen habe ich dich eingeladen«, stellte er richtig. »Hilf mir mal mit diesem Picknickkorb, bitte. Ich habe an deine Phantasie gedacht, leidenschaftliche Liebe in der frischen Luft zu erleben. Ich finde, das ist genau der richtige

Ort, um einen Abend zu verbringen. Oder hast du das Interesse an deiner Phantasie verloren?«

»Nein«, sagte Cressida, und ihre Beine wurden schwach vor Erleichterung. »Diese Vorstellung erregt mich immer noch.«

»Gut. Ich bin sicher, dass Rick sein Bestes versucht hat, um alle deine Träume wahr werden zu lassen, aber ich hoffe, dass ich deine Phantasie noch denkwürdiger für dich gestalten kann.« Guy breitete eine Decke auf dem Boden aus und nahm eine Flasche Wein aus dem Korb. »Trinken wir zuerst einen, ja? Worauf wollen wir trinken?«

»Auf den Erfolg der Galerie?«, schlug Cressida vor.

»Vielleicht, aber ich möchte es gern persönlicher halten. Sagen wir, auf dass all deine Wünsche in Erfüllung gehen, ganz egal, wie sie lauten.«

Cressida schaute ihn an und registrierte, wie seine Blicke ihr Gesicht absuchten. Sie wusste, dass er nicht sicher war, welches Spiel sie trieb, aber er war davon überzeugt, dass sie irgendein Spiel trieb. Seiner Überzeugung nach wusste er, dass sie nicht die war, für die sie sich ausgab.

»Ich habe eine bessere Idee«, sagte sie schnell. »Trinken wir auf das wahre Ich, das in uns steckt.«

»Das wahre Ich?« Seine Stirn legte sich in Falten.

»Ja. Trinken wir auf die Menschen, die wir wirklich sind und nicht auf die Menschen, die wir zu sein vorgeben. Ich bin sicher, du weißt ebenso wie ich, dass niemand genau so ist, wie er zu sein scheint.«

Guys Mundwinkel hoben sich ein wenig. »Wie raffiniert! Also gut, auf unser wahres Ich.«

Sie nippten beide an den Kristallgläsern, die er mitgebracht, mit Damastservietten sorgsam eingewickelt und nun mit einem guten Weißwein gefüllt hatte.

Als Cressida in den Korb griff, um etwas Essbares herauszuholen, schloss sich seine Hand um ihr Gelenk. »Ich glaube, wir werden später essen«, sagte er leise. »Ich kann nicht länger warten. Ich habe den ganzen Tag über daran denken müssen, und ich muss gestehen, dass meine Selbstbeherrschung jetzt schwindet.«

Cressida starrte ihn an und fühlte, wie seine Finger zart über die Innenseiten ihres Handgelenks strichen. Es bedurfte nur dieser Liebkosung, um ihr Verlangen in die Höhe zu treiben. »Ich glaube, du hast Recht«, murmelte sie.

»Ich weiß, dass ich Recht habe«, sagte Guy, schob den Korb auf eine Seite und fing an, ihr Kleid aufzuknöpfen.

Elftes Kapitel

Guy seufzte zufrieden, während er sie aus ihrem Kleid knöpfte und sah, dass Cressida darunter nur einen weißen G-String trug. Er drückte sie hinunter auf die Decke, und einen Moment lang schloss sie die Augen, als er begann, ihre Oberarme zu streicheln und die Mundwinkel zu küssen.

Sobald er sah, dass sie ihre Augen geschlossen hatte, schob Guy ihre Arme über den Kopf, dann, bevor sie bemerkt hatte, was geschah, hatte er ein Stück Kordel aus dem Korb genommen und band ihre Handgelenke zusammen.

Cressida riss sofort die Augen auf und starrte ihn ängstlich an. Sie fragte sich, ob alles nur ein Trick war, und wenn er sie gefesselt hatte, würde er sie über ihre Arbeit als verdeckte Ermittlerin ausquetschen.

»Schau nicht so ängstlich drein«, murmelte Guy. »Das gehört alles zum Spaß. Steh jetzt auf und bewege dich dorthin.« Er führte sie tiefer in den Wald hinein, dann warf er das Ende der Kordel über einen überhängenden Baumast, sodass sie mit erhobenen Armen unter dem hohen Baum stand.

Als er an der Kordel zog, um sie zu befestigen, musste sie sich auf die Zehenspitzen stellen, wodurch ihre Wadenmuskeln gestreckt wurden. Da sie nur noch ihren G-String anhatte, fühlte sie sich entsetzlich verletzlich. Sie war jedem Spaziergänger ausgeliefert, aber auch Guy selbst, und trotzdem schoss das Blut durch ihre Adern, und ihre Haut kribbelte vor einer Erregung.

»Du siehst unglaublich aus«, murmelte Guy und trat einen Schritt zurück, um sie besser studieren zu können. »Rick würde dich allein wegen dieses Anblicks verehren. Nur noch eine Berührung, dann können wir ernsthaft damit beginnen, deine Phantasie auszuleben.«

»Zu meinen nächtlichen Träumereien gehörte aber nicht, dass ich gefesselt werde«, sagte Cressida, ein wenig außer Atem.

Guy lachte. »Ich weiß, aber es gefällt dir, nicht wahr? Es lässt dich nachempfinden, wie es der Frau auf Ricks Zeichnungen erging. Du hast sie sehr bewundert; sie ist Geliebte und Sklavin gleichzeitig.«

»Ja«, murmelte sie, dann überschlug sich ihr Herz, als er hinter sie ging und einen dunklen Stoff über ihre Augen band. »Sage mir, ich soll dich gehen lassen, wenn dir dieses Spiel nicht gefällt«, flüsterte er, und sie spürte seinen warmen Atem im Nacken. Aber Cressida wollte nicht, dass er sie losband und gehen ließ. Ihr Körper lechzte schon nach seinen Berührungen, und sie wusste, dass ihre Labien schon geschwollen waren, erregt von der gefährlichen, erotischen Situation.

Sie hörte, wie Guy sich entfernte, aber dann fühlte sie seine Finger in ihrem Mund. »Iss sie«, wies er sie leise an, und ganz langsam schob er eine Olive in ihren Mund. Sie fand Genuss am salzigen Geschmack, als sie daran saugte und vorsichtig ins Fleisch biss. Als er eine zweite Olive an ihre Lippen hielt, neckte er sie damit, presste die Olive gegen die Lippen und befahl ihr, die Zunge herauszustrecken, damit er sie ihr auf die Zungenspitze legen konnte. Die Flüssigkeit, in der die Oliven eingelegt gewesen waren, hinterließ eine Spur auf Cressidas Kinn. Während sie das Fruchtfleisch aß, leckte er die Lake von ihrem Kinn und von den nackten Brüsten, die ein paar Tropfen aufgefangen hatten.

Cressida begann schneller zu atmen, und nachdem sie die zweite Olive gegessen hatte, erlaubte Guy ihr einen kleinen Schluck Wein aus einem der Kelche zu trinken, aber als sie gierig versuchte, das Glas auszutrinken, trat er wieder hinter sie und kippte den Rest des gekühlten Weines ihr Rückgrat hinunter.

Cressida keuchte vor Überraschung, und sie wand sich verzweifelt gegen ihre Fesselung. Sie schwenkte die Hüften, als suchte sie eine Stimulierung für den unteren Teil ihres Körpers. »Noch nicht«, sagte Guy, seine Stimme freundlich, aber fest. Er leckte mit winzigen schnellen Zungenschlägen den Wein von ihrem Rücken auf.

Als er damit fertig war, konnte Cressida sich nicht beherrschen und wand sich wieder hin und her. Ihre Erregung schwoll weiter an, und sie stieß kleine Geräusche der Lust aus.

Danach ließ er sie ein paar Minuten allein, und zu ihrem Entsetzen hörte sie Stimmen in einiger Entfernung.

»Guy, da kommt jemand«, rief sie ängstlich, aber er gab keine Antwort. Dann hörte sie eine Autotür schlagen, und dieses Geräusch gab ihr den Rest. Sie konnte sich nur zu gut vorstellen, wie sie aussehen musste, und die Vorstellung, dass ein Fremder ihren Körper so sah, die Arme ausgestreckt, die nackten Brüste schamlos nach vorn gereckt, war zu schrecklich, um ernsthaft daran zu denken.

Sie fragte sich, ob es Guys Auto war, dessen Tür sie zuschlagen gehört hatte. Falls er sie hier im Wald zurückließ, dann als eine Art Bestrafung, weil er wusste, wer sie in Wirklichkeit war. Es war seine Vergeltung. Er wollte sie erniedrigen.

Zu ihrer Überraschung führten all diese Ängste nur dazu, dass ihre Erregung wuchs. Ihr Bauch fühlte sich heiß an, heiß und geschwollen, während sie von der Kordel auf Spannung gehalten wurde. Ihre Sinne schrien nach Stimulierung.

Sie hätte nie geglaubt, dass es möglich war, so geil zu werden, wenn sie sich absolut hilflos in der Gewalt eines Mannes befand, der als hoch gefährlich galt, aber trotzdem war es die Wahrheit, und das ließ sie erkennen, dass sie vorher nichts über ihre eigene Sexualität gewusst hatte.

»Was ist denn los?«, fragte Guy leise, und sie gab ein Wimmern der Erleichterung von sich.

»Ich dachte, dass fremde Leute in der Nähe wären und dass du mich allein zurückgelassen hättest«, gab sie aufrichtig zu. Sie musste sich räuspern.

Guy strich mit einem Finger über ihren linken Nippel, der geschwollen und erigiert war. »Das scheint dich aber nicht besonders gestört zu haben«, bemerkte er, dann zwickte er den Nippel hart, und zu Cressidas entsetzter Verlegenheit rann ein Schauer durch ihren Körper; das verräterische Zeichen eines kleinen Orgasmus. »Im Gegenteil, die Fremden scheinen dich noch mehr angemacht zu haben.«

Cressida blieb stumm.

»Ist es das, wovon du geträumt hast?«, fragte Guy. Seine rechte Hand lag ganz unten auf ihrem Rücken, offenbar wollte er sie in einer zärtlichen Geste stützen, während ihr leichter Orgasmus bald abklang. »Hast du dir den Sex im Freien so vorgestellt?«, fragte Guy wieder.

»Nein«, flüsterte Cressida. »So war es überhaupt nicht.«

»Und als Rick versucht hat, deinen Traum wahr werden zu lassen, war es dann so wie jetzt?«, hakte Guy nach. Cressida schüttelte den Kopf und schmachtete danach, dass er sie endlich wieder berührte, denn seine Hand auf ihrem nackten Rücken erregte sie.

Wegen der Art und Weise, wie sie gefesselt war, hatten sich

alle Muskeln und Sehnen ihres Körpers gespannt, wodurch die Nervenenden auf Stimulierungen noch intensiver reagierten. Als sie ein seltsames leichtes Prickeln auf dem Unterbauch spürte, keuchte sie auf und ruckte an der gespannten Kordel, die ihre Handgelenke einschnürte, aber dann spürte sie das prickelnde Gefühl auf den Innenseiten ihrer Arme, es wirbelte in die Beugen der Ellenbogen, dann die Innenarme hinunter bis zu den Handgelenken.

Die Berührungen wiederholten sich immer wieder, und langsam verbreitete sich der delikate Kitzel auf die übrigen Teile ihres Körpers. Die Region ihrer Hüften begann vor Frustration zu schmerzen.

»Rate mal, womit ich dich berühre?«, fragte Guy.

»Mit einer Haarbürste«, riet Cressida. »Mit der Haarbürste eines Mannes.«

»Falsch«, gab er zurück, bevor er mit dem Gerät über die Innenseiten ihrer Schenkel strich. Jetzt verbreiteten sich die Gefühle zu ihrem Geschlecht hin; ihr Unterleib zitterte vor Verlangen und dem Kick des gefährlichen Spiels, das ihr diese Lust verschaffte.

»Rate noch einmal«, wies er sie an, aber obwohl sich Cressida anstrengte und sich auf die Berührungen konzentrierte, konnte sie sein Hilfsmittel nicht benennen. »Du zeigst einen bedauernswerten Mangel an Vorstellungskraft«, sagte er lachend.

Sie fühlte, wie er ihre Schamlippen teilte und dann mit den Borsten oder Stoppeln (oder was immer sie sein mochten) leicht über die entblößte Haut strich. Er berührte auch für einen Moment ihre Klitoris, und ihr Körper wäre fast zusammengeklappt, wenn sie nicht gezwungen gewesen wäre, aufrecht und auf den Zehenspitzen zu stehen. Das Gefühl, das die Berührung ihrer Klitoris auslöste, sorgte für einen Lustpfeil, der durch ihren Körper schoss.

»Noch einmal darfst du raten«, murmelte Guy, als Cressida vor Frustration wimmerte.

»Ich weiß es nicht!«, rief sie.

»Hier kannst du es wieder spüren. Streng dich mehr an«, riet er ihr. Sie spannte sich an in Erwartung des unbeschreiblichen Kicks, und wieder schoss ein Lustpfeil durch sie hindurch, als er erneut ganz sanft über ihre Klitoris strich; es war eine zartbittere Berührung, die alle Nervenenden veranlasste, sich in flüssige Hitze zu verwandeln. Ihr Schambereich begann zu zucken und zu pochen.

»Es ist ein altmodischer Rasierpinsel«, erklärte Guy, als ihr keuchendes Atmen sich ein wenig beruhigt hatte. »Ich dachte, er würde dir Spaß bringen. Ich glaube, ich werde jetzt etwas ganz anderes versuchen.«

Verkrampft, schmerzend und angeschwollen vor sexueller Not, war Cressida gezwungen, Guys Gefangene zu bleiben, gefesselt an den Baum, während er sich wieder einmal von ihr entfernte. Sie wünschte, dass sie ihn in ihrer Gewalt hätte, nur für einen Augenblick, dann würde sie ihn auf ähnliche Weise schmoren und leiden lassen, aber sie wusste, dass Guy nicht der Mann war, der sich auf so etwas einlassen würde. Mit Rick konnte sie es machen, aber sie wollte Rick nicht mehr haben; es war dieser Mann, den sie haben wollte. Ja, sie wollte diesen Mann und alles, was er ihr über ihren Körper noch beibringen konnte.

Sie hörte ihn hinter sich, und als er ihren Nacken küsste, seufzte sie in entspannter Lust auf. »Das ist schön, wie du reagierst«, murmelte er. »Du hörst dich so an, als würdest du das alles unendlich genießen.«

»J, das stimmt auch«, gab sie zu. »Aber ich möchte jetzt wieder einen Orgasmus haben.«

»Bald«, versprach er ihr. Er bückte sich und schob den G-

String ihre Beine hinunter. Er knetete ihre Pobacken, dann teilte er sie, und sie fühlte, wie er eine kalte, gallertartige Masse um ihren Anus verrieb.

Sie stieß ihren Bauch vor, ein untauglicher Versuch, ihm zu entkommen. Er legte einen Arm um ihre nackte Taille und zog Cressida zurück in die vorherige Position.

»Das wird dir gefallen«, versicherte er ihr. »Vertrau mir.« Dann teilte er die hellhäutigen Halbkugeln erneut und führte einen kurzen, aber dicken Analstöpsel ein, über und über mit einem fast flüssigen Gelee eingeschmiert. Cressida versteifte sich gegen die unerwartete Invasion.

»Entspanne dich«, raunte er. Seine Zunge strich über ihren Hals und den Nacken, bis sie sich leicht schüttelte. »Ich bewege ihn ganz langsam rein und raus, und während ich ihn bewege, möchte ich, dass du deine Muskeln um den Stöpsel spannst, und wenn ich ihn herausziehe, sollst du sie entspannen. Die Empfindung müsste dir gefallen, aber du musst dich dabei entspannen, sonst verkrampfst du.«

Cressida wusste, dass sie ihm vertrauen musste, und befolgte seine Anweisungen Wort für Wort. Als der Stöpsel behutsam ein- und ausgeführt wurde, setzte sie ihre Muskeln ein, wie er es beschrieben hatte, und schon nach wenigen Sekunde erkannte sie, dass er Recht hatte.

Die Schmerzen, falls sie überhaupt vorhanden waren, verwandelten sich in starke Lustempfindungen, die sie vorn und hinten spürte. Aber sie empfand nicht nur Lust, sondern verspürte auch wieder das zunehmende Verlangen, dass ihre Klitoris gestreichelt wurde.

Bald schon hechelte sie, sie schrie nach ihm und jammerte, er sollte sie zwischen den Schenkeln berühren, aber immer noch hatte sie das schwarze Tuch vor den Augen und stand nackt mitten im Wald.

»Du bist absolut schamlos«, sagte Guy, ließ den Stöpsel in ihr und stellte sich vor sie hin. Er strich mit den Händen über die Seiten ihres Körpers, der zuckte und vor Sehnsucht zitterte. »Was bist du?«

»Schamlos«, wiederholte sie stolz. Dieses Geständnis berührte sie nicht, sie labte sich nur an den köstlichen Gefühlen, die sie fast verzehrten.

»Dann sage mir jetzt, was du noch von mir willst«, befahl Guy.

»Ich will kommen«, bettelte Cressida und stieß ihre Hüften vor. Sie versuchte, ihre Beine so weit zu öffnen, wie es ihre unbequeme Situation erlaubte.

»Ich will dich besitzen«, sagte Guy, die Stimme tief und leise. »Ich will dich jetzt nehmen, so, wie du da stehst, an den Baum gebunden, hilflos und verzweifelt. Macht mich das zum Herrn oder zum Sklaven?«

Während er sprach, fuhr er fort, sie zu streicheln; er fuhr mit den Händen über ihren nackten Körper, der heiß und mit einer feinen Schweißschicht bedeckt war.

»Ich weiß es nicht«, räumte Cressida ein. »Bitte, Guy, lass uns nachher darüber reden. Ich will dich jetzt in mir spüren.«

»Du scheinst heiß zu sein«, sagte er nachdenklich, und plötzlich legte sich ein feiner Nieselregen über ihren geschwollenen Körper, als er ein Sprühgerät mit duftendem Wasser einsetzte. Er schaute ihr zu, wie sie den gespannten Bauch einzog. Ihre Nippel reckten sich noch ein bisschen mehr, und schließlich konnte er sich nicht länger zurückhalten, und zu Cressidas Entzücken stand er plötzlich vor ihr.

Er drückte ihren Körper gegen den Baumstamm, und sein Penis rutschte langsam in sie hinein. Dann begann Guy sich mit äußerster Behutsamkeit zu bewegen und glitt in ihrer schmerzenden Vagina ein und aus. Er achtete darauf, dass jedes Mal, wenn er tief in sie eindrang, ihre Klitoris von seinem Schambein stimuliert wurde.

Gleichzeitig massierten seine Hände ihre Brüste, dann drückte er sie zusammen und nach oben, damit er ihre Nippel abwechselnd in den Mund nehmen konnte. Er saugte hart an den kleinen schmerzenden Knospen, bis sie am liebsten vor Ekstase aufgeschrien hätte.

Cressida wollte, dass diese Gefühle überhaupt nicht mehr aufhörten. Jeder Teil von ihr glühte von einem inneren Feuer, aber die Lust konzentrierte sich auf eine Stelle, direkt hinter dem harten Fleischknoten ihrer Klitoris. Noch nie hatte sie einen Mann gehabt, der sie so langsam und stetig nahm, und der Druck baute sich tief in ihrem Becken auf, bis sie all ihre inneren Muskeln anspannen konnte, um den letzten Orgasmus schneller herbeizuführen.

Als sie die inneren Muskeln auf diese Weise anspannte, fühlte sie plötzlich, wie der Analstöpsel die Wände des Rektums berührte, und das trieb sie fast in den Wahnsinn, denn nun wurde ihr Körper noch mehr stimuliert. Ihre Muskeln spannten sich um Guy, sodass auch er die Selbstkontrolle verlor. Seine Bewegungen wurden nicht weniger fanatisch wie ihre eigenen, als er sie zu dem Moment hinführte, in dem er sich die absolute Erleichterung leisten konnte.

Kurz bevor er kam, nahm er eine Hand von ihren Brüsten und ließ sie hinunter zwischen ihre Körper gleiten. Er presste seine Finger in das weiche Fleisch über ihrem Schambein.

Sie fühlte den starken Schmerz, der sich von dort in ihrer Vulva ausbreitete, und als er dort auf die zuckenden Funken der Lust stieß, die von ihrer Klitoris ausgestrahlt wurden, wurde ihr Orgasmus ausgelöst, und all ihre Muskeln schienen wie verrückt zu vibrieren, als auch ihre Finger, hoch über ihrem Kopf, unwillkürlich zitterten, als die Wellen der sexuellen Befriedigung über sie hinwegfegten.

Als er Cressidas sattes, glückliches Stöhnen hörte, erlaubte sich Guy auch die sexuelle Erleichterung, und zum ersten Mal fand er, als sein Höhepunkt vorüber war und die beinahe schmerzende sexuelle Anspannung abebbte, dass er sich nicht direkt aus ihr zurückziehen musste.

Stattdessen blieb er, wo er war, den Penis noch in Cressida, während seine Hände zart über ihr Gesicht streichelten und dabei den Stoff von ihren Augen nahmen.

Ein paar Sekunden lang starrten sie sich in die Augen, aber zu ihrer eigenen Überraschung war es Cressida, die den Kontakt mit ihm abbrach, und plötzlich begriff Guy, wie sich seine anderen Frauen gefühlt haben mussten, wenn er sich seelisch und körperlich abrupt zurückzog, sobald der Moment der Lust verrauscht war.

»Ich glaube, das ist eine gute Phantasie von dir«, sagte er lächelnd, nachdem er ihre Handgelenke von der Kordel befreit hatte. »Im Gegensatz dazu muss das Picknick ziemlich reizlos wirken.«

Cressida musste zugeben, dass sie keinen großen Appetit auf die Köstlichkeiten hatte, die er ihr ein paar Minuten später reichte. Stattdessen legte sie sich auf die Seite, stützte sich auf einen Ellenbogen auf, nippte am Wein und schaute Guy beim Essen zu. Ab und an streckte er eine Hand aus und streichelte über ihren Fuß oder über ein sanft gebräuntes Bein. Seine Finger tanzten unter dem langen Kleid.

»Du hast wunderschöne Knochen«, bemerkte er träge und ließ sich ein kleines Mousse vom Lachs schmecken. »Sie sind so delikat und feminin.«

»Da gibt es etwas, was ich dich fragen möchte«, sagte Cressida. Sie wünschte, seine Finger hätten nicht so eine verheerende Wirkung auf sie, denn wieder verhärteten sich ihre Nippel, und sie erinnerte sich an den wundervollen Moment, als sie gefühlt hatte, wie sich der Orgasmus in ihr aufbaute.

»Um was geht es denn?«

»Als ich eben am Baum gefesselt war, ist da jemand vorbeigegangen?«

»Spielt das eine Rolle?«

»Ja, es ist mir wichtig. Das Letzte, was ich mir erlauben kann, sind Leute, die mich nackt und erregt in der Öffentlichkeit sehen«, gab sie hitzig zurück.

Guy sah sie nachdenklich an. »Das Letzte, was du dir erlauben kannst? Was meinst du damit? Hast du berühmte Eltern oder so was? Würden die Boulevardblätter deinen nackten Körper auf die Titelseiten bringen?«

Cressida begriff, dass sie wieder einen Fehler begangen hatte. Das war der Nachteil von gutem Sex – sie wurde dadurch entspannt und sorglos. »Natürlich nicht, aber meiner Mutter geht es nicht gut, und ich möchte sie nicht beunruhigen«, sagte sie lahm.

Guy sah nicht so aus, als hielte er das für einen überzeugenden Grund, aber er hakte nicht nach. »Nun, um die Wahrheit zu sagen, ist eben ein Pärchen gekommen, das den Wagen in der Nähe meines Autos geparkt hat. Sie sind ausgestiegen, aber dann müssen sie wohl gesehen haben, dass sie bei einer ganz speziellen Handlung störten, denn sie stiegen wieder ins Auto und sind weitergefahren.«

»Ich wusste, dass ich das Zuschlagen einer Autotür gehört hatte«, sagte Cressida.

»Das hat dich aber nicht zu sehr abgelenkt«, meinte Guy und lächelte kurz. »Kann ich dir mit irgendwas aus dem Korb eine Freude machen? Es wäre zu schade, wenn du vor Hunger ausgezehrt wirst. Deine Kurven gefallen mir im Moment so, wie sie sind.«

»Ich glaube, deine Zustimmung zu meiner Figur ist nicht mein oberstes Ziel im Leben«, kommentierte Cressida mit einem Lachen. »Aber da mir meine Figur auch gefällt, wie sie gerade ist, esse ich vielleicht doch lieber eine Kleinigkeit. Ein bisschen Pastete wäre mir lieb.«

Guy strich die Pastete auf einen Cracker und reichte ihn ihr. »Für dich«, sagte er. »Aber ich bin überrascht zu hören, dass es nicht dein oberstes Ziel ist, mir zu gefallen. Ich dachte, genau das würdest du bezwecken.«

Cressida zwang sich, ganz ruhig zu bleiben. Sie knabberte am Cracker. »Wie kommst du denn darauf?«

»Marcia hat es mir gesagt, und sie irrt sich selten in solchen Dingen. Ihre feminine Intuition ist stark.«

»Vielleicht behütet sie dich so eifersüchtig, dass sie Gefahren sieht, wo keine sind«, meinte Cressida.

»In diesem Fall hat sie Recht. Wenn sie sich darin geirrt hätte, wären wir jetzt nicht hier.«

»Aber das heißt doch nicht, dass ich mein ganzes Denken auf dich konzentriere, um deine Zustimmung zu erhalten. Im Gegenteil, ich kann mir nicht vorstellen, dass diese Einseitigkeit einen Mann wie dich begeistert.«

»Dann warst du vielleicht besonders clever und hast die Distanz bewahrt, bis du meine Aufmerksamkeit erregt hast«, hielt Guy ihr vor.

»Weißt du, du bist unglaublich eingebildet«, sagte Cressida mit einem Lächeln. »Warum solltest du was Besonderes sein?«

»Ich habe keine Ahnung«, sagte Guy, während seine Hand in sanften Kreisen über ihre Kniekehle strich. »Ich hatte gehofft, dass du es mir sagen kannst.«

»Zuerst habe ich dich nicht für was Besonderes gehalten. Ich wollte erst auch nicht mit dir ausgehen, als Rick krank geworden war. Ich gebe aber zu, dass du jetzt was Besonderes für mich bist, aber das heißt noch nicht, dass ich mein ganzes Leben umkrempele, damit du mich attraktiv findest. Um ehrlich zu sein, Guy, habe ich das noch nie in meinem Leben getan, und ich kann nicht glauben, dass es einmal so weit kommen wird. Bis zu unseren zwei Treffen war Sex nie so wichtig für mich.«

»Das solltest du Rick aber nicht hören lassen«, sagte Guy.

Cressida fühlte sich unbehaglich. »Rick und ich hatten viel Spaß miteinander«, gab sie zu. »Er hat mir gezeigt, dass es mehr im Leben gibt als ...«

»Tom?«, warf Guy ein.

Zum Glück war Cressida jetzt auf der Hut. »Tom?«

»Ja, Detective Sergeant Tom Penfold. Erinnerst du dich an ihn?«

Sie überlegte kurz. »Ach, der! Natürlich erinnere ich mich. Der Kunde in der Galerie, der mich zum Essen eingeladen hat. Ja, wenn du es so sagst, hat Rick mir gezeigt, dass das Leben mehr zu bieten hat als Männer wie Tom.«

Guys Blicke, die bis jetzt auf ihr Gesicht fixiert waren, wandten sich wieder ihrer Figur zu. »Knöpfe dein Kleid auf«, sagte er. »Ich will deine Brüste streicheln, während wir miteinander reden.«

Obwohl Cressidas Körper sich nichts anderes ersehnte, wusste sie, dass es besser war, wenn er sie nicht sofort wieder in Erregung versetzte, denn sie würde ganz schnell ihre Beherrschung verlieren. »Noch nicht«, wandte sie ein. »Ich brauche noch ein bisschen Zeit, um mich zu erholen.«

»Unsinn«, widersprach Guy. »Ich habe nichts von einer weiteren Sex-Session gesagt, ich will nur ein bisschen körperliche Intimität. Was ist denn los mit dir? Hast du Angst, wieder die Kontrolle zu verlieren?«

Er kam der Wahrheit damit gefährlich nahe, deshalb ließ sie zu, dass er näher zu ihr rutschte. Sie half ihm, die Knöpfe zu öffnen, damit er ihre Brüste massieren konnte, die in seinen Händen sofort anschwollen. Die hellblauen Venen traten deutlicher hervor, und wieder setzte ihre Erregung ein.

»Erzähle mir von dir, Cressida«, raunte er. »Ich will von deiner Kindheit hören, von deiner Schulzeit und wann du das erste Mal Interesse für die Kunst gezeigt hast.«

»Ja, gern«, sagte sie. Ihre Hintergrundgeschichte hatte sie auswendig gelernt. »Aber nur, wenn du mir deine Lebensgeschichte erzählst, wenn ich meine beendet habe.«

»Ja, möglich«, sagte er, und als seine Finger über die Unterseiten ihrer Brüste streichelten, lag sie mit dem Kopf in seinem Schoß und erzählte ihm ihr Leben. Ihre Vorgesetzten bei der Polizei hatten sich alle Einzelheiten dieser Geschichte ausgedacht.

Als sie damit fertig war, konnte sie kaum noch sprechen, denn ihre Atemwege fühlten sich eingeengt durch die wachsende Gier auf Guy. Sie wollte, dass er wieder Liebe mit ihr machte. Als ihre Stimme abebbte, beugte er den Kopf und nagte hart an ihren steifen Nippeln. Sie gab einen leisen Quietschlaut von sich, eine Mischung aus Schmerz und Erregung.

»Was für ein gutes Gedächtnis du hast«, sagte er beiläufig. »Ich könnte nicht so detailgenau über mein Leben erzählen, aber du hast ein gutes Gedächtnis für Einzelheiten.«

»Und für Lust«, sagte sie leise und griff mit beiden Händen nach ihm.

Er schaute hinab auf sie, aber er lächelte nicht. »Ja, und für Lust«, wiederholte er nachdenklich. Cressida lag inzwischen ausgestreckt auf dem Rücken, die meisten Knöpfe am Kleid geöffnet. Guy öffnete noch die restlichen, ließ ihr aber das Kleid an, das nun wie eine lange Jacke wirkte.

»Dies wird etwas sehr Spezielles sein«, versprach er ihr, und sie fühlte ein Flattern im Solarplexus, während ihr Körper kaum erwarten konnte, was Guy mit ihr tun würde.

Sie hatte die Augen geschlossen und wurde überrascht, als er sie auf den Bauch drehte. Hüften, Bauch und Unterleib lagen auf einem großen, weichen Kissen.

»Du hast nicht nur Sachen zum Essen und Trinken mitgebracht«, sagte sie scherzend.

»Nein«, sagte Guy ernst. »Ich war auf alle Möglichkeiten vorbereitet. Presse deinen Körper fest gegen das Kissen, das ergibt die Stimulierung, die du am Anfang brauchst.«

Cressida blieb keine Zeit, darüber nachzudenken, welche anderen Dinge er noch mitgebracht hatte. Folgsam presste sie ihr schmerzendes Fleisch gegen das Kissen, und Guy zog ihr Kleid den Rücken hoch. Er zog behutsam den Analstöpsel heraus, den er in ihr gelassen hatte, als er sie von den Stricken befreit hatte. Sie erinnerte sich, die Muskeln entspannt zu lassen und wurde mit einem Kuss auf das Ende des Rückgrats belohnt, und wie von selbst drückte sich ihr Körper noch fester gegen das Kissen. Sie ließ die Hüften kreisen, um ihre Vulva so stark wie möglich zu stimulieren.

»Der Stöpsel soll dir geholfen haben, dich zu dehnen«, murmelte Guy, und plötzlich begann Cressida zu verspannen. »Du musst entspannt bleiben«, erinnerte Guy sie. Dann fühlte sie einen Finger, ummantelt mit kaltem Gel. Er schob ihn in ihr Rektum. Er drehte ihn nach allen Seiten, weil er ihr die größtmögliche Erregung verschaffen wollte.

Winzige Bäche aus heißer Flüssigkeit schienen durch sie zu jagen, und als sie den Druck des Bauchs gegen das Kissen beibehielt, spürte sie ein schmerzendes Verlangen. Sie fühlte sich gefüllt und geweitet, als wäre ihr Körper nicht groß genug, um alle Empfindungen aufzunehmen, die Guy in ihr auslöste.

Ihre Brüste schmerzten auch, und ohne nachzudenken legte sie ihre Hände um die Brüste und quetschte die erigierten Nippel, bevor sie mit den Fingern um die geschwollenen Aureolen fuhr. Sie hörte Guy kurz lachen, dann hob sich ihr Unterleib plötzlich vom Kissen, und während eine Hand ihre Backen teilte, blieb die andere fest unter ihr, und die Finger dieser Hand streckten sich, bis sie sich zur Klitoris vorgearbeitet hatten.

Er spielte ein paar Minuten damit, massierte sie durch die schützende Kapuze, bis sich die Knospe heiß und geschwollen vor Verlangen anfühlte, dann schob er die Kapuze zurück und stieß mit den Fingerspitzen gegen den Stamm.

Cressida ließ animalische, gutturale Geräusche hören, als die Intensität der Stimulation noch stärker wurde, und als Guy jetzt seine Erektion in ihr Rektum schob, zögerte Cressida keinen Moment, sondern spannte die inneren Muskeln an, wie er ihr schon früher beigebracht hatte.

Die Kraft ihrer muskulösen Kontraktionen hätte bei Guy fast zur sofortigen Ejakulation geführt. Rasch zog er seine Hand von ihrer Klitoris zurück und fing an, ihren Unterbauch zu massieren. Für einen Moment oder zwei verlor Cressida den Rhythmus, wodurch er wieder die Kontrolle übernahm. Er hatte noch nie eine Frau gekannt, die so sehr und so schnell in den Kombinationen ihrer Gefühle schwelgte. Ihr lautes Entzücken und die ekstatischen Reaktionen wirkten wie ein Aphrodisiakum auf ihn.

Sehr langsam und behutsam begann er sich zu bewegen, ein und aus, ein und aus, aber er achtete darauf, dass er sie nicht zu sehr dehnte oder ihr mit zu plötzlichen Stößen Unbehagen bereitete. Das Ergebnis war diese verblüffte, dunkle Erregung, die sich in Cressida verbreitete, und als Guy ihre Backen ein wenig anhob, ließ sie die Unterarme sinken, sodass die schmerzenden Brüste jetzt auf dem Kissen lagen.

Als Guys Finger zur Klitoris zurückkehrten, zuckten weiße Lichtstreifen hinter Cressidas geschlossenen Lidern auf. Die verbotene Lust verzehrte sie, und als sie das erste winzige Flattern spürte, das ihren Orgasmus ankündigte, schrie sie laut auf.

»Ich komme!«, schrie sie, und noch bevor die Worte aus ihrem Mund waren, spürte Guy, wie sich ihr Körper anspannte und auch um ihn herum Tumult entstand. Wellen der Glückseligkeit überspülten Cressidas Körper mit einer solchen Wucht, dass sie einen Moment lang Furcht empfand, bevor die Lust durchbrach und dann langsam abebbte.

Guy zog sich vorsichtig aus ihr zurück, und als er sie auf den Rücken legte, sah er den glasigen Blick der Befriedigung. Er konnte nicht widerstehen, ihre Beine zu spreizen. Dann, als ihre Oberschenkel auf seinen Hüften lagen, senkte er den Kopf und leckte über das unglaublich empfindsame Gewebe, das ihren Kitzler umgab.

Für Cressida, die gerade den intensivsten Orgasmus ihres Lebens hinter sich hatte, waren die leichten, nassen Liebkosungen fast zu viel, aber ihr Körper reagierte sofort, und erneut zuckten ihre Muskeln, als sie von einem weiteren, beinahe schmerzhaften Orgasmus erfasst wurde, der sie auf ein Plateau hob, das sie eben erst verlassen hatte.

Sie hörte sich in einer Mischung aus Entzücken und Verzweiflung stöhnen. »Nicht mehr«, ächzte sie, als ihre Muskeln abschlafften und entspannten. Widerwillig gab Guy sie frei.

»Du bist unglaublich«, murmelte er, küsste ihren Bauch

und die empfindliche Haut um die Hüftknochen herum. »Ich möchte immer wieder Liebe mit dir machen.«

In diesem Moment konnte sich auch Cressida nichts Besseres vorstellen.

Später, als sie die Picknicksachen wieder einräumten, blieb sie still. Es war ein unvergesslicher Abend gewesen, und Guys ideenreiche Art, Liebe mit ihr zu machen, hatte sie in eine wunderbare Stimmung versetzt, und nun fühlte sie nichts als Schuld wegen ihres Auftrags.

Sie fand es schwierig, ihm in die Augen zu sehen, wenn sie daran dachte, dass sie ihn bald schon dem Betrugsdezernat überstellen würde. Dabei würde er erfahren, dass sie es war, die ihn verraten hatte. Aber das konnte sie nicht mehr, sie hatte sich in ihn verliebt, und sie fühlte sich wie in einem Albtraum.

»Ich will nicht, dass du morgen zur Arbeit kommst«, sagte er, als er den Wagen in den frühen Morgenstunden vor ihrer Wohnung anhielt.

»Warum nicht?«

»Weil ich will, dass du dich ausruhst. Morgen Abend gehen wir wieder aus. Es wird eine ganz spezielle Party sein, und ich glaube, dass du nach dem heutigen Abend eine längere Ruhepause brauchst.«

»Was für eine Art Party?«, fragte Cressida, um mehr Anhaltspunkte zu erhalten.

»Wir gehen zu Sir Peter Thornton und seiner Frau Rose. Ich bin sicher, dass du dich an sie erinnerst – sie waren auf Marcias Dinnerparty dabei.«

»Leonores Eltern«, sagte Cressida.

»Ja. Das heißt, er ist ihr Vater, aber Rose ist nur ihre Stiefmutter. Kommst du mit? Mir ist es wichtig, mit dir zusammen hinzugehen.«

»Warum nicht Marcia?«, fragte Cressida.

Guy legte einen Arm um den Sitzrücken. »Willst du denn, dass ich Marcia mitnehme?«

Eigentlich ja, dachte sie. Aber sie wusste, dass Guy eines von Sir Peters Gemälden zum Reinigen und Restaurieren mitgenommen hatte. Beim Treffen morgen würde er es vielleicht schon zurückbringen, was nur bedeuten konnte, dass der Betrug abgeschlossen war. Dadurch würde sie gezwungen sein, Detective Chief Inspector Williams zu informieren. Das war ihr Job, und ganz egal, welche Gefühle sie für Guy hatte, sie musste ihren Auftrag abschließen.

»Natürlich nicht«, sagte sie leise.

»Jetzt bin ich aber erleichtert. Ich hole dich um acht Uhr morgen Abend ab. Es spielt keine Rolle, was du anziehst. Noch besser – ich bringe etwas mit, dann kannst du dich umziehen, bevor wir fahren. Du musst nämlich wissen, dass es sich um einen ganz besonderen Abend handelt.«

»Schön«, sagte Cressida, dann lehnte sich Guy zu ihrer Überraschung herüber und küsste sie auf den Mund. Seine Lippen pressten sich hart auf ihre, als wollte er sie verzweifelt an sich binden; dabei wusste sie, dass er kein Mann war, der eine Frau ganz besitzen wollte.

Ihr Anruf bei ihrem Chief dauerte an diesem Abend nicht lange, und während sie deutlich machte, dass sie und Guy jetzt ein Paar waren, behielt sie die Einzelheiten für sich. Als er vom Besuch bei seinem Freund Sir Peter Thornton am morgigen Abend hörte, konnte Detective Chief Inspector Williams seine Freude kaum noch zurückhalten.

»Ich glaube, wir haben ihn jetzt«, knarrte es durch die Leitung. »Sie leisten hervorragende Arbeit, WPC Farleigh. Ich hoffe nur, dass es kein allzu großes Opfer für Sie ist.« Sie hörte ihn lachen, dann legte er auf.

Sie brauchte mehrere Stunden, bevor sie einschlafen konnte, denn ihr Pflichtgefühl duellierte sich mit ihren neuen Empfindungen Guy gegenüber. Sie hatte den Eindruck, dass er ihre Gefühle erwiderte. Auch wenn er nicht fähig war zu einer festen Bindung, die sie stets angestrebt hatte, spürte sie, dass er sich von ihr angezogen fühlte; er genoss ihre Gesellschaft und ihren Körper.

Um sechs Uhr an diesem Morgen, nachdem sie erst eine Stunde geschlafen hatte, klingelte ihr Telefon. Sie stand auf und stapfte ins Wohnzimmer. Aus irgendeinem Grund glaubte sie, dass Marcia sie anrief, um ihr eine Szene zu machen. Aber sie war es nicht; am Telefon war Chief Inspector Williams.

»Ich muss Sie anrufen«, sagte er knapp, die Stimme spröde und kalt. »Der Matisse, den wir der Galerie zum Reinigen dagelassen haben, ist zurückgegeben worden. Unsere Experten haben ihn überprüft – es handelt sich um das Original.«

»Das Original!« Cressidas Herz tat einen Sprung. Es war ihr nicht möglich, die Freude in ihrer Stimme zu unterdrücken.

»Das ist kein Grund zum Feiern«, mahnte sie ihr Chief. »Wenn er eine Fälschung zurückgegeben hätte, wüssten wir jetzt genau, dass wir Recht haben mit unserer Vermutung, und Ihre Informationen hätten unsere Ermittlungen nur noch verstärkt. Jetzt ist es noch wichtiger, dass Sie weitere Dinge herausfinden. Sie müssen alle Leute, die in diesen Betrugsfall verwickelt sind, genau beobachten. Marcia, Guy Cronje und auch den Künstler, mit dem Sie vor Guy ausgegangen sind.«

»Rick Marks«, sagte Cressida langsam.

Ihr Boss lachte. »Ja, richtig. Der Mann, der so leichtfüßig über mein Tor kletterte. Sie haben gezeigt, wie ernst Sie Ihre Aufgabe nehmen, Cressida. Ich bin stolz auf Sie. Denken Sie daran, Sie werden nicht mehr viel Zeit haben. Ich bin sicher, dass Cronje inzwischen Informationen über Sie eingeholt hat. Und für einen Mann wie ihn wird es nur ein paar Tage dauern, bis er die Wahrheit herausgefunden hat. Sie müssen ihn so schnell wie möglich festnageln. Wenn das mit Sir Peter stimmt, ist es durchaus möglich, dass Ihnen das schon heute Abend gelingt.«

»Ja, das glaube ich auch«, sagte Cressida träge und erinnerte sich, dass Sir Peters Holbein in das Buch über die Restaurierungen aufgenommen worden war.

»Ausgezeichnet! Viel Glück wünsche ich Ihnen. Wir werden heute Abend in Ihrer Nähe sein, aber nicht zu nahe. Er ist gerissen, und wir wollen ihn nicht warnen.«

Nachdem sie geweckt worden war, konnte Cressida keinen Schlaf mehr finden. Stattdessen trank sie eine Tasse Kaffee nach der anderen, während sie in Gedanken noch einmal alle Einzelheiten des vergangenen Abends abspielen ließ. Die Wahrheit war, dass sie den Auftrag nicht abschließen wollte. Das Wissen, dass ihre Aussagen dazu führten, Guy, Rick und sogar Marcia ins Gefängnis zu bringen, ließ sie nicht ruhen.

Sie alle hatten maßgeblichen Anteil daran, dass sie eine andere Frau geworden war; eine Frau, die erkannte, dass es mehr im Leben gab als Polizeiarbeit und schlichten Sex. Sie fühlte sich befreiter und sexuell aufgeschlossen, seit sie in der Galerie arbeitete. Es kam ihr erbärmlich vor, sie als Gegenleistung hinter Gitter zu bringen. Zum ersten Mal schämte sich Cressida für das, was sie tat.

»Es ist ja nicht so, dass die Besitzer der Gemälde als Verlierer aus den Betrügereien herausgehen«, sagte sie zu sich selbst, während sie zwei Scheiben Brot in den Toaster steckte. »Und ganz zum Schluss ersetzen die Versicherungen den Verlust.«

Sie wusste natürlich, dass es darum nicht ging. Betrug war ein ernsthaftes Verbrechen, und auch der Missbrauch des Vertrauens, den Guy seinen Freunden zumutete, war schändlich. Wenn sie ihn durch seine eigenen Methoden schließlich überführen konnte, hatte das was mit der Phrase ›mit gleicher Münze zurückzahlen‹ zu tun, aber auch wenn sie sich das einredete, fühlte sie sich nicht besser.

Nachdem sie in der Galerie angerufen hatte und sich bei Marcia wegen einer Migräne entschuldigt hatte, die es ihr unmöglich machte, heute in die Galerie zu kommen, ging sie zurück ins Bett, und tatsächlich schlief sie ein paar Stunden. Sie wusste, wie wichtig es war, dass sie heute Abend nicht verschlafen aussah, denn Guy hatte ihr deshalb frei gegeben.

Während des Nachmittags, nachdem sie gebadet, die Haare frisiert und die Nägel lackiert hatte, blieb ihr Zeit zum Nachdenken. Konnte es sein, dass Guy sie aus anderen Gründen heute nicht in der Galerie haben wollte? Vielleicht, um Sir Peter den gefälschten Holbein zu bringen? Oder um sich und Marcia Zeit zu geben, Informationen über sie einzuholen?

Alle Möglichkeiten standen offen, und Cressida wusste, dass Guy am Abend, wenn er sie abholte, keinen Ton darüber sagen würde, ganz egal, was er herausgefunden hatte. Dafür war er viel zu professionell. Sie würde sich auf ihre Instinkte und auf ihr Training verlassen müssen, um die Nacht zu überstehen.

Er traf rechtzeitig ein und trug eine weiche Reisetasche in der Hand, und nachdem er Cressida leidenschaftlich geküsst hatte, stellte er die Reisetasche auf den Boden und zog den Reißverschluss auf.

»Du willst wahrscheinlich wissen, was du heute Abend

tragen wirst«, sagte er mit einem Lächeln. Cressida nickte. »Dann schaue in der Tasche nach.«

Cressida griff hinein. Ihr Gesicht glühte vor Aufregung. Sie hatte gerätselt und schließlich gedacht, sie würde was Langes anziehen und dazu eine Maske tragen. Das Maskenballthema schien zu Sir Peter und seiner Frau Rose zu passen.

Aber in der Reisetasche befanden sich drei verschiedene Kleidungsstücke, und keins davon hatte irgendwas mit Cressidas Vermutungen zu tun. Zuerst zog sie einen schwarzen Satin-BH mit Halterschalen und schmalen Spaghettiträgern heraus, dazu gab es ein schwarz-weißes Mittelteil aus Spitze sowie ein besticktes durchsichtiges Höschen mit einem schwarzen Satineinsatz, der für ein Minimum an Sittsamkeit sorgte, und schließlich holte Cressida einen kurzen schwarzen Kimono mit langen Ärmeln aus der Reisetasche.

Sie breitete die drei Teile der Unterwäsche auf dem Sofa aus und schüttelte ungläubig den Kopf. »Ich kann doch nicht so auf eine Dinnerparty gehen«, rief sie.

Guy sah sie überrascht an. »Warum nicht?«

»Weil ich mich lächerlich mache! Was werden die anderen Gäste tragen? Ich meine, selbst auf einer Pyjama-Party läuft man nicht in solchen Aufzügen herum. Jedenfalls nicht auf denen, die ich besucht habe.«

»Wir sind die einzigen Gäste«, sagte Guy leise.

Cressida starrte ihn an. »Wie meinst du das?«

»Ich meine genau das, was ich gesagt habe. Du und ich, wir sind zum Essen bei Sir Peter Thornton und seiner Frau eingeladen, und Sir Peter wünscht, dass wir in einem solchen Aufzug zu seiner Party kommen. Marcia hat das auch schon mal gemacht, obwohl wir damals bei Lord Summers und seiner Frau eingeladen waren. Ich hoffe, dass du dich als bessere Begleiterin als sie erweist. Sie kam einfach nicht in Stimmung und enttäuschte den armen Michael, was bedeutete, dass auch Alice keine so gute Zeit hatte, wie sie sich erhoffte.«

»Ich habe keine Ahnung, wovon du redest«, sagte Cressida, aber sie fühlte sich allmählich ziemlich nervös, besonders, da sie wusste, dass sie heute Abend mit ihm gehen musste, ganz egal, welche Ungeheuerlichkeiten Guy von ihr erwartete.

»Wir sind nicht nur Gäste«, erklärte Guy, »wir stellen auch die Unterhaltung nach dem Essen. Weißt du, Männer wie Sir Peter, also ältere Männer mit sehr viel jüngeren Ehefrauen, haben oft Probleme, sie körperlich zu befriedigen, und manchmal ist es eine große Hilfe, wenn sie einem anderen Paar bei der Liebe zusehen können. Das ist für sie der Antrieb, den sie brauchen. So war es mit Lord Summers, und so ist es mit Sir Peter. Rose fühlt sich oft vernachlässigt, und ich möchte, dass sie sich am heutigen Abend amüsiert.«

»Willst du damit sagen, dass wir zu ihnen gehen und vor ihren Augen Liebe machen?«, fragte Cressida, wie betäubt von seinen Ausführungen.

Guy lächelte sie an. »Ja, und wenn du so phantastisch aussiehst wie gestern Abend, dann ist Sir Peter ein glücklicher Mann.«

»Das kann ich nicht«, sagte Cressida.

Guy streichelte ihr über den Hals und saugte an ihrem Ohrläppchen. »Natürlich kannst du das. Du bist eine geborene Exhibitionistin. Es hat dir gefallen, als du geglaubt hast, dass gestern Abend noch andere Leute im Wald wären. Dadurch bist du noch erregter geworden. Das hast du selbst gesagt, und ich habe es an deinen Reaktionen gesehen. Also, die Veranstaltung heute Abend wird dir noch besser gefallen.«

»Ich will nicht, dass er mich berührt«, sagte Cressida, entsetzt von der Aussicht, dass es ihr auch so ergehen könnte wie Alice auf Marcias Dinnerabend.

»Natürlich nicht. Er wird seine Hände nicht von Rose lassen können. Es wäre eine Verschwendung von Energie, wenn er sie bei dir abladen würde. Komm schon, Cressida, lasse mich zu einer so späten Stunde nicht im Stich. Ich dachte, ich würde dich kennen, aber es scheint, dass ich mich geirrt habe.«

Er begann, die Kleidungsstücke zurück in die Tasche zu legen, aber Cressida griff nach ihnen. »Nein, du hast dich nicht geirrt«, versicherte sie ihm. »Du hast mich wieder mal überrascht, das ist alles.«

Es stimmte; er hatte sie auf dem falschen Fuß erwischt, aber jetzt fand sie plötzlich Gefallen an der Vorstellung. Das war auch schon gut so, denn Detective Chief Inspector Williams würde mehr als enttäuscht sein, wenn sie die Möglichkeit ausschlug, bei einem Treffen von Guy Cronje und Williams' persönlichem Freund Sir Peter Thornton mit von der Partie zu sein, und das mit Recht, zumal vielleicht die Rückgabe des Gemäldes an den ahnungslosen älteren Herrn geplant war, das sich später als Fälschung erweisen konnte.

Guy atmete erleichtert auf. »Das ist wunderbar«, raunte er. »Zieh das jetzt alles an. Im Auto kann ich dir in einen Mantel helfen, den ich eigens für dich mitgebracht habe. Aber beeile dich, bitte. Du wirst es nicht bereuen, Cressida. Es wird der aufregendste Abend deines Lebens sein.«

»Ich hoffe, dass du es nicht bereust«, sagte sie leise.

Guy hob die Brauen. »Warum sollte ich deine Entscheidung bereuen?«

Sie schluckte schwer und wusste, dass sie ihn unmöglich warnen konnte. »Ich werde dich vielleicht enttäuschen, wenn es zur Sache geht«, erklärte sie.

Er schüttelte den Kopf. »Das glaube ich nicht, Cressida. Ehrlich, ich kann mir nicht vorstellen, dass du irgendwas tun könntest, worüber ich enttäuscht wäre.«

Sie wünschte, er hätte diesen Satz nicht gesagt, denn er hallte während der ganzen Fahrt in ihrem Kopf wider. Als sie aus dem Auto stieg, nahm er ihre Hand und drückte sie, eine ermunternde Geste, fand sie.

Aber sie hätte am liebsten geheult, wenn sie daran dachte, was sie beide in der nahen Zukunft verlieren würden.

Zwölftes Kapitel

Weder Sir Peter Thornton noch seine Frau zeigten sich überrascht von Cressidas Kleidung, die sie unter dem Mantel trug, aber es war schon ein starker Kontrast zu Guys dreiteiligem anthrazitfarbenen Anzug mit dezenten Streifen und seinem orangefarbenen Hemd mit offenem Kragen. Nach einem Sherry und höflichem Smalltalk schritten die vier Personen ins Esszimmer, von dem Cressida vermutete, dass es ursprünglich mal als Arbeitszimmer eingerichtet gewesen war.

Die Dekoration war überaus geschmackvoll: blassblaue Wände und darauf abgestimmte Jalousien und Vorhänge. Auch das Tischtuch und die Stoffservietten waren blassblau. Die Leiterrückenstühle waren dick gepolstert, was Cressida freute, denn sie wusste nicht, wohin mit den Beinen, weil alles, was sie trug, nur knapp ihre Hüften bedeckte.

»Ich glaube, ich würde gern in der Galerie arbeiten«, erklärte Rose während des ersten Ganges, der aus Salat und Räucherlachs bestand. »Was da alles an den Wänden hängt, möchte man gern aufrichten.« Sie lachte und streichelte über Guys Oberschenkel.

Cressida erkannte nun, dass Rose und Guy zu irgendeinem Zeitpunkt eine Affäre gehabt hatten, auch wenn Guy ihre Hand jetzt behutsam wegschob und sich mit Sir Peter über die neuesten Aktienkurse unterhielt. Rose sah beleidigt aus wegen der Zurückweisung und wurde schweigsam.

Cressida fand, dass während des Essens eine eher unbehagliche Stimmung herrschte, jedenfalls gab es nichts Erotisches zu bemerken, aber das änderte sich, als der Nachtisch serviert wurde. Es war eine köstliche Mischung aus zerbröseltem Schaumgebäck mit cremigem Vanilleeis und Aprikosenstücken.

Guy nahm seinen Löffel, tunkte ihn in Cressidas Schüssel und begann sie zu füttern. Als ein paar Krümel vom Schaumgebäck über ihre Lippen rutschten, lehnte er sich zu ihr und leckte sie ab, bevor er ihre Mundwinkel küsste.

Cressida fiel auf, dass Sir Peter sie beide anstarrte. Er ließ seinen Nachtisch unangerührt stehen, weil er offenbar zu beschäftigt war, seine Gäste zu beobachten. Rose dagegen ignorierte sie und aß das Dessert in unerotischem, schmollendem Schweigen.

Als Cressidas Schüssel leer war, wandte Guy sich seinem eigenen Nachtisch zu, aber während er aß, langte er immer wieder mal zu Cressida hinüber und liebkoste die entblößten Spitzen ihrer Brüste durch den offen stehenden Kimono. Zweimal gestattete er sich, die Finger tiefer rutschen zu lassen und neckte ihre Nippel, die bald schon anschwollen, was wegen des durchsichtigen Satin-BHs deutlich zu erkennen war.

»Ich glaube, wir nehmen den Kaffee in einem anderen Zimmer«, sagte Sir Peter. Seine Stimme klang seltsam gepresst. »Rose, meine Liebe, bring den Kaffee hinauf, bitte.«

Er führte seine Gäste in das Schlafzimmer, in dem – was Sir Peter nicht wusste – Guy und Rose vor ein paar Wochen Liebesspiele getrieben hatten; er mit Leonora und Rose mit Leonoras Freund.

Jetzt setzte er sich auf das Bett, auf dem Rose sich mit dem jungen Freund vergnügt hatte. Sir Peter saß aufrecht da, von einem Kissenberg gestützt. »Sobald Rose zurückkommt, kannst du weitermachen«, sagte er zu Guy und bedachte Cressida mit einem scheuen Lächeln der Anerkennung.

Cressida stellte überrascht fest, dass sie sich überhaupt nicht schüchtern fühlte. Sie fühlte sich erstaunlich gut, und was bei Thorntons geschah, gefiel ihr. Das lag vielleicht an der Tatsache, dass Rose es nicht so sehr genoss wie ihr Mann. Sie war eifersüchtig und konnte es nicht verbergen.

Dann war Rose wieder da; sie setzte sich zu ihrem Mann aufs Bett, und ihr kurzes Kleid rutschte nach oben, sodass er ihre Oberschenkel sehen konnte, wenn er wollte.

»Cressida, warum legst du dich nicht ans Fußende des Bettes?«, fragte Guy. Er nahm sie an die Hand und führte sie zum anderen Paar. Dann zog er ihr den Kimono aus und legte sie gespreizt auf das Bett, wobei er die volle Breite nutzte; ein Kissen unter ihrem Kopf und ein zweites im Rücken, damit ihr Bauch ein wenig erhöht wurde.

»Wo soll ich beginnen?«, fragte er sie leise. Cressidas Brüste schmerzten schon von den Liebkosungen, die sie beim Nachtisch erfahren hatte. Sie strich mit der rechten Hand über die beiden Hügel. »Sage es«, drängte er sie. »Sir Peter hört gern, wenn die Frauen um das bitten, was sie wollen.«

»Ich will, dass du damit beginnst, meine Brüste zu massieren«, sagte Cressida. Weiter oben auf dem Bett räusperte sich Sir Peter, und er langte zu seiner Frau, die ihre Beine ein wenig spreizte, sodass er die zarte Haut ihrer Schenkelinnenseiten streicheln konnte, während das Paar seine Gäste beobachtete.

Rose begann sich allmählich zu erregen, denn Cressida ließ mit sich geschehen, was Guy sich ausgedacht hatte, und wenn Sir Peter erregt war, konnte er ein guter Liebhaber sein.

Guy ließ Massageöl in seine Hände tröpfeln und zog Cressida den BH aus, bevor er begann, die geschwollenen Halbkugeln zu massieren, bis ihre Nippel dunkelrot geworden und stolz erigiert waren. Er nahm sie abwechselnd in den Mund und übte zunehmend mehr Druck aus. Er nagte scharf an beiden Brustwarzen, und Cressidas Bauch bäumte sich auf. Durch die ruckende Bewegung verrutschte das Kissen.

Jetzt widmete Guy sich dem entblößten Unterleib. Er massierte das Öl so langsam und geschickt in die Haut ein, dass ein süßer Schmerz jeden Zentimeter ihres Bauchs erfasste. Cressida spürte, wie Pfeile der Erregung durch sie schossen.

Sie atmete jetzt lauter und hörbarer, und Sir Peters Hand kroch am nackten Bein seiner Frau hoch, bis er ihre Vulva durch die Seide ihres Höschens streichelte. Rose quietschte entzückt, aber sie hielt den Blick auf Guy und die schlanke junge Frau unter ihm gerichtet. Sie hatte es nie für möglich gehalten, dass er so zärtlich sein konnte.

Für Cressida war die starke Sehnsucht wie ein Waldbrand, der mit den ersten Funken begann, sich aber rasend schnell ausbreitete und sie zu verzehren drohte. Aber Guy verlangsamte das Tempo, denn er achtete darauf, dass die Schau nicht zu schnell vorbei sein sollte. Dies war nicht nur ein Augenschmaus für Sir Peter, er selbst genoss die Szene auch – genoss Cressidas Reaktionen und ihre hektische Not, den Gipfel zu erreichen, die Ekstase zu erleben, die nur er ihr verschaffen konnte.

Tropfen des Massageöls rannen in die Falten der Lenden, und Cressida ließ gedämpfte Schreie der Lust hören, aber zu ihrer Enttäuschung setzte Guy sein Streicheln an diesen Stellen nicht fort. Stattdessen begann er ihre Füße zu massieren, und seine Hände krochen mit grausamer Langsamkeit ihre Beine hoch, bis sie fühlte, sie müsste ihn anschreien, wenn er sich nicht bald ihre Vulva und die Klitoris vornehmen würde, die sich schmerzvoll spannten und pochten.

Schließlich spreizte Guy ihre Beine ein bisschen weiter auseinander und begann den Schambereich zu massieren, und als er wusste, dass sie verzweifelt erregt war, glitt er mit zwei Fingern in sie hinein und begann, mit ihrer Gebärmutter zu spielen. Mit einem leisen Schrei schüttelte sich Cressida und fand eine kurze Erleichterung durch den ersten Orgasmus.

»Sie ist gekommen!«, rief Rose. »Das ging viel schneller als bei Marcia.«

Cressida schlug die Augen auf und sah Guy an. »Ich habe nicht gewusst, dass du und Marcia das auch schon hier veranstaltet habt«, murmelte sie.

»Das war ganz anders«, antwortete Guy leise. »Sie hat sich nie in die Sinnlichkeit des Augenblicks verlieren können. Du bist meine perfekte Partnerin. Ich fang jetzt wieder von vorn an, aber das Ende wird anders sein.«

Seine Worte erhöhten noch ihre Erwartungshaltung, was er vorhergesehen hatte, und als er wieder ihre Brüste massiert hatte und über den Bauch zu den Beinen gelangt war und ihre Haut rieb und knetete, befand sie sich in einem Stadium höchster Erregung. Sie zitterte am ganzen Körper.

Rose konnte der Versuchung nicht widerstehen, rutschte das Bett hinunter und strich mit einer Hand sanft über Cressidas Bauch. Sie sah das Anspannen der Muskeln, und dann reagierte ihr Körper sofort.

»Sie kommt schon wieder«, flüsterte Rose zu Guy, der nickte und einen pulsierenden Vibrator in sie hineinschob. Er ließ sich Zeit damit, stieß immer nur einen Zentimeter weiter hinein, und Cressida zuckte und wand sich. Sie bäumte sich auf und stöhnte ihre Not heraus.

Guy beobachtete die verräterischen Zeichen wie das feste

Zupacken der Finger und schob mit den Fingerspitzen die Kapuze der Klitoris nach unten, bevor er kreisende Bewegungen um die harte Knospe beschrieb. Er koordinierte das Kreisen mit den stoßenden Bewegungen des Vibrators, der sie mit köstlichen Gefühlen überflutete.

Cressida spürte, wie sich die Muskeln im ganzen Körper wieder zusammenzogen. Die Spannung hatte nun ein kaum auszuhaltendes Plateau erreicht. Die Muskeln begannen zu zucken, und sie wurde mit einer flüssigen Wärme belohnt, die den zweiten Höhepunkt begleitete.

Sir Peter war inzwischen derart erregt, dass Rose seine Erektion freigelegt hatte und den Rand der Eichel koste. Sie bemühte sich, den Blick auf das andere Paar zu behalten, ohne die Arbeit an ihrem Mann zu vernachlässigen.

Seine Finger krochen über die Innenseite ihres Schenkels, und kurz nach Cressidas zweitem Orgasmus erlebte Rose ihren ersten. Sie wusste, dass es der erste von vielen sein würde, denn ihr Mann reagierte wunderbar erregt auf die ungewöhnlich überzeugende Show von Cressida und Guy.

Inzwischen war Cressida so sehr in den sexuellen Empfindungen verloren, dass sie nichts anderes wollte als einen weiteren Orgasmus, und diesmal wollte sie Guy in sich spüren. Er wusste instinktiv, was sie sich wünschte, aber er wollte, dass sie es ihm sagte.

»Sage es«, drängte er sie. »Du musst mir sagen, was du haben willst.«

»Ich will noch einen Orgasmus, aber ich muss dich in mir spüren. Ich werde dich mit meinen Muskeln melken, damit wir beide zur gleichen Zeit kommen.«

Sir Peter hörte genau zu, und ihre Worte erregten ihn so sehr, dass er fast schon gekommen wäre.

»Das hört sich wie eine gute Idee an«, murmelte Guy und

begann sich auszuziehen. Er legte sich ans Fußende des Bettes und zog Cressida auf sich. Ihre Beine stützten sich neben seinem Körper ab, und mit den Händen hielt sie sich auf seiner Brust fest. Langsam ließ sie sich auf seiner Erektion nieder. »Du musst arbeiten, Cressida«, raunte er. »Sie sollen sehen, wie du mich melkst. Beweise ihnen, dass der Mann die Marionette ist, nicht die Frau.«

Seine Worte erinnerten sie an Ricks Zeichnung in der Galerie, es war genau die Zeichnung, die ihre schlafende Sexualität geweckt hatte, und plötzlich übernahm sie die Kontrolle, hob und senkte sich auf ihm, koste seine Brustwarzen mit ihren scharfen Nägeln und ließ ihre inneren Muskeln um seinen Schaft zucken.

Bei jedem Zusammenziehen brachte sie Guy fast an den Rand des Orgasmus, aber wenn sie merkte, dass er kurz davor stand, blieb sie völlig reglos auf ihm und verweigerte ihm jede weitere Stimulierung.

Bald brachte sie ihn ebenso zur Raserei, wie es ihm bei ihr gelungen war. Er schrie auf und bettelte um Erleichterung, und Cressida empfand ein hehres Triumphgefühl. Während Sir Peter sich auf die keuchende Rose warf, erhöhte Cressida noch das Tempo ihres Rhythmus, und als sich Guys Körper spannte, fuhr sie mit den Stimulierungen fort, bis sie ihm den Höhepunkt erlaubte. Er stieß einen lauten Schrei aus, in dem sich dankbarer Triumph und süße Erleichterung heraushören ließen.

Alle vier lagen erschöpft auf dem Bett; ihr Atem noch unregelmäßig von den Anstrengungen. Das war der Zeitpunkt, in dem die Haustürklingel anschlug.

Rose hob das gerötete Gesicht aus den Kissen und starrte ihren Mann an. »Wer, um alles in der Welt, kann das zu so später Stunde sein?«

»Ich habe keine Ahnung«, gab Sir Peter zurück. »Leider haben wir Marie einen freien Abend gegeben, deshalb muss einer von uns zur Tür gehen.«

»Ich gehe«, sagte Rose. »Rührt euch nicht von der Stelle«, sagte sie mit einem Lächeln. »Ich werde bald wieder da sein.« Sie warf sich einen Hausmantel über und lief die Treppe hinunter.

Cressida nahm nur vage wahr, was um sie herum geschah. Guy hielt sie eng an sich gedrückt und sagte ihr, wie wunderbar sie gewesen wäre. Und sie könnte sich auf weitere Spiele freuen. Für einen kurzen Moment hatte sie den ursprünglichen Zweck des Besuchs vergessen; sie schwelgte in der schieren Sinnlichkeit des Geschehens. Aber die Ruhepause hielt nicht lange an.

»Ich glaube, es wäre besser, wenn ihr alle mit nach unten kommt«, sagte Rose. Sie stand in der Schlafzimmertür. »Marcia und Rick sind da, und sie sagen, dass sie etwas Dringendes mit uns zu besprechen haben.«

»Ich bleibe hier«, murmelte Cressida. »Wahrscheinlich geht es um Geschäftliches, und dafür brauchen sie mich nicht.«

»Ich fürchte, sie brauchen dich doch«, sagte Rose mit kalter Stimme. »Marcia sagt, dass es da neue Erkenntnisse gibt, die wir alle wissen sollten.«

All die Wärme und die Lust des Abends waren plötzlich verflogen, und es war Cressida, als hätte jemand einen Eimer eiskaltes Wasser über ihrem Kopf ausgekippt. Sie zitterte leicht, als sie sich vom Bett erhob und ihre winzigen Kleidungsstücke anzog. Sie wünschte, sie hätte sich bei Guy durchgesetzt und auf normaler Kleidung bestanden.

Guy beobachtete sie genau. »Das hört sich doch sehr interessant an, nicht wahr, Cressida?«

»Ich befinde mich noch nicht in einem Zustand, in dem

mein Denkapparat auf Hochtouren läuft«, antwortete sie, während sie krampfhaft versuchte, sich vorzustellen, wer was gegen sie vorbringen konnte. Und wie könnte sie reagieren, wenn ihre wahre Identität entlarvt wurde?

»Nun, ich finde, wir sollten uns zumindest die Zeit nehmen, sie anzuhören, nachdem sie sich die Mühe gemacht haben, uns hier zu suchen. Es passt so gar nicht zu Marcia, meine gesellschaftlichen Abende zu stören, wenn nicht wirklich was Dringendes vorliegt«, sagte Guy.

»Wir kommen in ein paar Minuten nach«, versprach Sir Peter, der offenbar noch eine kurze Zeit mit seiner Frau zusammen sein wollte.

»Ja, sicher«, stimmte Guy zu. »Ich möchte jetzt nur gern hören, um was es überhaupt geht. Komm schon, Cressida. Du musst ebenso neugierig sein wie ich.«

In dem Moment, in dem sie den Salon betraten, wusste Cressida durch Marcias Gesichtsausdruck, dass die andere Frau die Wahrheit über sie wusste. Cressida traute sich kaum, Rick anzuschauen, aber als sie es tat, wusste sie, dass auch er ihre wahre Identität kannte. Er sah wütend und verletzt aus. Nun, damit würde sie leben müssen, doch sie war mehr daran interessiert, wie Guy reagieren und ob sie das Haus von Sir Peter lebend verlassen würde.

»Was für ein tolles Outfit«, sagte Marcia lang gezogen, nachdem sie Cressidas spärlich bekleideten Körper betrachtet hatte. Cressida versuchte, den Kimono enger um sich zu ziehen, aber dann gab sie auf. Es war zu spät für Anständigkeit.

»Was ist geschehen?«, fragte Guy interessiert. »Ich hoffe, dass die Galerie nicht abgebrannt ist?«

»Die Galerie ist in Sicherheit, wenigstens für den Augenblick«, antwortete Marcia, »aber du und ich, wir haben uns die Finger prächtig verbrannt an Miss Cressida Farleigh, oder sollte ich besser WPC Farleigh sagen, weil das korrekter wäre.«

Guys Finger, die Cressidas Handgelenk locker gehalten hatten, verspannten sich. Sie versuchte, sich von ihm zu lösen, aber das gelang ihr nicht. »Wie meinst du das?«, fragte er gereizt.

»Ich meine, dass Cressida eine verdeckte Ermittlerin der Polizei ist. Das Betrugsdezernat hat sie in unsere Galerie geschleust. Die englische Polizei will dich schnappen, bevor du Interpol in die Hände fällst.«

»Woher weißt du das?«, fragte er.

Rick antwortete. »Gestern Abend bin ich Detective Sergeant Tom Penfold zu einem Pub gefolgt. Ich habe ihm gesagt, dass Cressida eine Affäre mit dir hat. Ich gab vor, dass die Affäre sich so intensiv entwickelt hätte, dass ihr übers Heiraten nachdenkt. Da drehte er fast durch, und innerhalb weniger Minuten hat er mir die ganze miserable Geschichte erzählt. Er hatte auch Mitleid mit mir, als ich ihm gestand, dass ich Cressida auch auf den Leim gegangen war.«

Guy fuhr herum zu Cressida und presste sie gegen eine Wand. »Ist das wahr?«, schrie er fast, sein Mund nur ein schmaler Strich in seinem blassen Gesicht.

»Guy, bitte, tu mir nicht weh. Ich habe einen Auftrag erhalten, und den hatte ich auszuführen. Mir blieb keine andere Wahl«, erklärte Cressida. Sie hoffte, dass er einen besseren Charakter hatte, als man ihm nachsagte, aber da er sie nicht losließ, wollte sie nur noch ein bisschen Zeit gewinnen.

»Ist es wahr?«, wiederholte er. Seine Hände hielten ihre Schultern gepackt.

»Natürlich ist es wahr«, sagte Marcia. »Sie ist heute Abend nur wegen des Holbeins hier. Der Mann, der uns den Matisse gebracht hat, war auch ein Polizist. Sie hat sich die Geschichte raffiniert ausgedacht, als wir sie dabei erwischt haben, wie sie in unseren Unterlagen schnüffelte.«

Guy runzelte die Stirn. »Der Holbein?«

»Das hat Tom Penfold mir erzählt«, sagte Rick. »Hast du ihn Sir Peter noch nicht gegeben?«

»Seid still, ihr beide!«, fauchte Guy und wandte sich wieder Cressida zu. »Zum letzten Mal – ist das alles wahr?«

Cressida war erschrocken über den Ausdruck auf seinem Gesicht und auch über die Erkenntnis, dass nun ihre Zeit mit Guy vorbei war. Sie würde niemals wieder seine Hände auf ihrem Körper spüren, nie wieder diese sensationelle Lust empfinden, die nur er ihr auf diese Weise verschaffen konnte

Er war alles, was sie sich bei einem Mann gewünscht hatte, und nun würde sie ihn verlieren, entweder ans Gefängnis oder durch ihre Versetzung in irgendein Kaff auf dem Land, wo man sie viele Jahre nicht finden würde. Sie begann zu zittern, aber sie sah ihm trotzdem in die Augen.

»Ja«, gab sie zu. »Das ist alles wahr.«

Zu ihrer Verblüffung löste er seinen Griff, trat von ihr zurück und begann zu lachen. »Wie du nur deine Talente verschwendest, Cressida! Du hättest zur Bühne gehen sollen. Ich hätte schwören können, dass es dir bei mir gefallen hat, und eigentlich bin ich nicht leicht hinters Licht zu führen.«

»Das war keine Schauspielerei«, flüsterte sie, »aber ich hatte trotzdem einen Auftrag zu erfüllen.«

»Als du gebettelt hast, dass ich in dich eindringen soll, dass ich dir endlich den Orgasmus beschere, war das echt?«, fragte er spöttisch.

Ihr Gesicht war wie mit roter Farbe angemalt, als sie Marcia und Rick ansah.

»Bitte, rede nicht darüber.«

»Warum nicht? Du hast dich doch auch immer mit vielen Menschen unterhalten, seit wir uns kennen, aber wahrscheinlich nicht über unsere sexuellen Exzesse. Ich muss dir gratulieren. Du hast mich von Anfang an getäuscht. Dabei bist du mir gefährlich nahegekommen. Was für ein Glück, dass du nicht diejenige bist, für die ich dich gehalten habe. Ich bin ziemlich nervös geworden, als ich merkte, dass ich drauf und dran war, mich das erste Mal in jemanden zu verlieben.«

Seine Worte wirkten wie Hammerschläge auf Cressida. Innerlich zuckte sie, aber sie wusste, so gelassen er sich auch gab, plante er doch schon, sie loszuwerden, und gleichzeitig seine Flucht. Sie versuchte, ihre persönlichen Gefühle auszuschalten.

»Da du jetzt weißt, dass ich eine Spionin bin, zweifle ich nicht daran, dass ich ebenso verschwinde wie Lord Summers' Gemälde«, sagte sie spröde. »Aber vielleicht kannst du mir vorher noch verraten, wie du es angestellt hast.«

»Ich dachte, das hättest du längst herausgefunden«, sagte er mit einem zynischen Lächeln. »Du scheinst überzeugt zu sein, alles zu wissen – warum erzählst du es mir nicht?«

»Ich weiß, dass du deine so genannten Freunde betrogen hast, indem du ihnen angeboten hast, ihre Gemälde zu reinigen oder zu restaurieren. Dann hast du sie fälschen lassen. Ich nehme an, sobald du sicher sein konntest, dass die Besitzer den Betrug nicht bemerkten, hast du die Originale an private Käufer in der ganzen Welt veräußert. Ich weiß nur nicht, wer deine Kontaktleute waren oder wer die Arbeit für dich erledigt. Ich kann mir nicht vorstellen, dass Rick der einzige Künstler ist, den du benutzt hast.«

»Vielleicht hättest du Schriftstellerin werden sollen«, murmelte Guy. »Du hast eine lebhafte Phantasie.«

Cressida lachte. »Du willst doch nicht versuchen, mir zu erzählen, dass wir uns in dir geirrt haben? Interpol und das Betrugsdezernat sind hinter dem falschen Mann her? Und du hast Lord Summers' Gemälde nicht gegen Fälschungen ausgetauscht? Oder der Holbein, den du dem armen Sir Peter zurückgeben wolltest, ist identisch mit dem Bild, das du von ihm erhalten hast?«

Guy schüttelte den Kopf. »Nein, das werde ich dir nicht erzählen.« Er griff nach ihr, und Cressida presste sich fest gegen die Wand, aber er streichelte nur zart über ihre Brüste. »Du hast so einen herrlichen Körper, der wunderbar auf jede Stimulierung reagiert«, sagte er. »Ich werde ihn vermissen.«

»Hör auf, mit mir zu spielen«, schrie Cressida. Sie wusste, dass ihr die Zeit davonlief, und sie war entschlossen, die Wahrheit von ihm zu hören, ganz egal, was mit ihr geschah. »Erzähle mir, wie du es gemacht hast.«

»Er hat nichts Betrügerisches gemacht«, sagte eine Stimme von der Tür. »Er hat nur veranlasst, um was ihn seine Freunde gebeten hatten.«

Sie drehte sich um und sah Sir Peter Thornton im Türrahmen stehen. »Wie meinen Sie das?«

Der ältere Mann seufzte. »Es klingt sehr pathetisch, nehme ich an. Sie haben Recht, dass Guy Kopien von dem Holbein und von den beiden Gemälden, die dem armen Michael gehörten, anfertigen ließ. Aber nur, weil wir ihn darum gebeten hatten. Wie ich hatte auch Lord Summers eine sehr viel jüngere Ehefrau, und wie ich hatte er Mühe, sie sexuell zu befriedigen. Das allein ist schon schlimm genug, aber wenn du sie trotz deiner sexuellen Unzulänglichkeiten behalten willst, musst du sie mit Geschenken überhäufen. Doch man ist selten flüssig genug, weil das Geld in bestimmten Anlagen und Fonds steckt; jedenfalls kommt man nicht so leicht an Geld, wie man vielleicht glauben könnte. Deshalb haben wir Guy gebeten, ein paar unserer Kunstgegenstände zu verkaufen.«

Er legte eine kurze Pause ein und sah sich im Salon um. »An den Transaktionen war nichts Illegales dran. Wir haben Guy die Besitzurkunden zur Verfügung gestellt, und er hat die Gemälde diskret für uns verkauft, und wir haben sie durch Fälschungen an unseren Wänden ersetzt. Lord Summers hat übrigens gegen das Gesetz verstoßen, weil die Gemälde zum Familienvermögen gehörten, und mir kann man das auch mit meinem Holbein vorwerfen. Aber Guy hat sich nichts zuschulden kommen lassen. Wir haben ihm nicht gesagt, dass wir nicht frei über den Kunstschatz verfügen konnten, obwohl er das vielleicht geahnt hat. Er hat sich als sehr kenntnisreicher Mittelsmann erwiesen, von unschätzbarem Wert für dumme Männer wie mich, die ihre letzten Jahre an der Seite einer jungen Frau verbringen wollen.«

Cressida konnte kaum glauben, was sie hörte. »Sie wollen damit sagen, dass Sie und Lord Summers gewusst haben, dass Sie die Originale herausgerückt und Fälschungen im Gegenzug erhalten haben?«, hakte sie nach. Im gleichen Moment hörte sie quietschende Reifen auf der Einfahrt.

»Wir haben das ganze Geschäft angeregt, wie viele andere Adlige in Europa auch«, sagte er traurig.

»Und Guy hat keine Straftat begangen?«

»Er hat nur seinen Freunden geholfen, das ist alles.«

»Ich glaube, jemand sollte die Haustür öffnen«, sagte Guy lachend. »Ein paar Polizisten hämmern schon ungeduldig gegen die Holztür.«

Verdutzt von dem, was sie gehört hatte, und den Tränen nahe, weil sie alles verloren hatte, denn ihre Bosse hatten sich gewaltig geirrt, konnte Cressida nur hilflos zu Guy starren, während die Polizei hereinstürmte, um sie zu retten.

»Himmel, Cressida! Zieh dir was an!«, brüllte Tom, stürzte sich in den Salon und warf ihr seine Jacke über.

Während Guy, Marcia und Rick in Handschellen gelegt und gefesselt wurden, warf Guy noch einen Blick über seine Schulter und grinste. »Ja, zieh dir was an, du Flittchen«, sagte er spöttisch. »Jetzt ist der Sex wieder auf den Samstagabend beschränkt. Und vergiss nicht, vorher das Licht auszuschalten.«

»Er war es nicht«, protestierte Cressida, als sie zusehen musste, wie Guy abgeführt wurde. »Er hat nichts getan. Du kannst Sir Peter fragen, er wird dir Rede und Antwort stehen.«

»Komm mit uns, Cressida«, sagte Tom freundlich. »Du stehst unter Schock, aber du hast wunderbare Arbeit geleistet. Ich hoffe, du wirst dich von deinen Enttäuschungen bald erholen. Ich mag mir gar nicht vorstellen, was dir hätte passieren können, als du diesen Bastard überführt hast.«

»Ach, halt den Mund«, fuhr Cressida ihn an, löste sich von ihm und warf seine Jacke auf den Boden. Sie wandte sich an Detective Chief Inspector Williams. »Wenn Sie die Wahrheit über diesen ›Betrug‹ hören wollen, reden Sie am besten mit Ihrem guten Freund Sir Peter. Dann können Sie ja entscheiden, ob Sie den Fall aufgeklärt haben oder nicht.«

Der Chief starrte sie verständnislos an, und sie schritt stolz aus dem Haus, den kurzen Kimono über ihrer durchsichtigen Unterwäsche. Sie stieg in eines der Autos und wurde nach Hause gefahren, während sie Tom zurückließ, der ihr offenen Mundes nachstarrte.

Sie wollte jetzt nur noch nach Hause in ihr Bett und sich ausweinen wegen allem, was sie verloren hatte.

Drei Wochen später wanderte Cressida durch ihre Wohnung und wünschte, dass ihr Zwangserholungsurlaub bald vorbei wäre, damit sie zu ihrer Polizeiarbeit zurückkehren könnte. Dass sie allein war und nichts zu tun hatte, außer an Guy zu denken und sich zu fragen, wo er sich wohl jetzt aufhielt und ob Marcia nun wieder die unglaubliche Lust erlebte, die sie für eine kurze Zeit genossen hatte, trieb sie fast in den Wahnsinn.

Sie wusste von Tom während seines kurzen Besuchs – ein Besuch, der abrupt beendet war, als sie ihm eröffnet hatte, dass sie ihre Beziehung nicht weiter fortsetzen wollte –, dass Guy, Marcia und Rick freigelassen worden waren, und es wurde auch keine Anklage gegen sie erhoben. Detective Chief Inspector Williams ließ auch seinen Freund Sir Peter Thornton ungeschoren davonkommen.

Cressida hatte den Eindruck, dass es auch später keine Anklage gegen Sir Peter geben würde. Männer aus diesen Kreisen hielten zusammen. Das Netzwerk der alten Jungs funktionierte noch, und Cressida bezweifelte nicht, dass die ganze Affäre leise einschlafen würde.

Aber all das half ihr nicht weiter. Ihr ganzes Leben hatte sich seit ihrem Auftrag als verdeckte Ermittlerin verändert, und jetzt erwartete man von ihr, dass sie in ihr altes Leben zurückkehrte und sich wieder mit dem beschäftigte, was ihr nun als belangloses Zeug vorkam. Ihre Arbeit würde ihr nicht mehr so gut gefallen wie vor ihrem Spezialauftrag, denn sie war völlig vereinnahmt von ihrer Begierde nach Guy.

Als es bei ihr schellte, dachte sie, es wäre der Briefträger, der ihr ein Paket brächte, mit dem sie rechnete. Ohne aufzuschauen, öffnete sie die Tür und streckte eine Hand aus, um das Paket in Empfang zu nehmen.

»Was willst du – Geld?«, fragte Guy. »Dabei bin ich es doch, dem eine Wiedergutmachung zusteht, oder?«

Cressida trat entsetzt zurück, als er sich in ihre Wohnung drängte. Sie konnte nicht sehen, ob er verärgert war, aber sie war schon dankbar, dass sie ihn noch einmal sehen konnte. »Verlässt du England?«, fragte sie nervös, als ihr der kleine Koffer auffiel, den er trug.

»Ja. Warum trägst du diesen entsetzlichen Faltenrock?«, fragte er. »Du siehst schrecklich darin aus.« Er trat auf sie zu, öffnete den Haken an der Seite des Rocks, und im nächsten Moment rutschte er auf den Boden. »Das ist schon viel besser. Die Bluse gefällt mir auch nicht. Ziehst du sie aus, oder soll ich es tun?«

Cressida empfand eine Mischung aus Angst und Erregung. »Du bist wütend über mich, nicht wahr?«, fragte sie leise.

»Ja, wenn du es wissen willst. Warte, ich helfe dir.« Bevor sie selbst begriffen hatte, was geschah, hatte sie die Bluse ausgezogen, und so stand sie in einem Baumwollhöschen, einem vernünftigen BH und ihren langen Beinen vor ihm.

»Zum Glück trägst du keine Strumpfhose«, murmelte er, während er sich im Zimmer umschaute, bis er sah, was er gesucht hatte. »Stell deinen Schemel an die Wand«, verlangte er, und als sie noch zögerte, zwickte er in ihre Brust, und plötzlich schoss der dunkle Lustschmerz durch ihren Körper.

Rasch gehorchte sie, und dann hob er sie hoch und stellte sie auf den Schemel, den Rücken zur Wand. »Bleib still stehen«, wies er sie an, dann zog er sich aus, bis er nackt war.

»Zieh die Vorhänge zu«, murmelte Cressida. »Bitte. Jemand könnte hereinsehen.«

»Ich dachte, du schätzt eine solche Möglichkeit«, erinnerte

er sie. »Wir brauchen keine Dunkelheit, du und ich. Dafür kennen wir uns viel zu gut. Und was die Nachbarn betrifft – was gehen die uns an?«

»Ja, gewöhnlich ist das so«, protestierte sie, aber ihre Stimme brach ab, als sie seinen Mund auf ihren pochenden Brüsten spürte und seine Hände über ihre Seiten strichen. So begann er sie wieder zu erregen und ihr Fleisch zu reizen, bis sie vor geiler Lust zu stöhnen und zu wimmern begann.

»Bitte darum«, drängte er sie. »Ich will wieder hören, wie du mich anflehst, wie sonst auch immer.«

»Bitte, mach Liebe mit mir«, flehte sie. Ihr Körper zitterte vor Verlangen. »Ich begehre dich mehr, als ich je einen Mann begehrt habe.«

Sofort darauf zog er ihr Höschen zur Seite und stieß entschlossen in sie hinein; er glitt in die Feuchte ihrer Vagina, die ihn willkommen hieß. Während er kräftig und mit gezielten Stößen in sie eindrang, strich seine rechte Hand über ihren Unterbauch, wo sie einen süßen Schmerz der immer noch wachsenden Begierde auslöste. Sie wand sich gegen die Wand. Als seine Finger ihre Klitoris lokalisierten und leicht gegen die pochende Knospe stießen, fühlte sie, wie er noch tiefer in sie eindrang, und exakt im gleichen Moment wurde sie von einem Schwall Hitze erfasst, die sich in ihrem ganzen Körper ausbreitete.

Jeder Millimeter ihres Fleisches wurde von den glühendheißen Wellen der orgasmischen Erleichterung versengt. Sekunden später kam es Guy ebenfalls, und er keuchte unter der Intensität des eigenen Orgasmus, als er die letzten Stöße ausführte und Cressida gegen die Wand presste.

Als es vorbei war, hob er sie vom Schemel hoch und stellte sie dicht vor sich auf den Boden. »Eine Erinnerung an alte Tage«, sagte er kurz.

Erhitzt, zerzaust und befriedigt griff Cressida nach seinem Arm. »Ich will nicht, dass du gehst«, sagte sie inständig. »Ich kann den Gedanken nicht ertragen, dass ich dich nie wieder sehen kann.«

Seine Augen, die bisher dunkel und nie ganz geöffnet waren, weiteten sich plötzlich, und ein Licht schien in ihnen anzugehen. »Bist du sicher?«, fragte er. »Du wirst keinen regelmäßigen Job mehr haben. Ich bleibe nie lange an einem Ort. Ich reise gern. Das hilft mir gegen die Langeweile.«

»Ich weiß jetzt, dass ich mich immer gelangweilt habe«, sagte Cressida ernst. »Ich habe erst zu leben begonnen, als ich dich kennen gelernt habe. Ich kann nicht zurück in mein altes Leben finden, und wenn ich dich verliere, weiß ich nicht, was ich tun soll.«

Guy hob den kleinen Koffer, den er mitgebracht hatte, und gab ihn an sie weiter. »Du hast zwanzig Minuten, um zu packen. Ich habe uns zwei Tickets nach Venedig gekauft. Nur den Hinflug. Ich glaube, da kannst du noch mehr über das Leben lernen – alles über das Leben, die Liebe und die Kunst.«

»Zwanzig Minuten?«, fragte eine verdutzte Cressida. »Aber ich kann doch nicht ...«

Guy hob die Schultern. »Es liegt bei dir.«

Da wusste sie, dass sie keine andere Wahl hatte Ganz egal, was in Zukunft geschah, ganz egal, wie kurz die Zeit mit Guy sein würde, dies war es, was sie wollte. Und wenn sie ihre Karten richtig ausspielte, war sie sicher, ihn so lange an ihrer Seite halten zu können, wie sie wollte, denn sie waren sich ebenbürtig, sie waren Seelenverwandte. Wenn er das nicht auch so empfunden hätte, wäre er nicht bei ihr vorbeigekommen, und die zwei Tickets hätte er auch nicht gekauft.

»Ich werde nur fünfzehn Minuten brauchen«, versprach sie.

Guy schaute ihr nach, als sie die Treppe hinauflief, und zum ersten Mal in seinem Leben fühlte er sich zufrieden. »Das ist gut«, sagte er mit einem Lächeln. »Es dauert nicht mehr lange, dann können wir Mitglieder im Club der Vielflieger sein.«

Cressida warf ein paar Sachen in den Koffer, schrieb einen Kündigungsbrief an ihren Chief und lief wieder die Treppe hinunter. »Fertig«, verkündete sie.

»Was ist mit Tom?«, fragte Guy und nahm ihr den Brief aus der Hand.

»Tom wer?«, fragte sie mit einem schelmischen Grinsen. Guy musste lachen. »Ganz recht, Tom wer? Weißt du, Cressida, ich habe lange darauf gewartet, eine Frau wie dich zu treffen, eine Frau, die so klug wie sexy ist, und da ich sie nun gefunden habe, kann ich mir nicht vorstellen, dass ich dich jemals kampflos aufgeben werde.«

»Schön zu wissen«, sagte Cressida, als sie das Haus verließen. Und es war auch schön zu wissen, dass sie schon bald im Flugzeug Liebe machen würden, Meilen über der Erde, und schon jetzt prickelte ihr Körper vor Vorfreude. »Ich hoffe, der Flug hat keine Verspätung«, murmelte sie, als sie ihren Terminal betraten.

»Falls doch, werden wir eine Ansichtskarte an Sir Peter Thornton schreiben«, sagte Guy lachend. »Ich bin sicher, es wird ihn freuen, wenn er erfährt, dass das ganze Durcheinander, in das du ihn gestürzt hast, doch noch etwas Gutes für uns beide bewirkt hat.«

»Ich sollte mich schuldig fühlen, besonders, was Marcia und Rick betrifft«, gab Cressida später zu, als sie sich in der Vorbereitung für den Start anschnallen mussten. »Aber ich fühle mich nicht so. Was macht das aus mir?«

»Eine sexy und begehrenswerte Frau«, antwortete Guy. »Aber du brauchst dir keine Vorwürfe zu machen. Marcia und Rick sind nun ein zwar nicht ganz zueinander passendes, aber doch ein glückliches Paar. Sie ist eine Bohemien geworden.«

Als seine Hand über ihr Knie strich, lehnte sich Cressida entspannt in ihrem Sitz zurück. »Weißt du, die Galerie war das Beste, was mir überhaupt passieren konnte«, sagte sie.

»Ich habe dir eine kleine Erinnerung mitgebracht«, sagte Guy und kramte umständlich in seiner Reisetasche, bis er gefunden hatte, was er suchte. Ein kleines Päckchen, in braunes Packpapier eingewickelt.

Sie öffnete es und starrte auf Ricks Zeichnung ›Die Marionette‹. Ihr Magen ruckte genauso wie damals, als sie das erste Mal auf das Bild gestarrt hatte. »In dem Moment, als ich die Frau das erste Mal sah, wusste ich Bescheid«, sagte sie leise. »Ich fing an, mehr über mich zu verstehen.«

»Dann werden wir es in Venedig über unser Bett hängen, damit du ständig daran erinnert wirst«, sagte Guy zufrieden.

»Wer ist denn nun die Marionette?«, fragte sie ihn.

Guy schüttelte den Kopf. »Ich habe nicht die Absicht, dir das zu sagen, weder jetzt noch in Zukunft.«

Aber Cressida wusste schon Bescheid. Der Mann war die Marionette, und es war dieses Wissen, das ihr die Courage verlieh, ihre Vergangenheit hinter sich zu lassen und mit diesem faszinierenden, dunklen, geheimnisvollen Mann an ihrer Seite in eine ungewisse, aber aufregende Zukunft zu gehen.

Ende